Philipp Probst
DER TOD – LIVE!

Philipp Probst

DER TOD – LIVE!

Roman

Appenzeller Verlag

1. Auflage, 2015

© Appenzeller Verlag, CH-9103 Schwellbrunn
Alle Rechte der Verbreitung, auch durch Film, Radio und
Fernsehen, fotomechanische Wiedergabe, Tonträger, elektronische
Datenträger und auszugsweisen Nachdruck, sind vorbehalten.

Umschlaggestaltung: Janine Durot
Umschlagbild: Katja Niederöst
Gesetzt in Janson Text und gedruckt auf
100 g/m^2 FSC Mix Munken Premium Cream 1,3
Satz: Appenzeller Verlag, Schwellbrunn
ISBN: 978-3-85882-728-9

www.appenzellerverlag.ch

12. November

WOHNSIEDLUNG BERG, TROGEN, KANTON APPENZELL AUSSERRHODEN

Die Versuchung war gross. Riesig. Eigentlich gigantisch. Das Smartphone lag vor ihr auf dem Tisch. Und sie hatte den Code zum Entsperren. 0109. Nulleinsnullneun. Susa überlegte lange, ob die Zahlen irgendetwas zu bedeuten hatten. Doch sie kam nicht drauf. Kein Geburtsjahr war darin versteckt, auch ihr Kennenlernjahr nicht und ebenso wenig ihr Hochzeitsdatum. Und andere Daten kamen ihr nicht in den Sinn. Wichtige Daten ihres Ehemannes?

Sie müsste ihn vielleicht einmal fragen. Muss sich wohl um den Zufallscode der Swisscom handeln, der Netzbetreiberin, bei der ihr Mann Konstantin das Abonnement gekauft hatte, sagte sie sich, stand vom Glas-Esstisch auf und machte sich einen Kaffee. Sie goss einen Schluck Milch dazu, setzte sich wieder an den Tisch, starrte das Smartphone lange an, strich mehrmals über den Bildschirm. Die Tastatur erschien, das Gerät verlangte nach dem Code. Und Susas Zeigefinger zuckte. 0109. Nulleinsnullneun.

Vier Berührungen auf die Ziffern und eine fünfte auf die Ok-Taste – so leicht wäre der Eintritt in die virtuelle Welt ihres Mannes. Dabei hatten sie sich geschworen, nie, nie, niemals in die Intimsphäre des anderen einzudringen. Dazu gehörte die Post, die Computer-Zugänge zu Mails, Facebook, Twitter und Google Plus, aber auch die Handys mit all ihren Nachrichten- und Bilddateien. Die Versuchung war gross. Riesig. Eigentlich gigantisch. Susa erlag ihr um 08.12 Uhr.

Sie war auf seltsame Art und Weise in diese Situation hineingeraten. Konstantin war, wie fast jeden Morgen, in Eile, hatte ihr einen Kuss auf die Lippen gedrückt und war mit wehenden Haaren aus der Wohnung geeilt. Susa war gerade unter der Dusche gestanden – sie hatte ihren ersten Termin in der Klinik erst um

09.30 Uhr – als sie das Telefon läuten hörte. Sie eilte nackt aus dem Bad. Weil der Festnetzanschluss praktisch nie klingelte, musste etwas Aussergewöhnliches los sein. Oder es war ein Werbeanruf, eine Umfrage oder einfach falsch verbunden. Sie tropfte das Parkett voll und nahm den Anruf entgegen.

«Ich bin es, entschuldige, ich habe mein Handy vergessen», sagte Konstantin hastig.

«Dein Handy? Du telefonierst doch gerade damit. Oder bist du schon im …»

«Nein, ich bin noch nicht im Büro, ich bin im Auto und rufe dich vom Geschäftshandy aus an. Ich habe mein Privathandy vergessen.»

«Oh.»

«Ich habe einen Termin mit einem Kunden, also mit einem Kollegen, der vielleicht ein Kunde wird … ist ja egal, jedenfalls habe ich das Treffen mit ihm auf dem Privathandy gespeichert, und ich weiss nicht, wo ich ihn treffe.»

«Oh.»

«Kannst du schnell nachschauen?»

«Wo ist es denn?»

«Keine Ahnung.»

«Bleib dran! Ich such mal.» Susa suchte, fand es aber nicht.

«Es ist nicht da», meldete sie ihrem Mann.

«Doch, es muss da sein, verdammt!»

«Aber ich finde es nicht, mein Schatz!»

«Hast du im Bad geschaut?» Susa suchte im Bad und roch diesen herben, angenehmen und dezenten Duft von Konstantins Aftershave. Sie liebte ihn. Aber auch im Bad war kein Handy. Schliesslich schaute sie auf der Gästetoilette nach, die Konstantin meistens benutzte. Da, neben der Kloschüssel, lag sein Smartphone. «Ich habe es gefunden», sagte Susa, immer noch nackt.

«Schau in die Agenda!»

«Ich muss erst einen Code eingeben. Den kenne ich aber …»

«Nulleinsnullneun.»

Sie hatte den Code eingegeben und ihrem Mann den Ort seines Dates durchgegeben: Café Gschwend. Konnte man das vergessen? Offenbar ja.

Susa war zurück ins Bad gegangen, hatte sich abgetrocknet und sich in ihren flauschigen, hellblauen Bademantel gehüllt. Das Handy, Konstantins Smartphone, hatte sie auf den Salontisch gelegt. Das Display war erloschen und die Sicherheitssperre wieder aktiviert. Jetzt nahm sie es in ihre Hände, tippte 0109 und die Ok-Taste. Voilà. Sie hatte es getan.

Sie klickte sich ins SMS-Menü ein und checkte ab, mit wem ihr Ehemann Kontakt hatte. Es waren vor allem Männer, die sie teilweise kannte. Diese interessierten sie nicht. Sie öffnete die Chats mit den Frauen, die sie zum Teil auch kannte, fand aber nichts, was irgendwie zweideutig war.

Was suche ich überhaupt?, fragte sie sich. Sie öffnete den Nachrichtendienst WhatsApp, wo sich ein ähnliches Bild zeigte: viele Männer, wenige Frauen. Dieses Mal nahm sie auch einige der Männer-Chats ins Visier. Allerdings war auch hier, ausser einigen ziemlich primitiven Männersprüchen, wie sie fand, nichts Aufregendes oder Verdächtiges zu finden.

In den Chats mit den Frauen flogen zwar ab und zu Kuss-Smileys hin und her, aber auch diese lieferten nicht den geringsten Grund zur Annahme, dass Konstantin sie betrügen würde. Im Gegenteil: Mehrmals erwähnte er seine Frau, welch grosses Glück er habe und dass er sie über alles liebe.

Ich bin ein schlechter Mensch und habe seine Liebe nicht verdient, sagte sich Susa. Sie wollte Konstantins Smartphone beiseitelegen, verurteilte ihren Vertrauensbruch und schwor sich, nie mehr überhaupt nur an so etwas zu denken. Allerdings fuhr sie dann mit ihrem Zeigefinger auf das File «Galerie» und erfreute sich kurze Zeit an Bildern, die sie und Konstantin, freudig und verliebt ins Objektiv lächelnd, zeigten. Weitere Bilder zeigten vor allem sie.

Ja, sie konnte sich daran erinnern: in den Skiferien, am Meer, in Paris. Sie hatte posiert, ihn angestrahlt. Susa studierte die Bilder ganz genau und hätte am liebsten zwei Drittel davon gelöscht, weil sie fand, sie sehe darauf nicht gut aus. Vor allem diese dämlichen Grübchen störten sie, die entstanden, wenn sie zu fest lachte. Aber sie hielt sich zurück und blätterte in der Galerie weiter.

Dann wurde ihr heiss. Sie sah sich selbst, wie sie auf dem Bett lag, nur mit einem schwarzen, durchsichtigen Slip bekleidet, mit leicht gespreizten Beinen, die Augen geschlossen, ihre Hand an ihrem Busen.

Sie blätterte weiter. Nahaufnahmen ihres Körpers. Füsse. Beine. Ihr Höschen. Dann ihr Po. Nicht ganz nackt. Nur mit dem Hinterteil ihres Höschens bekleidet, einem String. Ihr Rücken, ihre langen, dunklen Locken. Sie gefiel sich. Mehr Bilder! Mehr!

Die Hand ihres Mannes, wie er den String zur Seite schob. Sein Glied ... Susa legte das Handy zur Seite und nahm einen Schluck Kaffee. Alles bestens. Wenn mein Mann Freude daran hat, mich für einsame Stunden zu fotografieren, okay. Aber warum habe ich das nicht gemerkt? Oder doch, einmal, da hantierte er mit dem Handy herum, war das nicht so? Täusche ich mich? Ach, was soll's, geniess es, ist doch schön. All das sagte sie sich und lächelte dabei.

Weiter. Es folgten Landschaftsfotos, Tierfotos und wieder Landschaftsfotos. Susa erinnerte sich an die Ausflüge, schmunzelte und schweifte in ihren Gedanken zu ihrem Mann. Aber sie war auch ein bisschen enttäuscht, dass nicht noch mehr eindeutig zweideutige Fotos von ihr gespeichert waren.

Er hätte mich aber ruhig fragen dürfen, sagte sie sich, ich habe nichts davon mitbekommen. Schliesslich war sie in diesen Situationen selbst in sexuell angeregter Stimmung – und sie war eine Frau, die Sex liebte –, aber gut: So lange sie seine Traumfrau war, war ja alles in bester Ordnung.

Sie zappte weiter durch Konstantins Bildergalerie. Landschaftsfotos, Porträts von ihr, von Bekannten, Landschaftsfotos, Autobilder und ... «Was ist denn das?», murmelte Susa plötzlich. Sie öffnete ein Bild – und erstarrte. Ein blutiges Gesicht.

Nächstes Bild. Schwarze Gestalten. Erstarrt in Stellungen, die ihr unnatürlich erschienen. Irgendwie zusammengezogen. Wieder ein blutiges Gesicht. Teile eines Gesichts. Kein Gesicht. Nur noch Umrisse eines Kopfes. Aufgerissene Augen.

Susa holte ihr eigenes Handy und kopierte die gesamte Galerie via Bluetooth. Danach stellte sie sich erneut unter die Dusche. Sie drehte den Wassermischer von warm auf kalt. Dreissig Sekunden hielt sie es aus. Danach trocknete sie sich ab, eilte ins Schlafzimmer und zog sich an. Sie trank noch einen Kaffee und betrachtete nun die Bilder auf ihrem eigenen Handy.

Sie selbst. Glücklich. Sie beim Sex. Heiss. Doch leider waren auch die anderen Bilder da. Dunkel, düster, meistens unscharf. Tote. Sie klickte sich durch. Und entdeckte noch Grauenhafteres als das, was sie schon gesehen hatte. Junge Männer, offensichtlich schreiend, mit blutenden Wunden, die Geschlechtsteile fehlten. Susa musste weiter klicken, zu schrecklich waren die Fotos. Doch es wurde nicht besser, sondern schlimmer. Junge Frauen mit entstellten Gesichtern und Messern zwischen den Beinen. Nein, nicht die ganzen Messer waren zu sehen. Nur die Griffe. Denn die Klingen steckten tief in den Körpern.

Susa erbrach sich auf das Parkett.

25. Januar

REDAKTION AKTUELL, WANKDORF, BERN

Beim Wort «Fasnacht» begann Chefredaktor Jonas Haberer mit den Füssen zu scharren und mit den Absätzen seiner Boots auf den Boden zu schlagen: Klack – klack – klack.

«Fasnacht ist in der Schweiz das beliebteste Volksfest überhaupt», führte der junge Fotograf Joël Thommen aus. «Da könnten wir eine tolle Reportage machen. Zum Beispiel darüber, wie sich die Fasnächtler in Luzern, Bern und Basel darauf vorbereiten, die Kostüme schneidern und die Masken kreieren. In Basel werden ja noch grosse Laternen gemalt, das gäbe tolle Fotos.» Jonas Haberer gähnte. Seine Mimik zeigte aber deutlich, dass er gar nicht gähnen musste, sondern nur so tat.

«Und in Luzern könnten wir eine Guggenmusik bei einer Probe besuchen. In Bern den Typen besuchen, der im Bärenkostüm steckt. Und in der Ostschweiz gibt es sicher auch noch jene lustigen ...» Haberer steckte sich den Zeigefinger in den Mund und machte Würgegeräusche. Joël Thommen wagte nichts mehr zu sagen. Auch die anderen Redaktionsmitglieder waren still.

„Habe ich etwas verpasst?», fragte Haberer nun provokativ.

«Hey, Jonas, du übertreibst», meldete sich nun Nachrichtenchef Peter Renner, die Zecke, zu Wort. «Wir wissen, dass du nicht auf Fasnacht stehst. Trotzdem ist der Vorschlag von Joël nicht so ...»

«Papperlapapp, Pescheli», fauchte Haberer. «Fasnacht ist Scheisse. Kommt mir nicht ins Blatt. Von mir aus könnt ihr diesen Müll auf unserer Online-Seite veröffentlichen.» Er verdrehte theatralisch die Augen, räusperte sich laut und ziemlich unappetitlich und fragte dann: «Hat irgendjemand eventuell noch eine andere Idee?» Die fünfundzwanzig Journalisten blieben alle mucksmäuschenstill.

«Was seid ihr bloss für eine lahme Truppe!», wetterte Haberer.

«Wir brauchen News, Sex und Skandale. News, Sex und Skandale.» Und noch lauter: «News, Sex und Skandale!»

Damit war die Sache und gleich die ganze Themensitzung beendet. Haberer stand auf und verliess den Raum. Klack – klack – klack. Seine Schritte hallten noch eine Weile nach. Dann war eine zuknallende Türe zu hören.

«Kein Problem, Leute», sagte Peter Renner. «Ihr kennt den Alten. Ist eine Boulevard-Ratte wie vor hundert Jahren.» Er drehte seinen Kopf beziehungsweise seinen ganzen, massigen Körper leicht nach links und schaute Joël an: «Nimm's easy! Du als Basler hast es nicht leicht mit deiner Fasnacht bei uns Bernern. Einfach für ein nächstes Mal: Besprich deine Ideen zuerst mit mir, bevor du hier den Haberer auf die Palme bringst!»

22. Februar

CLARAPLATZ, BASEL

Thomas Neuenschwander stand mit seiner Familie um 14.36 Uhr bei der Tramhaltestelle Claraplatz in der ersten Reihe. Der Cortège, der Basler Fasnachtsumzug, war in vollem Gang. Pfeifende und trommelnde Formationen, sogenannte Cliquen, zogen in prächtigen, teuflischen oder lustigen Kostümen an ihnen vorbei. Dazwischen heizten Guggenmusiken ordentlich ein. Die Kinder hielten sich manchmal die Ohren zu und wichen einen Schritt zurück, vor allem wenn die Paukisten vorbeiliefen. Diese holten mit den Armen für jeden Schlag kräftig aus. Am meisten Freude hatten die drei Kinder an den «Waggis»-Wagen, weil die Kostümierten darauf Bonbons, Orangen oder kleine Spielsachen herunterwarfen. Manchmal schütteten sie aber auch Konfetti über die Leute, Räppli, wie man in Basel sagt. Und die Frauen wurden mit Blumen, vor allem mit Mimosen, beglückt. Ein richtiges Fest bei strahlendem Sonnenschein und angenehmen Temperaturen. Die Kinder durften ihre Wollmützen abnehmen.

Plötzlich entdeckte Thomas mitten in diesem Treiben eine kleine, ältere Frau mit graumelierten Haaren. Sie hatte einen Blindenstock dabei, wirkte aber nicht so, als sei sie wirklich blind. In ihrem rechten Arm hielt sie einen Teddybären mit grossen, braunen Augen. In ihrem Rucksack sass ein weiteres Stofftier, ein weisser Hase. Seine langen Ohren baumelten bei jedem Schritt hin und her. Thomas kannte die Frau. Sie sass oft in seinem Bus der Basler Verkehrsbetriebe. Sie tauchte auf allen möglichen Linien auf. Auf dem 36-er und dem 34-er war sie aber am häufigsten. Sie sass immer zuvorderst. Oft war sie stumm. Manchmal murmelte sie etwas vor sich hin. Einmal hatte Thomas sogar verstanden, was sie sagte: «Ich bin kein schlechter Mensch. Ich mach niemandem weh.» Wahrscheinlich wohnte sie in einem Heim. Denn es war offensichtlich, dass sie geistig behindert war.

«Schau, da ist diese Frau, von der ich dir schon mehrmals erzählt habe», sagte Thomas zu seiner Frau. In diesem Moment wollte ein jüngerer Mann der Frau helfen; denn sie war mitten in den Umzug geraten. Doch die Frau wehrte sich und trottete munter weiter. Immer mit dem Blindenstock voraus.

Thomas genoss den freien Nachmittag mit seiner Familie an der Fasnacht. Er war zwar Basler, aber nie ein aktiver Fasnächtler gewesen. Die Kinder zeigten diesbezüglich mehr Interesse. Vielleicht werden sie bald einmal in die Junge Garde einer der grossen Cliquen eintreten und pfeifen oder trommeln lernen.

Den Morgestraich um vier Uhr morgens, den Auftakt zur Basler Fasnacht, hatte Thomas im Bus erlebt. Sein Dienst hatte um 02.03 Uhr begonnen. Obwohl er am Vormittag ein bisschen geschlafen hatte, spürte er Müdigkeit aufkommen. Aber er wollte auf jeden Fall diesen Tag mit seiner Familie geniessen. Er liebte die Fasnacht. Er sammelte auch alle Zeedel, die Fasnachtsgedichte, die die Cliquen den Zuschauern in die Hände drückten, und las sie zu Hause.

Er schaute nochmals zur behinderten Frau: Sie befand sich ein gutes Stück weiter vorne in der Greifengasse und die Lampiohren des Hasen in ihrem Rucksack schaukelten weiterhin lustig hin und her. Thomas schmunzelte. Irgendwie mochte er diese Frau, auch wenn sie immer grimmig dreinblickte. Was war wohl los mit ihr? Warum war sie immer mit Stofftieren unterwegs? War es immer ein Bär und ein Hase? Sass normalerweise nicht ein kleiner Elefant in ihrem Rucksack? Thomas rührte dieser Anblick, diese Frau. Vielleicht war sie ja glücklich. Glücklich, ihre Stofftiere spazieren zu führen.

Ein Knall riss ihn jäh aus seinen Gedanken. Schreiende Menschen. Staub, Fetzen und allerlei Dinge flogen durch die Luft. Thomas packte seine Kinder und seine Frau und warf sich mit ihnen auf den Boden.

RESTAURANT ADLER, OCHSENGASSE, BASEL

Die Kleinbasler Beiz wurde durchgeschüttelt. Die Menschen, alles Kostümierte, die sich in den «Adler» gedrängt hatten, erstarrten. Die Bier- und Weingläser zitterten. Nur die Musikbox dröhnte weiter: «An Tagen wie diesen ...» von der deutschen Rockgruppe die Toten Hosen hatte jemand gewählt.

Olivier Kaltbrunner sass mit Kollegen seiner Guggenmusik Ohregribler ganz hinten nahe der Theke. Sie hatten einen kurzen Marschhalt eingelegt. Kaltbrunner gönnte sich ein Bier. Es war nicht das erste. Das Wievielte es war, wusste er nicht. Aber das spielte an der Fasnacht auch keine Rolle.

«An Tagen wie ...». Bis vor wenigen Augenblicken hatten noch etliche Gäste mitgesungen.

Jetzt zog jemand den Stecker. Doch still war es nur für einen Augenblick. Dann brach ein Tumult aus. Geschrei in der Gaststube, Leute drängten hinein. Andere rannten quiekend und brüllend vorbei Richtung Kaserne.

Kaltbrunner stand auf und bahnte sich mühsam einen Weg Richtung Ausgang. Es war ihm nicht wohl. Da draussen musste irgendetwas Dramatisches passiert sein. Obwohl er an der Fasnacht war und dafür Ferien genommen hatte – seinen Polizistenberuf konnte er in einem solchen Moment nicht vergessen. Vor allem nicht als Kommissär. Obwohl sein Team auch bestens ohne ihn funktionierte. Er ging hinaus in die Ochsengasse. Immer noch eilten ihm Menschen entgegen, andere rannten in die andere Richtung. Kaltbrunner marschierte los und gelangte zur Greifengasse. Dort sah er die ersten Menschen am Boden liegen und schreien. Polizei- und Sanitätssirenen kamen näher.

Kinder lagen am Boden. Kostümierte und Menschen in Zivilkleidung betreuten sie und riefen um Hilfe. «Sie werden gleich hier sein!», schrie Kaltbrunner. «Sie werden gleich hier sein! Ruhig bleiben. Bitte! Ich bin von der Polizei.»

Und dann passierte etwas, was ihm in seiner ganzen bisherigen Polizeikarriere noch nie passiert war: Er begann zu weinen.

REDAKTION AKTUELL, WANKDORF, BERN

«Ich liebe diese beschissene Fasnacht», schrie Jonas Haberer durch die ganze Redaktion. «Alle herkommen! Sofort! Das ist ein verdammter Befehl, Leute! Wir machen Fasnacht! Das ganze Blatt wird neu! Online-Fuzzis daher! Es gibt Arbeit. Pescheli, leg los!» Klack – klack – klack, und der Chefredaktor fläzte sich auf einen Stuhl und strich sich durch die halblangen, fettigen Haare.

«Es ist eine für schweizerische Verhältnisse ungewöhnlich dramatische Katastrophe passiert», begann Peter Renner. «Mach's nicht so spannend, Pescheli. In Basel ist an der Fasnacht eine Bombe explodiert. Wie viele Tote gibt es?»

«Bisher ist nur von einem Toten die Rede. Mehrere Verletzte.»

«Waaas?», schrie Haberer. «Nur ein Toter? Was war denn das für ein beschissenes Bömbchen? Ein gepimpter Frauenfurz?» Haberer lachte schallend und schüttelte sich. «Jonas!», schrie Peter Renner, was alle Journalisten zusammenzucken liess. Peter Renner war nicht der Typ, der laut wurde. Und vor allem getraute sich niemand, den Chefredaktor anzuschreien. «Es reicht. Du kennst wohl überhaupt kein Mitgefühl?»

«Sorry», sagte Jonas kleinlaut. «Mach weiter.»

«Fotograf Joël Thommen ist bereits vor Ort. Erste Bilder sollten demnächst eintreffen. Alex Gaster, Flo Arber und Sandra Bosone sind auf dem Weg nach Basel.»

«Womit?», wollte Haberer wissen. «Mit der Schweizerischen Dampfeisenbahn?»

«Mit dem Helikopter.»

«Verdammt, Pescheli, du bist mein Held. Ich sehe dir an, dass du wieder mal deinem Übernamen gerecht wirst. Die Zecke hat sich bereits in den Fall verbissen. Ach, was würde ich ohne dich machen? Mit dem Helikopter! Geil, geil, geil! Wie früher zur guten alten Reporterzeit!»

«Ja, sie sind bald vor Ort. Dann suchen wir Zeugen. Leute, die die Explosion fotografiert und gefilmt haben.»

«Wann können wir das alles aufschalten?»

«Im Moment haben wir noch gar nichts, Jonas.»
«Sie sollen den Finger aus dem Arsch nehmen, sag ihnen das!»
«Die werden alles bringen, Jonas, alles. Und wenn sie die Leute dazu unter Druck setzen müssen.»
«Ich hoffe, sie haben genug Geld dabei. Der Preis ist heiss. Irgend so ein Idiot, der sich diese Scheiss-Fasnacht angeguckt hat, wird doch das Explosiönchen gefilmt haben. Ha! Kauft die Leute, stopft ihnen die Tausender in den Arsch! Meine Güte, wie ich diese Scheiss-Fasnacht liebe!» Die Journalisten lachten gequält. Einige schüttelten den Kopf. Doch die meisten waren an solche Anfälle ihres Chefs gewöhnt.

GREIFENGASSE, BASEL

Erst jetzt merkte Kommissär Olivier Kaltbrunner, dass er aufgrund der getrunkenen Biere nicht im Vollbesitz seines Denkvermögens war. Zudem stand er in einem giftgrünen Insektenkostüm mit giftgrünen Krallenfüssen aus Plastik am Tatort, da sich seine Guggenmusik «Heuschrecken-Diebe» als Sujet gewählt hatte – Diebesbanden aus Osteuropa, die in einer Nacht ein ganzes Dorf heimsuchten und die Häuser leerräumten. Er kam sich unter all den uniformierten Leuten der Polizei und Sanität ziemlich deplatziert vor. Unbehagen bereitete ihm zudem die Anwesenheit von Staatsanwalt Hansruedi Fässler, seinem Vorgesetzten. «Da sind Sie ja», sagte Fässler und reichte Kaltbrunner die Hand.

«Sorry für mein Kostüm, ich bin eben aktiver …»
«Vergessen Sie's. Gut, dass Sie hier sind. Ich brauche Sie.»
«Moment», sagte Kaltbrunner. «Ich bin rein zufällig hier und habe ein bisschen geholfen, den Einsatz zu organisieren. Aber jetzt sind ja alle da, und ich möchte mich zurückziehen.»
«Kaltbrunner, das geht nicht.» Staatsanwalt Fässler schaute Kaltbrunner mit grossen Augen an. «Das hier ist ein Bombenattentat. Das wird europaweit für Schlagzeilen sorgen. Wir müssen den Fall schnellstmöglich klären. War das ein Einzeltäter? Ein

Amokläufer? Ein Wahnsinniger? Oder war es ein Terroranschlag? Islamisten? Mannomann. Hoffentlich nicht. Wenn ich an die Anschläge auf die Satirezeitschrift in Paris denke. Oder an all die anderen Attentate. Bitte nicht! Sonst haben wir nie mehr unsere Ruhe!»

«So, so», machte Olivier Kaltbrunner. Wie immer wenn er nicht wusste, was er sagen sollte. «So, so. Ein Amokläufer ... oder Terroristen ...»

«Könnte doch sein. Also, nehmen Sie die Arbeit auf! Die Fasnacht ist sowieso zu Ende.»

«So, so.» Der Kommissär entdeckte seinen Kollegen Giorgio Tamine und liess den Staatsanwalt stehen. «Hey.»

«Hey. Scheisse, was?», sagte Tamine. «Kaum hat die Fasnacht angefangen, ist sie ...»

«Es ist gut, Giorgio!», unterbrach ihn Kaltbrunner. Er schaute um sich und stellte fest, dass sich die Panik gelegt hatte. Er wandte sich wieder Tamine zu: «Hast du schon etwas gefunden, das irgendwie auf eine Bombe hin...?»

«Ja», unterbrach ihn Tamine. «Leichenteile, Fetzen von Kleidungsstücken, von Plüschtieren und von einem Rucksack. Und ein von der Hitze verbogener Blindenstock. Die Tote war offensichtlich blind. Oder tat so. Ziemlich sicher handelt es sich um eine Selbstmordattentäterin.»

«Eine Frau? Das wisst ihr schon?»

«Komm!» Tamine führte Kaltbrunner zu einem weissen Polizeizelt. Weissgewandete Menschen begutachteten Menschenteile. «Hey», sagte Kaltbrunner. «Was wisst ihr bereits?»

«Eine Frau um die fünfzig.» Kaltbrunner erkannte den Kollegen der Gerichtsmedizin wegen des Ganzkörperanzugs mit Gesichtsschutz nicht. «Darf ich mal?», fragte Kaltbrunner.

«Klar. Ist aber kein schöner Anblick.» Der Gerichtsmediziner hob das blutdurchtränkte, weisse Tuch an. Kaltbrunner sah die Fragmente eines Gesichts. «Sofort tot?», fragte er.

«Ist anzunehmen.»

«Die einzige Tote?»

«Ja. Die Verletzten werden es wohl überleben. Jedenfalls haben die Sanitäter einen gefassten Eindruck gemacht.»
«Okay, danke.»
«Verdammte Scheisse, was?»
Olivier Kaltbrunner antwortete nicht. Er verliess das Zelt und bat seinen Kollegen Tamine um eine Zigarette.
«Klar.» Kaltbrunner inhalierte tief und fragte sich, wie er bloss siebzehn Jahre darauf hatte verzichten können.

MITTLERE BRÜCKE, BASEL

Alex Gaster, Flo Arber und Sandra Bosone fragten praktisch jeden, der die hermetisch abgeriegelte Zone verliess und an ihnen vorbeiging: Haben Sie Fotos vom Attentat? Haben Sie eine Videoaufnahme? Der Erfolg ihrer Recherchen war so gross, dass es fast schon ein bisschen langweilig war. Jeder Zweite hatte irgendein brauchbares Bild der Explosion. Allerdings fehlte das ultimative Bild, das ultimative Video: die Aufnahme der Explosion selbst. In Anbetracht der vielen Medienleute, inklusive Schweizer Fernsehen, das den fasnächtlichen Umzug live gesendet hatte, war die Wahrscheinlichkeit einer spektakulären Aufnahme in diesem Fall besonders hoch. Schliesslich erwarteten Nachrichtenchef Peter Renner und Chefredaktor Jonas Haberer spektakuläre Bilder, die über sämtliche Newskanäle der Welt laufen würden.

Sandra Bosone bekam sie um den Preis eines charmanten Lächelns. Ein Passant war dermassen verstört, dass er sie nicht nur das komplette Video der Explosion und der in Panik flüchtenden Menschenmassen kopieren, sondern sich auch noch fotografieren und zu dramatischsten Aussagen überreden liess. Joël Thommen lichtete ihn ab, nahm sein Handy an sich und löschte nach dem Kopiervorgang auf sein eigenes Smartphone sämtliche Bilder und Videos, damit der Mann keinem anderen Reporter seine Aufnahmen weitergeben und sie auch nicht auf Facebook, Twitter, Instagram oder Youtube hochladen konnte.

«Aktuell» hatte sie exklusiv. Was für ein Hammer!

GREIFENGASSE, BASEL

«War es also einfach eine Verrückte? Keine Terroristin?»

«Das kann ich Ihnen unmöglich sagen», antwortete Olivier Kaltbrunner auf die Frage des Staatsanwalts, der ihn zum vierten Mal zu einer Stellungnahme drängte. «Der Regierungsrat setzt mich unter Druck. Müssen wir die Fasnacht absagen?»

«Wie wollen Sie das machen?»

«Verbieten.»

«Die Fasnacht wird sich von selbst absagen. Oder eben nicht.»

Am Ort der Explosion wimmelte es von weissgewandeten Spezialisten der Spurensicherung. Normalerweise tobte um diese Zeit – es war 17.35 Uhr und ziemlich dunkel – die Fasnacht. Doch jetzt waren nur einzelne Piccolo- oder Guggenklänge zu hören. Dafür brummten mehrere Dieselaggregate, die Strom für die Beleuchtung des Tatorts erzeugten. Und über der Stadt kreisten mehrere Polizeihelikopter.

«Müssen wir weitere Anschläge erwarten?», wollte der Staatsanwalt wissen. «Keine Ahnung», antwortete Kaltbrunner mürrisch.

«Verdammt.»

Kaltbrunner blickte in Richtung Mittlere Brücke. Dort waren die Kameras des Schweizer Fernsehens postiert, die den Umzug live übertragen hatten. «Habt ihr die Medien im Griff?», fragte Kaltbrunner.

«Ja, das Schweizer Fernsehen hat die Live-Übertragung abgebrochen.»

«Aber die filmen doch sicher! Wo sind die anderen Journalisten?»

«Die haben wir alle weggeschickt.»

«So, so», machte Kaltbrunner. Und dachte: So ein Blödsinn. Journalisten sind immer und überall anwesend.

MITTLERE BRÜCKE, BASEL

Nachdem Sandra Bosone, Flo Arber und Alex Gaster die Bilder und Videos an die Redaktion gemailt hatten, sagte Sandra: «Auf geht's! Wir müssen uns aufteilen. Wer geht zum Regierungsratspräsidenten? Wer geht ins Spital, um die Verletzten zu interviewen? Wer kämpft sich zum Tatort vor?»

«Ich mache den Präsidenten», meldete sich Flo sofort. Er war eigentlich Wirtschaftsjournalist und hatte wenig Freude an klassischer Boulevard-Arbeit. «Okay!», bestätigte Sandra und schaute Alex an.

«Ich kämpfe mich vor.»

«Gut, dann schau ich, was ich im Spital erreichen kann. Ich schreibe unserem Chef eine Mitteilung. Viel Glück, Jungs.»

«Viel Glück», wünschten auch Flo und Alex. Das Team trennte sich. Während Sandra und Flo mit schnellen Schritten verschwanden, blieb Alex nach wenigen Metern an der Polizeisperre hängen. Kein Zutritt, für niemanden. Alex zückte seinen Presseausweis. Der Polizeibeamte warf nur einen flüchtigen Blick darauf und schickte Alex weg. Er solle sich an die Medienstelle wenden. Alex trottete davon und lümmelte rund fünfzig Meter vor der Sperre herum. Nach fünf Minuten sah er eine Chaise kommen, eine Fasnachtskutsche, die von zwei Pferden gezogen wurde. In der Chaise sassen vier Damen. Der Kutscher steuerte direkt auf die Polizeisperre zu. Alex rannte zum Wagen, öffnete die Türe und sprang in die Kutsche. «Sorry, mein kleiner Sohn irrt da drüben im Kleinbasel herum, und diese Idioten lassen mich nicht durch.» Die Damen waren völlig überrumpelt. Nicht nur wegen Alex, sondern auch wegen der ganzen gespenstischen Szenerie. Sie liessen Alex gewähren. Er schnappte sich eine Maske und zog sie an. Sie stank nach Schminke und süssem Parfum. Durch die Augenschlitze sah er, dass der Kutscher stoppte und mit einem Polizisten sprach. Alex verstand nur «Pferde sind störrisch», «zurück zur Kaserne», «sofort».

Dann ging die Fahrt weiter. Die Hufe der Pferde klapperten

auf dem Asphalt. Am Brückenkopf auf der anderen Seite des Rheins bog der Kutscher links ab. Alex nahm die Larve vom Kopf, bedankte sich und sprang aus dem Wagen. Er hörte, wie ihm die Damen nachriefen, dass er seinen Sohn sicherlich finden werde.

FÄRBERSTRASSE, SEEFELD, ZÜRICH

Kilian Derungs sass in seinem Büro, einem halbrunden Erkerzimmer, und schaute abwechselnd auf den Fernsehmonitor an der Wand und den Computerbildschirm. Im Fernsehen wurde live über die Bombenexplosion in Basel berichtet, wobei vom eigentlichen Ereignis nicht viel zu sehen war. Es wurden vor allem immer wieder flüchtende Fasnächtler und Passanten gezeigt, eintreffende und abfahrende Ambulanz- und Polizeifahrzeuge, mehrere Helikopter, die über Klein- und Grossbasel kreisten und dazwischen unscharfe Bilder eines Hobbyfilmers, der von einer Terrasse aus die Explosion gefilmt haben wollte. Allerdings war fast nichts darauf zu erkennen ausser einem braunen Etwas, das, so erklärte der Sprecher, eine Staubwolke aus Dreck und Konfetti sei.

Am PC klickte sich Kilian Derungs durch die diversen Online-Portale und entdeckte schliesslich auf «Aktuell»-Online gestochen scharfe Bilder des Fasnachtsumzugs. Ebenso perfekt war der Ton. Pfeifende und trommelnde Fasnächtler in Kostümen, die farbig und fröhlich aussahen, worüber Kilian Derungs sich allerdings nicht freuen konnte. Er wartete auf den Moment 01:22 – an dem die Explosion laut Anrisstext der «Aktuell»-Redaktion stattfinden sollte. Und tatsächlich: Etwa zwanzig Meter vom Filmer entfernt war ein kleiner Feuerball zu sehen, begleitet von einem lauten Knall. Dann waren Schreie zu hören, das Bild war komplett verwackelt, ein mit Konfetti übersäter Boden war zu erkennen, rennende Füsse, dann ein Schwenk nach oben gegen den Himmel, dann Menschen, die davonrannten, dann wieder ein wildes Durcheinander. Schliesslich wurde es schwarz, und das Video war zu Ende.

Kilian Derungs ging zu seinem Giftschrank, wie er die antike Kommode nannte, holte sich ein grosses, bauchiges Glas hervor und schenkte sich einen Cognac Camus XO Elégance ein, schwenkte das Glas, liess den bernsteinfarbenen Edelweinbrand kreisen und roch den leichten Duft nach Vanille, der für diesen Cognac charakteristisch war. Er nahm einen Schluck. Dann lächelte er zufrieden, setzte sich und schaute sich das Video auf «Aktuell»-Online noch einmal an.

GREIFENGASSE, BASEL

Wie ein Kriegsreporter hielt Alex Gaster seine Fotokamera vor sich und schlich an den Sanitäts- und Polizeiwagen und den aufgebauten Zelten vorbei. Alex spähte hinein und sah, wie Menschen sich umarmten oder an Tischen sassen und redeten. Alex war sich sicher, dass es sich um Care-Teams handelte, die Opfer und Angehörige betreuten. Alex machte einige Aufnahmen und ging weiter. Schliesslich erreichte er das Zentrum der Katastrophe. Er fotografierte die weissen Menschen, die hinter den Absperrbändern auf den Knien mit allerlei technischen Geräten nach Spuren suchten. Alex entdeckte die zerborstenen Schaufenster des Warenhauses Manor und fotografierte sie. «Wer sind Sie?», fragte plötzlich eine Stimme. Alex drehte sich um und blickte in das grimmige Gesicht eines Polizisten.

«Ich suche meine Frau, also meine Freundin.» Alex versuchte, so traurig wie möglich dreinzuschauen.

«Gehen Sie zu diesem Zelt. Dort ist ein Care-Team. Das hilft Ihnen weiter. Hier können Sie nicht bleiben.»

Glück gehabt, dachte Alex und war froh, dass er nicht seinen Sohn, den er in Wirklichkeit gar nicht hatte, sondern seine Lebensgefährtin erwähnt hatte. Wie geheissen, ging er Richtung Zelt, entdeckte dann aber einen Fasnächtler in einem giftgrünen Heuschrecken-Kostüm, der mit einem Mann sprach, der einen Cashmere-Mantel trug. Er fotografierte die beiden aus sicherer Distanz mit dem Gefühl, dass die beiden irgendeine wichtige

Funktion hatten. Dann steckte er die Kamera in seine Tasche. Er rannte los. Er schrie: «Wo ist meine Frau? Wo ist meine Frau? Ist sie tot?»

Alex lief direkt auf die Heuschrecke und den Mann im Cashmere-Mantel zu: «Hilfe!» Die Heuschrecke reagierte zuerst. Sie kam ihm entgegen und sagte mit angenehm sonorer Stimme: «Beruhigen Sie sich. Ich bin Kommissär Kaltbrunner. Sie suchen Ihre Frau?»

«Ja, ist sie tot? Ist sie tot? Sagen Sie es mir, bitte!»

«Nein, nein, sie ist sicher nicht tot. Es gab keine Toten ausser der Attentäterin.»

«Ich muss die Tote sehen, vielleicht ist es meine Frau. Wer ist die Attentäterin? Wo ist sie?»

«Beruhigen Sie sich. Ich begleite Sie zu unserem Care-Team!»

«Ich brauche keine Scheiss-Psychologen. Ich brauche meine Frau! Mara, wo bist du?» Alex schrie aus Leibeskräften und liess sich dabei auf die Knie fallen: «Mara!»

«Hören Sie, Ihre Frau ist nicht tot. Die Frau, die getötet wurde, muss um die fünfzig gewesen sein, das konnten die Gerichtsmediziner bereits feststellen. Ich nehme nicht an, dass Ihre Frau so alt ist. Zudem gehen wir davon aus, dass es sich um eine geistig behinderte Frau handelt.»

«Sie müssen diese verdammte Fasnacht abstellen, bitte!»

«Ja, wir werden versuchen, sie abzustellen. Aber jetzt kommen Sie bitte mit.»

Alex liess sich von der Heuschrecke mit dem Namen Kaltbrunner hochziehen und versuchte, Tränen in die Augen zu drücken, was ihm aber nicht gelang. Dafür stöhnte er laut.

«Gehen wir?», fragte Kaltbrunner. «Ja, ich gehe. Ich gehe ins Spital. Wo muss ich mich melden?» Alex riss sich los und rannte Richtung Zelt des Care-Teams. Er blickte zurück und sah, wie sich die Heuschrecke wieder dem Mann im Cashmere-Mantel zuwandte. Dann rannte er Richtung Claraplatz und passierte die Polizeisperre ohne Probleme. Er rannte über den ganzen Platz und stoppte erst beim Restaurant Holzschopf. Er kramte sein

Handy hervor und rief seinen Chef Peter Renner, die Zecke, an. Zehn Minuten später piepste sein Smartphone und meldete eine Breaking-News der «Aktuell»-App: «Attentäterin ist tot. Es soll eine geistig behinderte Frau um die fünfzig sein. Polizei will Basler Fasnacht abbrechen.» Nach wenigen Minuten piepste sein Handy mehrmals: Die anderen Online-Portale hatten die neuste Information ebenfalls per Breaking-News-App verbreitet und sich auf «Aktuell»-Online berufen.

Dann ging er den Claragraben entlang zum Wettsteinplatz, verliess das fasnächtliche Getümmel, erreichte die Grenzacherstrasse, wo Busse der Basler Verkehrsbetriebe standen und von Fasnächtlern und Besuchern gestürmt wurden. Alle wollten so schnell wie möglich aus der Innerstadt hinaus. Alex ging weiter und sah die ersten TV-Übertragungswagen, die mit «International Broadcast» oder mit bekannten TV-Stationen wie «ZDF» oder «Südwestfunk ARD» angeschrieben waren. Alle Katastrophen-Reporter waren da. Aber er, Alex Gaster, hatte gewonnen. Seine News über die Attentäterin war exklusiv. Wenigstens für kurze Zeit. Bald würde irgendein anderer Reporter eine neue Exklusivität vermelden.

CLARAPLATZ, BASEL

Auch Joël Thommen hatte die «Aktuell»-App abonniert und musste feststellen, dass sein Kollege Alex die Nase vorn hatte. Er war zwar als einer der ersten Reporter vor Ort gewesen, aber er war entweder am falschen Ort gewesen oder an die falschen Leute geraten. Vielleicht hatte er einfach Pech gehabt, oder er war zu wenig abgehärtet und brutal für solche Einsätze. Er war eigentlich ein Promi-Fotograf, für die Boulevard-Zeitung «Aktuell» war er erst seit Kurzem im Einsatz.

Die vielen Anrufe seines Chefs Peter Renner waren wenig erbaulich. Mach das und dies, hatte dieser ins Telefon gebrüllt. Aber für Joël war an jeder Polizeisperre Ende. Er hatte zwar viele Fotos geschossen und Videos gedreht, aber, und das wusste er, mit diesen Aufnahmen konnte er keinen Blumentopf gewinnen. Er war frustriert. Bis er hörte, wie ein Mann einem anderen Mann erzählte, er habe gesehen, dass eine Frau mit Stofftieren förmlich explodiert sei.

Als Joël den Mann ansprach, stellte sich dieser als Thomas Neuenschwander vor und erzählte, ohne dass ihn Joël danach fragte, dass er die Frau gekannt habe, die mehr oder weniger vor ihm explodiert war. Er sei Buschauffeur bei den Basler Verkehrsbetrieben und habe die Frau schon mehrfach in seinem Wagen gehabt. Sie sei eigentlich nett. Sie habe immer gesagt, sie würde nie jemandem etwas zu Leide tun. Und sie habe immer Stofftiere dabei gehabt. Im Arm einen Teddybären, im Rucksack einen Elefanten. Aber heute sei ein Hase im Rucksack gewesen, was ihn gewundert habe. Dann sei der Hase explodiert.

Joël notierte alles und machte ein Foto von Thomas Neuenschwander. Dann rief er Peter Renner an, der an diesem Tag zum ersten Mal ein gutes Wort für ihn übrig hatte: «Gut gemacht!»

FÄRBERSTRASSE, SEEFELD, ZÜRICH

«Die Aktion ist bestens angelaufen, wie ihr sicherlich den Medien entnommen habt», tippte Kilian Derungs. «Wir starten Phase zwei.» Er klickte auf Senden. Rund fünfundzwanzig Empfänger in aller Welt, hauptsächlich aber in Europa, würden in diesem Augenblick die Nachricht empfangen. Wie ein Mail. Es war ja irgendwie auch ein Mail. Aber eben: Nur irgendwie. Kilian Derungs gönnte sich einen zweiten Cognac.

HOTEL BASEL, BASEL

Im fasnächtlichen Bermudadreieck rund um das Hotel Basel, am Fusse des Spalenbergs, hatte sich um 21.55 Uhr etwas wie eine Fasnachtsvollversammlung gebildet. Hunderte von Fasnächtlern standen da und diskutierten aufgeregt, wie es nun weitergehen solle.

Zuvor hatten sich die Regierung, die Staatsanwaltschaft, die Polizei und das offizielle Fasnachts-Comité an einer gemeinsamen Medienorientierung dafür ausgesprochen, die Fasnacht sofort abzubrechen. Da man sich bewusst sei, dass ein eigentliches Fasnachtsverbot kaum durchzusetzen wäre, handle es sich um eine dringende Empfehlung. Bis die grauenhafte Tat, die eine Tote und fünfunddreissig Verletzte gefordert habe – darunter dreizehn Kinder und Jugendliche – geklärt sei, müsse man mit erhöhter Terrorgefahr rechnen. Per sofort werde ein Grossaufgebot des Nordwestschweizer Polizeikonkordats im Einsatz stehen. Diskutiert werde auch, ob die Schweizer Armee zur Unterstützung angefordert werden solle. Kommissär Kaltbrunner hatte sich gegen den Ausdruck «Terrorgefahr» gewehrt, weil er nicht an einen Terroranschlag glaubte. Aber Staatsanwalt Fässler wollte es so. Kaltbrunner vermutete, dass Fässler sich damit profilieren wollte, immerhin wäre er dann ein Terroristenjäger.

Vor dem Hotel Basel waren die Meinungen über den Fasnachtsabbruch geteilt. Die einen standen unter Schock oder hatten Angst, die anderen wollten sich von einer Amokläuferin oder einer Terroristin oder einer gestörten Alten nicht einschüchtern lassen. Schliesslich sei die Basler Fasnacht schon immer etwas Aufmüpfiges gewesen, ein Ventil des Volkes gegen die Obrigkeit. Was das mit der jetzigen traurigen Lage zu tun habe, fragten die anderen.

Um 23.39 Uhr kam es fast zu einer Schlägerei, weil ein Politiker aufgetaucht war, dessen Name zwar niemand wirklich kannte, der aber auf eine Festbank vor dem Hotel Basel gestiegen war und schrie, dass die Fasnacht unbedingt weitergehen müsse, man solle auch an das lokale Gastgewerbe denken, dessen Verdienstausfall bei einem vorzeitigen Ende der Fasnacht viele Betriebe in den Ruin treiben würde.

Daraufhin wurde der Mann von mehreren Männern attackiert. Der Kerl konnte aber ins Innere des Hotels Basel flüchten und getraute sich nicht mehr hinaus. Um 23.55 Uhr leerte sich der

Platz. Es waren aber immer noch einzelne Trommel- und Pfeiferklänge zu hören. Auch eine Guggenmusik zog irgendwo durch die Strassen.

«Respektlose Arschlöcher», sagte ein Mann in einem Ueli-Kostüm mit vielen kleinen Schellen daran. Er ging bimmelnd und fluchend den Spalenberg hinauf.

23. Februar

INNERSTADT, BASEL

Buschauffeur Thomas Neuenschwander war seit 05.46 Uhr auf der Linie 34 im Einsatz. Die Greifengasse war wieder freigegeben. Spuren des Anschlags waren kaum noch zu sehen. Bloss die Markierungen der Polizei waren noch deutlich erkennbar. Ansonsten sah die Stadt so aus wie fast jeden Morgen: verschlafen und sauber geputzt. In den Kleinbasler Beizen hingen noch einige Fasnächtler herum. Im Grossbasel war von Fasnacht fast gar nichts zu merken. Auffällig waren nur die vielen Polizisten, die auf Streife waren.

Im Radio gingen ab sechs Uhr auf den lokalen und nationalen Sendern die Diskussionen los, wie es in Basel nach der nach wie vor ungeklärten Tat weitergehen solle.

Ab sieben Uhr stiegen in den Vorortsgemeinden, die vom 34er-Bus bedient wurden - Riehen, Binningen und Bottmingen - die ersten Kostümierten in Neuenschwanders Bus. Sie sahen ziemlich frisch aus. Thomas war sich sicher, dass sie zu Hause geschlafen hatten, um nun den zweiten Tag Fasnacht in Angriff zu nehmen. Aus dem von den Behörden ausgerufenen, freiwilligen Fasnachtsverzicht wird wohl nichts, dachte Thomas.

Kurz nach neun Uhr hatte er Pause. Er holte sich eine «Aktuell» aus einem Zeitungskasten und las die Berichterstattung über das Attentat von Basel. Seine Stellungnahme gegenüber dem Reporter Joël Thommen war Teil eines doppelseitigen Artikels. Beim Lesen blieb er an der Stelle hängen, an der er zitiert wurde, dass er sich gewundert habe, warum die geistig behinderte Frau für einmal keinen Plüschelefanten im Rucksack gehabt habe, sondern einen Hasen. Auch jetzt empfand er dies nach wie vor als sehr seltsam, denn er hatte die Frau in all den Jahren noch nie ohne den Elefanten gesehen. Das Stofftier war auch dementsprechend abgewetzt und schmutzig. Er überlegte sich, ob er das der Polizei mitteilen solle.

Als er anrief, wunderte er sich ein bisschen, weshalb der Beamte am Telefon sagte, die Staatsanwaltschaft habe ihn bereits gesucht, man müsse sich sofort treffen, ob er in den Waaghof an der Heuwaage kommen könne, er solle sich umgehend bei Kommissär Olivier Kaltbrunner melden. Das gehe nicht, er müsse in einer halben Stunde an der Schifflände auf die Linie 36. Darüber solle er sich keine Sorgen machen, man werde das mit den Basler Verkehrsbetrieben organisieren.

Neuenschwander erkundigte sich trotzdem zehn Minuten später beim Personaldisponenten der Leitstelle. Dieser bestätigte: «Die Polizei hat mehrfach angerufen. Wir wollten dich anfunken oder gleich ablösen, sobald du den zweiten Dienstteil in Angriff genomm...»

Thomas klickte den Disponenten weg und schlenderte über die Mittlere Brücke. Es wehte ein leichter Wind, der Himmel war bedeckt, aber – das hatte Thomas in den Nachrichten des Lokalsenders Basilisk gehört - es sollte trocken bleiben, teilweise könnte sich sogar die Sonne durchsetzen. Was für ein tolles Wetter für die heutige Kinderfasnacht und die abendlichen Guggenkonzerte. Vorausgesetzt, die Fasnacht würde überhaupt weitergehen.

Thomas blieb beim Käppelijoch, der kleinen Kapelle in der Mitte der Brücke, stehen und schaute, ob auch dieses Jahr eine Fasnachtsfigur darin platziert worden war. Ja, es war eine alti Dante, eine alte Frau, eine klassische Figur der Basler Fasnacht. Sie war allerdings kaum zu sehen. Denn an den Gitterstäben vor der Figur hingen unzählige Liebesschlösser, von Verliebten, die ein Schloss mit ihren Namen am Gitter festmachten und den Schlüssel in den Rhein warfen. Neuenschwander fand diesen Brauch albern.

«Neuenschwander?», rief jemand. Thomas drehte sich um. Ein Polizeiauto hatte angehalten. Ein Mann, nicht all zu gross, mit rundlichem Kopf und einer Brille mit feinem Goldrand stieg aus und kam auf ihn zu: «Herr Neuenschwander?».

«Ja ...»

«Ich bin Olivier Kaltbrunner, Kommissär. Wir haben mit Ihnen telefoniert.»

«Ja ...»

«Wie geht es Ihnen?» Der Mann nahm seine feine, goldene Brille von der Nase und schaute ihn mit grün-blauen Augen freundlich an. Der Mann hat etwas Sympathisches an sich, dachte Thomas. «Es geht gut.»

«Ist es Ihnen recht, wenn wir gleich an den Claraplatz fahren und Sie uns schildern, was Sie wie gesehen haben? Sie können uns damit ganz gewaltig helfen.»

«Meinen Sie?»

«Natürlich. Sie sind derzeit unser wichtigster Zeuge.»

Thomas konnte es nicht fassen, dass er plötzlich so wichtig war. Er kramte sein Handy hervor und wollte seine Frau anrufen. Doch der Kommissär schaute ihn immer noch an. Deshalb liess er es bleiben und stieg mit dem Kommissär in den Wagen.

REDAKTION AKTUELL, WANKDORF, BERN

Peter Renner sass in seiner Nachrichtenzentrale und starrte auf den mittleren Bildschirm der drei Monitore auf seinem Pult. Renner sass bereits seit sechs Uhr hier und hatte mittlerweile rund dreissig Zeitungen aus dem In- und Ausland gelesen. Nun überprüfte er die grössten News-Portale im Web auf irgendwelche Informationen, die er noch nicht hatte.

Peter Renner sass reglos da. Sein massiger Körper und sein kleiner Kopf bewegten sich kaum. Nur sein rechter Zeigefinger, der die Computermaus bediente, regte sich ab und zu, die Augen folgten den Buchstaben und Zeilen, hin und her. Peter Renner hatte seinen Übernamen nicht umsonst: Die Zecke lauerte auf Nachrichten, in die sie sich reinbeissen konnte.

Das grosse Thema war in allen Medien der Bombenanschlag an der Basler Fasnacht. Einig waren sich die Journalisten, dass es eine Katastrophe war. Uneinig dagegen, ob es sich um einen Terrorakt oder einen Amoklauf handelte. «Aktuell» war die einzige

Zeitung, die dank Renners Reportern Alex Gaster und Joël Thommen Informationen hatte, die auf die Tat einer geisteskranken Frau hinwiesen. Diese wurden von den Nachrichtenagenturen, die ständig neue Meldungen verbreiteten, vielfach zitiert.

Da die offiziellen Mitteilungen der Basler Behörden sehr dürftig waren, hatten viele Medienleute Experten befragt. Peter Renner hatte diese sogenannten Strategieexperten alle schon am Vorabend auf diversen Fernsehstationen gehört und gesehen. Ihre Aussagen waren aber vage. Auch in Interviews mit Zeitungs- und Online-Journalisten waren sie nicht konkreter geworden. Doch die Tendenz war klar: Mit dieser «unfassbar grausamen» Tat habe der Terror endgültig die Schweiz erreicht. Oft waren die Fragen so gestellt, dass es genau darauf hinauslief. Beispielsweise wurde ein Vergleich mit dem fürchterlichen Anschlag auf die französische Satire-Zeitschrift Charlie Hebdo angestrebt, weil die Basler Fasnacht ja auch aktuelle und brisante Themen karikiere. Einige Experten nahmen diesen Zusammenhang dankbar auf. Natürlich wollte niemand vordergründig auf Panik machen, aber dass nun selbst die heile und friedliche Schweiz nicht mehr von Terroranschlägen verschont wurde, war einfach eine zu ungeheuerliche Tatsache – da konnten selbst seriöse und besonnene Journalisten nicht widerstehen, die Tat in den Kontext des internationalen Terrors zu stellen. Viele Kommentatoren kamen zum Schluss: Nun hat der Terror die Schweiz erreicht.

Peter Renner zweifelte daran und nahm sich vor, seine Reporter heute auf die vermeintliche Attentäterin anzusetzen beziehungsweise auf deren Umfeld. Wenn es eine Geisteskranke war, dann müsste es für seine Leute ein Leichtes sein herauszufinden, was da passiert und wie sie zu dieser Bombe gekommen war.

Um 09.52 Uhr, acht Minuten vor der grossen Redaktionssitzung, rief er Sandra Bosone an, die eigentlich Politik-Journalistin war, sich wegen dem Anschlag aber immer noch in Basel aufhielt. «Hey, wie weit bist du?», wollte Renner wissen. «Hast du mit Verletzten reden können?»

«Nein, noch nicht.»

«Scheisse, warum nicht?»

«Ins Spital kommt man nicht rein. Zu viel Polizei und Security.»

«Kauf dir einen Doktorkittel und ein Stethoskop! Dann versuchst du es nochmals! Das Zeug kannst du in einem Geschäft am Bernoullianum ... ach, wie heisst das dort? ... da, wo diese Wissenschaftlerin ihr Zeugs holte, als damals dieses Virus ausgebrochen war ... Warte kurz ...» Renner googelte sich auf dem rechten Monitor durch die Basler Läden für Spitalbedarf. «Klingelbergstrasse. Dort kannst du solche Sachen kaufen.»

«Und was soll ich damit?»

«Was wohl?! Sandra, wo ist dein Problem?

«Ich mach das nicht.»

«Aussergewöhnliche Storys brauchen aussergewöhnliche Recherchen.»

«Das kannst du nicht von mir verlangen.»

«Und ob. Keine Diskussion jetzt!»

«Peter, ich gebe mich nicht als Ärztin ...»

«Ende der Diskussion, Sandra!», sagte Renner in seinem gefürchteten Befehlston. «Oder muss dich unser Kotzbrocken Haberer darum bitten?»

«Sehr witzig», kommentierte Sandra und brach die Verbindung ab.

In diesem Augenblick flog die Türe zum Newsroom auf: Klack – klack – klack! Chefredaktor Jonas Haberer tappte herein und schlug Renner mehrfach auf die linke Schulter: «Ha! Hast von mir, dem Kotzbrocken, geredet, was, Pescheli? Um deinen Sklaven Beine zu machen? Das gefällt mir!» Er schlug noch einmal auf Renners Schulter, diesmal so heftig, dass die Zecke am ganzen Körper bebte.

CLARAPLATZ, BASEL

«So, so», murmelte Olivier Kaltbrunner immer wieder. Manchmal machte er auch nur «Hmm, Hmm.» Der Kommissär hörte der Schilderung des Buschauffeurs Thomas Neuenschwander aufmerksam zu. Manchmal nahm er die Brille von der Nase, setzte sie aber nach wenigen Sekunden wieder auf. Sein Kollege Giorgio Tamine machte Notizen.

Neuenschwander erzählte, dass er die geisteskranke Frau schon mehrfach im Bus gehabt habe. Sie sei immer friedlich gewesen, auch wenn sie manchmal leise geflucht habe. Er konnte auch eine ziemlich gute Personenbeschreibung abgeben: kleine, rund fünfundfünfzigjährige Frau, kurze, graumelierte Haare.

«So, so», machte Kaltbrunner. Das, was von der Leiche übriggeblieben war, passte auf die Frau, von der Buschauffeur Neuenschwander erzählte. «Geht es noch?», fragte Kaltbrunner plötzlich. «Oder brauchen Sie eine Pause?»

Der Buschauffeur schaute etwas verdutzt, sagte dann aber: «Nein, alles klar. Was wollen Sie noch wissen?»

«Erzählen Sie mir von den Stofftieren, die die Frau immer dabei hatte.» Neuenschwander schilderte so genau wie möglich, dass die Frau normalerweise immer einen Bären und einen Elefanten mit sich trug und sich mit den beiden unterhielt. Gestern sei aber ein weisser Hase mit lustigen Lampiohren in ihrem Rucksack gewesen.

«So, so», machte Kaltbrunner.

«Meinen Sie, die Frau hat sich wirklich selbst in die Luft ...»

«So, so», murmelte Kaltbrunner. «Hmm, hmm.»

STOCKERENWEG, BERN

Um 10.33 Uhr fuhr Kirsten Warren ihren Computer hoch. Die alleinerziehende Mutter eines zwölf Jahre alten Jungen konnte ihre Arbeitszeiten selbst einteilen, da sie als freischaffende Internetspezialistin praktisch sämtliche Aufträge in ihrem Homeoffice erledigen konnte. Nebst der Entwicklung von Internet- und Intranet-Lösungen für diverse Firmen, schrieb die Amerikanerin für die Gratiszeitung «Aktuell» regelmässig Artikel für die Computer-Spezialseiten. Sie testete auch die neusten Spiele, die auf den Markt kamen. Allerdings war sie keine begeisterte Gamerin. Mittlerweile konnte sie ihren Sohn Christopher für diese «Arbeit» einspannen. Er konnte besser beurteilen, ob ein neues Spiel bei den Jungen ankam oder nicht. Der einzige Nachteil dieser Mutter-Sohn-Zusammenarbeit war, dass sie ihn kaum mehr von seinem PC wegbrachte.

Christophers Vater war der Grund gewesen, warum sie überhaupt in die Schweiz gekommen war. Er war Diplomat und arbeitete bei der US-Botschaft in Bern. Nach ihrer Trennung und einer beruflich unrühmlichen Geschichte wurde er versetzt. Kirsten hatte nie genau erfahren, worum es in dieser Affäre gegangen war. Sie wusste nur, dass ihr Mann, Jeff Warren, im Zusammenhang mit Ermittlungen gegen Schweizer Banken auf einer ominösen schwarzen Liste der New Yorker Staatsanwaltschaft aufgetaucht war. Und plötzlich war er weg. Kirsten wusste nicht, ob er zurück in die USA oder in eine andere Botschaft versetzt worden war. Doch die Alimente flossen. Direkt von den US-Behörden.

Sie hatte sich als Webspezialistin schon vor ihrer Heirat einen Namen gemacht und ein eigenes Geschäft aufgebaut. Die US-Botschaft gehörte seit der Sache mit ihrem Mann zu ihren wichtigsten Kunden. Das wunderte sie zwar. Doch sie war auch dankbar, damit halbwegs wieder auf eigenen Beinen stehen zu können. Erst später kamen «Aktuell» und hin und wieder andere Verlage dazu.

Sie vermisste ihre Heimat Texas. Ihre Familie. Und ihre Freunde. Aber ihr Sohn wollte in Bern bleiben. Und irgendwie wusste sie auch nicht, ob sie weg gekonnt hätte, wenn sie weg gewollt hätte. Botschaftsvertreter hatten ihr mehrmals angetönt, dass sie die Alimente und die Aufträge nur auf sicher habe, solange sie in der Schweiz wohne. Zudem gab es noch «the others», wie Kirsten sie nannte.

Schweizer Freunde hatte sie wenige. Es waren im besten Fall Bekannte. Aber vielleicht würde sich das irgendwann ändern. Allerdings tat sie nicht viel dafür. Sie ging kaum aus, engagierte sich auch in keinem Verein oder Club. Nur Golf spielte sie regelmässig. Meistens allerdings mit Amerikanerinnen, deren Ehemänner wochenlang auf Geschäftsreisen waren. Und auch mit diesen Frauen pflegte Kirsten eine distanzierte Beziehung, lehnte die meisten ihrer Einladungen ab oder ging einfach nicht hin. Es war ihr lästig, dass alle sie mit irgendwelchen Männern verkuppeln wollten. Ein so attraktives und nettes Girl könne doch nicht alleine leben, meinten die Damen.

Sie war hübsch. Lange, blonde Haare, lange Beine, schlank und mit tollem Busen und wohlgeformtem Po. Wenn sie Jeans, Boots, eine kurze Lederjacke und einen Hut trug, verkörperte sie das perfekte Cowgirl. Boots und Jeans hatte sie oft an, die restlichen Cowgirl-Accessoires nur zweimal im Jahr. Wenn sie mit ihrem Sohn ans Country- und Truckfestival nach Interlaken fuhr. Und an die Countrynight in Gstaad. Dann genoss sie es, mit ihrem Sohn als Dreamgirl aufzutreten. Christopher war das mittlerweile allerdings peinlich.

Sie holte einen wässrigen Filterkaffee aus der Kanne – mit Kapselkaffee konnte sie nichts anfangen – und loggte sich im Internet ein. Ihre Mailbox zeigte zweiundvierzig neue Mitteilungen an. Eine davon war ein Hinweis, dass sie ins Newnetnet reinschauen solle. Newnetnet war ein geschlossenes Netz, ein sogenanntes Darknet im Deep Web, ausserhalb des bekannten World Wide Web, das nur mit spezieller Software zu erreichen war. Wie andere solche Netze war Newnetnet nur mit Username und mehreren Passwörtern zugänglich. Wer sich anmelden wollte, musste einen Bekannten haben, der bereits im Newnetnet Mitglied war und für das Neumitglied bürgte. Selbst professionelle Hacker konnten sich nicht in diesen geheimen Zirkel einschleichen. Kirsten selbst war aus Recherchezwecken – sie musste vor einem halben Jahr für die US-Botschaft in Bern einen Bericht über das Deep Web und seine Auswirkungen auf die Schweiz verfassen – darauf gestossen und war schliesslich zu Newnetnet eingeladen worden. Von wem und warum wusste sie bis heute nicht. Da ihre Aufnahme im Gegensatz zu vielen anderen Usern völlig reibungslos und schnell vonstattenging, war Kirsten überzeugt, dass die Leute, die sie eingeladen hatten, irgendwie mit den US-Behörden verbandelt waren. Sie hatte keine Angst vor diesen Leuten, aber ein ungutes Gefühl. Deshalb nannte sie sie einfach nur «the others».

Ob sich in diesem Newnetnet auch so viele Spinner, Spione, Drogendealer, Waffenschieber und Pädophile tummelten wie in anderen Schattennetzen des Deep Webs, wusste sie ebenfalls nicht. Aber spannend war es auf alle Fälle. Sie loggte sich also ein und erhielt sofort eine Mitteilung von einem User namens John Fox. Der Mann schrieb: «Möchtest du eine Story?»

«Yes», gab Kirsten ein. Sie trank ihren Kaffee und hoffte, der Kerl, der sich «John Fox» nannte, wäre online.

«Melde meinem alten Freund Haberer, dass Basel nur der Anfang war ...»

«Soll das ein Joke sein? Wer bist du?»

«Kein Joke. Ich bin John Fox.»

«Sehr witzig.»

«Haberer steht sicher auf dich, Cowgirl ...»

UNIVERSITÄTSSPITAL, BASEL

Irgendwie hatte sie Freude an ihrem Job als Boulevard-Ratte entwickelt. Sandra Bosone stand mitten in der Intensivstation des Universitätsspitals und hatte in ihrem Ärztinnen-Outfit Zugang zu sämtlichen Patienten. Sie klapperte alle Zimmer ab, immer auf der Suche nach den am schwersten verletzten Opfern des Bombenanschlags. Die, die sprechen konnten, erzählten ihr sämtliche Details ihrer Odyssee. Jene, die dazu nicht in der Lage waren, hatten meist Angehörige, die weinten und ihr vertrauensvoll das ganze Elend schilderten. Für Sandra war es ein «Yeah-yeah-yeah»-Effekt, so viele Schicksale auf engstem Raum zu treffen, war für eine Reporterin aussergewöhnlich. Jedes davon eine eigene Geschichte wert. Doch in der Masse gingen die meisten unter, denn unter diesen Umständen war nur noch das grösste Elend interessant. Eine schwerverletzte Mutter, der beide Beine amputiert werden mussten, und deren zwei Kinder, ebenfalls durch Splitter der Bombe verletzt, gab von der journalistischen Relevanz aus gesehen die beste Story. Peter Renner, die Zecke, würde sie lieben für diese Story. Selbstverständlich mit Bild und Video, denn Sandra hatte nicht gezögert, ihre Kamera beim Interview auszupacken und die Szenerie aufzunehmen. Ob die arme Frau je in «Aktuell» erscheinen würde, darauf hatte sie keinen Einfluss. Das würden Peter Renner, Jonas Haberer oder die Anwälte entscheiden. Sie machte nur ihren Job.

Die Idee mit dem gekauften Arztkittel und dem Stethoskop war zwar gut gewesen, aber nicht genügend. Das hatte Sandra schnell gemerkt. Ihr hatte der Ausweis gefehlt. Diesen hatte sie sich allerdings schnell angeeignet. Sie hatte sich einen Kaffee geholt, dann gezielt eine Ärztin angerempelt und ihr den Kaffee über den Kittel geschüttet. Dann hatte sie der «Kollegin» geholfen, sich zig-mal entschuldigt, den riesigen Kaffeefleck verwischt, ihr dabei den Ausweis aus der Brusttasche geklaut und damit den Namen «Dr. Elfriede Kasalski» angenommen. Die Security-Leute hatten sie seither freundlich gegrüsst und ihr sämtliche Türen aufgehalten.

Jetzt hatte sie alles im Kasten. Sie verliess das Spital, zog den Arztkittel aus, versenkte das Stethoskop in ihrer Tasche und rannte zum Kiosk an den Blumenrain hinunter. Dort kaufte sie sich Zigaretten, rauchte zwei und rief Peter Renner an. Er sagte ihr, dass er sie liebe. Danach stürzte sie sich in die Fasnacht. Es war 11.55 Uhr. Der Publikumsaufmarsch hielt sich allerdings in Grenzen, obwohl am Dienstag jeweils Kinderfasnacht war.

Verrückte Welt, dachte Sandra. Aber das war egal. Sie hatte ganze Arbeit geleistet. Pervers. Aber gut. Sandra lächelte.

REDAKTION AKTUELL, WANKDORF, BERN

«Kirsten was?», schnauzte Chefredaktor Jonas Haberer seinen Nachrichtenchef an. «Ich kenne diese verdammte Kirschtorte nicht!»

Peter Renner regte sich nicht auf. Er wusste, dass sein Chef sämtliche Namen verhunzte und wunderte sich deshalb nicht im Geringsten. Hauptsache, sein Chef hämmerte nicht schon wieder auf seiner Schulter herum.

«Sie schreibt für uns die Computer- und Game-Kolumne.»

«Was?»

«Ja, mein Lieber, wir haben eine Computer- und Game-Kolumne in unserer Zeitung.»

«Ach, die Schach- und Halma-Tante.»

«Ja, ja, mein Lieber, Schach und Halma spielte man noch kurz nach dem Krieg, du alter Schafseckel!» Jonas Haberer lachte drauflos. So heftig, dass er einen Hustenanfall bekam und zu ersticken drohte. Sein langes, fettiges Haar vibrierte.

«Geht's, Jonas?», fragte Peter Renner.

Haberer beruhigte und räusperte sich. Dann sagte er: «Los, was will die Halma-Tante, diese Kirschtorte?»

«Sie hat eine Nachricht aus dem Darknet erhalten, in der ihr mitgeteilt wurde, dass der Anschlag von Basel nur der Anfang wäre. Und dass du auf die Halma-Tante stehen würdest, falls du sie mal sehen würdest.»

Haberer bekam erneut einen Lachanfall. Er dauerte rund zwanzig Sekunden. Danach fragte er: «Wie war das mit der Nachricht? Mit diesem Darknet-Zeugs? Was ist das überhaupt, verdammt?»

«Das ist ein Schatten-Internet. Oder so ähnlich. Jedenfalls etwas Obskures.»

«Und warum soll ich auf die Kirschtorte stehen?»

«Weiss ich nicht.»

«Sie soll herkommen! Sofort!»

«Bist du sicher? Interessiert dich die Story? Ist das nicht zu unseriös?»

«Pescheli, was ist los? Wir sind unseriös! Also her mit der Kirschtorte! Ich geh mich mal rasieren.» Haberer verliess den Newsroom. Renner hörte noch lange seine Schritte und vor allem sein ordinäres Lachen.

CLARAPLATZ, BASEL

Anders als in anderen Jahren füllte sich die Innerstadt nur langsam mit Fasnächtlern. Der Dienstag, der als der schönste Tag der Basler Fasnacht galt, weil kein offizieller Umzug stattfand, war irgendwie kein richtiger Fasnachtsdienstag. Das Attentat überschattete den Tag der Kinderfasnacht und der Guggenmusiken. Cliquen mit Kindern waren nur wenige unterwegs. Die Guggenmusiker trugen Transparente mit Parolen wie «Jetzt erst recht!», «Wir lassen uns die Fasnacht nicht nehmen!» und «Wir haben keine Angst!» Überall standen Polizisten. Nicht nur aus Basel. Das Nordwestschweizer Polizeikorps war aufgeboten worden. Es herrschte Ausnahmezustand.

Um 13.33 Uhr zog eine Gruppe von rund dreissig Personen vom Claraplatz kommend durch die Rheingasse. Die schwarz angezogenen und mit Totenkopftüchern maskierten Menschen trommelten auf Konservendosen und Bratpfannen herum, einige schlugen Pfannendeckel zusammen. Ein Wachtmeister der Polizei fragte einen der Maskierten, zu welcher Clique er gehöre. Der Mann, der ununterbrochen auf eine grosse Büchse klopfte, sagte, sie seien ein «Zyschdigszyygli», ein Dienstagszug, zusammengestellt aus mehreren Trommlern diverser Cliquen. Der Wachtmeister gab diese Information an die Zentrale weiter. Mit dem Hinweis, dass der Mann kein Basler, sondern Zürcher Dialekt gesprochen habe.

WAAGHOF, KRIMINALKOMMISSARIAT, BASEL

Im Büro von Kommissär Olivier Kaltbrunner gab es eine heftige Diskussion. Anwesend waren neben Kaltbrunner Staatsanwalt Hansruedi Fässler, Stadtpräsident Serge Pidoux und Bundesanwalt Filipo Rizzoli. Am Telefon zugeschaltet waren Bundesrätin Christine Gugler-Herrmann, Vorsteherin des Justizdepartements, sowie Bundesrat Georg Bernauer, Chef des Verteidigungsministeriums. Kaltbrunner war bei dieser Konstellation alles andere als wohl. Er versuchte, sich in seinem Bericht auf das Wesentliche zu beschränken. Die vermeintliche Attentäterin sei vermutlich eine Frau namens Hildegard, genannt Hilde, Haberthür, sie war geistig stark behindert gewesen, hatte im Heim Sonnenstrahl gewohnt und in einer Werkstatt für behinderte Menschen gearbeitet. Ein Bombenattentat wurde ihr nicht zugetraut, wie die ersten Befragungen der Betreuer ergeben hätten.

«Das heisst?», wollte Staatsanwalt Fässler wissen.

«Wir stehen erst am Anfang unserer Ermittlungen, wir haben noch …»

«Besteht die Gefahr für weitere Attentate?», fragte Bundesrätin Christine Gugler-Herrmann.

«Also …», begann Kaltbrunner.

«Nein», unterbrach Staatsanwalt Fässler. «Wir haben es mit einer kranken Person zu tun.»

«Unsere Leute sind notfalls bereit», warf nun Militärminister Bernauer ein. «Wir sollten jegliche Panik verhindern. Wir lassen die Fasnacht laufen.»

«Ich finde das keine gute Idee, weil …»

«Danke, meine Damen und Herren, wir haben die Lage im Griff», sagte Stadtpräsident Serge Pidoux.

«So, so, die Armee steht bereit», murmelte Kaltbrunner und lächelte. «Was sagen Sie?», wollte Fässler wissen und hielt sein Ohr zu Kaltbrunner.

«Ich sagte nur: Die Armee steht also bereit.» Fässler schaute den Kommissär einen Moment an. Erst dann prustete er los.

REDAKTION AKTUELL, WANKDORF, BERN

Chefredaktor Jonas Haberer war beim Anblick von Kirsten Warren nicht mehr hundertprozentig zurechnungsfähig. Die Computer- und Gameredaktorin trübte seine Sinne, das wusste Nachrichtenchef Peter Renner sofort. In ihren engen Jeans, den Boots und den langen Haaren verkörperte sie alles, worauf sein Chef stand. Und er selbst eigentlich auch. Obwohl er vor allem auf die

Verlegerin Emma Lemmovski stand. Aber Kirsten glich Emma. Sie war zwar etwas jünger, aber vom Typ her ...

«Warum arbeitest du nicht in unserem schönen Büro, sondern zu Hause?», säuselte Jonas Haberer zu Kirsten Warren. Peter Renner sass einmal mehr wie in Gips gegossen da, innerlich ärgerte er sich allerdings über Haberer.

«Ich habe einen Sohn», sagte Kirsten Warren in ihrem Deutsch mit amerikanischem Akzent.

«Das macht mir nichts aus ...» Haberer lächelte.

Kirsten Warren schaute ihn verdutzt an.

«Also, Jonas, Kirsten ist hergekommen, weil ...»

«Ich weiss, Pescheli», unterbrach Haberer und strich sich eine Strähne aus dem Gesicht. «Unsere süsse Kirschtorte hat eine obskure Nachricht aus dem geheimen Internet erhalten.»

«Ach, geheim ist vielleicht falsch. Das Deep Web ist einfach eine andere Form des Internets, das noch sehr viel grösser ist als das normale Internet, aber nicht von Google und Co. gefunden wird. Das heisst, dass ...»

«Ist gut. Ist gut. Ist gut. Worum geht es?»

«Ein Mann, der sich John Fox nennt, meldet, dass der Anschlag auf die Basler Fasnacht nur der Anfang war.»

«Der Anfang wovon?»

«Weiss ich nicht. Ich gehe aber davon aus, dass er weitere Anschläge meint.»

«Und wer ist John Knox?»

«Fox. John Fox. Er kennt dich offenbar.»

«Ich kenne keinen Fox.»

«Das ist sicher nicht sein richtiger Name.»

«Ach, in diesem Deep Ding Netz heisst man Hinz und Kunz statt Haberer und Renner?»

«In etwa.»

«Also ist's Quatsch.»

«Nein. Nicht unbedingt. Ich habe diese Nachricht ja persönlich bekommen. Und zwar in einem Netzwerk von Usern, die sich mit politischen Zusammenhängen in der Schweiz befassen.»

«Ist doch ein Bluffer.»

Kirsten nahm wortlos ihr Tablet aus der Handtasche, tippte darauf herum und fragte: «Wollt ihr jetzt mehr wissen? Ich bin online.»

«Ja, schiess los, Kirsten», sagte Renner.

Kirsten tippte, wartete, tippte und wartete. Jonas Haberer wippte auf seinem Stuhl hin- und her. Dann scharrte er mit den Füssen. Schliesslich schlug er mit der Faust auf die Tischplatte und bellte: «Ich habe nicht ewig Zeit für diesen Scheiss!»

Kirsten sagte nichts, sondern übergab das Tablet Jonas Haberer. Dieser las etwas und gab das Gerät an Peter Renner weiter. Der Nachrichtenchef wunderte sich, warum Haberer nichts sagte. Renner las: «Liebe Kirsten, der alte Jonas glaubt's nicht, was? Er soll mal einen seiner Schnüffler um 17 Uhr auf den Basler Barfüsserplatz schicken. Dort wird eine Gruppe schwarzmaskierter Pseudofasnächtler eine kleine Show bieten. Ungefährlich, lieber Habi, noch …» Renner legte das Tablet auf den Tisch. Rund zehn Sekunden schwiegen alle.

Dann knallte Jonas Haberer die Faust auf den Tisch, und zwar so heftig, dass Kirstens Tablet vier Zentimeter in die Luft katapultiert wurde. Der Chefredaktor schrie: «Worauf warten wir noch?» Er schluckte kurz und fügte dann, etwas ruhiger, hinzu: «Pescheli, beiss dich da rein. Und du, Kirschtorte, bringst mir diesen verdammten John Wixer Knox her. Den drehe ich durch den Fleischwolf, bis er Matsch ist!»

RATHAUS, BASEL

Die Medienkonferenz fand ohne Kommissär Olivier Kaltbrunner statt. Er hatte sich geweigert daran teilzunehmen, weil es seiner Ansicht nach noch zu wenige Fakten gab. Stadtpräsident Serge Pidoux und Staatsanwalt Hansruedi Fässler gaben um 16 Uhr vor den versammelten Presseleuten bekannt, dass die Frau mit der Bombe im Rucksack eine geistig gestörte Person gewesen sei und es keinen Hinweis auf einen Terrorakt gäbe. Die Konferenz wurde per Video in den Innenhof des Ratshauses übertragen, wo weitere Medienleute standen, aber auch Passanten. Zudem wurden die Reden des Stadtpräsidenten und des Ersten Staatsanwalts auf dem Schweizer Fernsehen und auf TeleBasel live übertragen. Mehrere Online-Plattformen, darunter auch «Aktuell»-Online, hatten Live-Ticker und Streamings eingerichtet.

Die erste Frage eines Journalisten richtete sich an Hansruedi Fässler. Der junge Mann wollte wissen, wie eine geistig behinderte Frau eine Bombe basteln und diese mitten im Fasnachtstreiben zünden könnte. Es herrschte einige Sekunden Stille.

«Natürlich haben wir uns das auch gefragt», antwortete Fässler schliesslich. «Nach dem Stand der Ermittlungen müssen wir davon ausgehen, dass sich jemand einen Scherz erlauben und die Frau mit einer aus Pyro- und Feuerwerkskörpern gebastelten Bombe erschrecken wollte. Wobei Bombe der falsche Ausdruck ist. Der Sprengkörper war eine aus diversen Spassartikeln verklebte und verschraubte Knall-Kugel. Leider war die Wirkung sehr tragisch. Aber sicherlich war es nicht das Werk eines Profis.»

«Gibt es Verdächtige?», wollte eine Radiojournalistin wissen.

«Ja», antwortete Fässler schnell. «Aber darüber geben wir zum jetzigen Zeitpunkt keine Auskunft. Aus ermittlungstaktischen Gründen.»

«Wie wurde die Knall-Kugel, wie Sie sagen, gezündet?», fragte nun ein älterer Pressevertreter.

«Auch darüber geben wir aus ermittlungstaktischen Gründen keine Auskunft. Sie wissen ja, wegen der Nachahmer.»

Stadtpräsident Pidoux erklärte schliesslich, dass die Fasnacht deshalb ungeniert weiter genossen werden könne. Allerdings sei nach wie vor mit einer erhöhten Polizeipräsenz zu rechnen. Man solle es den Polizeikräften nicht verübeln, wenn man als Kostümierter oder Kostümierte kontrolliert würde.

WAAGHOF, KRIMINALKOMMISSARIAT, BASEL

Kommissär Kaltbrunner starrte in den Monitor. Er verfolgte die Medienkonferenz am Fernsehen. Fassungslos sagte er zu Kollege Tamine: «Was labert Fässler da für einen Stuss? Eine Knall-Kugel?»

«Knall-Kugel», bestätigte Tamine, «er hat Knall-Kugel gesagt!»

«So ein Mist, Goppeloni! Kurt vom technischen Dienst sagte doch, die Bombe sei sehr professionell ...»

«Ja, ja, nur ist diese Info noch nicht bei Fässler angekommen. Du kennst ihn ja! Er redet schneller, als er denkt.»

«Goppeloni», sagte Kaltbrunner noch einmal.

INNERSTADT, BASEL

Schon einige Male war die Fasnacht durch politische oder kriegerische Ereignisse irgendwo auf der Welt beeinflusst worden. Da das vermeintliche Attentat dieses Mal aber direkt die Stadt Basel betraf, sass der Schock tiefer: An diesem Dienstag, dem Tag der Kinder, befanden sich praktisch keine Mädchen und Buben in der Stadt. Nur vereinzelt, und ausschliesslich in den Nebengassen, waren einige Kinder mit ihren Eltern unterwegs. Nach der Medienkonferenz der Stadtregierung füllten sich die Plätze und Strassen allerdings relativ schnell. Es kam so etwas wie Fasnachtsstimmung auf.

FÄRBERSTRASSE, SEEFELD, ZÜRICH

Kilian Derungs goss sich nochmals einen Cognac ein, schwenkte das Glas und schaute mit einem Lächeln TeleBasel. Der Regionalsender übertrug nach der Medienkonferenz wieder Bilder der Basler Fasnacht. Die Kommentatoren sagten, dass man nun den Rest der Fasnacht ohne Angst geniessen könne. Kilian Derungs lächelte und murmelte: «Nein, das könnt ihr nicht.» Er nahm einen Schluck Cognac.

BARFÜSSERPLATZ, BASEL

Nach dem Alarmanruf von Nachrichtenchef Peter Renner waren die «Aktuell»-Reporter Alex Gaster, Sandra Bosone, Flo Arber und die beiden Fotografen Henry Tussot und Jöel Thommen rund um den Barfüsserplatz postiert. Es war 16.55 Uhr. Die Lage war ruhig. Fasnächtler marschierten über den Platz, Kinder tobten herum, Zuschauer genossen Bier und Weisswein.

Reporterin Sandra Bosone war nicht besonders guter Stimmung. Ihr war bewusst, dass ihr Einsatz, den sie im Spital für die Interviews mit den Verletzten geleistet und dafür ein etwas schlechtes Gewissen hatte, möglicherweise für die Katz gewesen war. Falls hier etwas Dramatisches passieren sollte, würde ihre Reportage, die sie bereits geschrieben und übermittelt hatte, in den Hintergrund gedrängt.

«Reporterpech», kommentierte Fotograf Henry Tussot ihre Sorgen. «Du weisst gar nicht, was ich alles fotografiere den ganzen Tag. Und dann bringen diese Idioten andere Fotos oder zerstückeln meine Bilder dermassen, dass ich sie kaum wiedererkenne. Merde! Aber so ist das nun mal.»

Um Punkt 17 Uhr lief eine schwarzgekleidete Combo von der Falknerstrasse her auf den Barfüsserplatz. Die Reporter blickten sich an. «Sind das wohl die von Renner angekündigten Pseudofasnächtler, die für Aufregung ...», fragte Sandra.

Henry und Jöel rannten los und begannen sofort, Fotos und Videos zu machen. Denn irgendwie sahen diese Fasnächtler nicht wie Fasnächtler aus, sondern wie die angekündigte Chaos- oder Terrortruppe. Alex und Sandra stürmten ebenfalls zu dieser Clique und sprachen mehrere Mitläufer an. Sie fragten, welche Absicht hinter diesem Zug stecke. Antwort erhielten sie keine.

Um 17.03 Uhr enterte die Gruppe, die aus rund fünfundzwanzig Leuten bestand, die Gerüstbühne, auf der am Abend die Guggenmusiken ihre Konzertauftritte halten.

«Die sehen aus wie der berüchtigte ‹Schwarze Block› aus Zürich », sagte Sandra zu Alex. Der «Schwarze Block» war eine

Ansammlung gewaltbereiter junger Menschen, die an Demonstrationen für Ausschreitungen sorgte.

«Hoffen wir, dass nichts passiert. Für eine aggressive Demonstration ist die Fasnacht nun wirklich der falsche ...»

In diesem Augenblick gab es einen lauten Knall. Und noch einen. Pyros wurden gezündet. Sekunden später gab es ein riesiges Durcheinander. Fasnächtler und Zuschauer rannten in Panik davon. Einige fielen zu Boden. Kinder schrien. Eltern schrien.

Sandra verlor in diesem Tohuwabohu den Kontakt zu Alex. Sie wurde von hinten angerempelt von einem schwarzgekleideten Kerl mit einem schwarz-weissen Totenkopfhalstuch vor dem Gesicht. Sie versuchte, den Mann zu fotografieren, drückte auf den Auslöser, doch sie stürzte. Als sie sich aufrappeln wollte, sah sie einen Waggis, eine klassische Fasnachtsfigur mit gelber Mähne und einer grossen, roten Nase im Gesicht, mit seinen schweren Holzzoggeli auf sich zu rennen. Sie spürte einen dumpfen Schlag im Gesicht. Alles wurde schwarz. Und dann war es ganz ruhig.

STEINENVORSTADT, BASEL

Kommissär Olivier Kaltbrunner rannte von seinem Büro bei der Heuwaage Richtung Barfüsserplatz und verfluchte sich, dass er nicht in besserer körperlicher Verfassung war. Sein Mitarbeiter Giorgio Tamine war fünf Meter vor ihm und versuchte, in der Steinenvorstadt seinem Chef einen Weg durch die Menschen zu bahnen. Da durch die Basler «Kinostrasse» Hunderte, wenn nicht Tausende von Leuten Richtung Heuwaage rannten, um sich in Sicherheit zu bringen, war fast kein Durchkommen mehr. Olivier Kaltbrunner keuchte und war nicht unglücklich darüber, dass es nur langsam vorwärts ging. So kam er wenigstens wieder zu Atem. Als er sich einigermassen fit genug fühlte, sagte er zu sich: «Ich muss weniger fressen, weniger Bier saufen und mehr trainieren, Goppeloni.» Dann schrie er: «Polizei! Aus dem Weg! Polizei!»

Ohne grossen Erfolg. Als er mit Tamine den Barfüsserplatz erreichte, hatten die Polizeigrenadiere den gesamten Platz bereits mit Gitterfahrzeugen abgesperrt. In der Luft hing Tränengas. Als er und Tamine an drei Polizeigrenadieren in Vollmontur mit Helm und Schutzmaske vorbei wollten, wurde ihnen mit Schlagstöcken und Schutzschildern der Weg versperrt.

«Ich bin der Kommissär, verdammte Scheisse, was seid ihr für elende Flachzangen?» Er zückte den Ausweis.

Einer der Polizeigrenadiere entschuldigte sich auf Berndeutsch: «Sorry, wir sind nicht von der Basler Polizei, sondern vom Nordwestschweizer Polizeikonkordat.»

«Schon gut», antwortete Olivier Kaltbrunner ruhig. «Dürfen wir jetzt durch?»

«Ich muss erst meinen Gruppenführer frag...»

«Jetzt reicht es aber endgültig!», schrie Kaltbrunner aus Leibeskräften. «Geh zurück nach Bern! Wir sind hier in Basel, und ich bin Goppeloni der Chef hier!»

REDAKTION AKTUELL, WANKDORF, BERN

Es gab selten eine Situation, in der Peter Renner nervös wurde. Jetzt aber war er es. Er versuchte seit gut einer Stunde, irgendeinen seiner Reporter in Basel zu erreichen. Doch keiner nahm seine Anrufe entgegen. Auch die Webcam, die auf den Barfüsserplatz gerichtet war, war ausgefallen. Renner wusste lediglich, dass irgendetwas passiert sein musste, aber nicht was. Und das machte ihn nervös.

Auch seine Anrufe bei der Basler Polizei und bei der Staatsanwaltschaft hatten nichts gebracht. Ja, es sei ein polizeilicher Einsatz im Gange, aber man könne keine Auskunft darüber geben. Selbst auf den Onlineportalen der Konkurrenz gab es keine Informationen. Und die ansonsten lebhaften News-Schleudern Facebook und Twitter blieben ebenfalls verdächtig ruhig.

Chefredaktor Jonas Haberer drängte darauf, die morgige Printausgabe von «Aktuell» zu gestalten. Er wolle mit der Opfer-Story von Sandra Bosone, an der er grossen Gefallen fand, die Schlagzeile auf Seite 1 kreieren. Doch Renner vertröstete ihn, es sei wohl noch etwas Grösseres im Gange in Basel. Vermutlich müsse die Redaktion eine Nachtschicht einlegen. Jonas Haberer murrte.

BARFÜSSERPLATZ, BASEL

Alex Gaster hatte sich unter der Bühne der Guggenmusiken versteckt und das Geschehen fotografiert und gefilmt. Er war zufrieden. Seine Aufnahmen zeigten, wie die schwarzgekleideten Typen nach dem Abfeuern von Knall- und Rauchpetarden und dem Abbrennen von Pyrofackeln gezielt Leute attackierten, die fotografierten. Sie rissen ihnen die Handys und Kameras aus den Händen und schleuderten sie auf den Boden. Danach flüchteten sie in die Seitengassen. Zwei Männer waren nahe an Alex vorbeigerannt, hatten kurz angehalten, sich die schwarzen Kleider vom Leib gerissen und waren als gewöhnliche Zuschauer weitergerannt. Auch den Aufmarsch der Polizei hatte Alex fotografiert. Allerdings waren diese Bilder weit weniger dramatisch, denn der Tränengaseinsatz hatte auf der gegenüberliegenden Seite des Platzes stattgefunden.

Jetzt kramte Alex sein Handy hervor, um seinen Chef anzurufen. Nach etlichen Versuchen musste er feststellen, dass er keinen Empfang hatte. Das irritierte ihn. Warum gab es am zentralsten Platz in Basel keinen Handyempfang?

FALKNERSTRASSE, BASEL

Zur gleichen Zeit versuchte Joël Thommen, von der Falknerstrasse her wieder auf den Barfüsserplatz zu gelangen. Er hatte einige Mitglieder dieser schwarzen Clique verfolgt, musste dann aber aufgeben, weil die Leute in der Masse der Flüchtenden untergetaucht waren. Auch hatte er etwas Tränengas abbekommen, was ihn einige Minuten ausser Gefecht setzte. Auch er hatte festgestellt, dass sein Handy tot war.

Der Weg zum Barfüsserplatz war durch Polizeigrenadiere und Gitterfahrzeuge versperrt. Die Polizisten standen breitbeinig da. Einige hielten Gummischrotgewehre und Tränengaskanonen in den Händen. Joël zückte seinen Presseausweis und zeigte ihn den Beamten. Sie wiesen ihn jedoch strikte ab, und befahlen ihm zu verschwinden. Joël versuchte zu diskutieren, keiner der martialisch aussehenden Polizisten ging darauf ein.

Joël beschloss, sich einen anderen Weg zu suchen und ging ein Stück zurück. Plötzlich explodierte etwa zwanzig Meter vor ihm eine Rauchpetarde. Er fotografierte. Dann allerdings geriet er in Panik und rannte zurück, wieder auf die Polizisten zu. Dort bin ich sicherer, dachte er.

«Zurückbleiben! Zurückbleiben!», hörte Joël. Er riss den Presseausweis in die Höhe und schrie: «Ich bin Fotograf, lasst mich durch!» Dann hörte er einen Knall und kurz darauf das Niederprasseln von Gummischrot auf den Asphalt.

«Ich bin Fotograf!» Joël rannte. Dann ein weiterer Knall und ein brutaler Schlag ins Gesicht, den Joël schier umhaute. «Scheisse, Scheisse, Scheisse», haspelte Joël. «Ich bin getroffen.»

Weitere Schüsse. Joël warf sich auf den Boden und schützte seinen Kopf mit den Armen.

BARFÜSSERPLATZ, BASEL

«Lass gut sein», sagte Flo Arber zu Fotograf Henry Tussot, der nach der Knallerei in der Falknerstrasse wegrennen wollte. Die beiden waren vor etlichen Minuten zur Tramhaltestelle geflüchtet, zusammen mit vielen anderen Menschen. «Keine Ahnung, was da abgeht», ergänzte Flo. «Aber das ist kein normaler Demo-Einsatz mehr. Möglicherweise ist das hier alles ernst, also ein wirklicher Terrorakt.»

«Merde!», kommentierte Henry. «Dann ist das ja etwas wie Krieg. Auf in den Kampf!» Er packte seine Kamera, hielt sie wie ein Sturmgewehr vor sich und rannte in geduckter Haltung mitten auf den Platz. «Du spinnst doch», rief Flo ihm nach und schaute zu den anderen Menschen im Tramhäuschen. Erst jetzt bemerkte er, dass sich diese umarmten, an den Händen hielten, weinten oder mit offenen Augen ins Leere starrten. Erst jetzt hörte er, dass irgendjemand das Vater unser betete.

FÄRBERSTRASSE, SEEFELD, ZÜRICH

«Gute Show, was?», tippte Kilian Derungs in seinen PC. «Wir haben dafür gesorgt, dass ihr alles exklusiv habt. Aber eben, das war erst der Anfang.» Er schickte das Mail durch die undurchsichtigen Kanäle und Wellen des Deep Webs an Kirsten Warren.

BARFÜSSERPLATZ, BASEL

Weit musste Henry Tussot nicht rennen, bis er die ersten Objekte für seine Kriegsreportage vor die Linse bekam. Er war zwar noch nie in einem Krieg gewesen, doch er wäre gerne Kriegsreporter geworden. Dafür war er allerdings zu spät auf die Welt gekommen: In Zeiten der Digitalfotografie, des Videobooms und des Internets war die Zeit professioneller Kriegsfotografen abgelaufen. Die brutalsten und mörderischsten Bilder wurden heute mit Handykameras aufgenommen und innert Sekunden weltweit verbreitet.

Trotzdem: Dieser Platz war nun sein Schlachtfeld. Da lag ein Fasnächtler mit einer klaffenden Wunde am Kopf am Boden, dort ein Kind, das schrie, daneben eines, das nicht schrie, auch nicht jammerte, aber immerhin atmete. Henry fotografierte alle, nachdem er sich kurz nach dem Befinden erkundigt und festgestellt hatte, dass niemand lebensbedrohlich verletzt war. Als er sah, dass die Sanität eintraf, fotografierte er nur noch. Er wusste, dass er wahrscheinlich schon bald von einem uniformierten Muskelprotz abgeführt werden würde.

Er fotografierte ununterbrochen. Fasnachtstrommeln mit zerrissenem Fell, Piccolos in Konfettibergen, zerrissene Laternen, zertrampelte Masken. Und er fotografierte Menschen, die herumlagen. Es lagen viele herum. Henry war sich sicher, dass er auch Tote fotografierte. Nein, das war nicht unmoralisch. Jemand musste das tun. Davon war er zwar nicht ganz überzeugt, aber es tat gut, daran zu glauben.

Eine Frau, kostümiert als Clown, lag auf den Tramschienen, ihr Kleinkind – ebenfalls im Clownkostüm – hatte sie zum Schutz unter sich gelegt. Das Kind hatte die selbstgebastelte Maske noch auf dem Kopf. Es war eine Larve aus einem Schuhkarton und mehreren Toilettenpapierrollen, liebevoll, wenn auch ein bisschen ungeschickt bemalt und mit roten Papierhaaren verziert. Es war ein unglaubliches Sujet, wie Henry sofort erkannte. Der kleine, süsse Clown unter der Clownmutter, die weit aufgerissenen Augen der Mama, das Entsetzen in ihrem Gesicht. Henry kniete sich hin und ging ganz nah ran, nahm sich Zeit. Jetzt sah er: Aus den Sehschlitzen der Larve des kleinen Clowns rannen Tränen, echte Tränen. Er vernahm jetzt auch das Wimmern des Kindes, sein Schluchzen und Schlucken.

«Was ist passiert?», fragte er die Frau und hoffte, dass sie … ja, sie brach auch in Tränen aus … Henry schaltete den Blitz ein … zack! … die Frau zuckte zusammen … «Excusé moi!» … Mann, war das ein Shot! …

Henry stand auf und fotografierte weiter wie ein Verrückter. Dann rannte er weiter, immer noch in geduckter Haltung. Er entdeckte Blutspuren, einen verlorenen Schuh, einen liegengebliebenen Rucksack, eine weggeschmissene Maske, noch eine Larve, einen leeren Kinderwagen, einen leeren Leiterwagen, gelbe, goldene, rote und blaue Räppli, Konfetti, einige blutgetränkt. Weiter, weiter.

Plötzlich entdeckte er Sandra Bosone. «Sandra!», schrie Henry. Aber sie antwortete nicht. Ohne durch den Sucher seiner Kamera zu gucken, drückte er ständig den Auslöser, fotografierte alles, was rund um ihn herum passierte. Er fotografierte auch Sandra, ihren Körper, ihr Gesicht, die Wunde an ihrem Kopf, das Blut in ihren dunkelblonden, kurzen Haaren, und gleichzeitig versuchte er, den Puls seiner Kollegin zu fühlen!

«Hilfe!», schrie er. «Hilfe! Hier liegt eine Tote!»

RATHAUS, BASEL

Um 18.33 Uhr beschlossen die Basler Regierung, die Vertreter des Krisenstabs, die Polizeiverantwortlichen und die Staatsanwaltschaft, die Fasnacht per sofort für beendet zu erklären. Der Entscheid würde wie in einem Katastrophenfall nicht nur über die Medien, sondern auch mit Lautsprecherwagen in der ganzen Stadt verkündet. Zudem solle die Bevölkerung aufgerufen werden, zu Hause zu bleiben.

Erneut wurde der Einsatz der Armee diskutiert. Allerdings nur kurz: Unterdessen waren sich alle einig, dass die zivilen Kräfte die Lage nicht mehr unter Kontrolle halten könnten, falls weitere Anschläge stattfänden. Stadtpräsident Serge Pidoux informierte sofort Militärminister Georg Bernauer. Dieser, so stellte Pidoux verärgert fest, konnte einen freudig erregten Unterton nicht unterdrücken: Endlich ein Ernstfall für seine Armee.

BARFÜSSERPLATZ, BASEL

«Zu welchem Schluss kommst du?», fragte Olivier Kaltbrunner Giorgio Tamine.

«Ich bin mir nicht sicher. Diese Brandspuren hier ...»

Olivier Kaltbrunner nahm seine Brille mit dem dünnen Goldrand ab, kniete nieder, rieb mit den Fingern ein wenig Brandstaub vom Boden und roch daran. «Also für mich riecht das wie ganz normale Asche, wie sie beim Abfackeln von Pyros zum Beispiel an Fussballspielen entsteht.» Er hielt seine Finger Tamine hin. «Ja, das kann ich bestätigen», sagte Giorgio Tamine, nachdem er an Olivier Kaltbrunners Fingern geschnuppert hatte.

«So, so, du kannst das bestätigen», wiederholte Kaltbrunner. Er ärgerte sich einmal mehr über den polizeilich-korrekten Ton seines Mitarbeiters. Bestätigen - irgendwie hatte Tamine den Wechsel vom uniformierten Polizeidienst in die Staatsanwaltschaft, der das Kommissariat unterstellt war, noch immer nicht vollständig geschafft.

Olivier Kaltbrunner stand auf, wischte seine Finger an der Hose ab, setzte die Brille auf und sagte: «Wir haben es hier nicht mit Bomben zu tun. Das war auch kein Attentat.»

«Bist du dir sicher?»

«Nein. Aber wenn ich die Verletzungen der Menschen anschaue und höre, was die Sanitäter erzählen, dann wurden diese Leute, die hier herumliegen, niedergetrampelt. Es gab durch die Knallerei dieser schwarz angezogenen Idioten schlicht und ergreifend eine Massenpanik.»

REDAKTION AKTUELL, WANKDORF, BERN

Praktisch die ganze Redaktion, bis auf wenige Online-Journalisten, drängte sich ins Sitzungszimmer und schaute gebannt auf Peter Renner. Der Nachrichtenchef trug sein Headset und versuchte, einen der «Aktuell»-Reporter in Basel zu erreichen. Doch es meldeten sich nur die Mailboxes der Journalisten oder einfach eine Frauenstimme, die mitteilte, dass der gewünschte Teilnehmer nicht erreichbar sei. Die Redaktorinnen und Redaktoren konnten mithören, da Renner sein Telefon mit der Lautsprecheranlage verbunden hatte. Selbst Jonas Haberer blieb stumm. Alle erwarteten, dass er jeden Moment ein fürchterliches Donnerwetter loslassen würde. Doch dieses blieb aus. Haberer sagte nichts. Entweder war das Piep-piep-piep aus den Lautsprechern zu hören oder: «Der gewünschte Mobilteilnehmer …» Allen war es absolut unverständlich, warum keine Verbindung nach Basel möglich war. «Hast du es schon mit SMS oder WhatsApp oder via Facebook versucht?», fragte ein junger Onliner.

«Ja», murrte Renner. «Twitter ist übrigens auch tot, was Basel betrifft.» Ihm war klar, dass sich die jungen Journalisten nicht vorstellen konnten, dass Menschen oder ganze Regionen einfach einmal nicht erreichbar sein konnten. Diese jungen Leute waren alle mit Smartphones, Computern und Social Media aufgewachsen. Wieder herrschte Stille.

«Wo ist eigentlich die Halma-Tante?», fragte Haberer plötzlich. Allerdings nicht im erwarteten Kasernenton, sondern ganz normal, fast schon freundlich. «Ich meine diese Kirschtort... also Kristen oder wie sie heisst.»

Das erstaunte selbst Peter Renner. Er hatte es noch nicht oft erlebt, dass Haberer einen Versuch wagte, einen Namen richtig auszusprechen. «Kirsten meinst du?»

«Meint ihr mich?», meldete sich nun Kirsten Warren mit ihrem englischen Akzent zu Wort. «Sorry, ich habe nicht verstand...»

«Schon gut», unterbrach Haberer, aber immer noch nett. «Kannst du erklären, was das soll?»

«Yes. Ich denke die Leute, mit denen wir es hier zu tun haben, haben die Handynetze und die Logins zu Facebook, Twitter, Mail und Co gekappt. Anders kann ich nicht erklären, was hier passiert.»

«Gekappt?», fragte Renner.

«Yes. Ich bekam von unserem Freund ...»

«Danke!», schrie Haberer nun in seiner gewohnten Lautstärke mit seinem ebenso bekannten Unterton. Doch irgendwie war es für alle Anwesenden eine gewisse Erleichterung: Der Chef schien wieder normal zu werden, also war vielleicht doch alles in Ordnung mit ihren Kolleginnen und Kollegen in Basel. Renner schaute zu Haberer und nickte. Eigentlich hätte er Kirsten Warren unterbrechen müssen, da sie gerade daran war, ein Geheimnis zu verraten, von dem bis jetzt nur sie, Renner und Haberer wussten: Das Geheimnis der Nachrichten aus den obskuren Tiefen des Internets. Plötzlich ertönte über die Lautsprecheranlage ein normaler Summton. «Flo, nimm endlich ab!», sagte Renner. Es raschelte und knackste.

«Ja, Flo Arber?» Alle im Meetingroom atmeten auf.

«Was zum Teufel macht ihr verdammten Anfänger eigentlich an dieser Scheiss-Fasnacht?», schrie Jonas Haberer. «Seid ihr besoffen, bekifft oder beides? Herrgottsack, Flöli, ihr seid am Leben! Wir hatten eine Scheissangst um euch!»

BARFÜSSERPLATZ, BASEL

Henry Tussot, der Möchtegern-Kriegsreporter, hatte einen Schock erlitten und wurde von Sanitätern versorgt. Immer wieder fragte er: «Est-ce que Sandra est morte? Est-elle morte?» In seinem Zustand konnte der gebürtige Westschweizer kein Deutsch mehr.

Obwohl eine junge Sanitäterin immer wieder antwortete, dass seine Kollegin nicht tot, aber schwer verletzt sei, wiederholte Henry die Frage ständig. Sie sei bereits ins Spital gebracht worden, erklärte ihm die Frau ebenfalls mehrmals. «Sandra est morte?!» Henry zitterte. Er begann zu schluchzen.

NOTFALLSTATION, UNIVERSITÄTSSPITAL, BASEL

Die Warterei machte ihn madig. Zwar konnte Joël wegen seiner Verletzung durch das Gummischrot kaum noch etwas sehen, doch die grünen Wände des Eingangsbereichs der Notfallstation irritierten ihn. Zudem konnte er das Gestöhne und Gejammer der anderen Verletzten nicht mehr ertragen. Wer nicht in Lebensgefahr schwebte, musste in diesem grünen Raum warten und konnte darauf hoffen, dass irgendwann sein Name aufgerufen wurde.

Wie er hierhergekommen war, wusste er nicht mehr genau. Jemand hatte ihn wohl auf der Strasse gefunden und hierhergebracht. Langsam kam er aber wieder zu sich. Er prüfte, ob er seine Fotokamera noch hatte. Ja, sie war da. Das war das Wichtigste.

Jetzt müssen meine Bilder aber subito in die Redaktion geschickt werden, befahl er sich selbst. Wie spät ist es wohl? Meine Güte, ich verpasse den Redaktionsschluss! Und ich habe kein einziges Foto im Blatt!

Er stand auf und ging Richtung Ausgang, stiess aber mit jemandem zusammen. Er tappte weiter und lief gegen eine Wand. Jemand fragte ihn, wohin er wolle. Er müsse hinaus, Luft schnappen. Die Person, vermutlich eine Frau, aber da war sich Joël nicht sicher, führte ihn hinaus und sagte, er müsse jemand anderen bitten, ihn zurückzuführen. Joël fragte, ob er oder sie so nett wäre, ihn auf dem Handy mit seinem Chef, Peter Renner, zu verbinden, denn Joël konnte auf dem Display nichts erkennen. Seine Augen waren viel zu stark verschwollen.

«Alles okay bei dir?», fragte Renner.
«Ja», log Joël.
«Wo bist du?»
«Vor dem Spital.»
«Warum denn das?»
«Spielt keine Rolle.»
«Okay. Du triffst dich jetzt mit Flo und Alex. Die beiden sitzen beim Tinguely-Brunnen und schreiben Texte. Du musst alle Bilder von dir und auch jene von Henry und Sandra auswählen und subito mailen. Wir stehen unter Druck, Redaktionsschluss ist in einer Stunde. Verstanden?»
«Okay. Warum können Henry und Sandra das nicht ...»
«Sie sind verletzt.»
«Okay.»
«Bei dir ist alles klar?», fragte Renner nach. «Du klingst irgendwie komisch.»
«Nein. Geht schon.»
«Was zum Teufel ist mit dir?»
«Nichts. Kommt gut.»
«Du bist auch verletzt, stimmt's? Warum sagst du das nicht? Bleib, wo du bist! Wart, bleib am Telefon ...»
Joël hörte wie Renner über eine zweite Leitung mit Alex sprach. Er müsse Joël beim Spital abholen. «Nein, es geht schon, Peter. Gib mir einen Moment!» Renner antwortete nicht. «Ich Idiot», murmelte Joël. «Die schmeissen mich raus. Ich gehe einfach immer zu weit und bekomme auf die Schnauze, das ...»
«Joël?»
«Ja!»
«Alex und Henry kommen. Was ist los?»

«Nichts. Ich habe es einfach vermasselt ... ich wollte den Kerl foto... dann ... scheisse, ich hab Durst ...»
«Joël!»
«Ja. Hier. Wer ist am Telefon ...»
«Ich bin es, Renner, die Zecke, Peter!»
«Kannst mich rausschmeissen, Zecke. Oder Haberer, der Kotzbrocken. Ich kann's einfach nicht. Ich bin ein mieser Reporter ... ein ganz mieser ...»
«Joël, beweg dich nicht von der Stelle! Die beiden werden gleich bei dir sein. Rede jetzt einfach mit mir. Hörst du? Was ist passiert? Erzähle es mir. Ruf um Hilfe!» Peter Renner klang plötzlich sehr weit weg.
«Joël!»
«Ich ... ich ...»

24. Februar

JURASTRASSE, LORRAINE-QUARTIER, BERN

Nach knapp zwei Stunden Schlaf piepste Peter Renners Smartphone. Es war der Weckruf. Renner stellte sich kurz unter die Dusche und trank drei Espressi. Dann machte er sich auf den Weg in die Redaktion.

Vermutlich war der gestrige Tag der bisher schlimmste seiner ganzen Journalistenkarriere gewesen. Nicht die Ereignisse und die Hektik hatten ihn kaputt gemacht, sondern die Tatsache, dass er von fünf Reportern drei verloren hatte. Hatte er zu viel von ihnen gefordert? Lohnte es sich wirklich, die Gesundheit, ja vielleicht, das Leben aufs Spiel zu setzen für eine Reportage? Übten er, Jonas Haberer und auch Emma Lemmovski, zu viel Druck auf die Mitarbeitenden aus?

Renner versuchte sein schlechtes Gewissen mit den Tatsachen zu beruhigen. Denn Henry würde sich schnell erholen, er hatte wirklich nur einen Schock erlitten. Joël hatte zugeschwollene Augen und eine Gehirnerschütterung. Das brauchte zwar Zeit, doch Joël würde ziemlich sicher wieder ganz gesund werden. Allerdings war noch eine Untersuchung seiner Augen nötig.

Sorgen machen musste man sich hingegen um Sandra Bosone. Sie lag mit einem Schädel-Hirn-Trauma im Koma. Es war noch unklar, ob das Trauma ein schweres oder ein mittelschweres war. Deshalb waren auch ihre Heilungschancen noch ungewiss. Mehr hatte Peter Renner gestern Nacht nicht erfahren. Er hatte kurz mit Sandras Mutter telefoniert und ihr von Seite der ganzen Redaktion Unterstützung und Mitgefühl zugesagt. Das hatte Frau Bosone aber nicht beruhigen können. Sie hatte während des Telefonats die ganze Zeit geheult, während ihr Mann am Steuer sass. Bosones waren mit dem Auto von ihrem Wohnort Gockhausen bei Zürich nach Basel unterwegs.

Reporterin und Politikjournalistin Sandra Bosone gehörte zu

jenen Opfern, die in Lebensgefahr schwebten. Davon gab es fünf. Insgesamt wurden bei der Massenpanik auf dem Barfüsserplatz drei Personen getötet, darunter ein Kind. Neben den fünf, die mit dem Tod kämpften, waren dreiundvierzig Personen verletzt worden, davon sechzehn schwer. Einundsiebzig Personen mussten ambulant behandelt werden.

Ein Terrorakt konnte noch nicht vollständig ausgeschlossen werden – so die aktuellste Medienmitteilung der Basler Staatsanwaltschaft von 23.57 Uhr. Doch bis jetzt deute alles auf eine Panik hin, ausgelöst durch eine Gruppe schwarz-maskierter Personen, die Pyros und Knallkörper abfeuerten. Die Identität dieser Personen sei unbekannt, es würden Zeugen gesucht.

Peter Renner und das Redaktionsteam von «Aktuell» hatten den Redaktionsschluss überzogen. Das Material der Reporter vor Ort war von solcher Dramatik, dass Chefredaktor Jonas Haberer die ganze Zeitung mit der Basler Katastrophe füllte. Gegen ein Uhr morgens hatte Haberer am Telefon einen fürchterlichen Streit mit dem Druckereichef gehabt. Peter Renner hatte nebst all seiner anderen Arbeit die Verlegerin Emma Lemmovski angerufen, die sich des Druckereichefs annahm und ihm die aussergewöhnliche Situation erklärte. Jedenfalls gab es danach keine Probleme mehr mit dem Druckzentrum.

Als alles fertig war, wollte Haberer mit Renner unbedingt ein Bier trinken. In Haberers Büro tranken die beiden kurzerhand ein Sixpack. Haberer redete kein einziges Wort über die Story, sondern diskutierte mit Renner, was mit ihren Reportern wohl passiert sei und ob sie beide als Vorgesetzte etwas falsch gemacht hätten.

«Wir beide sind Haudegen», sinnierte Haberer. «Wir setzen unsere Leute zu fest unter Druck. Wir sind doch bloss Journalisten, es geht doch eigentlich um nichts. Bloss Rock'n'Roll, was, Pescheli?» Renner antwortete nichts darauf. Für ein Mal war er es, der seinem Kollegen auf die Schulter klopfte. Es war aber mehr ein Tätscheln.

Punkt sieben Uhr stand er vor dem schmucklosen Betongebäude im Wyler, in dem sich die Redaktion befand. Er wollte gerade hineingehen, als ein grosser Wagen hupend auf ihn zuraste und abrupt bremste. Es war ein schwarzer Toyota Land Cruiser V8. Renner kannte diesen Panzer, wie er ihn nannte. Die Scheibe wurde heruntergelassen und Jonas Haberer schrie: «Pescheli, heute machen wir alle fertig, nicht wahr? Heute beweisen wir, dass die Zecke und der Kotzbrocken alle anderen an die Wand spielen können. Ha, das wird ein geiler Tag!» Er hupte, gab Gas und raste Richtung Tiefgarage.

INNERSTADT, BASEL

Es wäre der dritte und letzte Fasnachtstag gewesen, bei schönstem Wetter und milden Temperaturen. Zehntausende wären in die Stadt geströmt und hätten den Abschluss der drei schönsten und wichtigsten Tage im Jahr der Stadt Basel bis weit in den Donnerstag hinein gefeiert und genossen.

Jetzt, kurz nach acht Uhr, fuhren fast menschenleere Trams und fast menschenleere Busse durch fast menschenleere Strassen. Überall standen Armeeangehörige und Polizisten. Durch die Seitenstrassen und Quartiere fuhren Polizeiwagen mit Megafonen auf dem Dach und forderten die Bevölkerung auf, zu Hause zu bleiben. Die Fasnacht sei abgesagt und sämtliche Läden in der Innerstadt blieben geschlossen. Dies sei eine polizeiliche Anordnung.

Viele Kneipen hatten bereits seit Dienstagabend geschlossen und die Fasnächtler nach Hause geschickt. In jenen Beizen, die noch offen waren, herrschte eine gedrückte Stimmung. Nur einige Betrunkene wollten noch feiern. Doch sie wurden weggeschickt oder der Polizei übergeben.

KRIMINALKOMMISSARIAT, WAAGHOF, BASEL

«Wir haben noch einen Toten mehr», meldete Giorgio Tamine, als Olivier Kaltbrunner das Büro betrat.

«Wer ist es?»

«Ein Mann, 63. Brauchst du den Namen?»

«Nein, lass.» Kaltbrunner setzte sich auf seinen Stuhl, nahm die Brille von der Nase und legte sie auf seinen Schreibtisch. «Zum Glück kein Kind. Eines reicht.» Die beiden schwiegen.

«Kaffee?», fragte Tamine nach einer Weile. «Gerne», antwortete Kaltbrunner und beobachtete, wie sein Kollege die Kapsel in die Maschine schob, den Knopf drückte und die Maschine anstarrte. Alles war eigentlich ganz normal. «In einer halben Stunde geht es los», rapportierte Tamine und stellte Kaltbrunners «Chef»-Tasse – ein Geschenk Tamines, das Olivier Kaltbrunner schon immer blöd gefunden hatte – auf den Tisch. «Was geht los?», fragte Olivier Kaltbrunner.

«Die ganze Scheisse. Rapport an Rapport. Alle erwarten, dass wir die Mitglieder dieser sogenannten Schwarzen Clique bereits gefasst, verurteilt und gehängt haben.»

«Hey, hey», mahnte Kaltbrunner. «Das erwartet doch niemand. Was machen die Medien? Wurden wir schon für schuldig erklärt?»

«Nein. Die berichten alle relativ vernünftig, geschockt et cetera. Ausser ‹Aktuell›.»

«Oha!» Tamine brachte seinem Vorgesetzten die Mittwochausgabe. Auf der Frontseite war das Bild einer Mutter im Clownkostüm, die ihr Kind versteckte. Beide hatten weitaufgerissene Augen. Ihre Blicke waren verstört, angstvoll, verzweifelt. Die Schlagzeile lautete: Terror! Kaltbrunner blätterte die Zeitung durch. Das ganze Blatt, 44 Seiten, war ausschliesslich mit Berichten und riesigen Bildern über die Basler Ereignisse gefüllt. Selbst der Sport, das Fernsehprogramm, Sudoku und Comics, ja sogar der Wetterbericht, waren für einmal aus dem Blatt geworfen worden, um mehr Platz für die Reportagen zu erhalten.

Die Bilder zeigten die «Schwarze Clique» beim Einmarsch auf den Barfüsserplatz, das Abbrennen der Pyros, beim Abfeuern der Knallpetarden. Dann viele Fotos, wie die Angehörigen der «Schwarzen Clique» flohen. Auf grossen und langen Bildstrecken waren viele dramatische Bilder der Massenpanik zu sehen. Dann wurde der Auftritt der Polizei dargestellt: Tränengas, Gummischrot. Und das Erscheinen der Sanität. Verletzte, Tote. In Grossaufnahme. Der Kommissär schlug die Zeitung zu. «Sag mal, Giorgio», sagte Kaltbrunner. «Was haben die anderen Medien?»

«Willst du alles sehen?»

«Nein. Und das Fernsehen? Die Online-Medien?»

«Alle haben in etwa das Gleiche. Rauch und flüchtende Menschen. Aber die ‹Schwarze Clique›, die Pyros, die Verletzten, die Toten – das alles hat nur ‹Aktuell›. Die sind einfach überall.»

«So, so», machte Kaltbrunner. «Hmm, hmm.»

«Was meinst du damit?»

«Weiss man jetzt, warum das gesamte Kommunikationsnetz in Basel gestern zusammengebrochen ist?»

«Die Kommunikation war ja nicht in ganz Basel gestört, nur im Bereich Innerstadt, und dort gezielt am Barfüsserplatz in einem Radius von etwa einem Kilometer. Die Techniker sind daran, mehr herauszufinden. Sicher ist nur, dass die Handynetze von aussen gestört wurden. Mit einem oder mehreren Störsendern. Oder so etwas Ähnlichem. Ich müsste René fragen, der das untersucht.»

«Hmm, hmm, so, so», machte Kaltbrunner.

«Es waren aber nicht nur die Handynetze gestört», erklärte Tamine weiter. «Auch das gesamte Internet war rund zwei Stunden lang blockiert. Sagt zumindest René.»

«Wie das?»

«Auch da müssen wir noch recherchieren. Die Provider, also die Internetanbieter, vermuten, dass sie gehackt worden sind.»

«Ach was», Olivier Kaltbrunner setzte seine Brille auf. «Die waren doch einfach überlastet, zusammengebrochen, wie an Silvester. Alle tippen in ihrer Panik und bumm, Netze tot. René soll mal nicht überbeissen, der sollte vielleicht weniger hinter dieser Kiste …»

«Oh, ihr redet über mich», René trat ins Büro. «Schön.»

«Was erzählst du da von Sabotage von Handynetzen und Internet?», fragte Kaltbrunner.

«Ja, Sabotage ist wohl der richtige Ausdruck. Habe gerade von der Swisscom die Meldung erhalten, dass sie von aussen angegriffen worden war. Genau zwischen 16.55 bis 19.03 Uhr.»

«Um 17 Uhr explodierten die Bomben auf dem Barfi ...», sinnierte Tamine.

«Die Petarden, Giorgio, die Petarden, es waren keine Bomben», korrigierte Kaltbrunner.

«Das ist doch kein Zufall, wenn ihr mich fragt», sagte René. «Aber ihr fragt mich ja nicht.»

«Das war Sabotage», wiederholte Tamine Kaltbrunners Worte. «Du hast Recht.»

«Es war vielleicht doch ein Terrorangriff.»

«Aus dem Internet?»

«Ich weiss es nicht.» Olivier Kaltbrunner stand auf und schaute zum Fenster hinaus. Unter seinem Büro fuhr ein gelbes 10er-Tram der Baselland-Transporte Richtung Stadt vorbei. Doch, irgendwie ist dieser Tag doch normal, dachte er. Dann knüpfte er die Fakten, Vermutungen und Spekulationen weiter zusammen: «Erst ein kleines Bömbchen einer geistig Behinderten. Dann einige Pyros am nächsten Tag. Und schon hast du eine Massenpanik.»

«Und was soll die Sabotage des Internets und der Handynetze?», fragte Tamine.

«Und warum waren nur ‹Aktuell›-Reporter anwesend?», fragte Kaltbrunner zurück.

«Na ja, also anwesend waren schon auch andere Fotografen und Reporter. Aber sie haben einfach nicht diese Bilder, weil sie entweder zu weit weg waren oder was weiss ich. Ich meine, die Abfackelei der Pyros dauerte höchstens einige Sekunden.»

«So, so», machte Kaltbrunner. «So, so.» Er schnappte sich die anderen Zeitungen und ging auf die Toilette.

REDAKTION AKTUELL, WANKDORF, BERN

«Was meinst du, Jonas, sollten wir nicht unsere Verlegerin mit einbeziehen?», fragte Peter Renner. Er sass zusammen mit Haberer in dessen Büro, das der Chefredaktor abgeschlossen hatte. Das tat er eigentlich nie. Aber er hatte Grund dazu. Was die beiden zu besprechen hatten, war geheim und von allerhöchster Brisanz.

«Die Lemmo?», fragte Haberer und lachte. Er lag mehr, als dass er sass, auf seinem Stuhl und hatte die Beine auf den Konferenztisch gelegt. Unter seinen Boots bildete sich auf dem weissen Tisch ein kleiner Berg aus Sand und Erde. «Also die Lemmo muss nun wirklich nichts davon wissen.»

«Emma Lemmovski gehört immerhin die Zeitung, und sie sollte wissen, wenn wir ...»

«Die Zeitung gehört vor allem ihrem Alten, Kamerad Dave, der hat die Kohle. Und dank uns ist seine Emmi beschäftigt und kommt nicht auf dumme Gedanken.» Haberer prustete los, der Tisch zitterte heftig, das Schmutzhäufchen wuchs.

«Solltest mal deine Schuhe putzen», sagte Renner trocken. Darauf bekam Haberer einen Lachanfall.

Plötzlich wurde er ernst: «Pescheli, wir ziehen jetzt das mit unserer Kirschtorte durch. Und wir reden erst mit irgendjemand anderem darüber, wenn die Story draussen ist und wir vor Exklusivität geplatzt sind.»

«Und wenn alles ein Fake ist, eine Ente?», wandte Renner ein.

«Das ist keine Ente. Dieser John Knox ...»

«Fox!»

«Ist ja egal. Also, dieser Kerl hat uns die gestrige Show auf dem Platz in Basel angekündigt. Wir hatten alles exklusiv. Also, was willst du mehr? Der blufft nicht. Ich sage dir, Pescheli, da ist ein ganz grosses Ding im Gang. Da geht es um eine riesige Sache. Und wir sind mittendrin. Wenn mich dieser Fux kennt, dann von früher, als ich Politjournalist im Bundeshaus war. Der führt etwas im Schilde. Und wir werden herausfinden was. Und wir werden auch herausfinden, wer dieser Kerl ist. So schwierig kann das nicht sein. So viele kommen nicht in Frage. Der Anteil an dummen Nüssen ist unter Politikern extrem hoch. Also wird das für uns kein Problem sein. Und dann machen wir ihn fertig. Dann machen wir ihn und die ganze Organisation, die dahinter steht, kaputt!»

«Was ist denn mit dir los? Ich bin es normalerweise, der sich so in eine Story verbeisst, Jonas. Ich bin die Zecke. Du bist bloss der Kotzbrocken.»

«Werde ich auf der Redaktion immer noch so genannt?» Jonas Haberer schaute seinen Stellvertreter plötzlich mit reuigem Hundeblick an. Ein Ausdruck, den Renner erst ein- oder zweimal gesehen hatte. Und dann war immer mindestens eine Frau dabei. Eine mit langen, blonden Haaren …

«Logisch, du bist ja auch ein Kotzbrocken.»

«Gut. Das gefällt mir. Ich eröffne gleich ein Facebook-Profil. Jonas Kotzbrocken. Gefällt …»

«Stopp, stopp, stopp», rief Renner laut und hoffte, einen erneuten Lachanfall seines Chefs zu unterbinden. Aber er hatte keine Chance. Der Dreck wurde durch einen heftigen Schlag von Haberers Beinen auf den Tisch in die Höhe katapultiert und über die ganze Fläche verteilt.

«Sag mal, Pescheli», sagte Haberer ganz ruhig. «Was spürst du im Urin? Topstory oder Flop?» Peter Renner schloss die Augen.

«Na? Mach's nicht so spannend!»

Renner, die Zecke, liess sich Zeit. Dann sagte er zögernd: «Top …»

Haberer prustete los, schlug Renner auf die Schulter und marschierte davon. Klack – klack – klack.

INTENSIVSTATION, UNIVERSITÄTSSPITAL, BASEL

Eine Maschine piepte im Rhythmus von Sandras Herzen. Henry Tussot machte dieses Geräusch schier wahnsinnig. Am liebsten hätte er den Apparat aus dem Fenster geworfen.

Er selbst hatte sich von seinem Schock einigermassen erholt.

Sandra durfte er nur besuchen, weil ihre Eltern es ihm erlaubten. Er hatte sich ihnen gegenüber nicht nur als Arbeitskollege, sondern auch als Sandras bester Freund ausgegeben. Und da Sandra ihren Eltern offenbar schon einiges über Henry erzählt hatte, liessen sie ihn zu ihr. Sandra lag im Koma. Wie stark ihre Hirnverletzung war, konnte noch nicht diagnostiziert werden. Sagten jedenfalls die Ärzte. Henry regte sich darüber auf. Aber irgendwie half ihm auch das nicht weiter. Es war einfach elend. Er hielt ihre Hand. Sie war so wunderschön zart. So verletzlich.

«Mach keinen Scheiss», flüsterte er Sandra zu. «Wir sind Reporter, keine Opfer, hörst du?» Er drückte ihre Hand. «Wir schaffen das! Du bist stark! Wir sind stark!» Er küsste Sandras Hand.

KRIMINALKOMMISSARIAT, WAAGHOF, BASEL

Als Kaltbrunner von der Toilette zurückkam und erneut zum Fenster hinausschaute, brach ein lautes «Goppeloni!» aus ihm heraus. «Was ist los?», fragte Giorgio Tamine.

«Das musst du gesehen haben: Hier wimmelt es von Soldaten der Schweizer Armee!» Tatsächlich marschierten Hunderte von Armeeangehörigen vom Zoo Richtung Innenstadt. «Das kann ja heiter werden», kommentierte Kaltbrunner. «Endlich haben die Deppen etwas Gescheites zu tun.»

CLARAPLATZ, BASEL

Ab 13.30 Uhr strömten trotz Fasnachtsverbot Hunderte von Kostümierten in die Innerstadt. Es spielte niemand auf seinem Instrument, nur wenige sprachen miteinander im Flüsterton. Es war ein wunderbarer Sonnentag. Alle trugen einen schwarzen Schal, eine schwarze Mütze oder ein schwarzes Kostüm. Viele hatten Blumen dabei.

Die Polizei und die Armee beobachteten die Leute. Der Stadtpräsident, die Polizei- und die Armeeführung waren zum Schluss gekommen, den angekündigten Trauerzug zum Barfüsserplatz nicht zu verhindern. Über Facebook und Twitter und über Radio und Fernsehen hatte die Polizei allerdings gebeten, danach sofort wieder nach Hause zu gehen.

Um 13.45 Uhr formierte sich der Zug am Claraplatz beziehungsweise an der Clarastrasse. Zuvorderst stand die Guggenmusik Negro-Rhygass ein. Danach weitere grosse Guggenmusiken wie die Ohregribler, bei denen normalerweise Olivier Kaltbrunner mittrompetete, die Schränz-Clique, die Schotte-Clique und andere, dahinter die grossen Trommel- und Pfeifervereine wie die Vereinigten Kleinbasler, die Wettstai-Clique oder die Olymper.

Punkt 14 Uhr pfiff der Major der Negro. Es wurde noch stiller in der Stadt. Ein grossgewachsener Tambour in einem Clownkostüm mit einer Plastiksau auf dem Kopf rief: «Langer Wirbel, vorwärts, Marsch!» Trommelklänge und Paukenschläge hallten durch die Strassen und Gassen. Danach intonierten die Blasmusiker der diversen Guggenmusiken den Gospel-Song «Just a Closer Walk with Thee». Der riesige Zug setzte sich langsam in Bewegung. Schritt für Schritt. Es wurde eine Prozession. Als der Zug am Barfüsserplatz ankam, legten die Fasnächtler ihre Blumen auf die grosse Treppe. Niemand sprach ein Wort.

REDAKTION AKTUELL, WANKDORF, BERN

Der Trauerakt in Basel gab für Peter Renner eine schöne, emotionale Reportage ab. Sein Reporter Alex Gaster würde einen ergreifenden Text verfassen, Fotograf Joël Thommen die passenden Bilder dazu liefern. Renner machte sich diesbezüglich keine Sorgen. Leider war noch vor dem Aufschalten der Bilder und Clips von Joël auf «Aktuell»-Online ein Video auf Youtube zu sehen. Gegen diese gigantische Plattform hat niemand eine Chance, sagte sich Renner und ärgerte sich nicht wirklich darüber.

Was ihn mehr beschäftigte, war der Gesundheitszustand von Sandra Bosone und die Reaktion von Henry Tussot. Renner hatte bis heute nicht gewusst, dass die beiden ein Verhältnis hatten. Allerdings hatten auch alle anderen Journalisten, die Renner gefragt hatte, nichts davon gewusst. Umso mehr erstaunte ihn Henrys Totalausfall. Der etwas dickliche Romand spielte normalerweise gerne den harten Hund und den Charmeur, was bei Frauen meist gut ankam. Allerdings nur für einen Abend. Dass Henry Tussot sich verlieben könnte – das konnte sich eigentlich auf der ganzen Redaktion niemand vorstellen. Henry war doch ein Lebemann, ein Gigolo, ein Dandy.

Was dem Nachrichtenchef aber am meisten zusetzte, waren die Botschaften aus dem Deep Web. Haberer hatte bereits den Titel kreiert: *Terroristen wollen Schweiz ausradieren*, Untertitel: *«Aktuell»-Exklusiv: Weitere Anschläge geplant!* Renner war zwar mit allen journalistischen Wassern gewaschen, doch das machte sogar ihm irgendwie Angst. Zumindest löste es ein ziemlich ungutes Gefühl in ihm aus. In einer Stunde würde die oberste Chefin, Verlegerin Emma Lemmovski, auftauchen und ein Machtwort sprechen. Auf sie musste selbst Chefredaktor Haberer hören. Zumindest musste er sie anhören. Renner könnte sich dann aus der Verantwortung ziehen. Schliesslich war er nur Nachrichtenchef und Stellvertreter des Chefredaktors.

Peter Renner liebte seinen Job. Er wusste allerdings auch, dass er keinen anderen mehr finden würde. Zu lange war er im Boulevard-Journalismus tätig. Zu lange bildete er ein Gespann mit Jonas Haberer. Zu lange war er letztlich der willige Helfer einer der umstrittensten Figuren im Schweizer Journalismus.

Renner hatte schon früh an diesem Tag seinen Reporter und Wirtschaftsfachmann Flo Arber aus Basel nach Bern zurückbeordert. Er musste ihm bei dieser schwierigen Recherche helfen. Ihm und der Internet-Spezialistin Kirsten Warren. Die beiden waren seit Stunden daran, zu telefonieren, zu googeln und zu schreiben. Renner war froh, dass er zwei seriöse und genau recherchierende Journalisten an seiner Seite wusste.

Um 16.34 Uhr flog die Glastür zu seinem Newsroom auf. Renner hatte für einmal Haberers Schritte nicht gehört. Oder versuchte Haberer tatsächlich, mit seinen Boots weniger laut aufzutreten? Denn hinter ihm betrat Emma Lemmovski das Büro. Die langen, blonden Haare trug sie offen. In ihren High-Heel-Stiefeln war sie gleich gross wie Haberer. Sie sah wie immer umwerfend aus. Fand Renner. Trotzdem versuchte er, cool zu bleiben.

KRIMINALKOMMISSARIAT, WAAGHOF, BASEL

«Die Stadt ist praktisch wieder menschenleer», rapportierte Giorgio Tamine. «Die Leute halten sich an die Empfehlung, auf die Fasnacht zu verzichten.»

«So, so», machte Olivier Kaltbrunner.

«Wir haben Anfragen von grossen Firmen wie Novartis, Roche, UBS und anderen, ob die Sicherheit in Basel noch …»

«Mich interessieren die Pharma- und Bankfuzzis im Moment überhaupt nicht», wetterte Kommissär Kaltbrunner. «Ja, wir haben alles im Griff!»

«Okay», erwiderte Tamine leise. «Ich werde das so weitergeben.»

Eine gute Minute später sagte Kaltbrunner: «Wir haben gar nichts im Griff. Niemand hat noch irgendetwas im Griff. Was hier passiert ist, übersteigt unsere Fähigkeiten. Wir werden Hilfe benötigen.»

«Hilfe?»

«Ja, Hilfe.»

«Wozu? Von wem?»

«Von internationalen Terrorexperten.»

«Terrorexperten? Nur weil sich eine Irre in die Luft … und dann eine dämliche Massenpanik entstand …»

«Giorgio!», unterbrach Kaltbrunner. «In wenigen Stunden wird es hier von amerikanischen, britischen und deutschen Arschlöchern nur so wimmeln.»

«Wie geht es Ihnen?»

«Gut.»

«Gut?»

«Ja. Gut.» Schweigen.

«Wollen Sie dieses ‹gut› näher beschreiben?»

«Ja.» Schweigen.

«Herr Derungs?»

«Es fühlt sich an wie nach geilem, versautem Sex.»

«Oh.»

«Ja. Wie wenn ich die billigste Nutte erbarmungslos gevögelt hätte.» Schweigen.

«Und wie fühlt sich das an? Können Sie das beschreiben? In Worte fassen?»

«Nein. Ich Idiot habe es ja nie getan.»

«Was?»

«Ich habe meine Frau nie mit einer Hure betrogen, ich habe mich anders …» Kilian Derungs zögerte.

«Ja? Wie haben Sie sich anders …?»

«Na ja. Ich hatte mal ein Verhältnis mit einer jungen Politikerin. Der Klassiker. Die wollte sich hochschlafen. Okay. Sie hat ihren Posten in der Partei bekommen. Dann wurde sie ins Parlament gewählt. Kurz darauf hat sie mich fallen gelassen. Diese Schlampe. Ist nicht mehr wert als eine billige Hure, oder?»

«Was ist denn eine billige Hure?»

«Hören Sie doch auf mit diesem Gelaber. Eine Hure ist eine Hure. Sex gegen Geld. Oder Sex gegen Macht. Wo ist da der Unterschied?» Schweigen.

«Wollen Sie mehr erzählen?»

«Danach habe ich eine andere Parlamentarierin gefickt. Die sah zwar Scheisse aus, war aber eine Granate. Die konnte ich … meine Güte … die hat alles mit sich machen lassen, verstehen Sie?»

«Ich glaube, ich verstehe. Aber was hat das mit Ihrer aktuellen Befindlichkeit zu tun?»

«Mit meiner aktuellen Befindlichkeit?»
«Ja.»
«Es fühlt sich so an.» Schweigen.
«Als sie im Bundesrat sassen, als Sie Minister waren, einer der mächtigsten Männer der Schweiz, was haben Sie da Frauen gegenüber empfunden?»
«Ach, was soll's? Da hatte ich alle möglichen Weiber. Die haben sich mir regelrecht an die Brust geworfen!»
Schweigen. Dr. Christiane Schwertfeger machte sich einige Notizen.
«Wollen Sie mir erzählen, was Sie in den letzten Tagen oder Wochen beschäftigt hat? Etwas, das sich so anfühlt, als wenn sie eine …» Dr. Schwertfeger zögerte.
«Wie wenn ich eine billige Hure gefickt hätte? Wollen Sie das sagen? Kennen Sie überhaupt diese ordinären Ausdrücke? Haben Sie sie schon je verwendet? Haben Sie nie das Bedürfnis, einfach gefickt zu werden?»
«Es geht nicht um mich.»
«Aha.» Schweigen. «Ich habe Macht ausgeübt», sagte Kilian Derungs nach einer Weile. «Und das fühlte sich so an, wie wenn ich …»
«Danke.»
«Sie haben wohl auch ein Problem. Ein sexuelles, was?»
«Noch einmal, Herr Derungs, es geht nicht um mich. Und ich möchte dies nicht noch einmal sagen. Sie sind zu mir gekommen. Sie können die Therapie jederzeit abbrechen. Es hindert Sie niemand daran.» Schweigen.
«Sie haben also Macht ausgeübt.»
«Ja.»
«Das fühlte sich gut an.»
«Ja. Auch wenn Sie es nicht glauben. Als Bundesrat hat man Macht. Das hat mir gefallen. Dann wollte die Partei, dass ich zurücktrete, Platz mache für eine Frau. Können Sie sich das vorstellen? Diese dumme Fotze wurde sogar gewählt. Man hat mir versprochen, dass ich eine wichtige Funktion in der Partei behal-

ten und die Fotze nach meinem Gutdünken lenken könne. Ich habe den Dreck sogar geglaubt. Aber wissen Sie, wer in der Partei das Sagen hat? Können Sie sich das vorstellen?»

«Sagen Sie es mir?»

«Ja. Die, die Geld haben. Nicht so wie ich, zwei, drei Millionen Franken, nein, nein, nein. Milliarden, meine liebe Frau Doktor, wir reden hier von Milliarden!» Kilian Derungs war aufgeregt. Er wusste, dass er sich irgendwie beruhigen musste. «Haben Sie einen Cognac?»

«Nein.»

«Bin ich Alkoholiker?»

«Das wissen Sie selbst am besten.»

«Ich habe manchmal schon morgens einen Cognac oder einen Wodka getrunken. Wodka riecht man nicht. Wissen Sie, was ich meine?»

«Nein.»

«Sie haben keine ... Vergessen Sie's, es geht ja nicht um Sie.»

«Sie sind also zurückgetreten und in ein Loch gefallen?»

«Ich ging aus diesem verdammten Büro hinaus, aus diesem gottverdammten Bundeshaus in Bern. Mein Chauffeur hat mich nach Hause gefahren. Er war der letzte Mensch, der mir die gebührende Ehre zukommen liess. Er sagte: ‹Herr Bundesrat, es war mir eine Ehre, Sie in den vergangenen zwölf Jahren herumzufahren. Ich danke Ihnen.› Ist das nicht wundervoll?»

«Ja, es ist sehr nett.»

«Nett? Es ist wundervoll. Es war der ergreifendste Moment meiner Regierungstätigkeit.» Kilian Derungs zog ein Taschentuch aus seinem Veston und tupfte sich die Nase. «Seither werde ich wie ein Stück Scheisse behandelt. Wie ein Stück Scheisse.» Schweigen.

«Auch von Ihrer Frau?»

«Was hat denn meine Frau damit zu tun?»

«Behandelt sie Sie auch wie ein Stück ... Scheisse?»

«Meine Frau, tssss, die ... die ... ach, vergessen Sie's.» Schweigen. Sehr, sehr langes Schweigen.

«Herr Derungs, ich glaube …»
«Ich heisse alt Bundesrat Derungs, Frau Doktor Schwertfeger!» Schweigen.
Kilian Derungs bemerkte, dass Dr. Schwertfeger immer wieder auf die Uhr neben ihr auf dem kleinen Tischchen schielte. Sie versuchte es diskret zu machen, aber Kilian Derungs bemerkte es trotzdem. «Wir sollten das nächste Mal weiterreden, nicht wahr?», sagte er höflich.
«Mögen Sie nicht mehr?»
«Ich denke, Sie haben noch weitere Patienten …»
«Natürlich, aber das sollte uns …»
«Papperlapapp, schon gut. Immerhin sitze ich im Verwaltungsrat dieser Klinik und bin daran interessiert, dass der Laden läuft. Zudem weiss ich, wie es ist, wenn man die Leute loswerden muss!»
«Ich möchte Sie gar nicht los …»
«Ich bin müde», log Kilian Derungs. «Ich möchte nicht mehr.» Er erhob sich und reichte ihr die Hand: «Vielen Dank, Frau Doktor Schwertfeger.» Er ging mit schnellen Schritten hinaus, schaute auf den Zürichsee hinunter, atmete durch und holte sein Handy hervor. Er hatte während seiner Sitzung weder einen Anruf noch eine Kurznachricht noch ein Mail erhalten. Aber das war ihm für einmal egal. Er rief eine Nummer an, die er unter «Stefan Meier» gespeichert hatte. Derungs verabredete sich in zwei Stunden am «gleichen, schönen, romantischen Ort wie immer». Er lächelte. Er hatte genügend Zeit, ins Hotel zu fahren, zu duschen und sich ein bisschen zu entspannen.

Dann rief er seine Frau an und teilte ihr mit, dass er mit Parteifreund Stefan Meier einen Termin habe und deshalb später nach Hause komme.

Sie konnte ja nicht wissen, dass ihr Mann Stefan Meier abgrundtief hasste und nie auf die Idee käme, diesen auch nur anzurufen.

CONGRESS CENTER, SAAL SAN FRANCISCO, BASEL

Die Medienkonferenz wurde im grössten Saal der MCH Messe Schweiz abgehalten. Neben Staatsanwalt Hansruedi Fässler sassen zu seiner Linken Stadtpräsident Serge Pidoux und Bundesanwalt Filipo Rizzoli. Zu seiner Rechten hatten Armeechef Matthias Erler und Fabian Wirz, Medienchef der Basler Staatsanwaltschaft, Platz genommen. Erler begrüsste die rund hundertfünfzig Journalisten, Fotografen und Kameraleute aus dem In- und Ausland.

Alex Gaster sass in der vierten Reihe und machte sich Notizen. Jöel Thommen fotografierte die Männer auf dem Podium, wurde aber plötzlich von einem Kameramann am Ärmel gepackt und auf die Seite geschoben. Joël hatte ihm offensichtlich die Sicht verdeckt. Es gab einen kleinen Disput, was den Medienchef kurz ablenkte und ins Stottern brachte. Darauf ging Joël in die Hocke und fotografierte weiter.

Staatsanwalt Hansruedi Fässler präsentierte nach einer langfädigen Lobesrede auf sämtliche Einsatzkräfte die neusten Fakten. Die Frau, in deren Plüschtier die Bombe platziert war, habe man identifizieren können. Es handle sich um eine fünfundfünfzigjährige geistig behinderte Frau, die in einer geschützten Werkstatt gearbeitet und in einem Heim gewohnt habe. Man könne mit sehr grosser Sicherheit ausschliessen, dass sie die Bombe in ihr Plüschtier genäht habe. Der Sprengsatz sei über Funk gezündet worden. Sie sei darum ein Opfer und keine Täterin. Wer die Bombe versteckt und gezündet habe, sei unklar. Die Spezialisten würden rund um die Uhr sämtliche Spuren und Erkenntnisse prüfen. Mittlerweile sei auch klar, dass die Massenpanik nicht von einer Bombe, sondern von relativ harmlosen Knallkörpern ausgelöst worden sei. Die Mitglieder der in den Medienberichten «Schwarzen Clique» genannten Formation, aus deren Reihen die Sprengkörper geworfen worden seien, hätten noch nicht ausfindig gemacht werden können. Man habe zwar einige der von ihnen benutzten Blechtrommeln, schwarzen

Kleidern und Totenkopfschals gefunden, allerdings gebe es noch keinerlei Hinweise auf die Identität der Träger. «Ob es sich bei diesen Leuten tatsächlich um Fasnächtler oder aber um Hooligans, politisch motivierte Aktivisten oder um mutmassliche Terroristen handelt, ist ebenfalls unklar», sagte Fässler zum Schluss. «Wir bitten diese Leute, sich bei uns zu melden. Ebenso sind wir auf Zeugen angewiesen.»

Danach sprach Bundesanwalt Rizzoli. Er sagte so gut wie nichts. Alex schrieb keinen einzigen verwertbaren Satz auf. Armeechef Erler sagte ähnlich viel oder wenig: Die Armee habe alles unter Kontrolle. Selbstverständlich zusammen mit den Polizeikräften. Alex notierte: «Führt sich auf wie ein General.» Stadtpräsident Pidoux präsentierte die «traurige Bilanz» der Massenpanik: sieben Tote, darunter drei Kinder im Alter zwischen sechs und siebzehn Jahren. Sechsundvierzig Verletzte, davon schwebten zwei noch immer in Lebensgefahr. «Es ist eine unfassbare Katastrophe», sagte Pidoux mit gedämpfter Stimme. Er stockte und wischte sich die Tränen ab. Es gab ein kurzes Blitzlichtgewitter der Fotografen. Er fuhr fort: «Die Stadt, die Region, das ganze Land fühlt mit den Opfern und den Angehörigen mit. Wir werden ihnen jede erdenkliche Hilfe …» Der Stadtpräsident stockte erneut. Weinte plötzlich. Blitzlichtgewitter. Pidoux stand auf und verliess den Saal.

KRIMINALKOMMISSARIAT, WAAGHOF, BASEL

Die Kommissäre hatten die Medienkonferenz am Fernsehen verfolgt. Kaltbrunner murmelte danach: «Die Polizei tappt mal wieder im Dunkeln.»

«Was meinst du?», fragte Giorgio Tamine.

«Och, nichts. Habe mir nur die Schlagzeile von morgen vorgestellt.» Er rief seine Frau Pranee an, erkundigte sich, wie es ihr und Tochter Nazima gehe, machte mehrmals «So, so» und «Hmm, hmm» und sagte schliesslich, dass er wohl im Büro schlafe, wenn überhaupt.

REDAKTION AKTUELL, WANKDORF, BERN

Aus der von Haberer geplanten Schlagzeile *Terroristen wollen Schweiz ausradieren* wurde *Terroristen bedrohen die Schweiz.* Beim Untertitel setzte sich Haberer gegen Renner und Verlegerin Emma Lemmovski durch: *«Aktuell»-Exklusiv: Weitere Anschläge geplant!*

Es war 22.54 Uhr, und alles lief wie am Schnürchen. Alex und Henry hatten die neusten Bilder und Texte aus Basel geliefert. Flo Arber beendete mit Kirsten Warren und Peter Renner den Aufmacher-Artikel über die beängstigenden Nachrichten aus dem Deep Web.

Um 23.14 Uhr verliess Peter Renner den Newsroom. Er hatte den Nachtredaktor, der den Abschluss machte und anschliessend die Online-Plattform mit den aktuellsten Meldungen fütterte, genau angewiesen und ihm gesagt, dass er ihn sofort anrufen solle, falls in Basel etwas passiere.

Vor dem tristen Redaktionsgebäude zündete sich Renner eine Zigarette an, eine Marlboro rot. Er nahm einen tiefen Zug. Dann hörte er einen Motor aufheulen, sah Scheinwerfer aus der Tiefgarage auftauchen und murmelte: «Haberer, du alter Schafseckel.» Haberer riss drei Meter vor Renner einen Vollstopp und rief zum Fenster hinaus: «Pescheli, komm, ich fahr dich nach Hause!»

«Danke, ich laufe.»

«Na los, einsteigen, Pescheli!»

«Nein. Ich muss auslüften.»

«So ein Quatsch! Schiebst du eine Krise?»

«Sag mal, Jonas: Kapierst du das mit dem Deep Web?»

«Nein. Keine Spur. Ist mir aber egal. Die Kirschtorte versteht das. Das reicht mir. Und Emmeli war ja auch einverstanden. Wir sind auf der sicheren Seite.»

«Provozieren wir mit unserem Text nicht geradezu weitere Anschläge?» Haberer stellte den Motor ab, stieg aus, legte seinen Arm um Renners Schultern und sagte: «Pass auf, Pescheli. Wir drehen nicht am Rad. Wir berichten nur darüber. Okay?»

«Hast du eigentlich nie ein schlechtes Gewissen?»
«Dauernd, Pescheli, dauernd!» Er machte eine kurze Pause. Dann meinte er: «Und es ist dann am schlimmsten, wenn wir unseren verblödeten Lesern langweilige Geschichten präsentieren. Aber das ist jetzt ja nicht der Fall!» Renner löste sich aus Haberers Arm und ging davon. Nach einigen Metern blieb er stehen, drehte sich um und schrie: «Jonas, alle haben Recht: du bist und bleibst ein erbärmlicher Kotzbrocken!» Er ging weiter.

Klack – klack – klack. Lautes Lachen. Dann das Motorengeheul von Haberers Panzer.

21. April

REHA-KLINIK, SPEICHER, KANTON APPENZELL AUSSERRHODEN

Es war ein langer Weg. Das hatte Sandra Bosone begriffen. Ein langer und beschwerlicher Weg. Tag für Tag. Ihr Schädel-Hirn-Trauma hatte sich als schwer herausgestellt. Mehrere Ärzte hatten es bestätigt.

Manchmal konnte Sandra Erfolge feiern. Es war vielleicht eine kleine Bewegung, die plötzlich wieder möglich war. Oder es tauchte irgendeine Erinnerung auf. Wie aus dem Nichts. Das waren die guten Tage. Aber es gab auch viele schlechte. An denen alles über ihr zusammenbrach. An denen ihre Hoffnung, dass alles wieder normal würde in ihrem Leben, schwand. Dann weinte sie.

Es war Susa Schwarz, die sie in solchen Momenten aufheitern konnte. Susa war nicht nur ihre Physiotherapeutin, sondern mittlerweile eine Vertraute. Manchmal assen sie zusammen zu Mittag. Wenn Susa Zeit hatte, gingen sie ein bisschen spazieren. Susa schob dann Sandras Rollstuhl und erzählte aus ihrem Leben. Wie sie in Kasachstan geboren wurde, als Tochter eines deutschen Vaters und einer kasachischen Mutter. Und wie sie und ihre Familie nach dem Zusammenbruch der Sowjetunion nach Deutschland auswanderten. Wie sie sich mit Jobben durchschlug und schliesslich Physiotherapeutin wurde.

Auch Sandra erzählte viel. Das tat ihr gut. Aber es nervte sie auch, dass in ihrem Gedächtnis ein schwarzes Loch von mehreren Wochen klaffte. Rund um den Angriff auf sie während der Basler Fasnacht war nichts mehr vorhanden. Sie hatte zwar in der Zwischenzeit alle Berichte zu lesen versucht, sich die Fotos und Filme angeschaut, aber in ihrem Kopf hatte sich keine Erinnerung eingestellt. Es nervte sie gewaltig, dass sie gegenüber der Polizei keine vernünftige Aussage machen konnte. Dabei hatte sich Kommissär Kaltbrunner so um sie bemüht, hatte sie oft besucht, ihr Mut gemacht, ihr versprochen, den oder die Täter irgendwann zu überführen. Er war rührend um ihre Genesung besorgt, hatte mit ihren Eltern Kontakt aufgenommen und ihr diese Spezialklinik im Appenzellischen empfohlen. Er hatte auch von Susa geschwärmt und sie wärmstens empfohlen, ein guter Freund von ihm sei bei ihr in Behandlung gewesen. Susa könne wahre Wunder bewirken!

Doch es hatte bisher alles nichts geholfen. Ihre Erinnerung an den Unfall war weg. Es blieb dunkel und leer. Henry meinte, das sei gut so.

Henry Tussot, der Fotograf, den sie eigentlich nie gemocht hatte. Er war jener Mensch, den sie als Ersten in ihrem neuen Leben wahrgenommen hatte. Natürlich waren ihre Eltern bei ihr. Ihre Schwester. Aber Henry war derjenige, der sie mit aller Kraft zurückgeholt hatte. Der immer und immer wieder zu ihr kam. Der ihre Hand hielt.

Sie hatten schon oft versucht, miteinander darüber zu reden, was zwischen ihnen los sei. Aber es war schwierig. Sandra kämpfte gegen ihre Sprachstörung, die sie manchmal schier verzweifeln liess. Sie machte sie wütend, dann wieder depressiv. Henry sagte immer, dass er sie sehr gern habe. Sie möge ihn auch sehr gerne, bestätigte sie jeweils. Aber mein Gestotter klingt saublöd, fand Sandra. Deshalb gab sie ihm lieber einfach die Hand. Das empfand sie als sehr schön. Ab und zu sogar als aufregend. Vor allem an den guten Tagen. Dann versuchte sie sich daran zu erinnern, wie sich Liebe anfühlte. Aber es blieb beim Versuch.

REDAKTION AKTUELL, WANKDORF, BERN

Acht Wochen nach den dramatischen Ereignissen in Basel, die die ganze Schweiz und Europa erschüttert hatten, löste sich die Schockstarre allmählich. Die Armee- und Polizeikräfte rückten in den Medien und in der Bevölkerung in den Hintergrund. Die Menschen fingen an, den Frühling zu geniessen und trauten sich auf einen Apéro in ein Gartenrestaurant.

Peter Renner hatte fürchterliche Wochen hinter sich, denn nach ihrer Schlagzeile, dass weitere Terrorattentate auf die Schweiz geplant seien, war nichts passiert. Darüber war er einerseits froh. Andererseits hatte er ein schlechtes Gewissen: Hätte er damals nur seinem Chef widersprochen! Er hatte doch schon damals dieses miese Gefühl gehabt, dass diese Nachrichten aus dem Schatteninternet nicht stimmten.

Sein Verhältnis zu Jonas Haberer hatte sich abgekühlt. Sie gingen sich, so gut es ging, aus dem Weg. Haberer war leiser geworden. Er kritisierte Peter kaum noch. Selbst dann nicht, wenn Peter ihm Geschichten vorschlug, von denen er ganz genau wusste, dass Haberer sie langweilig fand. Aber Jonas winkte sie durch. Peter Renner vermutete, dass Haberer von Verlegerin Lemmovski eins aufs Dach bekommen hatte. Und diese wiederum von ihrem Mann David. Immerhin gehörte ihm ja der Verlag beziehungsweise die Lemmovski Group, zu der «Aktuell» gehörte. Diese Gruppe war kein reines Medienunternehmen, sondern ein mittelgrosser Player in der internationalen Print-Industrie mit Beteiligungen an Druckereien, Chemiefirmen, Medienhäusern und an grossen Online-Händlern. «Aktuell» war das Steckenpferd der Familie, Davids Vater hatte das Blatt gegründet. Doch deswegen hatte «Aktuell» innerhalb der Lemmovski Group keine Sonderstellung: Wäre «Aktuell» im Online- und Printmarkt nicht erfolgreich gewesen, hätte David Lemmovski den Verlag sofort abgestossen. Das wussten alle: David machte keinen Hehl daraus. In seinen Newslettern und Memos schrieb er immer wieder, dass «ein wirtschaftlich schwieriges Umfeld» keine Ausrede für Misserfolg sei. Im Mediengeschäft gelte eine alte journalistische Weisheit mehr denn je: Es gibt keine Tage ohne Storys, es gibt nur Tage mit ideenlosen Journalisten.

Emma Lemmovski war selten auf der Redaktion anzutreffen. Vermutlich meidet sie den Kontakt zu mir und Haberer, dachte Renner. Schliesslich hatten sie alle drei die Hysterie um die Terrordrohungen aus dem obskuren Deep Web entfacht. Emma sprach auffällig wenig über Werbeeinkünfte. Renner vermutete stark, dass «Aktuell» Verluste einstecken musste.

Hauptgrund dafür war, dass die Behörden die Berichterstattung von «Aktuell» in der Luft zerfetzt hatten. Andere Journalisten warfen kübelweise Dreck. In Hunderten von Online-Kommentaren wurde «Aktuell» als Lügen- und Hetzblatt verurteilt. Allerdings blieben die Leserinnen und Leser trotzdem treu: Die Auflage der Printausgabe und die Klicks auf «Aktuell»-Online stiegen sogar, wenig, aber immerhin. Wären sie gefallen, hätten er und Haberer wohl ein ernsthafteres Problem gehabt.

Am schlimmsten waren die Strategie-Experten: Sie verunglimpften die Journalisten von «Aktuell» bei jeder Gelegenheit als Dilettanten. Denn ein einziger Anruf bei einem Experten hätte genügt, um zu erfahren, dass Terroristen nicht mit irgendwelchen geheimnisvollen Meldungen aus dem noch geheimnisvolleren Deep Web ausgerechnet an eine Boulevard-Zeitung gelangen würden. Ja, das war ein Fehler gewesen. Das hatte Renner spätestens am Tag, an dem die Terror-Schlagzeile erschienen war, gemerkt. Der Experte, der eine reale Terrorgefahr aus dem Deep Web bestätigt hätte, hatte gefehlt. Flo Arber hatte zwar alle abgeklappert – aber eben, den entscheidenden Satz hatte er nicht bekommen. Nicht mal einen, den man so hätte hinbiegen können, dass er die Story bestätigt hätte.

Eine einzige Reaktion hatte Peter Renner darin bestärkt, nicht komplett falsch gelegen zu haben. Aber der Nachrichtenchef durfte es nicht verwenden, weil es ein vertrauliches Telefongespräch gewesen war.

Es war an der Zeit, diesen Mann wieder einmal anzurufen. Renner wählte die private Handynummer des Basler Kommissärs Olivier Kaltbrunner.

GOLFPARK MOOSSEE, MÜNCHENBUCHSEE

Am Par-4-Loch Nummer 15 versuchte Kirsten Warren direkt zu spielen. Sie hatte diesen Schlag noch nie gewagt. Bisher hatte sie sich immer ans sogenannte Dogleg gehalten, also den linken Knick des Platzes ausgespielt, denn in diesem Knick war ein kleiner See. Da sie an diesem Vormittag alleine unterwegs war, würde sie niemand auslachen oder dumm anschauen, wenn ihr Schlag zu kurz geriete und der Golfball im See landete.

Sie nahm den Driver aus ihrem Trolley, setzte das Tee und den Ball. Sie stellte sich daneben, zielte, machte Wippbewegungen mit ihren Knien und versuchte die beste Haltung zu finden. Sie zog den Schläger auf, traf den Ball perfekt – das glaubte sie zumindest – und schaute ihm nach. Allerdings schoss er zu weit in die Höhe, stürzte vorzeitig ab und landete tatsächlich im See.

«Shit!», fluchte Kirsten.

Sie warf einen Blick auf ihre Armbanduhr mit rosafarbenem Zifferblatt und bemerkte, dass sie sofort nach Hause eilen sollte. Denn sie wollte ihren Sohn nicht warten lassen.

So marschierte sie auf dem schnellsten Weg über den Golfplatz zum Ausgang. Kurz bevor sie diesen erreichte, hörte sie jemand ihren Namen rufen. Sie blickte zurück und entdeckte Greenkeeper Ralf. Er stammte aus Münchenbuchsee, sprach ganz ordentlich Englisch und sah auch nicht schlecht aus. Sie hatten schon einige Male ein paar Sätze miteinander gesprochen.

«Oh, hi!», rief sie zurück und hoffte, dass er mit seinem John-Deere-Rasenmäher abdrehen würde. Doch er fuhr geradewegs auf sie zu. «I'm in a hurry!», rief sie. Doch auch das hielt Ralf nicht davon ab, seinen Rasentraktor auf Höchstgeschwindigkeit zu jagen, auf sie zuzusteuern und vor ihr anzuhalten. Okay, zwei, drei Sätze, sagte sich Kirsten. Soll mich bloss nicht anbaggern.

Tatsächlich versuchte Kirsten nach zwei, drei Sätzen und der nochmaligen Information, dass sie in Eile sei, den Small Talk zu beenden. Doch Ralf liess sich nicht abwimmeln. Kirsten hatte den Eindruck, dass er mit irgendetwas herumdruckste und sich nicht getraute, es zu sagen. Sie lächelte ihn an und fragte ungeduldig: «Du wolltest mir noch etwas sagen?»

«Nein, nein», sagte Ralf nervös. «Ich meine, ähm, es war schön, dich mal wieder zu sehen ... und, tja, ich ...»

«Gleichfalls», sagte Kirsten, lächelte noch einmal, warf ihre Haare in den Nacken und zog ihren Trolley zum Clubhaus. Sie lächelte: Ralf war eigentlich ganz süss. So schüchtern … In diesem Augenblick vibrierte ihr Handy. Sie holte es aus ihrer Golfhose und sah, dass Renner anrief. «Hi, Kirsten, hast du heute Nachmittag Zeit?»
«Oha. Wozu?»
«Wir müssen nach Basel. Du und ich.»
«Worum geht es?»
«Um dieses Schatteninternet.»
«Oh my god, ich dachte es …»

FÄRBERSTRASSE, SEEFELD, ZÜRICH

Der alt Bundesrat langweilte sich grauenhaft. Seine Frau hatte mit ihm in der Stadt zu Mittag essen wollen, doch er hatte ihr einen Korb gegeben. Er habe ein Meeting, hatte er ihr gesagt. Doch seit seinem letzten echten Meeting waren bereits Wochen vergangen. Seine Businesslunchs beschränkten sich seither auf Treffen mit ebenfalls ausrangierten Politikern und Parteifreunden. Da wurde zwar innert zwei, drei Stunden die ganze Welt neu erfunden, allerdings interessierte das niemanden mehr. Die Inputs von Kilian Derungs und seinen Freunden wurden von den aktiven Parteifunktionären zur Kenntnis genommen, aber das war's dann auch schon.

Er hatte bei seiner Mitarbeiterin ein Sandwich mit Bündnerfleisch bestellt, das sie punkt 12 Uhr ablieferte. Sie fragte ihn, ob sie Mittagspause machen dürfe oder ob es noch etwas Dringendes zu erledigen gebe. Nein, er habe nichts Dringendes. Es sei okay, wenn sie um 13 Uhr wieder hier wäre. Zu tun hatte er aber auch um 13 Uhr nichts für sie.

Kilian Derungs' Tag hellte sich um 12.25 Uhr auf. Er erhielt über das Newnetnet eine Mitteilung: «Endlich, unsere Auserwählten finden zu einander.»

«Wenn ich Sie richtig verstanden habe, dann würden Sie sich selbst nicht als Internet-Spezialisten bezeichnen?»

«Natürlich nicht», antwortete Peter Renner auf die Frage von Kommissär Kaltbrunner. «Ich bin ein ganz gewöhnlicher Nutzer, ein User.»

«So, so», machte Kaltbrunner und nahm seine goldene Brille von der Nase. «Ich verstehe aber nicht ganz, warum Sie dann diese Story veröffentlicht haben?»

«Die Sache schien uns glaubwürdig zu sein.» Peter Renner sass einmal mehr wie in Gips gegossen da. Sein massiger Körper hatte auf dem billigen Bürostuhl fast keinen Platz.

«Mögen Sie eigentlich Ihren Beruf?», fragte Kaltbrunner abrupt. Solche Themenwechsel waren seine Spezialität.

«Ich dachte, das wird kein Verhör, Herr Kaltbrunner», konterte Peter Renner.

«Natürlich nicht.»

«Warum wird unsere Mitarbeiterin Kirsten Warren separat vernommen?»

«Sie wird nicht vernommen. Mein Kollege Giorgio Tamine ist aber in Sachen Internet versierter als ich. Möglicherweise zieht er noch einen Experten zu. Wissen Sie, Herr Renner, es geht um Folgendes: Ich befürchte, dass Sie Recht hatten.»

«Ach ja?»

«Wie ich Ihnen bereits am Telefon gesagt habe: Ja, es gibt Hinweise auf eine Terrorgruppe.»

«Oh.»

«Das Problem ist, dass eine Zusammenarbeit mit Journalisten für uns ziemlich heikel ist. Aber als Sie sich heute Morgen bei mir gemeldet haben, bin ich mir bewusst geworden, dass wir wohl … », er zögerte, «… dass wir einmal intensiver zusammen reden sollten als vor einigen Wochen.»

«Da wollten Sie wissen, wer uns diese Terror-Nachrichten geschickt hatte. Aber ich kann und werde es Ihnen nicht sagen.

Ich gehe davon aus, dass Sie beziehungsweise Ihre Spezialisten in der Zwischenzeit alles versucht haben, dies herauszufinden.»

«Ja, Goppeloni», schimpfte Olivier Kaltbrunner in breitestem Baseldeutsch. «Wissen Sie eigentlich, wer hier alles daran arbeitet? Da bekomme ich irgendwelche Berichte von ausländischen Experten, Kriminalisten und Cyber-Sheriffs, die mir erklären, dass sie sich das nicht erklären könnten, da es nichts zu erklären gibt, ausser es erkläre sich von selbst. Alles so Geheimdienst-Typen.»

«Aber warum sind Sie überhaupt noch daran interessiert? Die ganze Sache war doch einmalig. Wir lagen falsch. Und die Kerle, die der armen Behinderten diese Bombe untergejubelt haben, werden Sie sicher ausfindig ...»

«Das werden wir», sagte Kaltbrunner bewusst etwas grossspurig. Er setzte sich die Brille auf, lächelte und fragte dann leise: «Wie geht es eigentlich Ihrer Mitarbeiterin, die auf dem Barfi verletzt worden ...»

«Sandra Bosone? Wie soll es ihr schon gehen? Hirnverletzung. Sie ist jetzt in der Reha im Appenzellischen.»

«Ich habe davon gehört.»

«Ach ja?»

«Wir Polizisten sind Menschen, Herr Renner. Menschen. Ich habe Frau Bosone im Uni-Spital besucht.»

«Ach ja?», machte Renner nochmals konsterniert.

«Ich habe ihr die Klinik in Speicher empfohlen. Ein Kollege von uns erlitt bei einem Einsatz einmal ein Schädel-Hirn-Trauma. Er ist heute wieder im Dienst.»

Renner war sprachlos. So viel Mitgefühl hatte er nicht erwartet. Olivier Kaltbrunner fuhr sich mit der Hand übers Gesicht, rieb sich die Augen und setzte seine Brille wieder auf die Nase. Er hüstelte und sagte: «Was halten Sie von einer informellen Zusammenarbeit?»

«Bitte?» Renner zitterte leicht. Dieser Tschugger war ihm nicht geheuer ...

«Was haben Sie jetzt gerade gedacht?», fragte Kaltbrunner.

Und gab sich die Antwort gleich selbst: «Dass dieser Schugger spinnt?»
«Ist Schugger das Baseldeutsche Wort für Polizist?»
«Genau.»
«In Bern sagen wir Tschugger. Mit einem T vorne.»
«Ich weiss.»
«Ist heute aber ein Schimpfwort ...»
«Ach was!», unterbrach Kaltbrunner. «Ein Schugger ist ein Schugger. Oder eben ein Tschugger.» Die beiden Männer lächelten sich an. «Also, was halten Sie von meiner Idee der Zusammenarbeit?»
«Ich weiss nicht recht ...»
«Na ja, es muss ja nicht gerade das gesamte ... ähm ... Rösslispiel der Staats- und Bundesanwaltschaft inklusive Armee von unserem Informationsaustausch wissen. Oder stehen Sie auf echte, stundenlange Verhöre?»
«Nein.»
«Zudem denke ich, dass es besser ist, wenn wir ebenso eng und verschwiegen zusammenarbeiten wie unsere Gegner im Darknet oder Deep Web oder wie das Zeugs heisst.»
«Ich verstehe Sie nicht ganz.»
«Sie verstehen ...» Es klopfte an der Türe und Kaltbrunner rief «Herein!»
Giorgio Tamine und Kirsten Warren betraten den Raum. «Wir sind so weit fertig», sagte Tamine.
«Wir eigentlich auch», meinte Kaltbrunner. «Nicht wahr, Herr Renner?»
«Worum ging es bei dir?», wollte Peter Renner von Kirsten wissen.
«Um das Deep Web und die Darknets. Wie ich dazukam und so weiter.»
«Herr Renner, ich sage Ihnen nun etwas», meinte Kaltbrunner forsch: «Die Kommentare auf den Online-Plattformen, die Sie und Ihre Zeitung verunglimpften, die Stimmung gegen Sie machten, das waren alles organisierte Reaktionen.»

«Bitte?»
«Ja, das konnten wir mittlerweile herausfinden.»
«Und wie?», wollte Kirsten wissen.
«Wir haben die Absender verfolgen können», erklärte Giorgio Tamine.
«Und Sie landeten immer bei irgendeinem Büro für, lassen Sie mich raten, … für politische Beratung.»
«Bei zwei Politagenturen, ja.»
«Das glaube ich jetzt aber nicht», sagte Peter Renner und löste sich aus seiner Starre. «Kirsten, kannst du mir das erklären?»
«Ja. Man kann heute einen Shitstorm im Internet in Auftrag geben. Sorry, ich habe nicht mehr daran gedacht.»
«Und warum?»
«Ablenkung, Herr Renner! Damit alle glauben, wie falsch Sie und Ihre Zeitung lagen. Erst bekommen Sie die Massenhysterie auf dem Barfüsserplatz exklusiv angekündigt. Dann erhalten Sie die Ankündigung weiterer Anschläge. Doch es passiert nichts. Aber wegen der von Ihnen angezettelten Hysterie bekommen Sie Haue.»
Renner erstarrte wieder. Alle merkten, wie angestrengt er nachdachte. Nach rund einer Minute sagte Renner: «Sie wollen uns also sagen, dass jemand mit uns Katz und Maus spielt?»
Niemand antwortete.
Nach einer Weile fügte Renner hinzu: «Und dass etwas passieren wird.»

REHA-KLINIK, SPEICHER, KANTON APPENZELL AUSSERRHODEN

«Bonjour, ma chère!», rief Henry Tussot, als er das Zimmer von Sandra Bosone betrat. Sandra sass am Fenster. Sie trug Jeans und einen blauen Pullover. Ihre Haare schimmerten rötlich im Abendrot der untergehenden Sonne. «Du siehst toll aus, ich mache gleich ein paar Fotos von dir.»
Henry warf sich auf die Knie und drückte wie wild auf den Auslöser seiner Kamera.

«Stopp, stopp!», sagte Sandra und hielt ihre Hand vors Gesicht.

«Wie war dein Tag?», fragte Henry und blieb auf dem Boden sitzen.

«Ach, Therapie, Ruhe, Therapie, Ruhe ...»
«Du machst Fortschritte.»
«Blödsinn, Henry.»
«Doch, Schritt für Schritt.»

Sandra mochte nicht reden. Sie schüttelte nur leicht den Kopf. Henry robbte zu ihr und legte seine rechte Hand auf ihren Oberschenkel. Sandra reagierte nicht.

«Du hast abgenommen», meinte Henry nach einer Weile. «Ist das Essen so schlecht? Merde, ich werde mich bei der Klinikleitung beschweren.»

Nein, dachte Sandra, tu das nicht. Das Essen ist vorzüglich. Ich habe bloss Mühe zu schlucken. Die Esserei ist kein Genuss mehr. Es ist eine Anstrengung. Wie alles in meinem neuen Leben. Ach, Henry, wenn du nur wüsstest! Lass mich doch einfach in Ruhe! Du wolltest doch nie etwas von mir wissen, oder? Du bist nur scharf auf eine schnelle Nummer wie mit all deinen Weibern.

«Pass auf, Sandra, wenn du wieder ganz gesund bist, was sicherlich schon bald sein wird, werden wir zusammen tolle Reportagen machen. Wir müssen ja nicht mehr für dieses hektische Blatt arbeiten. Wir könnten auf Reisen gehen, schöne Geschichten aus aller Welt schreiben. Also du schreibst, ich fotografiere. Ja, das machen wir, dann verkaufen wir diese Reportagen an tolle Magazine wie den ‹Stern› oder das ‹Geo› oder vielleicht sogar an das ‹National Geographic›! Was meinst du?»

Ich wäre schon froh, dachte Sandra, wenn ich wieder für die Zecke und den Kotzbrocken arbeiten könnte ...

«Weisst du», sprach Henry weiter, «als ich dich so daliegen sah, tot, also, ich dachte, du wärst tot, da sagte ich mir: Das kann es doch nicht sein. Das Leben aufs Spiel setzen für eine solche Scheisse, oder? Ja, ja, ich weiss, du möchtest mir jetzt sagen, dass ich ja sogar Kriegsreporter werden wollte, aber weisst du, das ist vorbei, das Leben deswegen aufs Spiel zu setzen, nein, das ist es mir nicht wert.»

Hör endlich mit dem Quatsch auf, dachte Sandra. Sie schloss die Augen.

Henry stand auf und gab ihr einen Kuss auf die Wange. «Ja, ruh dich aus, ma chère, ruh dich aus. Du brauchst Kraft.»

Henry ging auf den Zehenspitzen zur Türe, schaute lange zurück, öffnete sie lautlos und ging hinaus.

Was für ein irrer, aber charmanter Typ! Sandra lachte. Es war das erste Mal in ihrem neuen Leben.

ICE 371, BASEL-BERN

Peter Renner und Kirsten Warren hatten im Hochleistungszug ICE 371 der Deutschen Bahn ein geschlossenes Erstklassabteil für sich alleine. Der Zug war pünktlich um 17.59 Uhr in Basel abgefahren. Um 18.56 Uhr sollten sie in Bern ankommen. Peter Renner hatte sich vorgenommen, nicht mehr in die Redaktion, sondern direkt nach Hause zu gehen. Sein Stellvertreter Alex Gaster hatte ja alles im Griff. Und da sich auch Jonas Haberer nicht gemeldet hatte, schien der Tag reibungslos verlaufen zu sein.

Es war 18.33 Uhr. Der Zug befand sich auf der Schnellfahrstrecke zwischen Olten und Bern. Die beiden konnten ungestört miteinander reden. Renner sprach hochdeutsch, Kirsten mal englisch, mal deutsch, meistens aber englisch. Renner fand, Kirsten sollte endlich besser Deutsch lernen. Ihre Texte lieferte sie zwar auf Deutsch ab, doch Renner oder einer seiner Redaktoren mussten sie jeweils korrigieren. Das war der einzige Makel an Kirsten Warren. Im Übrigen war sie eine Top-Journalistin, die in der virtuellen Welt zu Hause war. Und auf dem Golfplatz. Das wusste Renner. Sie war eine super Berufskollegin! Obwohl es ihm manchmal etwas schwer fiel, sie nur als das zu sehen. Aber er hatte sich geschworen, sein Privatleben strikt vom Berufsleben zu trennen. Was ihm nicht schwer fiel, seit er für «Aktuell» arbeitete: Seither hatte er so gut wie gar kein Privatleben.

Kirsten und Peter sprachen über ihren Termin im Basler Kriminalkommissariat und rätselten darüber, was die Motivation von Kaltbrunner war, sie mit ins Boot zu holen.

«Ich denke, dieser Kaltbrunner will uns einlullen und uns für seine Zwecke missbrauchen», fasste Renner zusammen. «Ist mir in all den Jahren noch nie passiert. Ausgerechnet mit der Polizei oder der Staatsanwaltschaft einen informellen Kontakt zu haben. Normalerweise hassen die doch Journalisten.»

«Ich glaube, Kaltbrunner und Tamine wurden kaltgestellt. Das sind doch … wie sagt man auf Deutsch …»

«Kleine Würstchen!»

«Okay, so etwas jedenfalls. Da sind doch ganz andere Leute am Werk. Wenn es um Terror geht, mischen plötzlich ganz viele Leute, Experten und Gruppierungen mit. Oder was meinst du?» Sie schlug ihre langen Beine übereinander, und Renner konnte nicht anders, als auf sie zu starren. Warum mochte er bloss grosse, blonde Frauen wie Kirsten oder seine oberste Chefin, Emma Lemmovski?

«Ich weiss nicht», sagte Renner und schaute demonstrativ zum Fenster hinaus. «Wenn der Kommissär Recht hat und die Kommentare und Anschuldigungen gegen uns von Agenturen inszeniert wurden, dann ist dies eine Katastrophe für uns und für alle Medien. Wer hat ein Interesse daran? Wozu? Will jemand beweisen, wie manipulierbar die Medien sind?»

«Vielleicht. Wir werden herausfinden, wer dahintersteckt.»

«Wir?»

«Ja. Ich habe Tamine zugesagt, dass ich ihn auf dem Laufenden halten werde …»

«Moment mal. Das müssen wir uns noch gut überlegen. Vor allem muss das der Chef entscheiden. Jonas wird das kaum …»

«Er wird es akzeptieren. Schliesslich ist er dermassen storygeil. Und du auch, mein lieber Pete!»

Sie sagte ihm Pete, nicht Peter. Das klang vertraut. Sollte er ihr auch etwas Nettes sagen?

Sie schwiegen eine Weile. Dann holte Kirsten plötzlich ihr

Handy hervor: «Sorry, ich habe gerade eine Nachricht aus dem ...»

Kirsten starrte auf ihr Handy.

«Was ist los?», fragte Renner. «Ist etwas passiert? Mit deinem Sohn?»

«Nein, nein, da ist alles bestens. Ich habe eine Nachricht von John Fox erhalten.»

«Dem Kerl aus dem Deep Web. Was will er?»

«Er schreibt: ‹Geniesst du die Fahrt mit der Zecke?›»

«Arschloch.»

Kirsten tippte. Dann sagte sie: «Ich habe ihm geschrieben, dass ich die Fahrt geniesse.» Sie lächelte. Renner fühlte sich geschmeichelt. Und ertappt. Kurz darauf vibrierte ihr Handy erneut.

«Er schreibt: ‹Du kannst die Fahrt noch ein bisschen länger geniessen.›»

«Was soll das heissen?»

«Keine Ahnung. Soll ich fragen?»

«Ja.»

Kirsten tippte. Kurz darauf vibrierte das Handy. Kirsten las vor: «Ach, mit der Zecke ist es doch ku... ku...»

«Zeig mal», sagte Renner. Kirsten hielt ihm das Handy hin. «Das heisst kuschelig», erklärte Renner.

«Und was bedeutet das?»

«Ach nichts, Blödsinn halt. Der Typ spinnt.»

«Nein, was bedeutet dieses kusch... el... dings?»

«Das bedeutet etwas wie nett, gemütlich.»

«Okay. Was soll ich antworten?»

«Dass er uns in Ruhe lassen soll.»

«Keine Story?»

«Ach ...»

Kirsten fragte John Fox, was er wolle. Dieser antwortete: «Die Zecke soll den Kotzbrocken anrufen und ihm sagen, wo ihr seid. Und dass es noch etwas zu tun gebe. In fünf Minuten wisst ihr Bescheid.»

Renner zuckte zusammen: «Verdammte Scheisse!» Sein ganzer Körper vibrierte. Seine Augen funkelten. Er kramte sein Handy hervor und rief Jonas Haberer an.

«Pescheli, was ist eigentlich in dich gefahren? Du kannst doch nicht einfach nach Basel gondeln und mich den Scheiss alleine …»

«Schnauze, Jonas! Es passiert gleich etwas! Wir sitzen im ICE 371, fahren gerade an … Moment mal …» Renner schaute zum Fenster hinaus und sah eine schöne, grüne Landschaft. «… ich glaube, wir sind vor oder nach Langenthal. Die Verbindung wird wohl demnächst abbrechen. Schick Joël und Flo auf den Weg an die Bahnlinie. Ich vermute, es wird eine …» Renner getraute nicht weiter zu sprechen.

«Jesus!», murmelte Kirsten und starrte ihn an.

«Pescheli, bist du übergeschnappt?», bellte Haberer.

«Nein, verdammt, was sollen wir tun? Ich rufe die Polizei …»

«Bleib mal locker, Zecke, was ist denn überhaupt passiert?»

«Wir, also Kirsten, sie hat …»

«Welche Kirsten?»

«Die Kirschtorte!» Renner hoffte, dass Haberer nun wüsste, wen er meinte.

«Was machst du mit dieser Kirschtorte in einem gottverdammten Zug? Bist du durchge…»

«Halt endlich die Schnauze, Jonas! Kirsten hat eine Mitteilung aus dem Deep Web erhalten. Von deinem Freund John Fox.»

«Hör mir bloss auf damit. Die Lemmo wird uns beide killen, falls wir davon auch nur noch ein Mal reden.»

«Es ist eine Drohung. Es wird etwas passieren!»

«Hä?»

«Es wird gleich etwas passieren!»

«Halt die Ohren steif, alter Freund», sagte Jonas Haberer nun plötzlich in einem ganz anderen, aufgeregten Ton. «Ich bin bei dir. Und lass die verdammte Kamera laufen, hörst du, du musst alles aufnehmen. Und wenn es das Letzte ist, was du tust, hast du das …»

Die Verbindung brach ab.
Im Zug ging das Licht aus.
Der ICE 371 bremste scharf. Hielt an.
Es war ganz still.

AUTOBAHN A1, BERN - ZÜRICH

«Findest du nicht auch, dass der Haberer immer schlimmer wird?»
«Wie meinst du das?», fragte Joël Thommen zurück.
«Der hat mittlerweile eine Art, die ist ... also ich weiss nicht ... aber die Bezeichnung Kotzbrocken reicht dafür nicht mehr.»
«Ach ja?»
«Gut, du kennst ihn nicht so lange wie ich», erklärte Flo Arber. «Klar, er war immer Scheisse, aber jetzt ist er mehr als Scheisse. Zwar brüllt er in letzter Zeit weniger herum. Macht auf gleichgültig. Aber das ist fast noch schlimmer.»
«Hä?»
«Vergiss es», sagte Flo. Dann schwiegen sie. Flo Arber und Joël Thommen waren in Joëls Subaru unterwegs von Bern nach Langenthal, dort, wo Peter Renner angeblich irgendwo feststeckte.
Auf Radio SRF 3 erzählte eine nette Frauenstimme, dass es im Zugverkehr Olten – Bern wegen einer technischen Panne zu erheblichen Verspätungen komme.
«Aha», murrte Flo.
«Hä?»
«Nichts.» Flo nervte sich über Joël.
Joël nervte sich über Flo.

MUMENTHALER WEIER BEI LANGENTHAL

«Sie müssen die Leute sofort aussteigen lassen», sagte Peter Renner immer wieder zum Zugchef. «Es wird gleich etwas passieren. Vermutlich ist eine Bombe an Bord!»
Doch der Zugchef hörte nicht auf Renner. Er eilte durch den

ganzen ICE und rief den Passagieren zu, dass sie ruhig sitzen bleiben sollten, es handle sich um ein technisches Problem, das sicherlich in Kürze behoben würde.

«Warum geben Sie das nicht via Lautsprecheranlage durch?», wollte Renner wissen.

«Weil sie nicht funktioniert, kein Strom oder sonst etwas», fauchte der Zugchef.

«Das ist ein Notfall!», insistierte Renner. «Lassen Sie verdammt nochmal die Leute raus!»

Der Zugchef trat ganz nahe zu Renner und sagte leise: «Hören Sie endlich mit Ihrer Panikmache auf. Oder ich rufe die Polizei!»

«Sie können Sie nicht rufen. Das Handynetz ist tot. Wir sind auf uns alleine gestellt. Schicken Sie endlich die Leute raus. In diesem Zug ist eine Bombe.»

Der Zugchef wandte sich ab und eilte in den nächsten Waggon. Die Passagiere blieben ruhig.

Renner folgte dem Zugchef. Und hinter Renner ging Kirsten Warren. Sie filmte alles mit ihrem Handy.

Als der Zugchef in den nächsten Waggon stürmte, blieb Renner stehen, ging zur Türe auf der linken Seite, überzeugte sich, dass auf dieser Seite kein weiteres Gleis verlief, und betätigte den Nothahn. Die Tür ging auf. Dann rief Renner: «Alle aus dem Zug aussteigen. Im Zug befindet sich möglicherweise eine Bombe!»

Wenige Sekunden danach herrschte in diesem Waggon Panik.

Renner rannte zurück durch alle anderen Wagen. Er schrie: «Alle raus! Alle raus! Alle raus!»

Nun herrschte im ganzen Zug Panik. Die Menschen sprangen aus den Waggons. Sie gingen durchs Gras, querten Büsche, rannten hinter und vor dem Zug über die Gleise, ohne sich irgendeiner Gefahr bewusst zu sein und stapften schliesslich durch den Sumpf des Mumenthaler Weiers.

Peter Renner versuchte mit den fliehenden Leuten zu sprechen. Kirsten Warren filmte und fotografierte. Bis Renner nicht mehr konnte. Sein massiger Leib machte nicht mehr mit. Er liess sich fallen. Er spürte Nässe. Aber es war ihm egal. Hauptsache sitzen. Wann war ich das letzte Mal Reporter?, fragte er sich. Er konnte sich nicht erinnern.

FÄRBERSTRASSE, SEEFELD, ZÜRICH

«Abbruch», schrieb Kilian Derungs.
«Ok», kam zurück. «In 10 Minuten.»
«Gut.»

REDAKTION AKTUELL, WANKDORF, BERN

Wegen Peter Renners Abwesenheit sass Reporter Alex Gaster im Newsroom. Er versuchte die Texte seiner Kolleginnen und Kollegen gegenzulesen, die neusten Meldungen der Agenturen im Auge zu behalten und den nächsten Tag zu planen. Doch er kam zu nichts. Ständig rief Jonas Haberer an und wollte wissen, was mit Renner und dem Zug passiert sei. Gaster fühlte sich nicht besonders wohl als stellvertretender Nachrichtenchef. Diese Aufgabe war ihm zu nahe an Chefredaktor Haberer. Er hasste es, wenn dieser seine Pranke auf seine Schulter knallen liess. Alex fragte sich immer wieder, warum die Zecke sich das gefallen liess.

Klack – klack – klack.

«Shit», murmelte Alex. Die Tür flog auf und Haberers Hand knallte dreimal auf Alex' Schulter und liess dessen ganzen Körper vibrieren.

«Du solltest mehr essen», sagte Haberer. «Da ist ja nichts dran. Pescheli ist zu fett, aber du, Lexu, bist definitiv zu dünn!»

«Ach, ich fühle …»

«Also, was ist? Ist Renner aufgetaucht? Ist ihm der verdammte Zug um die Ohren geflogen!» Haberer lachte drauflos.

«Nein. Ich habe keinen Kontakt. Aber Flo und Joël sollten bald dort sein.»

«Was heisst das?», brüllte Haberer. Die Glasscheiben des Newsroom zitterten. Die Redaktionskollegen starrten zu ihnen.

«Sind diese zwei Deppen immer noch nicht vor Ort? Wo haben

die denn Autofahren gelernt? Muss man den heutigen Journalistenwürstchen auch noch beibringen, wie man als Reporter Auto fährt? Ich fass es nicht!»

Haberer stapfte hinaus und knallte die Türe zu. Auf der Redaktion war es still. Alle Kollegen schauten zu Alex.

MUMENTHALER WEIER BEI LANGENTHAL

Als Flo und Joël endlich beim stehenden ICE ankamen, beobachteten sie als Erstes, dass der Zugchef und seine Zugbegleiter versuchten, die Leute dazu zu bewegen, wieder in den ICE einzusteigen. Polizisten, Feuerwehrleute und Sanitäter standen untätig herum. Der Zug war hell erleuchtet.

Flo Arber holte sein Handy hervor und rief Peter Renner an. Der Empfang war bestens.

«Ja?», meldete sich Renner.

«Hier Flo. Wo bist du?»

«Ich sitze in einem Sumpf und habe wohl eine Riesenscheisse gebaut.»

«Warum?»

«Ich dachte, der Zug explodiert gleich.»

«Warum?»

«Weil ...»

«Ja?»

«Wir reden ein anderes Mal. Hol mich erst einmal hier raus. Mich und Kirsten.»

«Warum?»

«Wir stecken fest.»

«Wie? Was? Was heisst das: Wir stecken fest?»

«Wir sind abgesoffen. In diesem gottverdammten Weiher.»

«Oha.»

«Wenn du uns nicht bald rausholst, gehen wir langsam aber sicher unter.»

Flo lachte.

«Komm endlich her!»

«Die Zecke säuft ab! Hammer, das glaubt mir keiner!»

Via Handy lotste Peter Renner die beiden Reporter zum verhängnisvollen Ort. Mittlerweile war es Nacht. Zum Glück hatte Joël eine kleine Taschenlampe dabei. Um auf sich aufmerksam zu machen, blitzte er ab und zu mit der Fotokamera ins Dunkle. Irgendwann wurden sie von Peter und Kirsten gesehen, denn sie hörten Kirstens Schreie und Rufe. Aber sehen konnten sie weder sie noch Renner.

Flo und Joël bemerkten, dass der Boden immer sumpfiger wurde. «Wir müssen aufpassen, dass wir nicht auch noch einsinken», sagte Joël und suchte mit der Taschenlampe die Umgebung ab. Er wandte sich Flo zu: «Und sorry nochmals wegen vorhin im Auto. Ich war …»

«Schon gut», antwortete Flo. «Los, suchen wir die Zecke!»

Plötzlich sah Joël, wie sich hinter den Büschen etwas bewegte. «Ich glaube, da sind sie», sagte er zu Flo und rief dann: «Peter?!»

«Ja, hier!»

Joël und Flo begannen zu rennen, der Grund wurde fester, sie durchquerten ein Dickicht – dann entdeckten sie Renner. Und hinter ihm Kirsten.

«Schau dir das an», rief Joël und machte sofort einige Fotos. Die Blitze liessen die angespannten Gesichter von Renner und Kirsten zu hässlichen Fratzen mutieren.

«Peter Renner und Kirsten Warren stecken bis zu den Knien im Dreck», kommentierte Joël trocken. Nur mit Mühe konnte er ein Lachen unterdrücken. Flo tat sich keinen Zwang an. Er prustete drauflos.

Kurz darauf verging ihm das Lachen. Denn er und Joël versuchten, Peter und Kirsten aus dem Sumpf zu ziehen. Das erwies sich als heikel. Nicht nur, weil die beiden wirklich feststeckten, sondern auch, weil sie aufpassen mussten, um nicht selbst einzusinken. Also suchten sie Äste. Diese konnten die beiden Pechvögel zwar ergreifen – doch sie damit herauszuziehen, schafften weder Joël noch Flo. Und auch zusammen hatten sie keine Chance. Als der Ast brach, fielen beide zu Boden. Mitten in den Dreck.

Schliesslich rollten sie einen Baumstamm heran. Und mehrere Steine. Damit konnten sie eine Art Steg bauen. Schritt für Schritt wagte sich Joël vor. Die Steine und der Stamm sanken ein. Joël spürte den Match in seinen Schuhen.

«Komm zurück», mahnte Flo.

Doch dann war offensichtlich der Grund erreicht, der Steg wackelte zwar noch, doch sank der Stamm nicht weiter ab. Joël ging vorsichtig auf dem Baum weiter. Endlich konnte er Kirstens Hand ergreifen.

«Hey», sagte er und lächelte sie an. «Ich zieh dich raus.»

Was aber nicht gelang.

«Wait», sagte Kirsten, ging in die Hocke, griff ins Wasser zu ihren Füssen und hantierte irgendetwas herum.

«Was machst du?», wollte Joël wissen.

«Wait», wiederholte sie. Dann stand sie auf. «Okay. Jetzt geht's. Los!»

Joël packte Kirsten am Handgelenk, so wie es Kunstturner und Artisten machen. Er zog und ging ganz langsam auf dem wackligen Steg zurück. Mit seiner Linken packte er Flos ausgestreckten Arm.

Mit einem dumpfen Plopp und einem lauten Schmatzton wurde Kirsten aus dem Sumpf befreit, erreichte den Baumstamm und klammerte sich an Joël. Und beide wurden von Flo ans Ufer gezogen.

Kirsten umarmte Joël. Dieser wunderte sich, dass sie immer noch nach ihrem Parfüm mit dem süsslich-herben Duft roch.

«Jesus!», sagte Kirsten immer wieder. Erst jetzt sahen Joël und Flo, dass Kirsten ohne Schuhe dastand und schlotterte. «Meine Stiefel werde ich wohl nie mehr sehen», sagte sie. «Haben 500 Franken gekostet.»

Renner jedoch konnte seine Schuhe nicht ausziehen. Er hatte Schnürschuhe an. Zudem war er schlicht zu schwer und zu ungelenk. Joël konnte Peter zwar erreichen. Doch er hatte einfach nicht genügend Kraft, ihn herauszuziehen. Flo Arber schlug vor, die Polizei und die Feuerwehr zu rufen. Renner wehrte sich lange dagegen. Doch schliesslich willigte er ein.

REDAKTION AKTUELL, WANKDORF, BERN

Kurz vor 23.30 Uhr löste sich die angespannte Stimmung auf der Redaktion. Haberer liess alle Journalisten und Produzenten der Abendschicht im grossen Konferenzzimmer versammeln. Auch Verlegerin Emma Lemmovski war da.

Haberer bedankte sich für den tollen Einsatz. Das wunderte alle Anwesenden. Dass sich Haberer für irgendetwas bedankte war eine Seltenheit. Alle erwarteten, dass noch etwas kommen würde.

Und es kam noch etwas.

«Thömmeli», wie Haberer Joël Thommen nannte, «zeig mal deine Bildchen!»

Der Raum verdunkelte sich und auf dem grossen Flatscreen erschienen die Fotos von Peter Renner und Kirsten Warren im Sumpf.

Es herrschte Ruhe.

Dann lachte Haberer drauflos und schrie immer wieder: «Die gottverdammte Zecke wäre schier versoffen! Seht ihr das? Seht ihr das?» Er zeigte immer auf die Zecke, die bis zur Brust im Sumpf steckte, er lachte, brüllte, japste nach Luft und lachte noch mehr. Nun begannen auch die anderen zu lachen. Selbst Emma Lemmovski schmunzelte.

Es war schon fast 22 Uhr gewesen, als Haberer entschieden hatte, den bei Langenthal liegengebliebenen ICE auf Seite 1 aufzumachen. Alex und zwei Kolleginnen hatten aus den Erzählungen von Flo Arber, Kirsten Warren und Peter Renner einen Text zusammengestiefelt. Zudem hatten sie versucht, etwas über die Hintergründe des plötzlichen Stopps des ICE in Erfahrung zu bringen. Doch bei den Schweizerischen Bundesbahnen und bei der Polizei hiess es nur, man könne sich den Totalausfall des Stromnetzes in diesem Abschnitt nicht erklären und sei daran, die Ursache zu suchen. Zum Glück habe der Zug schliesslich weiterfahren können und niemand sei ernsthaft zu Schaden gekommen. Allerdings seien zwei Passagiere, die in Panik davon gerannt seien, in einem Sumpf steckengeblieben. Eine Person habe sich selbst befreien können, eine zweite sei mit Hilfe der Feuerwehr gerettet worden.

Der Titel der Story lautete: Ein neuer Anschlag! Unterzeile: ICE wurde sabotiert. Alex, Haberer und Verlegerin Emma Lemmovski hatten lange darüber diskutiert, ob die Begriffe «Anschlag» und «Sabotage» tatsächlich benutzt werden sollten. Emma und Alex waren unsicher, Haberer hatte sich schliesslich durchgesetzt: Er sei sich sicher, dass dahinter diese «Terroristen aus dem Deep Web» steckten.

AUTOBAHN A1, ZÜRICH-BERN

Kirsten Warren und Peter Renner sassen nass und schmutzig im Fonds von Joëls Geländewagen auf Wolldecken, die sie von der Feuerwehr bekommen hatten. Da Joëls Wagen ziemlich neu war, hatte er befürchtet, die beiden würden die Sitze ruinieren. Eigentlich wollten die Sanitäter sowohl Peter als auch Kirsten zur Kontrolle ins Spital einliefern, doch beide hatten sich geweigert: Sie wollten einfach nur noch nach Hause.

Um 23.57 Uhr vibrierte Kirstens Handy. Sie hatte ein Mail erhalten. Aus dem Darknet Newnetnet. «Geht dein Handy noch?», schrieb John Fox. «Oder ist es untergegangen? Und wie geht's der Zecke? Hat doch Spass gemacht ...»

«Eine neue Nachricht aus dem Geheimnetz?», fragte Renner.

«No. Mein Sohn», log Kirsten.

22. *April*

KRIMINALKOMMISSARIAT, WAAGHOF, BASEL

«So, so», murmelte Olivier Kaltbrunner immer wieder. Er las «Aktuell» und schlürfte seinen dritten Morgenkaffee dazu. «Hmm, hmm.» Er legte die Zeitung weg und klickte sich auf die Online-Ausgabe von «Aktuell», um zu sehen, ob es schon Kommentare zur Verschwörungstheorie gab. Tatsächlich gab es viele Meinungen. Insgesamt 168. Und es zeichnete sich ein ähnliches Bild ab wie bei den letzten Artikeln der «Aktuell»-Macher: Hier waren irgendwelche Schmierfinken am Werk, die auf Panik machten. Das hätte nichts mit Journalismus zu tun.

Kaltbrunner surfte durch die anderen Newsportale. Dort wurde «Aktuell» und dessen Terrorthese zitiert und durchaus ernstgenommen. «So, so», kommentierte Kaltbrunner.

Kurz darauf erhielt er einen Anruf des Ersten Staatsanwalts. «Können Sie kurz rüberkommen?», fragte Hansruedi Fässler.

Kaltbrunner holte sich auf dem Weg zu seinem Chef einen weiteren Kaffee und betrat Fässlers Büro. «Guten Morgen, was gibt's?» Kaltbrunner wollte sich ganz entspannt geben.

«Unsere Medienstelle hat eine Anfrage erhalten.»

«So, so.»

«Vom Fernsehen.»

«Hmm, hmm.» Danach schwieg Kaltbrunner. Er wusste nur allzu gut, dass eine Anfrage des Fernsehens immer mit höchster Priorität zu behandeln war.

«Es ist folgendermassen, Kaltbrunner», fuhr Fässler fort. «Die sagen, sie hätten Hinweise darauf, dass das Universitätsspital von einer unbekannten Täterschaft komplett lahmgelegt werde. Das ist natürlich Unsinn. Geht ja gar nicht. Aber was sollen wir …»

«Sorry, wenn ich unterbreche», sagte Kaltbrunner. «Können Sie die unbekannte Täterschaft ein bisschen näher beschreiben?»

Der Kommissär konnte sich nicht vorstellen, dass ein Fernsehjournalist diesen Ausdruck verwendet hatte.

«Na ja, so ein Blogger aus dem Internet habe ihnen dies ge...»
Kaltbrunner sprang auf und rannte in sein Büro. Dabei verschüttete er den halben Kaffee. Er rief Giorgio Tamine und sein ganzes Team zusammen.

Das Universitätsspital wurde hermetisch abgeriegelt.

STOCKERENWEG, BERN

Sie hatte ein unheimliches und ohnmächtiges Gefühl. Kirsten war sich bewusst, dass demnächst mehrere Menschen sterben würden. Aber was sollte sie tun? Sie hatte ihre Pflicht getan und die Informationen weitergeleitet, kommentarlos. Es war nicht an ihr, irgendetwas zu unternehmen. Sie sollte nur die Verbindung von der virtuellen in die reale Welt aufrechterhalten. Und alle bei Laune halten. Die Kontakte im Deep Web, Haberer, Renner und Co. und schliesslich «the others», die geheimnisvollen Verbindungsleute zwischen ihr, dem Deep Web und – so vermutete sie immer stärker – dem US-Geheimdienst.

UNIVERSITÄTSSPITAL, BASEL

Dutzende von Beamten durchsuchten jede Etage des Unispitals. Der Fall wurde als Bombendrohung behandelt. Ausserdem wurde das gesamte Spitalpersonal auf ungewöhnliche Vorkommnisse im System befragt. Die IT-Spezialisten wurden angewiesen, sämtliche Sicherheitsprogramme durchzuchecken und bei der kleinsten Unregelmässigkeit die Computer des Spitals komplett von der Aussenwelt abzutrennen. Die Experten stellten schnell fest, dass die gesamte Software gehackt worden war. Mehrere Operationen wurden abgesagt, einige mussten sogar unterbrochen werden.

Um 10.40 Uhr gab es einen totalen Stromausfall.

Um 10.41 Uhr stellten die Spitaltechniker fest, dass sämtliche Notaggregate versagten.

Um 10.42 Uhr starb der erste Mensch, ein 83-jähriger herzkranker Mann.

Um 10.43 Uhr starb der zweite, eine 92-jährige Frau. Sie war ebenfalls herzkrank.

Um 10.44 Uhr gab es wieder Strom, sämtliche Systeme liefen wieder an.

4. Mai

REHA-KLINIK, SPEICHER, KANTON APPENZELL AUSSERRHODEN

Es war das erste Mal, dass Susa Sandra Bosone einen Stups gab und fragte, was denn nun los sei mit ihr und diesem Fotografen Henry.

«Was meinst du?», fragte Sandra. Die beiden Frauen sassen auf einer Bank im Park. Sandra hatte es geschafft, von der Klinik bis hierher zu gehen. Immerhin über hundert Meter. Susa hatte sie zwar stützen müssen, aber trotzdem.

«Du weisst schon, was ich meine», sagte Susa.

Sandra schaute lange in das hübsche Gesicht ihrer Physiotherapeutin und Freundin. Susa lächelte. Sandra starrte auf ihre Grübchen.

«Hör auf, Sandra!» Susa bedeckte ihr Gesicht mit den Händen. «Diese Grübchen sind so peinlich.»

«Nein, die sind süss.»

«Hör auf. Erzähl jetzt von dir und Henry!»

«Sag mal, du siehst gar nicht aus wie eine Russin.»

«Hey, du lenkst ab», sagte Susa und lachte. «Mein Vater ist Deutscher, hat blaue Augen. Von ihm habe ich das Gesicht. Und blond bin ich nicht, das ist gefärbt. Und von meiner Mama habe ich die Figur. Sie ist oder war eine schlanke, grosse Frau.»

«Warum war?»

«Ach, so schlank ist sie nicht mehr. Aber hübsch immer noch.»

«Was hast du eigentlich gemacht, bevor du Physio wurdest? Du hast einmal erzählt, du hättest …»

«Ich habe gejobbt und bin gereist.»

«Oh, schön. Wohin denn? Und als was hast du gejobbt?»

Susa antwortete nicht, sondern schaute auf den Boden.

«Sorry …», sagte Sandra leise und legte ihr die Hand auf den Arm. «Wollte nicht unverschämt sein.»

«Erzähle ich dir ein andermal», sagte Susa und blickte Sandra in die Augen. Und lächelte: «Also, was ist jetzt mit diesem Henry?»

«Ach ...»

«Also gut, ich erzähl dir heute etwas von meinem Mann, und das nächste Mal bist du an der Reihe.»

«Okay.»

«Er heisst Konstantin und hat schöne schwarze Haare. Im Wind flattern sie so lustig.»

REDAKTION AKTUELL, WANKDORF, BERN

Das Telefongespräch mit Olivier Kaltbrunner hatte fast eine Stunde gedauert. Renner hatte mit ihm erörtert, warum die geheimnisvollen Nachrichten aus dem Deep Web nun plötzlich zum Fernsehen gelangten und nicht mehr zu «Aktuell». Beide nahmen an, dass die Täter davon ausgingen, mit dem Fernsehen eine grössere Wirkung erzielen zu können. Warum die «Terroristen» – so nannte Olivier Kaltbrunner die Leute aus dem Dunkeln – nicht von Anfang an diesen Weg gewählt hatten, sei ihm aber schleierhaft. Renner konnte sich denken warum, sagte aber nichts: Weil der ominöse John Fox ihm und Haberer bekannt sein dürfte. Und weil dieser John Fox wusste, wie storygeil er und Jonas waren und sich deshalb darauf einlassen würden, auch wenn es zweifelhaft war. Von beiden war in der Szene bekannt, dass sie die journalistischen Grundsätze grosszügig auslegten.

Renner betrat Haberers Büro und war perplex. Haberer sass oder lag vielmehr in seinem Stuhl und schnarchte.

«Jonas!», rief Renner.

Haberer schoss auf, verschluckte sich, japste nach Luft, hustete und murrte dann: «Du hast mich geweckt.»

«Himmelherrgott!», fluchte Renner. «Du bist Chefredaktor!»

«Ja, und?»

«Tolles Vorbild.»

«Was willst du? Ich will nach Hause.»

«Es ist noch nicht mal 16 Uhr», sagte Renner vorwurfsvoll.

«Ist doch egal. Mach du die Zeitung. Mir ist langweilig.»

«In welcher Krise steckst du denn?»

«Mir geht es wie unseren Lesern: Alle schlafen ein.»

«Nur weil wir seit ein paar Wochen eine etwas seriösere Zeitung machen?»

«Genau! Und was ist passiert? Die Deep-Web-Arschlöcher gehen zum Fernsehen. Und den Fernsehfritzen glaubt man natürlich den Gugus aus dem blöden Schattennetz!»

«Ich weiss, wenn wir so etwas schreiben, werden wir ausgebuht. Aber Fernsehen ist eben Fernsehen. Den Fernsehjournalisten wird mehr geglaubt als uns Boulevardreportern. Habe gerade mit Kaltbrunner darüber geredet.»

«Mit diesem Basler Kommissar Zufall?»

«Ja.»

«Und?»

«Er kann sich nicht erklären, weshalb sich John Fox mit der Attacke auf das Basler Unispital an das Fernsehen gewendet hat.»

Haberer stand auf. Klack – klack – klack. «Pescheli», sagte er dann plötzlich. «Was ist eigentlich mit der Kirschtorte?»

«Was soll mit der sein?»

«Kennst du irgendeinen Menschen, der ausser der Kirschtorte in diesem Darknet rumstreunt?»

«Öhm, nein.»

«Also.»

«Was meinst du damit?» Renner konnte sich nicht vorstellen, dass Kirsten ein Spiel mit ihm trieb.

«Fühl ihr auf den Zahn. Irgendetwas ist da faul. Denke daran: Sie ist eine Yankee.»

«Bitte!»

«Das sind doch alles Cowboys», maulte Haberer.

«Wenn schon dann ist sie ein Cowgirl.»

«Lass dich nicht blenden von ihrem Sex-Appeal.»

«Das sagt genau der Richtige!» Peter schmunzelte.

«Zudem ist sonnenklar, dass wir es bei diesem John Fox mit einem speziell grossen Arschloch zu tun haben.»

«Bitte?»

«Lass mich in Ruhe. Muss telefonieren.»

REHA-KLINIK, SPEICHER, KANTON APPENZELL AUSSERRHODEN

Nach einer guten halben Stunde hatte Sandra das Gefühl, Konstantin müsse ein wahrer Traummann sein. Susa schwärmte so von ihm. Immer wieder sagte sie, wie sweet er sei, wie süss er das und dieses mache, wie cute er sich benehme und was für ein Gentleman er sei.

Kennengelernt hatten sich Susa und Konstantin in Deutschland, wohin ihre beiden Familien aus Kasachstan übersiedelt waren. Sie lebten damals in München, ihre Eltern besuchten mit ihnen die gleichen Lokale und Klubs, in denen viele Russlanddeutsche verkehrten. «Konstantin ging nach dem Abitur zum Militär», sagte Susa. «Wir trafen uns erst Jahre später wieder. Und seither sind wir eigentlich zusammen.»

«Immer noch glücklich?»

«Ja. Ausser diese eine Sache, die mich beschäftigt.»

«Oh. Worum geht es denn?»

«Ich möchte nicht darüber reden.»

Plötzlich spürte Sandra ein Gefühl, das ihr zwar bekannt und vertraut vorkam, das sie aber seit ihrem Unfall nie mehr gespürt hatte: Neugier. Und da Susa nicht darüber sprechen wollte, war diese Neugier doppelt gross. Kam dazu, dass es neben den Jahren vor ihrer Physiotherapeutinnen-Ausbildung das zweite Thema war, das Susa mied.

«Okay», sagte Sandra betont locker. Sie wollte diesen Augenblick der Neugier geniessen. Schliesslich war das der Grund, weshalb sie Journalistin geworden war.

WAAGHOF, KRIMINALKOMMISSARIAT, BASEL

Nach der Task-Force «Fasnacht» wurde nun eine Task-Force «Uni-Spital» gegründet. Das Resultat blieb aber immer das Gleiche: null.

Die IT-Experten der Basler Ermittler wie auch jene des Bundes wiederholten immer und immer wieder, dass sich die Spuren im

Internet verlieren würden. Der Staatsschutz, das Kompetenzzentrum für Terrorismus und die Koordinationsstelle zur Bekämpfung der Internet-Kriminalität KOBIK arbeiteten zusammen, doch sie alle stiessen bei ihren Recherchen an unüberwindbare Barrieren im Netz. Auch die Berner Kollegen, die den Fall des stehengebliebenen ICE zusammen mit den Technikern der Bahn untersuchten, waren zum Schluss gekommen, dass es sich wahrscheinlich um einen Cyberangriff handle.

«Was ist das?», fragte Staatsanwalt Hansruedi Fässler ungehalten.

«Das ist ein Angriff quasi aus dem Nichts», erklärte einer der Computerfreaks.

«Was? Das kann nicht sein. Erklären Sie es mir!»

Darauf folgte ein langfädiger Vortrag des Experten Tobias Fürst, in dem er erklärte, wie Computersysteme komplett gestört oder ausgeschaltet werden können: mit organisierten Massenmails Server zum Totalabsturz bringen oder durch Hackerangriffe gezielt wichtige Schnittstellen lahmlegen. Schliesslich referierte er über Big-Data, das Sammeln und Auswerten grosser Datenmengen auf Tausenden von Servern gleichzeitig, was ebenfalls eine Gefahr darstellen könne.

«Verstehen Sie das, Kaltbrunner?», murrte der Staatsanwalt.

«Naja …» Kaltbrunner nahm seine goldene Brille ab. «Ich glaube, der Kollege will uns sagen, dass wir gegen solche Cyberangriffe ziemlich machtlos sind.»

«Kaltbrunner, wie denken Sie eigentlich?», wetterte nun Hansruedi Fässler. «Die Staatsgewalt ist niemals machtlos.»

«Ich fürchte doch …», meldete sich Tobias Fürst vorsichtig zu Wort.

«Nein!», schimpfte Fässler.

«Doch. Die Darknets und das Deep Web bestehen aus geschlossenen Systemen, die quasi auf den Wellen des Internets surfen. Dazu braucht man beispielsweise Tor.»

«Tor?», meinte Fässler. «Braucht man das nicht zum Fussballspielen?»

Die Anwesenden schmunzelten.

«Das ist ein Programm», erklärte Fürst. «T, O, R. Es steht für The Onion Routing. Ein Zwiebelschalensystem, um im Netz anonym zu sein.»

«Genau», meldete sich nun ein Computer-Spezialist des Bundes zu Wort. «Ich muss Tobias leider Recht geben. Jede Nation dieser Welt fürchtet sich vor einem Angriff aus dem Internet. Dies ist die heute wahrscheinlich grösste Gefahr für alle Staaten!»

«Wir werden also angegriffen?», fragte Hansruedi Fässler.

«Ja, darum geht es, das glaube ich zumindest», sagte Olivier Kaltbrunner.

«Und wir sind nicht einmal in der Lage, lausige Bombenbastler und dahergelaufene Hobby-Terroristen zu verhaften?»

«Herr Staatsanwalt», sagte Olivier Kaltbrunner. «Wir haben es weder mit lausigen Bombenbastlern noch mit dahergelaufenen Hobby-Terroristen zu tun.»

«Herr Kaltbrunner», erwiderte Hansruedi Fässler. «Ihnen gelingt es ja nicht einmal, Terroristen zu finden, die einer geistig behinderten Frau eine Bombe untergeschoben und diese an der Fasnacht mitten im Trubel gezündet haben!»

Dieser Schlag sass. Es war die grösste Niederlage in Kaltbrunners Karriere als Kommissär. «Leider, denn auch diese Spur verliert sich», rechtfertigte er sich.

«Oh, natürlich», erwiderte Fässler, «in diesem ominösen Darknet, auf das wir nicht einmal als Staatsgewalt Zugriff haben. Kaltbrunner!» Fässler hüstelte. «Sie haben Ihren Job schlicht und einfach schlecht gemacht. Wir können den Medien und der Bevölkerung keinerlei Erfolge vermelden. Wir sind einfach die Deppen.»

«Wir wissen effektiv nicht ...»

«Nein, verdammt!», wetterte Fässler. «Eine Bombe zusammenzubauen, geht nicht via Inter- oder Deep Web. Das ist eine mechanisch-physikalische Angelegenheit. Da müssen Sie gottverdammt doch einfach herausfinden, wo der Sprengstoff, der

Zünder und all das restliche Zeugs gekauft oder organisiert wurden. Dazu sind Sie doch angestellt.»

Olivier Kaltbrunner setzte seine Brille wieder auf, schaute dem Staatsanwalt in die Augen und nickte. Sollte er Fässler ermahnen, dass er es war, der vor den Medienvertretern zuerst von einer «Knall-Kugel» aus Feuerwerkskörpern gesprochen hatte, obwohl er nichts über die Bombe, die sich als äusserst raffiniert herausstellte, gewusst hatte? Kaltbrunner liess den Einwand fallen. Er akzeptierte stattdessen seine Niederlage.

Hilfe kam ihm von Tobias Fürst. «Ich fürchte, ich muss Ihnen leider mitteilen, dass solche Attentate viele Beteiligte haben, die letztlich gar nicht wissen, worum es geht.»

«Was heisst das?»

«Also der, der die Puppe dieser Frau ausgewechselt hat, wusste nicht, dass darin eine Bombe versteckt war. Der hatte einfach diesen einen Auftrag und wurde dafür so gut bezahlt, dass er Zeit seines Lebens nicht mehr arbeiten muss. Wie die Bombe zum Explodieren gebracht wurde, wissen wir nicht. Aber wir gehen davon aus, dass irgendjemand den Impuls per Handy gegeben hat. Bewusst oder unbewusst. Wir werden es nie herausfinden, denn der Impuls war verschlüsselt. Möglicherweise war der Impuls auch mit dem Funkverkehr der Leitstelle der Basler Verkehrsbetriebe gekoppelt. Oder mit dem Signal der Haltestellenanzeigen an der Rheingasse.»

«Das heisst?»

«Das heisst, dass die Bombe aktiviert wurde, sobald sie ins Funkfeld der Haltestellenanzeige Rheingasse gelangt war.»

«Das ist doch Quatsch.»

«Nein. Das ist es definitiv nicht, Herr Staatsanwalt.»

Fässler schwieg darauf. Kaltbrunner schaute ihn an und dachte: Und du hast von einer Knall-Kugel gelabert ... Aber er sagte kein Wort. Irgendwie verriet ihm Fässlers Blick aber, dass er Kaltbrunners Gedanken lesen konnte.

REHA-KLINIK, SPEICHER, KANTON APPENZELL AUSSERRHODEN

«Ich wollte dir tschüss sagen.»
«Tschüss. Geniess den Abend mit deinem Konstantin.»
«Kommt Henry nicht vorbei?»
«Hör auf!»
«Naja, du liebst ihn doch.»
«Tu ich nicht.»
«Was dann?»
«Erzähl mir lieber, was da los ist zwischen dir und Konstantin. Du hast heute gesagt, dass dich irgendetwas belastet.»
«Ich habe aber auch gesagt, dass ...»
«Ma chère», platzte Henry hinein. «Oh, Entschuldigung ...»
«Sie stören nicht», sagte Susa. «Ich wollte gerade gehen.»
«Wegen mir?»
«Nein. Ich habe Feierabend.»
Als Susa gegangen war, fragte Henry Sandra, ob sie sich mögen würden. Ja, antwortete Sandra etwas grantig, sie seien Freundinnen geworden. Sie hätte lieber Susa auf den Zahn gefühlt.

PINGPONG-BAR, MATTE-QUARTIER, BERN

Der Wirt, Peter Schmid, servierte zwei weitere Stangen.
«Auf uns alte Kämpfer», sagte Jonas Haberer zu Peter Renner und hob das Glas. «Ich begreife diese Internet- und Schatteninternet-Welt nicht mehr in diesem Leben.»
«Hör auf. Dazu bist du zu jung.»
«Ach! Ich habe alle Arschlöcher meiner exklusiven Shit-List aus meiner Zeit als Bundeshausjournalist abtelefoniert. Niemand hat eine Ahnung, wer in diesem ominösen Deep Web aktiv sein könnte.»
«Fakt ist aber, dass der Typ, der die Nachrichten an Kirsten schickt, dich und mich kennt.»
«Ich kenne Tausende von Leuten. Also, wo willst du suchen?»
«Keine Ahnung.»

«Eben.»

«Lass gut sein, Jonas.»

Haberer leerte sein Bier in einem Zug und bestellte gleich ein neues. Und einen Wodka dazu. Nach drei weiteren Runden begann Jonas Haberer den Wirt als Mitglied der chinesischen Mafia zu beschimpfen. Renner wusste zwar, dass sein Chef damit nicht ganz Unrecht hatte – Schmid war einmal im Verdacht gestanden, mit der chinesischen Sportwettenmafia zusammenzuarbeiten –, doch er lotste Haberer rechtzeitig aus dem Lokal und brachte ihn nach Hause. Haberer wohnte nur fünf Minuten von der Pingpong-Bar entfernt. Renner selbst ging zu Fuss nach Hause. Allerdings brauchte er für den Weg vom Mattequartier zu seinem Wohnort an der Jurastrasse beinahe zwei Stunden. Renner musste sich auf dem Weg nach Hause dreimal übergeben.

5. Mai

GOLFPARK MOOSSEE, MÜNCHENBUCHSEE

Sie arbeitete gerade auf der Driving Ranch an der Verbesserung ihres Abschlags, als das Handy vibrierte. Kirsten Warren sah sofort, dass eine Nachricht über Newnetnet eingetroffen war. Sie unterbrach ihr Training um John Fox' Mitteilung zu lesen. «Wie geht es, my dear?», schrieb er. Kirsten steckte das Handy weg und konzentrierte sich wieder auf ihr Training. Doch das Smartphone vibrierte erneut. Kirsten versuchte, es zu ignorieren. Doch sie schaffte es nicht.

«Dein Sohn ist doch den ganzen Tag in der Schule. Wir könnten zusammen Golf spielen.»

Kirsten Warren lief es kalt den Rücken hinunter. Sie schaute um sich. Einige andere Damen waren ebenfalls auf der Driving Ranch. Zwei, drei ältere Herren. Wurde sie beobachtet? Von wem? Niemand schien Interesse an ihr zu haben. Nicht einmal Greenkeeper Ralf. Wo ist der überhaupt?, fragte sie sich. Der schwirrt doch sonst immer um mich herum. Aber was bedeutete das alles schon? Wenn sie beobachtet würde, dann wohl von Profis. Und woher wusste dieser John Fox, dass Christopher den ganzen Tag in der Schule blieb und heute nicht zum Mittagessen nach Hause kam?

Sie wurde nervös. «Was soll das?», schrieb sie zurück.

Da keine Antwort kam, packte sie ihre Golfschläger zusammen und eilte zu ihrem Auto. Sie verband das Handy mit der Freisprechanlage, startete den Motor ihres Fiats 500 und rief Peter Renner an.

«Glaubst du tatsächlich, diese Leute aus dem Deep Web beobachten dich und deinen Sohn?», fragte Peter Renner, nachdem er Kirsten lange zugehört hatte.

«Idiot!», fluchte Kirsten.

«Bitte?»

«Nicht du, Pete. Dieser Idiot, der mir gerade vor die Schnauze gefahren ist und mich …»

«Wo bist du eigentlich?»

«Im Auto auf dem Weg zur Schule. Gerade am Grauholz.»

«Hey, bleib ruhig, Kirsten. Ich denke, der Kerl, dieser John Fox, wird dir oder Christopher nichts antun.»

«Da wäre ich mir nicht so sicher, Pete. Wir müssen irgendetwas tun.» Kirsten merkte, dass sie hysterisch wurde und versuchte sich zu beruhigen. «Du hast wohl Recht, aber ein komisches Gefühl habe ich trotzdem.»

«Das verstehe ich. Ich werde mit Jonas reden. Vielleicht müssen wir doch die Polizei informieren.»

«Warte noch, ich fahre jetzt erst zur Schule.»

«Wo ist die?»

«Gümligen. Christopher geht an die International School.»

«Melde dich. Und pass auf.»

Kirsten wurde nun doch hysterisch. Und sie überlegte ernsthaft, ob sie «the others» informieren sollte. Immerhin hatten die doch etwas mit der US-Botschaft zu tun, gehörten vermutlich zum Geheimdienst. Aber nein, das durfte sie auf keinen Fall. Sie parkte ihren Fiat einfach vor dem Schuldgebäude und rannte hinein. Sie schrie: «Christopher! Christopher!»

Eine Lehrerin, die Kirsten auch schon gesehen hatte, kam ihr entgegen und versuchte sie zu beruhigen. Kirsten erzählte, dass ihrem Sohn möglicherweise etwas zugestossen sei oder noch zustosse. Die Lehrerin verstand die Hektik zwar nicht, erkundigte sich aber per Handy im Sekretariat, wo sich Christophers Klasse aufhalte. Danach führte sie Kirsten zum Zimmer, wies sie an, zu warten und öffnete die Türe. Wenige Sekunden später kam Christopher heraus.

«Oh, my god!», sagte Kirsten und nahm ihren Sohn in die Arme.

REHA-KLINIK, SPEICHER, KANTON APPENZELL AUSSERRHODEN

Die Physiotherapie tat Sandra gut. Manchmal war sie etwas schmerzhaft. Trotzdem freute sie sich immer darauf. Schliesslich war Susa mittlerweile eine echte Freundin geworden. Manchmal überlegte sich Sandra, was passiert, wenn sie die Klinik verlässt. Wären sie dann immer noch Freundinnen?

«Hast du Zeit für einen Spaziergang?», fragte Sandra nach der Behandlung.

«Nicht wirklich.»

«Mittagessen?»

«Okay, aber nur kurz. Heute haben wir volles Programm.»

Sandra konnte es kaum erwarten, bis es Mittag war. Susa holte sie ab und wollte ihr helfen, aufzustehen und in die Kantine zu gehen.

«Wir nehmen den Rollstuhl», sagte Sandra.

«Hey ...»

«Den Rollstuhl!», befahl Sandra.

«Was ist denn los?»

«Ich mag nicht. Und du hast ja nicht viel Zeit.»

Susa schob Sandra zur Kantine. Beide Frauen nahmen ein Sandwich und eine Cola light und gingen in den Garten. Sandra war aufgeregt. Sie musste einfach wissen, was mit Susa und ihrem Konstantin los war! Es liess sie nicht mehr los.

«Und, was macht Konstantin?», fragte Sandra nachdem sie einen Bissen genommen hatte, als wüsste sie sonst nichts zu sagen.

«Alles gut», antwortete Susa knapp.

«Du hast doch neulich erzählt, dass da so eine Sache sei zwischen euch ...», begann Sandra vorsichtig. «Entschuldige, ich habe wohl ziemlich schamlos nachgefragt. Das wollte ich nicht. Du musst natürlich nichts erzählen, wenn du nicht willst.»

«Also gut. Wenn es dir hilft, gesund zu werden!» Susa lächelte.

Sandra streichelte kurz über Susas Grübchen und meinte: «So süss!»

«Es ist eigentlich nichts, liebe Sandra», sagte Susa und nahm

Sandras Hand von ihrem Gesicht. «Es geht nur um einige Bilder, die ich auf Konstantins Handy entdeckt habe.»

«Du durchsuchst sein Handy?»

«War reiner Zufall. Also, na ja, fast. Konstantin hatte das Handy zu Hause vergessen, ich musste ihm etwas heraussuchen, eine Adresse oder einen Termin, ich weiss nicht mehr genau. Und da habe ich dann halt noch einige Bilder angeschaut.»

«Aber nicht etwa …?»

«Nein, nein.»

«Also keine andere Frau?»

«Nein.»

«Sex-Bildchen?»

Susa kicherte und knabberte an ihrem Sandwich.

«Sex-Bilder! Echt?», stiess Sandra nach.

«Nein. Nicht so wie du denkst.»

«Pornos?»

«Eben nicht. Er hat mich fotografiert.»

«Wie süss!» Sandra strahlte Susa an. Sie fand das wirklich süss. Sie stellte sich Susa nackt vor und wurde ein bisschen neidisch. Susa sieht sicher besser aus als ich, dachte sie und schämte sich ein bisschen dafür.

Die Frauen assen ihre Sandwichs zu Ende und tranken fast synchron drei Schlucke Cola.

«Und?», fragte Sandra.

«Was und?»

«Warum beunruhigt es dich, dass Konstantin dich fotografiert hat? Hat er die Fotos jemandem geschickt?»

«Keine Ahnung.»

«Waaas?», sagte Sandra erstaunt. «Wenn du schon das Handy deines Konstantins ausspionierst, dann solltest du das richtig machen.» Sie kicherte.

Plötzlich holte Susa ihr Handy hervor und tippte darauf herum. Dann kauerte sie sich neben Sandras Rollstuhl und zeigte ihr die Fotos, die Konstantin von ihr gemacht hatte. Nicht alle. Die ganz intimen überblätterte sie schnell. Sandra kommentierte die Pics mit Worten wie «Wow!», «Toll!» oder «Sexy!» und dachte dabei: Ja, Susa sieht wirklich besser aus als ich.

«Hat er dir die Fotos geschickt?», wollte sie wissen.

«Nein, ich habe sie einfach von seinem Handy abfotografiert. Ich schäme mich ein bisschen dafür.»

«Du hast mir nicht alle gezeigt, stimmt's?»

«Ja, stimmt. Alle geht nicht.»

«Zu sexy? Zu pornografisch?»

«Schluss jetzt. Ich schäme mich dafür, dass ich die Fotos kopiert habe.»

«Hör auf. Wollte dir Konstantin die Bilder nicht geben?»

«Wir haben nicht darüber geredet. Ich habe auch nicht gewusst oder bemerkt, dass er mich beim Sex fotografiert hat.»

«Waas?», fragte Sandra wieder erstaunt. «Deshalb kommt dir das alles seltsam vor.»

«Eben. Warum fotografiert er mich heimlich?»

«Weil es ihm peinlich ist?», schlug Sandra vor und nippte an ihrer Cola.

«Warum fragt er mich nicht einfach?»

«Getraut sich vielleicht nicht. Er wollte die Fotos vielleicht für … einsame … Stunden … wenn er dich vermisst …»

Jetzt kicherten beide Frauen.

«Darf ich nochmals gucken?», fragte Sandra nach einer Weile.

«Nein. Ich sollte an die Arbeit!» Susa rollte Sandra wortlos in ihr Zimmer zurück und verabschiedete sich rasch.

Sandra starrte zum Fenster hinaus auf die Wiese. Sie hatte ein mieses Gefühl.

Aber irgendwie auch ein verdammt gutes. Sie musste diese Bilder nochmals sehen. Nein, sie musste sie haben!

Doch plötzlich frage sie sich: Wozu? Ganz einfach: «Sex» gehört zu den journalistischen Zauberwörtern. Kommt in einer Schlagzeile «Sex» vor, explodieren die Klickzahlen im Web. Und nach all den Sex-Skandalen und Sex-Selfies und Sex-Chats – wer weiss, was Susa noch alles auf ihrem Handy hat? Und wer ist ihr Konstantin wirklich und was treibt er tatsächlich? Vielleicht lag da eine Story vor ihrer Nase. Aber wollte sie tatsächlich in der Privatsphäre ihrer neuen Freundin herumstochern? Und wozu? Diese Zweifel machten sie traurig. Denn sie wusste: Eine richtige Journalistin fragte niemals nach dem Wozu. Es ging zuerst ums Haben. Nein. Sie war definitiv noch nicht gesund.

REDAKTION AKTUELL, WANKDORF, BERN

Kirsten Warren erzählte, was passiert war beziehungsweise was glücklicherweise nicht passiert war und endete mit den Worten: «Ich habe Angst.»

Verlegerin Emma Lemmovski ging zu ihr hin und umarmte sie. Chefredaktor Jonas Haberer verdrehte die Augen. Renner sass wie in Gips gegossen da.

«Pass mal auf, Kirschtorte», sagte Haberer.

«Bitte!», zischte Emma und warf ihre blonde Mähne in den Nacken. Sie stöckelte um Haberer herum und setzte sich wieder auf ihren Bürostuhl.

«Es ist doch überhaupt nichts passiert», begann Haberer erneut. «Der Kerl flirtet ein bisschen mit dir.»

«Flirten?», sagte Emma genervt. «Das nennen Sie flirten?»

«Pescheli, hilf mir doch, das ist doch eine Form von Schäkern, oder nicht?»

Peter Renner schaute zu Emma. Sie ist so wunderschön, dachte er. «Nein, Jonas, das ist mehr.»

«Mehr?» Haberer haute mit der flachen Hand auf den Tisch. Die Espresso-Tassen tanzten. «Jetzt scheisst euch mal nicht in die Hosen wegen diesem Jimmy Muff …»

«John Fox!», korrigierte Renner.

«Eben. Der tut uns doch …»

«Er hat immerhin in Basel einen Anschlag verübt, einen Zug zum Stehen gebracht und mehrere Leute in einem Spital sind seinetwegen gestorben», sagte Renner trocken.

«Meinst du wirklich, Pescheli? Und jetzt will er unserer

Kirscht ...» Er stockte und setzte neu an. «Und jetzt will er unserer Kirsten ans Leder?»

«Das würde doch passen», sagte Renner. «Erst ein handfester Anschlag mit einer Bombe ...»

«Bömbchen, Pescheli, einem Bömbchen!», bellte Haberer.

«Eine Tote und zig Verletzte? Bömbchen?», kommentierte Emma Lemmovski böse.

«Erst eine Bombe, dann das Ding mit dem Zug», fuhr Renner fort, «schliesslich ein ganzes Spital mit sämtlichen Sicherheitssystemen und jetzt ein gezielter Angriff auf eine Person. Da beweist doch jemand, dass er jederzeit auf die verschiedensten Arten zuschlagen kann und immer ...»

«Sag mal, Pescheli, wie geschwollen parlierst du eigentlich? Du quatschst zu viel mit diesem Basler Kommissar Zufall.»

«Was meint eigentlich die Polizei?», fragte Emma.

«Die Sache mit Kirsten weiss sie nicht», antwortete Renner.

«Meinen Sie, wir sollten das melden?»

«Jetzt spinnst du aber komplett, Pescheli!»

«Hat er nicht Recht?», konterte Emma die neuerliche Beleidigung des Chefredaktors.

«Schon gut», meldete sich Kirsten Warren zu Wort. «Wir können es ja Kommissär Kaltbrunner in Basel inoffiziell mitteilen. Die Berner lassen wir aus dem Spiel. Es ist wirklich nichts passiert, da hat Jonas Recht.»

«Kann man nicht herausfinden, wer dieser John Fox und seine Organisation sind?», wollte Emma Lemmovski wissen.

«Ist sehr schwierig», erklärte Kirsten. «Im Deep Web hinterlässt man keine Spuren. Da haben selbst die staatlichen Ermittler Probleme.»

«Und die Geheimdienste?», wollte Haberer jetzt wissen.

«Die genauso.»

«Glaube ich nicht.»

«Ist aber so. Diese ganze Technologie im Schatten des Internets ist die Zukunft. Nach den Skandalen rund um die Geheimdienste und ihre Schnüffeleien in Computern und Mobiltelefonen weltweit schreien alle Staaten nach Regulierung, nach Gesetzen und Vorschriften.» Kirsten Warren geriet in Fahrt. «Nicht nur Diktatoren wollen Twitter, Facebook oder Youtube verbieten oder blockieren, auch in demokratischen Staaten wird versucht, das freie Internet zu reglementieren.»

«In der Schweiz auch?», fragte Haberer. Er schien wirklich neugierig geworden zu sein.

«Natürlich. Mit allen Mitteln. Einfach anders.»

«Wie anders?»

«Mit viel Personal, das das Internet durchforstet. Mit viel Technik, um mit der organisierten Kriminalität mitzuhalten. Mit restriktiven Kontrollen unter dem Deckmantel des Datenschutzes. Mit neuen Gesetzen und Vorschriften. Das Internet soll nicht mehr frei, sondern unter die Herrschaft der Staaten gebracht werden. Das ist das Ziel dahinter. Ein grenzloses Internet birgt zwar viele Chancen, aber auch Gefahren. Staaten können unterwandert werden. Aufständische organisieren sich ungehindert. Im Internet entstehen neue Identitäten, neue Leben…»

«Liebe Kirsten», unterbrach Haberer, allerdings mit einem Lächeln. «Du redest Bullshit! Du verstehst das Wort Bullshit, oder? Bullshit ist Englisch, ja? Es heisst Bullen-Kacke, okay? Kuhmist! Das wirft man in der Schweiz auf die Felder! Zusammen mit der Kuhpisse! Gibt dann bessere Milch, besseren Käse, besseres Fleisch!»

«Das ist kein Bullshit», wehrte sich Kirsten. Ihre Augen bekamen einen starren Ausdruck. «Aber möglicherweise kapiert das ein solch eingebildeter Sack wie du nicht.»

«Langsam, Kirschtorte, gaaaaaaanz langsam. Irgendwie habe ich so ein seltsames Gefühl bei dir. Pescheli würde sagen, er spüre es im Urin. Ich spüre es anderswo. Aber irgendetwas stimmt mit dir nicht.»

Stille. Emma Lemmovski strich ihre Haare zurecht. Peter Renner sass immer noch wie in Gips gegossen da. Kirsten vergrub das Gesicht in den Händen. Alle warteten auf Haberers Tobsuchtsanfall. Aber er kam nicht.

Stattdessen begann er zu säuseln: «Wir werden dir auf die Schliche kommen, Kirschtorte. Aber grundsätzlich gefällst du mir. Sagst dem alten Kotzbrocken die Meinung. Habe ich dir eigentlich schon gesagt, dass du mir auch sonst gut gefällst? Wir sollten vielleicht mal einen gemeinsamen Abend verbringen, um uns näher kennenzulernen. Was meinst du?»

«Jonas!», mahnte nun Emma Lemmovski und wandte sich Kirsten Warren zu: «Fahren Sie fort.»

Doch Kirsten sagte nichts mehr, ihr Gesicht verbarg sie immer noch in den Händen.

Renner befürchtete, dass sie weinte oder gleich damit anfing und sagte: «Das Internet hat die Welt revolutioniert. Fast alles wurde transparent. Der Informationsaustausch geht ruckzuck. Wenn irgendwo auf der Welt etwas passiert, weiss es der Rest der Welt in Sekundenbruchteilen. Systemkritiker holen sich Hilfe via Internet von aussen. Und so weiter. Also versuchen Staaten, die die Medien zensurieren, auch das Internet zu beschränken oder gar auszuschalten. Aber das funktioniert nicht. Weil hinter dem Internet ein weiteres Netz steckt. Das Deep Web. Und dahinter tüfteln sicherlich irgendwelche pickligen Teenager an einem nächsten Netz. Und so weiter und so fort.» Er machte eine kurze Pause.

Kirsten nickte.

Renner fuhr fort: «Die Staaten fürchten doch am meisten, dass neben ihnen Gebilde und Systeme entstehen, die unabhängig von ihnen funktionieren. So entstand die globalisierte Wirtschaft. Diese entwickelt ein Eigenleben, das niemand mehr kontrollieren kann. Die meisten profitieren davon. Doch als das System in die Krise geriet, war es vorbei mit dem Gewinn. Plötzlich wurde man sich bewusst, dass ganze Staaten und Regionen unmittelbar vor dem finanziellen Ruin standen. Es drohte der Kollaps. Also schritt man ein. Und versucht nun mit allen Mitteln, dieses Wirtschaftsungeheuer so zu reglementieren, dass man es in den Griff bekommt. Genau dasselbe passiert mit dem Internet. Nur ist das Internet noch schlimmer, weil es dort nicht nur um Geld, Macht

und Profit geht, sondern um Ideen und Ideologien wie die Freiheit und so weiter - um die grossen Menschheitsthemen eben.»
Stille.
«Bin ich in einer Philosophiestunde gelandet?», fragte Haberer.
«Ich finde gut, dass wir einmal eine solche Diskussion führen», sagte Emma.
«Bringt aber keine Klicks und füllt keine Zeitung.»
«Nein. Aber wir müssen uns klar sein, welche Strategie wir fahren in dieser Geschichte.»
«Wir fahren gar nicht. Wir recherchieren», maulte Haberer und haute so stark auf den Tisch, dass die Espresso-Tässchen erneut hüpften. Dann sagte er: «Pescheli, gib Vollgas. Setz die besten Leute dran. Und du, Kirsten», er wandte sich zur Amerikanerin, die ihre Hände vom Gesicht nahm und Haberer anschaute. «Du gehst mit diesem Jimmy Muff Golfspielen.»
«John Fox.»
«Mir egal. Ich komme mit.»

PRIVATKLINIK OB DEM WALD, MÄNNEDORF

John Fox, alias Kilian Derungs, sass an diesem späten Nachmittag in der Praxis von Dr. Christiane Schwertfeger, schwieg und dachte darüber nach, was dieser Frau fehlte. Er hatte nicht das geringste sexuelle Verlangen nach ihr. Doch nicht nur das erstaunte ihn, vielmehr verblüffte es ihn, warum er darüber noch nie nachgedacht hatte, obwohl er schon seit Monaten regelmässig zu diesen Sitzungen kam.

«Möchten Sie noch etwas erzählen, Herr Derungs?», fragte Dr. Schwertfeger.

Er antwortete nicht. Liegt es daran, dass sie das erste Mal einen relativ kurzen Rock trägt und ihre Beine zeigt?, überlegte Derungs. Sehe ich ihre Beine wirklich zum ersten Mal? Sie hat schöne Beine, fand er. Aber sie machten ihn nicht an. Nicht im Geringsten. Ihre Brüste waren sicherlich auch in Ordnung.

Auch ihr Gesicht. Gut, die Frisur, so kurz und männlich, nein, das war nicht sein Geschmack, aber eigentlich war sie ganz hübsch. Sexuell allerdings irgendwie ein Neutrum. Lag das an ihr? Oder an ihm? Sollte er mit ihr darüber reden? Hatte er ein sexuelles Problem? Mit seiner Frau lief seit Jahren nichts, aber auswärts funktionierte er eigentlich ganz ordentlich. Fand zumindest er.

Er spürte, dass sein Handy in der Hosentasche vibrierte. Er nahm es hervor und sagte: «Darf ich kurz nachschauen, ich erwarte …»

«Natürlich.»

Er erwartete eigentlich nichts. Umso gespannter war er zu sehen, was los war. Er hatte ein Mail aus dem Deep Web erhalten. Von Kirsten Warren. Er las den Text, steckte das Handy weg und begann zu lächeln.

«Gute Nachrichten?», fragte Christiane Schwertfeger.

«Oh ja.»

«Wollen Sie sie mir erzählen? Sie wirken gerade so entspannt.»

«Ja, das bin ich.» Er spürte sogar ein Kribbeln im Bauch. Noch war es keine richtige Erregung, eher Vorfreude darauf.

«Entspannung tut Ihnen gut, Sie sollten mehr Wert darauf legen.»

«Oh ja, da haben Sie Recht. Ich gehe endlich wieder einmal Golf spielen.»

REHA-KLINIK, SPEICHER, KANTON APPENZELL AUSSERRHODEN

Weder Google, Facebook und Co noch irgendeine Journalistendatenbank spuckten irgendwelche interessanten Informationen zu den Namen «Susa Schwarz» und «Konstantin Schwarz» aus. Sandra versuchte es mit verschiedenen Schreibweisen, besuchte Webseiten und Social-Media-Profile von Frauen mit dem Namen Susa und kannte mittlerweile jede Physiotherapeutin, die im Netz zu finden war. Nur «ihre» Susa fand sie nicht. Und ebenso wenig deren Ehemann Konstantin. Das machte sie stutzig. Gibt es wirklich noch Menschen, die keine Spuren im Internet hinterlassen?, fragte sie sich. Oder die beiden Personen wissen, wie man keine Spuren hinterlässt ...

Plötzlich stand Henry Tussot in ihrem Zimmer und erkundigte sich nach ihrem Befinden. Er entschuldigte sich, erst so spät zu kommen. Sandra war völlig perplex, als sie auf die Uhr auf ihrem Smartphone schaute: Es war 20.11 Uhr. Sie musste stundenlang recherchiert haben. Ohne Erfolg. Wahrscheinlich war sie ausser Übung. Als Henry fragte, was sie mache, antwortete sie: «Einfach die Zeit totschlagen. Und du, Henry, was für einen Auftrag hast du?»

«Mich um dich zu kümmern», sagte er und zwinkerte ihr zu.

«Blöder Charmeur! Also. Was gibt es für heisse Storys?»

«Haberer und Renner drehen mal wieder im roten Bereich ...»

«Tun sie das nicht immer?»

«Ja, da hast du Recht. Aber dieses Mal spinnen sie komplett. Ich soll mit Kirsten auf ...»

«Kirsten?»

«Du kennst doch unsere IT-Expertin, die Amerikanerin, Kirsten Warren.»

Sandra hatte keinen blassen Dunst, von wem Henry sprach. An diese Kirsten konnte sie sich nicht erinnern. «Nein, aber ist egal», sagte sie.

«Kirsten Warren recherchiert in diesem Cybercrime-Fall, zu dem ja auch der Fasnachtsanschlag gehören soll. Und jetzt trifft sie sich mit einem Kerl aus dem Deep Web.»

«Was erzählst du da?»

«Die Fasnacht, an der du verletzt worden bist, dann der ICE, in dem die Zecke steckengeblieben ist, das Kantonsspital mit den ...»

«Was, was, was?»

«Das hast du alles nicht mitbekommen?»

«Nein.»

Henry versuchte eine Zusammenfassung der Ereignisse zu liefern, hatte aber Mühe damit. Sandra fragte die ganze Zeit nach.

Oft sagte er, das wisse er auch nicht, worauf Sandra erneut nachfragte oder meinte, was er erzähle, ergäbe keinen Sinn. Etwas ungehalten meinte Henry schliesslich: «Frag doch Renner. Ich weiss auch nicht alles.»
«Du bist ja auch nur Fotograf, oder?!»
«Was soll das?», sagte Henry gereizt.
«Hey, sollte ein Witz sein.»
«Scheisswitz.»
«Und was musst du jetzt in diesem Fall machen?»
«Spielt doch keine Rolle.»
«Beleidigt?»
«Non. Aber bisher hat dich das alles nicht interessiert, also was …»
«Ja, du hast Recht. Bisher hat mich das nicht interessiert. Ist das nicht ein gutes Zeichen? Ich komme zurück.»
Henry schaute sie lange an.
«Was ist, Henry, freust du dich nicht?»
«Doch. Natürlich.»
«Aber?»
«Nichts.»
«Da ist doch etwas.»
Henry stand auf und ging im Zimmer auf und ab. Mehrmals versuchte er etwas zu sagen, holte Luft und brach ab.
«Henry, raus mit der Sprache!»
«Ich glaube, ich sollte gehen.»
«Nein, musst du nicht. Falls es dich interessiert: Henry, ich mag dich echt.»
«Oui, ma chère, jetzt magst du mich. Aber früher hast du mich nicht gemocht. Mich kaum beachtet. Und ich freue mich, wenn du wieder ganz gesund wirst, echt. Aber ich habe auch Angst. Angst davor, dass du mich wieder als den gleichen Henry siehst wie vorher. Als den doofen Fotografen.»
«Das habe ich nie so empf…»
«Natürlich hast du. Das machen doch alle Journis. Ich bin immer nur der Lustige und Charmante, der coole Bildchen knipst

oder irgendwo als Reporter rumgurkt. Aber für voll nimmt mich keiner. Vor allem keine!»

«Henry, hast du eine Krise?»

«Keine Krise. Vergiss es.» Er kam an ihr Bett und streichelte ihre Wange. «Vergiss es», meinte er sanft und leise. «Vergiss es. Werde einfach nur gesund.»

Er gab ihr einen Kuss auf die Wange. Er wollte gehen.

Sandra hielt ihn fest und zog ihn zu sich hinunter. Sie gab ihm einen Kuss auf den Mund.

«Gute Nacht», flüsterte sie. «Kommst du morgen wieder?»

Henry antwortete nicht. Er ging.

WOHNÜBERBAUUNG ERLENMATT, BASEL

Um 21.27 Uhr klingelte Olivier Kaltbrunners Diensthandy. Er liess es bimmeln. Ob er nicht rangehen möchte, fragte seine philippinische Frau Pranee. Nein, antwortete er, er habe keine Lust. Er erhob sich vom blau-geblümten Ikea-Sofa und schlurfte zum Kinderzimmer. Er öffnete die angelehnte Türe einen Spalt breit und sah, dass seine Stieftochter Nazima friedlich schlummerte. Er ging zurück in die Stube, gab seiner Frau einen Kuss und ergriff die Fernbedienung des Fernsehers.

«Hey, was ist los mit dir?», fragte Pranee.

«Ich mag nicht telefonieren.»

«Na los, mach schon!»

Er nahm seine Brille ab und machte einen auf traurigen Hundeblick. Pranee musste lachen, streichelte ihm über den Kopf und stupste ihn auf die Nase.

«Na gut, dann halt.» Er setzte seine Brille wieder auf und stand ächzend auf. Er holte sein Handy hervor und warf einen Blick darauf. Sein Kollege Giorgio Tamine hatte ihn gesucht. Kaltbrunner rief zurück.

«Du solltest herkommen», sagte Tamine. «Wir haben ihn.»

«Wen?»

«Den Fasnachtsattentäter.»

«Goppeloni, wie das?»
«Zufall.»
«Oje.»

REHA-KLINIK, SPEICHER, KANTON APPENZELL AUSSERRHODEN

Vielleicht sollte sie Henry sagen, dass sie ihn nicht liebe. Aber war es tatsächlich so? Oder wusste sie wirklich nicht mehr, was Liebe war? Sandra dachte nach, sie konnte nicht schlafen. Vielleicht liebte sie Henry. Aber sie war nicht verliebt. Verliebt war sie mal in ihren Reporter-Kollegen Alex gewesen. Eigentlich war sie immer noch verliebt in ihn. Aber er hatte eine Freundin, Mara. Oder auch nicht. Er telefonierte ihr zwar regelmässig, doch er kümmerte sich längst nicht so rührend um Mara wie sich Henry um sie. War er etwa verliebt?

Ihre Gedanken schweiften zu Susa, deren Ehemann Konstantin und den Sex-Fotos auf Susas Handy. Warum macht man solche Aufnahmen? Warum heimlich?

Dann überlegte sie, ob ihr Kuss ein Fehler war. Henry machte sich jetzt Hoffnungen. Und wenn schon? Er ist ja wirklich mein bester Freund, sagte sie sich. Gut, er ist zwar nicht mein Traumtyp, was das Aussehen anbelangt, etwas zu rundlich. Dafür ist er charmant. Seine Art gefällt mir. Auch, dass er manchmal so ausruft und flucht.

Was empfand sie eigentlich für Susa? Sie drückte den Rufknopf und bestellte bei der Nachtschwester eine Schlaftablette.

WAAGHOF, KRIMINALKOMMISSARIAT, BASEL

Olivier Kaltbrunner konnte erst nicht glauben, wen ihm Giorgio Tamine als Fasnachtsattentäter präsentierte: einen knochigen Kerl mit irrem Blick und zerzaustem, dünnem Haar. Er sah aus wie ein Junkie, war aber keiner, sondern ein einschlägig bekannter Bettler, dreckig und stinkend, aufsässig und unangenehm. Er hiess Pierre Boller, war 36 Jahre alt und kam ursprünglich aus

Bern. Er war weder drogenkrank noch soff er übermässig Alkohol. Sein Problem war, dass er die Medikamente gegen seine psychische Erkrankung nicht einnahm. Fast sämtliche Institutionen der Stadt Basel hatten sich schon mit ihm befasst. Er war schon mehrere Male in der Psychiatrischen Universitätsklinik gewesen, mal freiwillig, mal zwangsweise. Aber letztlich landete er immer wieder auf der Strasse und sprach die Passanten um Geld an. Vom Kollegen des sozialpsychologischen Dienstes der Polizei wusste er, dass Pierre Boller manisch-depressiv war und unter diversen anderen Krankheiten litt. Er war pleite gegangen, hatte seinen Job als Stuckateur verloren und war von seinen Freunden verstossen worden, weil er sie alle angepumpt hatte. Schliesslich hatte ihn seine Freundin sitzen lassen, und er landete in der Psychiatrie.

«Das meinst du jetzt aber nicht ernst», sagte Kaltbrunner. «Pierre Boller soll die behinderte Frau in die Luft gesprengt haben?»

«So sieht's aus.»

«Und wie seid ihr auf ihn gekommen?»

«Unser Sozialdienst musste ihn wieder einmal holen. Er war in seiner Wohnung und jammerte so laut, dass die Nachbarn die Polizei riefen.»

«Ist ja nichts Neues.»

«Nein. Aber das hier lag in seiner Wohnung.» Giorgio Tamine warf ihm ein kleines Päckchen mit einer gelben Paste zu. «Plastiksprengstoff.»

«Das glaubst du doch selber nicht.»

«Er habe die Bombe nicht gebaut, sagt er. Er habe bloss das Stofftier erhalten und der Behinderten unterschieben müssen. Er habe zu dieser Zeit im gleichen Heim gewohnt. Er habe dann einen Teil des Zeugs aus der Puppe geklaubt und mitgenommen. Er habe geglaubt, dass es Drogen seien, aber niemand in der Szene habe ihm das Zeugs abkaufen wollen. Also …»

«Moment», unterbrach Kaltbrunner. «Er hat einen Teil des Plastiksprengstoffs rausgenommen?»

«Sagt er, ja.»

«Okay. Das bedeutet: Die Bombe wäre eigentlich viel stärker gewesen.»

Giorgio Tamine antwortete nicht. Olivier Kaltbrunner vermutete, dass sein Kollege noch nicht auf diesen Gedanken gekommen war. «Wer hat ihm die Bombenpuppe gegeben?», fragte er.

«Ein Pfarrer. Pfarrer Tinu.»

«So, so», machte Kaltbrunner. «Hmm, hmm.»

«Es gibt in Basel nirgends einen Pfarrer Tinu. Oder Martin, wie er wohl mit richtigem Namen heisst. In Basel sagt man nicht Tinu. Aber das müssen wir noch weiter untersuchen. Um den Sprengstoff werden sich die Spezialisten kümmern. Wenn es der gleiche ist wie jener, der für das Attentat verwendet worden ist, stimmt die Story wohl und unser Freund hier hat ein gröberes Problem.»

«So, so.»

«Was jetzt?»

«Hast du schon unseren verehrten Staatsanwalt und die nationale Sicherheits-und-Experten-Truppe-für-alles informiert?» Kaltbrunner machte keinen Hehl daraus, dass er die Damen und Herren der Bundesanwaltschaft und des Bundesamts für Polizei nicht sonderlich mochte. Ihre Wichtigtuerei ging ihm auf die Nerven. Oder auf den Sack, wie er sagte.

«Nein, ich dachte, wir schauen uns den Knallfrosch erst einmal selber an.»

«Gut gemacht, Giorgio.» Olivier Kaltbrunner betrat den Verhörraum.

Pierre stand sofort auf und fragte in seinem breiten Berndeutsch: «Hast du mir zwanzig Stutz?» Er versuchte Kaltbrunner anzufassen. Sein Blick war starr. Und er sabberte.

«Setzen Sie sich erst einmal. Wollen Sie Wasser?»

«Ich brauche zwanzig Franken. Kannst du mir nicht zwanzig Stutz geben? Für die Notschlafstelle. Sonst muss ich draussen pennen. Bitte!»

«Machen Sie sich keine Sorgen», sagte Kaltbrunner ruhig. «Die Notschlafstelle hat längst geschlossen. Und jetzt müssen wir etwas klären.»

«Ich brauche aber zwanzig Stutz. Kannst du mir nicht dreissig geben?»

«Wer ist Pfarrer Tinu?»

«Mein Pfarrer. Mein Pfäffli.»

«Von wo? Wo ist er Pfarrer?» Olivier Kaltbrunner blickte in grosse blaue Augen, die ihn anstarrten. Müde, leer. «Der Pfarrer?», fragte er erneut. «Wo ist er?»

«Der ist nicht da.»

«Wo ist er denn, wenn er da ist?»

«Kleinhüningen. Aber er ist nicht dort. Tinu ist nicht dort. Der kann mir auch nichts geben. Bitte.» Pierre Boller bekam plötzlich eine weinerliche Stimme, die grossen Augen wurden feucht und röteten sich. «Bitte. Nur noch einmal, dreissig Stutz. Bitte.» Dann begann er tatsächlich zu weinen.

6. Mai

GOLFPARK MOOSSEE, MÜNCHENBUCHSEE

Nachdem er gut eine Stunde gewartet hatte, hatte Jonas Haberer genug: «Also, Kirsten, wenn wir schon da sind, zeig mir, wie man Golf spielt.»

«Meinst du, John Fox kommt nicht?»

«Ach, der hat wohl gemerkt, dass ich da bin. Hat Schiss gekriegt. Los gehen wir!»

«Und wenn er doch noch kommt?»

«Dann macht unser Paparazzo Henry ein paar Fotos von ihm und ruft mich an. Henry hockt da hinten irgendwo auf dem Parkplatz in seinem Auto.» Haberer lachte. Dann putzte er sich laut die Nase, steckte das Taschentuch weg und meinte: «Also, los geht's.» Er stapfte davon.

«Das geht nicht einfach so. Da müssen ...» Kirsten ging ihm hinterher.

«Wir müssen gar nichts. Wir gehen jetzt auf die Driving Ranch, und der alte Haberer haut da ein paar Bälle in die Wiese. Kann ja nicht so schwer sein, wenn das all die alten Säcke machen.»

«Jonas, du trägst einen Anzug und Boots.»

«Na und?»

In diesem Augenblick kam Ralf auf dem Rasenmäher angerollt. Er lächelte charmant, beäugte Haberer und sagte zu Kirsten, sie solle sich melden, falls sie Hilfe brauche.

«Was war das denn?», wollte Haberer wissen.

«Das war Greenkeeper Ralf.»

«Das war eher Baggerfahrer Ralf. Meine Güte, wie der dich anmacht!»

«Meinst du?»

«Der ist scharf auf dich!» Haberer lachte laut. Dann meinte er: «Los, jetzt knallen wir die Bälle flach!»

Eine halbe Stunde später stand Jonas tatsächlich auf der Driving Ranch und versuchte, mit Kirstens Schläger die Golfbälle in die Luft zu katapultieren. Aber die meiste Zeit schlug er daneben oder in seine Cowboystiefel. Haberer fluchte und schimpfte. Kirsten versuchte ihn zu beruhigen und ihm die Technik beizubringen. Viel fruchtete es nicht. Die Bälle flogen höchstens ein paar Meter weit.

«Dämliches Spiel», murrte Jonas. «Dafür bin ich zu jung und zu intelligent. Und vor allem zu sexy. Denn ich habe noch Sex, meine liebe Kirsten.»

«Ich zeige es nochmals», sagte Kirsten ohne auf Haberers anzügliche Bemerkung zu reagieren.

«Du musst mich führen.»

«Wie führen?»

«Du stellst dich hinter mich und zeigst mir, wie ich den Schläger führen muss.»

Kirsten stellte sich hinter Haberer, griff um ihn herum und führte mit ihm zusammen die Bewegung aus; langsam von hinten links hinunter, mit der Körperdrehung und schliesslich dem Schlag. Sie übten ein paarmal. Dann versuchte es Haberer alleine. Und traf. Der Ball flog tatsächlich rund sechzig Meter weit. Haberer schaute dem Ball nach und blickte dann in den Himmel.

«Hammer, Kirsten, Hammer!», jubelte er. «Maximum! Nochmals! Komm zeige es mir nochmals.»

Kirsten spielte die Bewegung nochmals langsam mit Haberer durch. Er schlug alleine, traf nicht, wetterte und übte nochmals mit Kirsten. Sie war sich nicht sicher, ob es Haberer um das Golfspiel ging oder um die körperliche Nähe.

Der Chefredaktor brachte drei einigermassen gelungene Schläge zustande. Jedesmal schaute er zum Himmel hinauf.

«So hoch fliegen deine Bälle nun auch wieder nicht», sagte Kirsten.»

«Noch nicht, noch nicht!»

«Warum schaust du dann immer zum Himmel? Kommt

Regen?» Kirsten blickte selbst zum Himmel, sah aber ausser zwei Vögeln nichts als blau.

«Ich bin ein Sterngucker», sagte Haberer.

«Es ist Tag …?!»

«Frauen sollten wie Sterne sein: Am Abend erscheinen und am Morgen verschwinden!» Haberer grölte.

Kirsten verstand den Spruch zwar nicht, kicherte aber mit.

«Musst nicht so blöd lachen, Kirschtorte! Erstens hast du Cowgirl den Spruch gar nicht kapiert und zweitens ist er ein uralter Quatsch.» Wieder schaute Haberer zum Himmel. «Gehen wir beide einmal Sterne gucken?»

«Forget it», fauchte Kirsten.

Haberer lachte und gab ihr einen kleinen Schubs.

Kirsten lachte. Irgendwie mochte sie ihn doch.

Plötzlich warf Jonas den Golfschläger auf den Boden, umarmte Kirsten und küsste sie auf die Wange: «Vielen Dank, Kirschtorte, das war toll. Machen wir wieder einmal. Du bist jetzt meine Lehrerin. Vielleicht ja nicht nur im Golfspiel. Wir sind ein super Team.» Er liess sie los und ging davon. Klack – klack – klack.

Zurück auf dem Parkplatz ging Haberer schnurstracks zu Henrys Auto. «Abbruch», rief Haberer. «Das bringt nichts. Dieses Arschloch kommt nicht. Vermutlich haben wir es auch falsch angestellt. Ist mein Fehler. Aber ist ja egal. Ich hatte eine nette Golfstunde mit der Kirschtorte. Bist neidisch, was, Hennery?» Lautes Gelächter.

Henry warf Kirsten einen leicht irritierten Blick zu. Sie verdrehte die Augen, schmunzelte aber.

REHA-KLINIK, SPEICHER, KANTON APPENZELL AUSSERRHODEN

Sandra Bosone zögerte keine Minute. Susas Handy lag auf dem Nachttisch. Ihre neue beste Freundin war von der Oberärztin gerufen worden, Susa war aus dem Zimmer geeilt und hatte ihr Handy liegen gelassen. Es würde einige Minuten dauern, bis sie zurück wäre.

Sandra nahm das Smartphone, tippte darauf und freute sich, dass es nicht gesichert war. Sie klickte sich durch die Galerie, fand jedoch nur harmlose Tierfotos, Konstantin in allen erdenklichen Posen und viele Selfies. Keine Nacktbilder. Doch Sandra fand schnell auch die versteckten Dateien: Da waren ja die erotischen Shots! Sandra blätterte sich durch und sah bald, weshalb Susa ihr nicht alle Fotos gezeigt hatte. Viele waren wirklich äusserst intim. Sandra scrollte weiter. Plötzlich stockte ihr der Atem. Diese schrecklich zugerichteten Leichen ...

Sandra legte das Handy schnell zurück auf den Nachttisch.

Kurz darauf flog Susa zur Türe herein und strahlte: «So, meine Süsse, jetzt machen wir zwei weiter, damit du endlich gesund wirst!»

Shit, sagte sich Sandra, warum habe ich die Fotos nicht kopiert?

FÄRBERSTRASSE, SEEFELD, ZÜRICH

Natürlich hatte Kilian Derungs nie die Absicht gehabt, auf dem Golfplatz in Münchenbuchsee beim Moossee aufzutauchen. Er sass in seinem Büro, schaute in den PC und liess mit der Maus eine Kamera kreisen, die auf den Golfplatz gerichtet war. Derungs war zwar kein moderner Mensch, der ständig die neusten Technologien anwendete, er starrte auch nicht unablässig auf sein Handy. Doch der ehemalige Militärminister hatte eine bübische Freude daran, dass man mit einer kleinen Privatdrohne, die irgendjemand aus dem Newnetnet heraus irgendwo für ihn steuerte, so mir nichts dir nichts andere Leute beobachten konnte.

«Haberer, du Tölpel, hier bin ich!», sagte er, grinste und winkte.

BANQUE ANDEREGG & CIE., LINTHESCHERGASSE, ZÜRICH

Um 14.39 Uhr erhielt der junge Bankier Jérôme Jollier einen besorgten Anruf eines Kunden aus Amerika. Der Mann, ein vermögender New Yorker Anwalt, sorgte sich um sein Geld auf dem

Konto der Zürcher Privatbank Anderegg & Cie. Seine Zugangsdaten zum E-Banking seien gesperrt. Jollier schaute im System nach und merkte sofort, dass etwas nicht stimmte. Dem Kunden gegenüber erwähnte er aber nichts. Er werde es abklären und sofort zurückrufen. Jérôme Jollier fing an zu schwitzen. Innert kürzester Zeit klebte sein weisses Hemd an seinem durchtrainierten Oberkörper. Er lockerte den Krawattenknopf und versuchte erneut, sich einen Überblick über die Bankdaten seines Kunden zu verschaffen. Allerdings ohne Erfolg. Er hatte selbst keine Berechtigung mehr sie anzusehen.

Jérôme arbeitete seit anderthalb Jahren für die Banque Anderegg & Cie., durchlief eine solide Ausbildung und hatte eine straffe Karriereplanung. In gut zwei Jahren sollte der Westschweizer in der Genfer Filiale der Bank eine Festanstellung im Privatkundengeschäft und in weiteren zwei Jahren die Stellvertretung der Bankleitung übernehmen. Natürlich nur bei besten Qualifikationen. Was in dieser Bank bedeutete: Einsatz fast rund um die Uhr. Vom süssen Leben eines Bankers hatte er bisher nur gehört, aber nichts gespürt. In Zürich kannte er die Bank, die Bahnhofstrasse, sein schäbiges Zimmer in Wiedikon und sämtliche Kebab-Buden dazwischen.

In Jérôme stieg Panik auf. Wenn er es richtig im Kopf hatte, verwaltete er für diesen Anwalt mehrere hundert Millionen Dollar. Von diesen sah er derzeit allerdings keinen einzigen.

Er mailte der IT-Abteilung und erhielt innert weniger Sekunden das Ticket Nummer 390028 mit der Meldung, dass sein Anliegen so schnell wie möglich behandelt würde. Doch das war Jérôme zu langsam. Er rief an. Allerdings geriet er in die Warteschlaufe. Jérôme klickte sich durch seinen PC und stellte sich vor, was passieren würde, wenn das Vermögen des New Yorkers Anwalts verschwunden wäre. Seine Karriere wäre ruiniert, ehe sie richtig begonnen hätte, er könnte sich gleich das Leben nehmen.

Um 15.13 Uhr erschienen zwei Männer des Sicherheitsdienstes und baten ihn mitzukommen. Jérôme konnte kaum gehen. Sein Herz schlug wild. Ihm war schlecht. Er hatte eiskalte Hände.

Seine Kolleginnen und Kollegen, die er kaum kannte, schauten ihm nach. Jérôme wurde zum Fahrstuhl geführt, einer der Sicherheitsbeamten drückte die Taste 8. Achter Stock, Direktionsetage. Vorbei an all den Büros der Geschäftsleitung. Hier war er erst ein einziges Mal gewesen. Am ersten Tag seiner Anstellung in Zürich. Mit einem Herrn von der erweiterten Geschäftsleitung, dessen Name Jérôme längst vergessen hatte, hatte er hier auf seinen Arbeitsvertrag angestossen. Der Mann hatte ihn gefragt, was er trinken wolle. Und er hatte «Cola» geantwortet, was sein Chef amüsiert zur Kenntnis genommen hatte. Eine unglaublich schlanke, langhaarige Brünette in einem Hosenanzug und mit etwa zehn Zentimeter hohen Pumps hatte kurz darauf eine Cola und einen Whiskey serviert. Er war sich dämlich vorgekommen, als er mit seiner Cola mit dem Herrn von der Geschäftsleitung angestossen hatte.

Doch von diesem Herrn war jetzt nichts zu sehen. Jérôme wurde durch den langen Gang geführt. In ihm stieg nacktes Grauen auf. Am Ende des Flurs lag das Heiligtum der Bank: Das Büro von Dr. Heinrich Anderegg, Verwaltungsratspräsident und Mitglied der Gründer- und Besitzerfamilie der Bank.

Noch bevor sie die Türe erreicht hatten, wurde diese von innen geöffnet und ein kleiner, etwas rundlicher Mann mit einem grauen Dreitagebart und einer Glatze streckte Jérôme die Hand entgegen.

«Bonjour, Monsieur Jérôme», sagte Dr. Heinrich Anderegg, «Wie geht es unserem jungen Freund? Ich darf Sie doch so nennen, oder? Und wie geht es Ihrer verehrten Mutter?» Dr. Anderegg redete ohne eine Antwort abzuwarten. Er führte Jérôme in sein Büro und nickte den Security-Männern zu. Dann wurde die Türe geschlossen, und das Gesicht des Dr. Heinrich Anderegg veränderte sich sofort. Jérôme hatte den Eindruck, dass es grün wurde. Er hatte den Mann bisher nur auf Fotos gesehen. Es war ihm bewusst, dass nur Comicfiguren grün werden konnten und keine Bankbesitzer, die Milliarden verdienten und noch mehr davon verwalteten.

Dr. Heinrich Anderegg begann zu schreien.

Jérôme, der zwar gut Deutsch sprach, verstand etliche seiner Ausdrücke nicht. Aber er nahm an, dass es Schimpfwörter der übelsten Sorte waren. Schliesslich stellte sich Dr. Heinrich Anderegg vor ihm auf und schaute ihm mit offenem Mund in die Augen. Er musste leicht nach oben schielen, da Jèrôme einiges grösser war.

«Warum haben Sie das getan?», fragte Dr. Heinrich Anderegg leise. «Warum?»

«Was habe ich ...» Jérôme stockte.

Denn Dr. Heinrich Anderegg biss plötzlich die Lippen zusammen, so fest, dass sie schnell ganz weiss wurden. Er drehte sich leicht nach rechts und führte die linke Hand zum rechten Ellbogen. Dann knallte Dr. Heinrich Anderegg seinem Angestellten Jèrôme Jollier mit dem Rücken der linken Hand eine Ohrfeige.

8. Mai

REHA-KLINIK, SPEICHER, KANTON APPENZELL AUSSERRHODEN

An diesem Samstag bekam Sandra Bosone Besuch von jemandem, den sie nicht erwartet hatte: von Kommissär Kaltbrunner und seiner Familie. Olivier Kaltbrunner erzählte ihr, er würde mit seiner Frau Pranee und Töchterchen Nazima einen Wochenendausflug in die Ostschweiz machen und habe spontan entschieden, sie schnell zu besuchen.

Sandra freute sich. Sie konnte sich an Kaltbrunners ersten Besuch im Unispital in Basel schwach erinnern und hatte ihn als netten Menschen kennengelernt. Dass ein Polizist sie privat mit seiner Familie besuchte, wunderte sie zwar und sie fragte deshalb: «Hat Ihr Besuch einen dienstlichen Grund?»

«Nein, nein», sagte Kaltbrunner. «Hier im Appenzellischen habe ich nichts zu sagen.» Er lachte.

Sandra gefiel sein Lachen, er bekam so lustige Fältchen in seinen Pausbacken. Sandra fiel auf, dass Kaltbrunners Frau immer wieder seine Hand nahm, mit ihm mitlachte und ihn anstrahlte. Auch seine Stieftochter krallte sich dauernd irgendwo an ihrem Vater fest. Sandra begann mit der Kleinen zu reden. Sie fragte, was sie am Wochenende machen würden, und Nazima erzählte, sie würden auf den See gehen. «Ach, auf den Bodensee», sagte Sandra und fügte hinzu. «Da würde ich gerne mitkommen.»

«Komm doch», sagte Nazima. Doch Sandra erklärte ihr, dass sie noch nicht fit genug für einen solchen Ausflug sei.

«Was hast du denn?», fragte Nazima.

Pranee massregelte ihre Tochter liebevoll, aber bestimmt und verabschiedete sich von Sandra. Sie würden draussen warten.

«Kommen Sie mit der Reha voran?», fragte Kaltbrunner, nachdem seine Familie gegangen war.

«Na ja, ich brauche viel Geduld.»

«Ja, die werden Sie brauchen. Schliesslich haben Sie ein schweres Schädel-Hirn-Trauma erlitten. Und Ihr Freund ist sehr engagiert und hat wohl wenig Zeit für Sie.»

«Ich habe keinen Freund.»

«Dieser Fotograf, Herr ...» Kaltbrunner suchte offensichtlich den Namen.

«Henry, Henry Tussot. Ach, ich weiss nicht, er ist wirklich nett und lieb und auch süss, aber ich ...», Sandra zögerte. «Meine Freundin Susa sagt, er sei wirklich sehr zuvorkommend.»

«Susa?»

«Ja, meine Physiotherapeutin. Eine tolle Frau. Wir sind richtige Freundinnen geworden.»

«Susa, natürlich. Freunde zu haben ist das Wichtigste.»

Sandra hörte Kaltbrunners letzte Worte nicht mehr genau. Sie hing dem Gedanken nach, ob sie wirklich Freundinnen seien. Seit sie die Leichenbilder auf Susas Handy entdeckte hatte, fragte sie sich, was das alles bedeutete und warum Susa nicht offen darüber sprechen konnte.

«Bitte?», fragte Sandra, als sie merkte, dass sie abwesend gewesen war.

«Schon gut. Das wird Sie alles sehr anstrengen.»

«Ja. Das tut es.»

«Wir haben einen der Fasnachtsattentäter gefasst», sagte Kaltbrunner schliesslich. «Der Mann, der der behinderten Frau die Bombe untergeschoben hat.»

«Grossartig! Wer ist es? Blöde Frage, was? Das dürfen Sie wohl nicht sagen.»

«Nein, leider nicht.» Kaltbrunner lächelte. Er nahm die Brille ab und meinte: «Leider haben wir immer noch keine Spur von jenen Tätern oder von jenem Täter, der Sie so schwer verletzt hat. Die Ermittlungen laufen zwar immer noch auf vollen Touren, aber in diesem Durcheinander an der Fasnacht war es für die Täter ein Leichtes, unerkannt zu entkommen.»

«Ich weiss. Ich würde den Kerl schon gerne ...»

«Natürlich», unterbrach Kaltbrunner. «Aber das ist nicht Ihre Aufgabe, sondern meine.» Er legte seine Hand auf Sandras Arm, setzte seine Brille auf und sagte: «Ich lasse Sie jetzt. Ich bin froh, dass Sie auf dem Weg der Besserung sind. Vielleicht kommt Ihnen ja plötzlich doch noch etwas in den Sinn. Melden Sie sich, auch wenn Sie Fragen haben oder ich sonst etwas für Sie tun kann, ja?!»

«Danke. Grüssen Sie Ihre Frau und Nazima.»

«Das mache ich gerne.» Kaltbrunner stand auf und reichte Sandra die Hand. «Oh, Sie haben ja schon wieder einen kräftigen Händedruck», sagte Kaltbrunner.

«Finden Sie?»

«Ja, das liegt sicher an ihrer tollen Physiotherapeutin, Susa Schwarz. Ich wusste, dass sie Wunder vollbringen kann.»

«Sie ist wirklich phänomenal. Eine mega Frau. Wenigstens etwas Gutes hat mein Unglück: Ich habe Susa kennengelernt.»

Kaltbrunner schmunzelte. Er drückte nochmals Sandras Hand. «Jetzt lass ich Sie aber in Ruhe. Alles Gute, Frau Bosone.» Kaltbrunner ging.

Sandra schloss die Augen und lächelte. Was für ein netter Mensch, dachte sie. Sind alle Basler Polizisten so? Dann zuckte sie zusammen. Ihr Journalisten-Herz und -Hirn begann zu arbeiten. Minuten später war sie sicher, dass Kaltbrunners Besuch alles andere als reine Freundlichkeit gewesen war.

REDAKTION AKTUELL, WANKDORF, BERN

Da am Sonntag keine Printausgabe von «Aktuell» erschien – den Sonntag überliess der Verlag den Sonntagszeitungen – herrschte am Samstag auf der Redaktion weniger Betrieb als normal. Die Journalisten, die für «Aktuell»-Online arbeiteten, beschränkten sich auf die Tagesaktualitäten. Und sie genossen es, dass weder Renner noch Haberer oder die Verlegerin herumschwirrten.

Das wusste Peter Renner. Deshalb rief er, als er das Büro betrat: «Keine Angst, bin gleich wieder weg!»

«Hey, Zecke!», rief Flo Arber vom Newsroom zurück. «Was ist los heute? Haberer ist auch da!»

«Was?», fragte Renner. «Und was machst du hier?»

«Ich bin heute der Producer.» Flo war der Wirtschaftsexperte der Redaktion. Heute war er aber der Producer des Online-Portals. Im Prinzip war es der gleiche Job wie der des Nachrichtenchefs.

«Oha», antwortete Renner. «Ich störe dich nicht. Ich will nur ein paar Dinge aufarbeiten und aufräumen. In einer halben Stunde bin ich wieder weg.»

Renner ergriff den Papier- und Dokumentenstapel seiner To-Do-Ablage und suchte sich einen freien Platz in der Redaktion. Peter wunderte sich immer wieder, dass trotz nahezu papierlosem Büro dermassen viel Gedrucktes anfiel. Er ging den Stapel durch. Da waren Einladungen, Pressemitteilungen und Bulletins von Verbänden und Parteien. Renner kontrollierte zuerst das Datum und stellte erfreut fest, dass die meisten Veranstaltungen vor Tagen oder Wochen stattgefunden hatten. Sie hatten sich somit erledigt und konnten im Altpapier entsorgt werden.

«Pescheli!» Es war Jonas Haberer, der ihn rief. Renner antwortete nicht. «Pescheli!»

Renner hatte sich eigentlich gefreut, einfach einmal einige Minuten ohne seinen Chef arbeiten zu können.

«Pescheli, huere Siech!»

«Was ist?», rief Peter zurück.

«Komm her, ich weiss dass du da bist, Pescheli!»

«Komme gleich.»

«Nein. Jetzt!»

«Ich habe frei!»

«Schrei mich nicht an, Zecke!»

Die Online-Journalisten schauten zu Renner.

«Ja, ich gehe ja schon, sorry», sagte Renner und ging zu Haberers Büro. Was er dort sah, konnte er nicht glauben: Jonas Haberer sass in seinem Stuhl und starrte in den Computerbildschirm.

«Kann ich dir helfen?»

«Pescheli, wie macht man das hier mit diesem Facebook-Quatsch?»

«Waaas?»

«Ja, Facebook. Pescheli, du kennst dich doch damit aus.»
«Schon, aber was willst du im Facebook?»
«Los jetzt, nimm den Stuhl und zeig mir diesen Gugus!»
«Was willst du?»
«Geht dich nichts an.»
«Na dann …»
«Pescheli, du dummer Hund, hilf jetzt!»
Peter Renner stellte sich hinter Jonas Haberer und schaute auf den Bildschirm. Er sah, dass Jonas Haberer daran war, ein Facebook-Profil zu erstellen. «Wofür willst du einen Facebook-Account? Du sagst doch immer, dass dich das nicht interessier…»
«Papperlapapp. Jetzt interessiert es mich eben.»
«Da steckt doch eine Frau dahinter.»
«Und wenn! Das geht dich nichts an.»
«Warte!» Nun war es für einmal Renner, der seine Hand auf Jonas' Schulter hinuntersausen liess.
«Aua, spinnst du, Pescheli?»
«Kirsten. Du hast dich beim Golfspielen in Kirsten verknallt.»
«Die Kirschtorte? Ja, die ist ganz nett. Und hübsch. Ein echt starkes Weib, was? Da könnte man schon auf schmutzige Gedanken kommen.»
«Ach …»
«Nichts da», grollte Haberer. «Allerdings ist die Kirschtorte sicher auch auf Facebook.»
«Ist sie, ja. Sie schreibt meistens per Facebook. Oder wir chatten.»
«Mistkerl!», kommentierte Haberer.
Renner schaute seinem Chef eine Weile zu, wie er sich durch sein neues Profil klickte und sich immer wieder vergaloppierte. «Also, ich helfe dir. Vorausgesetzt du sagst mir, warum du auf Facebook willst.»
«Ich will mitreden können mit den Jungen.»
«Das solltest du aber vor allem auf Twitter tun.»
«Ja, ja, das machen wir auch gleich.»
«Aber warum das alles? Warum wirklich?»

Haberer knallte die Hand auf die Büroplatte: «Pescheli, du bist einfach eine verdammte Zecke. Lässt nicht locker, bis du es weisst. Also pass auf.» Haberer deutete Renner, dass er sich einen Stuhl nehmen und sich nahe neben ihn setzen soll. Nachdem Renner seinen massigen Leib platziert hatte, sagte Haberer: «Schliess die Türe!» Renner stand wieder auf und gab der Bürotür mit dem Fuss einen Stoss. Sie fiel mit einem Knall ins Schloss. Renner setzte sich.

«Du solltest weniger fressen, Pescheli!», sagte Haberer. «Du machst dich kaputt. Und meine Stühle.»

«Und du ...», wollte sich Peter wehren.

Aber Haberer würgte ihn ab. «Ich weiss, ich sollte auch weniger fressen. Und weniger saufen. Und weniger vögeln.» Er lachte. Stoppte und sagte leise: «Pass auf, ich glaube, ich weiss, wer das Arschloch ist.»

«Hä?»

«Das Oberarschloch aus diesem Schattennetz-Zeugs», wetterte Haberer.

«John Fox?»

«Yeah!»

«Schiess los.»

«Der tolle Haberer, was? Der alte Kotzbrocken macht Rock'n'Roll. Du hast keine Ahnung, Pescheli, was? Derungs, Kilian Oberarschlochwixer Derungs.»

«Der alt Bundesrat?», fragte Renner erstaunt.

«Der alt Justizminister und noch älterer Militärminister, diese Pfeife.»

«Warum?»

«Warum? Darum. Weil er ein blöder Wichtsack ist. Du solltest fragen, warum ich nicht eher drauf gekommen bin.»

Renner sagte nichts. Doch als Haberer nichts sagte, sagte Renner: «Und warum bist du nicht eher drauf ...»

«Weil ich mir nie und nimmer vorstellen konnte, dass ausgerechnet der dümmste Politiker aller Zeiten sich in diesem Deep-Web- und Darknet-Zeugs bewegen kann. Vermutlich kann es die tumbe Nuss auch nicht, jemand leitet ihn an.»

Renner sagte nichts. Was Haberer nervös machte: «Warum fragst du nicht, wie und warum ich jetzt trotzdem draufgekommen bin?»

Wieder beantwortete Haberer seine rhetorische Frage nicht, sondern wartete, bis Renner sie ihm stellte: «Wie und warum bist du jetzt trotzdem draufgekommen, mein lieber Jonas?»

«Golf. Beim Golf!»

«Oh. Hat dich Kirsten inspiriert?»

«Das war geil.» Haberer blickte auf, seine Augen funkelten. «Sie ist hinter mir gestanden und hat meine Arme geführt. Dabei habe ich ihre Titten an meinem Rücken gespürt. Wow! Geil. Die hat Prachtsmöpse. Ich vermute, sie hat so kleine, spitze Brustwarzen. Vielleicht hängen ihre Brüste ein bisschen, sie ist ja nicht mehr die Jüngste, aber das ist egal, das macht es sogar noch ...»

«Jonas!»

«Tu nicht so. Du möchtest ja auch wissen, welche Titten die Lemmovski hat. Du bist eh viel schlimmer, willst unsere Chefin nageln, du Souuuhuuuung.» Haberer zog den Schweinehund in die Länge.

«Vergiss es. Also was war da auf dem Golfplatz?»

«Bälle! Viele Bälle.» Haberer bekam einen Lachanfall und zeigte, dass er mit den Bällen Brüste meinte. «Mensch, Pescheli, ich muss mal wieder vögeln. Ich bin notgeil. Also Bälle», sagte er plötzlich ganz ernst. «Golfbälle. Und eine Drohne!»

«Eine Drohne?»

«Eine Drohne. Ich bin sicher, dass es eine war. Die kreiste da immer über unseren Köpfen.»

«Was meint Kirsten dazu?»

«Die hat das nicht gecheckt. Ich schon. Deshalb bin ich ja Chef. Oder sie hat es gecheckt, aber so getan, als würde sie nichts merken. Weil sie selber da mit drin hängt, die falsche Schlange. Aber geil ist sie schon.»

«War es nicht einfach ein Vogel?»

«Papperlapapp. Es war eine Drohne. Ich kenn den Mist. Die

Armee machte mal eine Vorführung. Da war Killer noch Militärminister. Also, Pescheli: Drohne, Militär, Golfplatz, John Fox, Oberarschloch Killer Derungs. Kapiert?»

«Und warum sollte Kilian Derungs die Schweiz terrorisieren?» Renner betonte den richtigen Vornamen, weil ihm Haberers Berndeutsche Verhunzung Killer im Zusammenhang mit den Attentaten und mehreren Toten degoûtant vorkam.

«Weil der Killer ein Oberarschloch ist und nicht loslassen kann. Killer ging alles andere als freiwillig aus dem Bundesrat, er wurde förmlich hinausgejagt. Und jetzt hat er nichts zu tun und kommt auf dumme Ideen. Und deshalb will ich in dieses verdammte Facebook.»

«Was hat das damit zu tun?»

«Weil das Oberarschloch auch drin ist. Und ich ihn ein bisschen kitzeln will. Per Facebook. Schön öffentlich … Dann schlagen wir zu und entlarven ihn.»

«Was hat er dir eigentlich getan, dass du ihn so hasst?», wollte Peter Renner wissen.

«Er ist einfach ein Loser. Betrügt seine Frau nach Strich und Faden. Geht zur Psychotante. Und ins Puff. Kann nichts. Und hat mich bei ein paar Leuten angeschwärzt.»

«Und eine Frau …»

«Genau. Das reicht. Ich habe ihm damals gratuliert, als er zurückgetreten ist. Ich habe zu ihm gesagt: ‹Killer, nun hast du endlich einmal etwas richtig gemacht.›» Haberer grölte.

Renner half Haberer beim Erstellen des Facebook-Profils und beim Suchen nach Freunden. Renner staunte, wie schnell das bei Jonas Haberer ging. Die Facebook-Welt schien auf Haberer gewartet zu haben.

Dann suchten sie nach «Kilian Derungs». Renner und Haberer fanden die Fanseite mit 2768 Likern. «Heisst das, dass dieses Arschloch 2768 Leuten gefällt?», fragte Haberer.

«Genau.»

«Schau dir mal dieses Bild an», sagte Haberer. «Mindestens hundert Jahre alt.» Er scrollte durch die Seite und las vor: «Alt

Bundesrat, alt Nationalrat. Anwalt und Verfechter der direkten Demokratie. Buchautor, Publizist, Berater in politischen Fragen, Verwaltungsrat in mehreren Organisationen.» Haberer räusperte sich. Laut und eklig. Dann murrte er: «So ein elender Wichtsack.»

«Verheiratet, drei erwachsene Kinder …», las Renner weiter.

«Also, pass auf, Pescheli!» Haberer drückte «Gefällt mir», wurde damit der 2769. Liker und postete: «Bin jetzt auch auf Facebook, Killer! Mal wieder Golf spielen? Gruss, Jonas.»

REHA-KLINIK, SPEICHER, KANTON APPENZELL AUSSERRHODEN

Zuerst schaute Susa Schwarz in Sandras Zimmer vorbei, später kam Henry Tussot zu Besuch und erzählte viel von Storys, die er und Sandra gemacht hatten und die sie wieder machen würden. Sandra hatte vom Besuch des Basler Kommissärs am Morgen reden wollen, liess es aber bleiben. Auch Susa gegenüber, die ihren monatlichen Wochenenddienst absolvierte, hatte sie nichts erwähnt. Sie wusste zwar nicht genau warum, aber irgendwie fürchtete sie jemanden damit aufzuscheuchen. Denn sie war überzeugt, dass Kaltbrunner irgendetwas im Schilde führte. Sie malte sich aus, dass er darauf spekulierte, sie würde sich eines Tages an alles erinnern und vielleicht sogar die Täter benennen können. Dank dem Vertrauensverhältnis zu ihm, hoffte er wohl, dass sie ihn dann anrufen würde und nicht irgendeinen anderen Polizisten – und er würde einen tollen Erfolg feiern. Und dazu fährt der Kerl mit seiner Familie an einem Samstag extra von Basel ins Appenzellische, dachte Sandra, so ein Spinner! Ist das nicht totaler Blödsinn?, fragte sie sich. Bin ich wegen diesem Unfall oder Überfall übergeschnappt?

Auch über diese Gedanken redete sie weder mit Susa noch mit Henry. Plötzlich schoss ihr durch den Kopf: Hat man ihnen gesagt, sie sollen nur Smalltalk mit mir führen und über Dinge aus der Vergangenheit vor meinem Unfall reden? Weil ich sonst überfordert werde?

«Henry, warum redest du mit mir wie mit einer Idiotin?» Es musste raus. Im selben Augenblick bereute sie es.

Henry schaute sie mit grossen Augen an und murmelte: «Wie meinst du das?»

«Wie ich es sage. Wir reden nur Mist.»

Henry blickte demonstrativ weg. «Mist?»

«Ja, verdammt! Ich bin ganz normal. Ich bin vielleicht noch ein bisschen angeschlagen und verwirrt in meinem Kopf und in meinem Körper, aber deshalb braucht ihr mich nicht wie eine Behinderte zu behandeln.»

«Ihr? Wen meinst du?»

«Dich und Susa.»

«Sandra ...»

«Wirklich jetzt. Wir machen hier auf Smalltalk und erzählen uns irgendwelchen unbedeutenden Scheiss aus unserer Vergangenheit.»

«Oh. Danke. Dann sind meine Dinge also ein unbedeutender Scheiss? Toll!»

Sandra hätte sich am liebsten geohrfeigt. Jetzt war Henry beleidigt. Und wenn er beleidigt war, dann war er eingeschnappt und schmollte. Fehlte nur noch, dass er irgendetwas zu Boden schmiss ...

Henry kramte eine kleine Schachtel aus seiner Fotografenweste, warf sie in eine Ecke und sagte: «Salü.» Dann war er weg.

9. Mai

REDAKTION AKTUELL, WANKDORF, BERN

Klack – klack – klack. Die Türe zum Newsroom flog auf, knallte gegen den Türstopper und vibrierte heftig. Peter Renner fürchtete, dass die Glasscheibe zerbersten würde, tat sie aber nicht. Renner versuchte, sich zu beherrschen und schaute nicht einmal auf. Entweder würde nun seine Schulter von Haberers Pranke malträtiert oder der Boss war wirklich sauer.

Es passierte nichts. Haberer musste also ungeheuerlich wütend sein. Renner konnte sich denken warum. Liess sich aber nichts anmerken.

«Peter!», begann Haberer. Nun zuckte Renner zusammen. Dass Haberer ihn Peter und nicht Pescheli nannte, bedeutete, dass er gleich explodieren würde.

«Peter, was soll das?» Haberer knallte ihm die Sonntagszeitung und den Sonntagsblick auf den Schreibtisch. «Ich sollte dich feuern! Ich sollte die ganze, verdammte Dilettantenredaktion feuern. Alles Amateure hier. Alles Anfänger! Jung und dumm.»

«Aber billig.»

«Halt die Schnauze, Peter. Du weisst ganz genau, dass die Lemmo oder ihr alter, reicher Sack uns mit ihrem Geiz quälen.»

«Was willst du?»

«Lies diese gottverdammten Schlagzeilen dieser beiden Käseblätter!»

«Erstens habe ich sie gelesen, zweitens sind das keine Käseblätter, und drittens dürfen die auch mal eine gute Story haben.»

«Aber nicht, wenn ich bei einer anderen Zeitung Chefredaktor bin, verdammt!»

«Jonas! Wir haben eben nichts davon gewusst. Was soll's? Wir gehen jetzt dahinter und bringen morgen einen Nachzug.»

«Peter Renner, du weisst ganz genau, dass Jonas Haberer keine Nachzüge bringt und irgendwelche Scheissblättli in seiner Zeitung zitiert. Wir haben einfach verloren. Wir sind Loser. Wir sind nichts. Wir sind Nullen. Totale Versager.» Ehe Renner etwas erwidern konnte, machte Haberer auf dem Absatz kehrt und stampfte zur Türe hinaus und schlug sie mit voller Wucht hinter sich zu. Dieses Mal war es zu heftig: Das Glas zersplitterte.

FÄRBERSTRASSE, SEEFELD, ZÜRICH

Auch Kilian Derungs war aufgebracht. Er war mit seinem Mercedes von zu Hause in die Stadt gerast. Jetzt schrieb er über seinen Account im Newnetnet ein Mail an die gesamte Gruppe «Free World»: «Seid ihr jetzt übergeschnappt? Die Banken sind tabu. Sonst bin ich weg. Ich bin einer der führenden Politiker der Schweiz und lasse mir nicht auf der Nase herumtanzen.» Danach rief er die Nummer an, die er in seinem Smartphone unter «Stefan Meier» gespeichert hatte. Doch es kam nur die Mailbox. Drei Minuten später versuchte er es erneut. Dieses Mal sprach er auf die Mailbox: «Ich brauche dich jetzt, Schatz. Ich brauche dich ganz dringend. In einer Stunde im Hotel?»

Er versuchte es noch dreimal. Zweimal sprach er auf die Mailbox. Seine Stimme wurde immer zittriger und flehender. Rund zehn Minuten später erhielt er ein SMS: «Ich werde dort sein. C.» Zum ersten Mal an diesem Tag lächelte Kilian Derungs. Er holte sich einen Cognac und steckte sich eine seiner blauen Tabletten in den Mund.

AUTOBAHN A1, ESTAVAYER-LE-LAC – YVERDON

Jérôme Jollier hatte sämtliche Fenster seines Renault Mégane RS hinuntergelassen, obwohl es heftig regnete. Trotz der 265 PS fuhr er nur achtzig Stundenkilometer. Er fuhr gerade in den drei Kilometer langen Tunnel d'Arissoules ein. Jetzt prasselte zwar der Regen nicht mehr auf die Windschutzscheibe, dafür war der Lärm ohrenbetäubend. Aber Jérôme nahm ihn nicht wahr. Er war in seinem Kopf an einem anderen Ort.

Drei Nächte hatte Jérôme im Ibis-Hotel Zürich-Adliswil verbracht. Er hatte sich unter falschem Namen eingecheckt, sein Auto einige Kilometer entfernt in einem Industriequartier einigermassen versteckt geparkt, war zu Fuss zum Hotel zurückgegangen und hatte das Zimmer bis am Sonntag nicht verlassen. Er musste nachdenken. Aber es ging nicht. Schliesslich hatte er alles verloren. Er war ein gesuchter Verbrecher. Dabei hatte er nichts getan. Nach der Ohrfeige seines Chefs war er sofort aus der Bank gerannt. Mittlerweile suchte ihn die Polizei wegen Veruntreuung mehrerer hundert Millionen Franken. Das hatten die Sonntagszeitungen geschrieben. In Tat und Wahrheit ging es um viel mehr. Es waren rund drei Milliarden Franken, die der New Yorker Anwalt einfach nicht mehr besass. Allerdings wusste das die Polizei nicht. Seine Bank, die noble Privatbank Anderegg & Cie., war sicherlich nicht so blöd gewesen, der Polizei das ganze Vermögen anzugeben, also auch jene Konten, die Jérôme trotz den neusten Gesetzen geheimgehalten und vertuscht hatte. Jérôme hatte keine Ahnung, was passiert war. Das Geld war einfach nicht mehr da gewesen. Aber das würde ihm niemand glauben. Und wer hatte ihn an die Presse verraten? Sein Name war nun in der ganzen Bankenszene und überhaupt in der ganzen Welt bekannt, obwohl er sowohl im Sonntagsblick wie auch in der Sonntagszeitung nur «Jérôme J.» genannt worden war.

Er fuhr aus dem Tunnel. Der Lärm veränderte sich. Jetzt waren es wieder die dicken Regentropfen, die in Jérômes Ohren hämmerten. Kurz darauf erreichte der junge Banker das Viaduc des Vaux, eine rund hundert Meter hohe Brücke. Jérôme verlangsamte und beschleunigte wieder. Dann erreichte er den Pont sur la Menthue, hundertfünfzehn Meter hoch. Er hielt an, stellte den Motor ab und stieg aus. Innert Sekunden war er völlig durchnässt. Aber auch das nahm er nicht wahr. Er ging zum Geländer, blickte hinunter, ging weiter, blieb wieder stehen, rannte ein Stück und blieb wieder stehen. Er blickte kurz auf die Fahrbahn. Es kam kein anderes Fahrzeug. Dann kletterte er über das Geländer und sprang in die Tiefe. Er schrie nicht.

REDAKTION AKTUELL, WANKDORF, BERN

Da die Story aus dem Sonntagsblick und der Sonntagszeitung eine Wirtschaftsgeschichte war, war Flo Arber von Nachrichtenchef Peter Renner mit der Recherche beauftragt worden. Der Wirtschaftsjournalist hatte seine sämtlichen Informanten zur Bankenwelt abgeklappert. Seit Stunden versuchte er nun, irgendjemanden von der Privatbank Anderegg & Cie. zu erreichen, hatte mittlerweile mehrere Handynummer von Mitgliedern der Geschäftsleitung, von denen aber niemand erreichbar war. Auch auf WhatsApp-Nachrichten, SMS und Mailboxanfragen reagierte niemand. Flo war bewusst, dass die Leute sich nicht nur verweigerten, weil es Sonntag war. Schliesslich war die Bank in ein höchst zwielichtiges Licht geraten.

Peter Renner war über das Resultat der erfolglosen Recherche alles andere als amüsiert. Jonas Haberer bekam in der 18-Uhr-Sitzung einen weiteren Tobsuchtsanfall, es war mittlerweile der vierte an diesem Tag. Renner spekulierte trotzdem darauf, die Story gross aufzumachen, schliesslich handle es sich um einen Bankenbetrugsfall der Sonderklasse. Trotz der faktischen Aufhebung des Schweizer Bankgeheimnisses, trotz neuer Vorschriften und Kontrollen wurde in der Bankenszene offensichtlich weiter gemauschelt, getrickst und beschissen. Dass der junge Banker Jérôme J. wirklich Hunderte von Millionen abgezockt hatte, traute ihm eigentlich niemand zu. Schon die beiden Sonntagsblätter hatten den Verdacht geäussert, dass hier ein weiterer Bankenskandal schlummere. Peter Renner wollte voll auf diese Schiene setzen.

«Papperlapapp!», schrie Haberer. «Zum letzten Mal, ihr Vollidioten: Ich zitiere keine anderen Zeitungen. Also macht aus diesem Mist eine Kurzmeldung.»

«Jonas, das geht doch nicht, das ist ein Riesenskandal», sagte Renner.

«Peter!» Wieder sagte Haberer Peter statt wie gewohnt Pescheli. «Wenn du es nicht fertigbringst, eine einigermassen vernünftige Story zu bringen, dann mache ich lieber eine Tierli-Geschichte auf als diese gottverdammte Scheisse.»

Peter Renner, die Zecke, konnte nicht mehr. Er machte etwas, was er in all den Jahren mit Jonas Haberer und auch zuvor noch nie getan hatte: Er stand auf und verliess das Sitzungszimmer.

AUTOBAH A3, ZÜRICH – CHUR

In seiner Vorfreude konnte Kilian Derungs die negativen Gedanken etwas verdrängen. Aber nicht ganz. Er hörte in seinem S-Klasse-Mercedes, den er noch als Bundesrat zum Schnäppchenpreis ergattert hatte, Volksmusik und hatte riesige Lust, sich eine Zigarre anzustecken. Da seine Frau das sofort riechen – auch wenn sie erst Tage später wieder in diesem Wagen sass – und ihn mit Vorwürfen eindecken würde, liess er es bleiben.

Dass «Free World» plötzlich eine Bank attackierte und Geld stahl oder vernichtete oder was auch immer – nein, davon war nie die Rede gewesen. Schliesslich bedeuteten die Banken für die Schweiz nach wie vor Schaffung und Erhaltung des Wohlstands. Davon war Derungs überzeugt. Neben so wichtigen Dingen wie Armee, gesellschaftliche Ordnung und schöne, intakte Natur. Er war durch und durch ein Konservativer. Bei öffentlichen Anlässen bezeichnete er sich gerne als Bünzli, als stolzer Patriot, als ein wenig verschrobener, kleinkarierter Schweizer. Das brachte ihm, vor allem im Ausland, immer einen Lacher ein. Selbst als Minister hatte er sich nie besonders modern, sprachgewandt oder diplomatisch gegeben. Obwohl er es eigentlich war. Er entstammte einer angesehenen Juristenfamilie aus dem Zürcher Oberland, wurde selbst Jurist, reiste in der ganzen Welt herum und arbeitete für verschiedene NGOs, für Nicht-Regierungs-Organisationen, für Hilfswerke und Entwicklungsorganisationen. Er sprach neben deutsch, englisch, französisch und spanisch auch ganz ordentlich russisch und arabisch. Seine Dissertation schrieb er über die Frage der juristischen und moralischen Verantwortung der demokratisch-kapitalistischen Staaten gegenüber Drittwelt- und

Schwellenländern. Darin kam er zum Schluss, dass diese Verantwortung nicht oder zu wenig wahrgenommen würde beziehungsweise, dass sie nicht nur den Politikern, sondern vor allem den Menschen nicht einmal bekannt oder bewusst war, und dass sie auch an den Gerichten nie oder fast nie eine juristische Bedeutung hatte.

Dafür und für seine Tätigkeit als junger Mann für soziale Institutionen galt er lange als potentieller Linker. Doch Derungs trat nach seinen Lehr- und Wanderjahren in die Fussstapfen seiner Vorfahren, wurde durch und durch bürgerlich-konservativ, ohne allerdings jemals in die rechte Ecke abzudriften.

Kilian Derungs erreichte Zürich, fuhr zügig durch die Stadt – da Sonntag war, hatte es praktisch keinen Verkehr – und parkierte seinen Wagen vor dem noblen «Raymond's Grand Hotel & Spa». Er gab den Autoschlüssel dem livrierten, kleinen Portier, der das Auto in die Garage stellte. Er betrat die Eingangshalle, nickte dem Rezeptionisten zu, der ihn freundlich mit Namen grüsste und ging direkt zur Suite 355 im dritten Stock.

Carmella erwartete ihn in einem weissen Bodystocking und ebenfalls weissen, hochhackigen Riemchensandalen, die mit unzähligen Swarovski-Steinchen verziert waren. Ihre dunkelbraune Haut, ihr langes, schwarzes Haar und ihre nahezu perfekte Figur wurden in diesem Outfit sexy betont, ohne billig zu wirken. Genau wie es Derungs von Carmella erwartete. Oder bestellte.

Carmella stand vom Sofa auf, schnappte sich zwei Champagnergläser und ging in perfektem Laufsteggang auf Kilian Derungs zu. Sie küsste ihn auf den Mund, prostete ihm zu und liess sich wie selbstverständlich gefallen, dass er seine Hand auf ihren Po legte und diesen knutschte.

«Du bist so wunderschön», sagte Derungs leicht krächzend. Es sollte wie Hauchen klingen, aber dazu war er irgendwie nicht fähig.

Carmella tippelte zum Salontischchen, roch kurz an den frischen roten Rosen, setzte sich und lächelte Kilian an.

«Bezaubernd!», krächzte Derungs. Er setzte sich zu ihr und begann sie zu küssen. Sie schmusten. Kilian liebte Carmellas grosse Lippen, ihre Zunge, ihren Geruch. Er stand nochmals auf, zog sich aus, kniete vor ihr nieder und legte seinen Kopf auf ihren Schoss. Carmella streichelte sein schütteres, graues Haare, beugte sich nach einer Weile zu ihm hinunter und küsste ihn erneut. Sie glitt langsam vom Sofa auf den Boden, ohne mit dem Schmusen aufzuhören. Kilian drückte sie an sich, so dass er ihren grossen, festen Busen an seiner Brust spürte.

Endlich konnte er den Ärger mit «Free World» vergessen. Er roch und schmeckte einfach nur noch diesen wunderbaren Körper, fühlte sich geborgen und geliebt. Und vor allem befreit: Wenn er Carmella ganz haben wollte, musste er nur nach den Tabletten greifen, die sie ihm gleich anbieten würde. Obwohl er schon eine Pille intus hatte, eine zweite würde ihm nicht schaden. Und falls er nur schmusen und gestreichelt werden wollte, bekam er auch das.

Zärtlichkeit, Romantik, Liebe. Er sog Carmellas Duft tief in sich hinein: Sie liebt mich. Ja, sie liebt mich. Kilian Derungs war überzeugt davon. Dann spürte er plötzlich eine Hand an seinem Hals, die immer stärker zudrückte.

10. Mai

WAAGHOF, KRIMINALKOMMISSARIAT, BASEL

An diesem Montagmorgen jagte Olivier Kaltbrunner als Erstes den Namen Susa Schwarz durch sämtliche Rechner, auf die er als Kommissär Zugriff hatte. Das Resultat war dürftig. Sie war eine Russlanddeutsche, die seit Jahren in der Schweiz lebte, mittlerweile die Einbürgerung beantragt hatte und polizeilich noch nie aufgefallen war. Er hatte nichts anderes erwartet. Sie war eine nette junge Frau, die als Physiotherapeutin in einer Reha-Klinik im Kanton Appenzell Ausserrhoden arbeitete, Katzen liebte und mit ihrem Leben zufrieden war. Einige Jahre fehlten zwar in Susas Lebenslauf, aber gut, irgendwo auf dem Weg von Kasachstan nach Deutschland und die Schweiz gingen wohl einige Daten verloren. Hauptsache sie hatte sich mit Sandra angefreundet. Kaltbrunners Plan würde aufgehen, da war er sich sicher.

Danach beamte er den Namen Konstantin Schwarz durch die Polizeicomputer. Er war ebenfalls Russlanddeutscher, gelernter Flugzeugmechaniker, hatte im Baltikum den Pilotenschein gemacht, übersiedelte in die Schweiz und arbeitete einige Jahre bei der Crossair, einer kleinen Schweizer Fluggesellschaft. Nach dem Konkurs der grossen Swissair und der Eingliederung der Crossair in die neue Gesellschaft Swiss, verlor Schwarz den Job. Was er in den Monaten danach machte, war nicht registriert. Er tauchte erst zwei Jahre später wieder als Pilot bei diversen Privatfluggesellschaften im Ausland auf: in den Vereinigten Arabischen Emiraten, in der Türkei, im Jemen und später in Russland. Seit fünf Jahren arbeitete er wieder in der Schweiz. Zuerst bei einem Frachtunternehmen in Kloten, danach bei einem Technik-Zulieferer in Bassersdorf und seit vier Monaten bei einem Importeur für exotische Früchte.

Bis auf Schwarz' neuste Arbeitsstelle waren das alles Dinge, die Olivier Kaltbrunner längst wusste. Leider spuckte der Computer keine neuen Details aus. Wie seine Frau war auch Konstantin polizeilich nicht aktenkundig geworden. Noch nicht.

«Goppeloni», murmelte Kaltbrunner vor sich hin. «Ist der Kerl so clever oder bin ich so blöd?»

Konstantin Schwarz – dieser Name war vor Monaten in Olivier Kaltbrunners Ermittlungen in einem Fall aufgetaucht, den der Kommissär mittlerweile in seinem imaginären Ordner «fucking bullshit» abgelegt hatte. Natürlich hiess der Ordner hochoffiziell «pendente Fälle». In Kaltbrunners Team war es längst ein geflügeltes Wort geworden, unlösbare Fälle in die Ablage «fucking bullshit» zu befördern und dort verrotten zu lassen.

Angefangen hatte dieser Fall mit einem dilettantischen Raubüberfall auf eine Basler Bijouterie, bei der die beiden Täter die Verkäuferin mit einem Messer verletzten. Sie war einige Tage im Spital, erholte sich von den Stichverletzungen in der Magengegend aber gut. Bei der Tat wurde nichts gestohlen. Das war das Problem. Das war vor allem Olivier Kaltbrunners Problem. Er konnte sich nicht erklären, dass man eine Bijouterieverkäuferin niederstach, aber ohne Beute abhaute. Kaltbrunner vermutete eine private Geschichte hinter der Tat. Da die Verkäuferin eine Russlanddeutsche war, spekulierte er, dass die Russen-Mafia dahintersteckte. Leider erwiesen sich sämtliche Ermittlungen in diese Richtung als Flop. Gleichzeitig nahmen Kaltbrunner und sein Team das Geschäftsgebaren dieser Bijouterie unter die Lupe und entdeckten einige Unregelmässigkeiten. Bei gewissen Diamanten, die der Händler eingekauft hatte, konnte der genaue Lieferablauf und das Ursprungsland nicht zurückverfolgt werden. Das hatte Olivier Kaltbrunner stutzig gemacht. Als er den Bijoutier befragen wollte, lag dieser erstochen hinter der Theke seines Ladens. Bei diesem zweiten Überfall auf dieselbe Bijouterie fehlten Uhren und Schmuck im Wert von rund 150 000 Franken. Der Öffentlichkeit verkaufte die Staatsanwaltschaft diesen Vorfall als brutalen Überfall einer unbekannten Täterschaft. Später, auf diverse Nachfragen von Journalisten, behauptete sie, dass sämtliche Hinweise auf eine osteuropäische Profibande weisen würden. Natürlich wies nichts auf irgendetwas hin. Aber die Presse und damit die Öffentlichkeit waren beruhigt. Hilfreich war zudem, dass es keine weiteren Überfälle gab.

Für Olivier Kaltbrunner war damals klar gewesen, dass die Messerattacke auf die Verkäuferin und der Mord am Juwelier zusammenhingen. Beim Vergleichen der Bekannten und Freunde der beiden tauchte neben den Arbeitskollegen ein einziger gemeinsamer Name auf: Konstantin Schwarz. Für Kaltbrunner war klar, dass dieser Konstantin irgendetwas mit illegalem Diamantenhandel und mit der russischen Mafia zu tun hatte. Doch die Ermittlungen verliefen im Sand. Bei der Einvernahme konnte Konstantin Schwarz glaubhaft darstellen, dass er die niedergestochene Verkäuferin aus dem Club der Russlanddeutschen flüchtig kannte, den Bijoutier noch flüchtiger von einer Vernissage in seinem Geschäft, bei der er wohl seine Visitenkarte abgegeben habe.

Doch für Olivier Kaltbrunner war nach dieser Einvernahme klar gewesen, dass er mit Konstantin Schwarz den Täter vor sich hatte. Oder zumindest den Auftraggeber. Aber weiter kam er nicht. Der Fall landete im Ordner «fucking bullshit». Als sich dann die Ereignisse an der Basler Fasnacht überstürzten, plötzlich eine Journalistin verletzt worden war und diese in eine Reha-Klinik überführt werden musste, hatte Kaltbrunner eine – wie er fand – geniale Idee: Die verletzte Journalistin Sandra Bosone sollte zur Behandlung in die Reha-Klinik nach Speicher und dort in die Physiotherapie zu Susa Schwarz. Er fand die Idee in jeglicher Hinsicht phänomenal: Erstens hatte die Klinik wirklich den besten Ruf, zweitens würde Sandras journalistischer Instinkt wiederbelebt werden, falls Susa etwas Verdächtiges oder Auffälliges über ihren Mann Konstantin erzählen sollte, und drittens bekäme er auf diese Weise vielleicht wertvolle Informationen über Konstantin Schwarz, dank derer er den Bijouterie-Fall aus dem «fucking-bullshit»-Ordner hervorholen und abschliessen könnte.

Er hatte seinen Plan weder mit seinem Team noch mit dem Staatsanwalt besprochen. Es gab ja gar nichts zu besprechen, da es im Interesse der Polizei war, einer wichtigen Zeugin zu helfen, so schnell wie möglich wieder gesund zu werden, um vielleicht doch noch eine hilfreiche Aussage zur Lösung des Falles machen zu können. Falls er gleichzeitig in einem alten Fall noch einen Schritt weiterkäme, wäre das ein schöner Nebeneffekt.

Leider machte es noch nicht den Anschein, dass es klappte. Immerhin ging es Sandra Bosone viel besser. Und auch wenn sie niemals einen wichtigen Hinweis zu den Fasnachtsattentätern liefern könnte, auch wenn sie keine Informationen über Konstantin Schwarz erhalten würde, die sie ihm weitergeben könnte – er hatte alles richtig gemacht: einer jungen Frau die bestmögliche Hilfe zukommen zu lassen.

Olivier Kaltbrunner legte seine goldene Brille auf seinen Schreibtisch und rieb seine Augen. Er hatte gerade gemerkt, dass er moralische Bedenken hatte, die er sich selbst auszureden versuchte. «Goppeloni», murmelte er.

UNTER DER PONT SUR LA MENTHUE BEI MAUGUETTAZ, GEMEINDE YVONAND

Nachdem die Suche nach dem vermissten Autofahrer, der am späten Sonntagnachmittag sein Auto mitten auf der Brücke Pont sur la Menthue abgestellt hatte, um 21.10 Uhr wegen Dunkelheit und schlechtem Wetter hatte unterbrochen werden müssen, wurde um 10.23 Uhr des folgenden Tags in einem dichten Gebüsch eine männliche Leiche entdeckt. Dass es sich dabei um Jérôme Jollier handelte, der Suizid begangen hatte, war eigentlich klar. Trotzdem wurden die bei aussergewöhnlichen Todesfällen üblichen Spezialeinheiten aufgeboten. Ein Polizist, der Jolliers Taschen durchsuchte, fand weder ein Portemonnaie noch eine Brieftasche. Jérôme Jollier trug keinen Schmuck, keine Uhr. Er hatte nicht einmal Kleingeld dabei. Nichts.

12. Mai

REDAKTION AKTUELL, WANKDORF, BERN

Um 10.25 Uhr erhielt Peter Renner eine Medienmitteilung des Verteidigungsdepartements: «Nach kurzer Krankheit ist alt Bundesrat Kilian Derungs 72-jährig verstorben. Er schlief zu Hause in Maur, Kanton Zürich, friedlich ein.» Die Schweizer Regierung sei sehr betroffen von seinem unerwarteten Tod und drücke der Familie ihr tiefes Mitgefühl aus. Danach folgte eine lange Würdigung von Kilian Derungs' Arbeit als Parlamentarier und als Bundesrat.

Die Zecke las alles in Ruhe durch. Nach der Suizidstory des jungen Bankers, die «Aktuell» gross aufgemacht hatte, musste Renner den Leserinnen und Lesern schon wieder einen Toten präsentieren. «Ein toter alt Bundesrat», murmelte Renner. «Muss ja nicht gross aufgemacht werden. Ein Nachruf reicht.» Er überlegte, wer von seinen Reportern diesen schreiben solle. Eigentlich wäre dies eine Aufgabe für Sandra Bosone, da sie die Politikreporterin im Team war. Da sie aber immer noch in dieser Reha-Klinik im Appenzellerland war, kam sie nicht in Frage. Leider – Peter Renner bedauerte dies. Nicht nur weil Sandra immer noch nicht gesund war, sondern weil er befürchtete, dass nun der Chef persönlich in die Tasten greifen würde. Immerhin war Jonas Haberer ein alter Politfuchs und kannte Kilian Derungs bestens.

Die Zecke stand auf und ging mit langsamen Schritten zu Haberers Büro. Da Haberer gerade mit Verlegerin Emma Lemmovski diskutierte, blieb Renner stehen. Doch Jonas winkte ihn sofort herein.

«Ich schreibe kein Wort», maulte Haberer.
«Sandra ist immer noch ...»
«Sändle ist krank, das weiss ich doch. Soll halt irgendjemand schreiben. Flöli zum Beispiel.»
«Flo Arber ist immer noch mit dem verschwundenen Bank-

konto und dem toten Jérôme Jollier beschäftigt», sagte Renner. «Der hatte gestern Montag genug mit dem Tod zu tun. Die Mutter des Jungen befragt, überall herumgestochert, uns eine tolle Geschichte geliefert und hat wohl kaum Lust, wieder über einen Toten zu ...»

«Hör doch auf, Pescheli!», wetterte Haberer. «Über Tote kann man jeden Tag schreiben. Dann mach es du doch selbst. Schreib du über den Derungs!»

«Ich?», fragte Renner erstaunt.

«Ja, warum nicht?», mischte sich Emma ein und lächelte Peter Renner an.

Sie ist so schön, dachte Renner, versuchte aber, seine ernste Miene zu behalten. «Nein, ich kannte ihn überhaupt nicht», sagte er schliesslich.

«Sei froh», murmelte Haberer, verdrehte die Augen, führte den Mittelfinger zum Mund und zeigte an, dass er sich gleich übergeben müsse. Erst als Emma ihn anblickte, hörte er auf, Grimassen zu schneiden.

«Habe ich etwas verpasst?», fragte Emma.

«Äuä!», antwortete Haberer in Berndeutsch.

«Sie mögen oder mochten Derungs nicht?»

«Doch, doch.»

«Das klang kürzlich ...», sagte Renner, doch Haberer stand so abrupt auf, dass die Luftfederung seines Stuhls emporschnellte und den gesamten Stuhl einige Zentimeter in die Höhe katapultierte. Emma zuckte zusammen. Renner blieb regungslos. Er hatte verstanden.

«Was ist?», fragte Emma. «Was geht hier ab?»

«Nichts, gar nichts», meinte Renner. «Wir sind nur ein bisschen ... durcheinander.»

«Wegen dem Tod von Derungs?»

«Viel Arbeit, Emma, viel Arbeit.»

«Okay, dann lass ich euch arbeiten und kümmere mich um die Geschäfte.» Damit rauschte sie ab. Jonas guckte ihr nach, ging sogar ein Stück hinterher, um sich zu vergewissern, dass sie wirklich weg war. Dann schloss er seine Bürotür. «Bist du übergeschnappt, Pescheli? Die Lemmo und ihr Alter sind doch mit Killer befreundet. Oder tun wenigstens so. Arschloch und Arschlecker. Das passt doch zusammen.»

«Betroffen war sie aber nicht.»

«Die Lemmo und betroffen! Paaaah!», machte Haberer. «Seit Killer nicht mehr in Amt und Würde und nur noch ein kleiner Scheisser ist, bringt er ja auch niemandem was. Nicht mal der Lemmo.»

Sie schwiegen einen Moment.

«Wer soll über ihn schreiben?», fragte Renner schliesslich.

«Sag mal, Pescheli, du spürst doch alles und jedes im Urin. Also: Hat unser Freund Killer einfach so nach kurzer Krankheit die Harfe gefasst? So wie es in dieser Mitteilung steht?»

«Öhm, warum nicht?», fragte Renner erstaunt.

«Pescheli, du bist doch die Zecke, nicht ich. Ich bin bloss der Kotzbrocken!» Haberer lachte kurz auf, hörte abrupt damit auf und sagte ganz ernst: «Wenn der in diesem Darknet-Zeugs mitgemacht hat, Anschläge organisiert, deinen Scheisszug zum Stehen gebracht und mir eine Drohne auf die Mütze gesetzt hat – ich meine, da könnte man doch auf interessante Gedanken kommen.»

«Wir wissen nicht im Geringsten, ob Derungs mit all dem etwas zu tun hatte. Das ist nur deine Idee.»

«Hat er noch auf meinen Facebookeintrag geantwortet?»

«Guck doch nach.»

«Wie geht das?»

Die Zecke nahm sich einen Stuhl und rollte neben Haberer ans Pult. Er loggte sich auf Facebook ein. Auf der Seite des alt Bundesrats waren schon 389 Kondolenzeinträge. Die meisten endeten mit den Buchstaben R.I.P – Rest in Peace. Erst viel weiter unten war der Willkommensgruss von Haberer zu finden. Kilian Derungs hatte ihn aber nicht kommentiert.

«Arrogantes Arschloch», meinte Haberer.

«Aber lies mal das!» Renner zeigte mit dem Cursor auf ein

Posting eines gewissen «Heini Rich» und ergänzte: «Die Schnapsnase heisst wohl Heinrich.»

«Lölizeugs, dieses Facebook», maulte Jonas.

«Lies jetzt den Eintrag!»

Haberer las vor: «‹Killer wird nie mehr Golf spielen!› Hoppla, dieser Typ ist mir sympathisch.»

«Der Eintrag stammt vom vergangenen Sonntag, dem 9. Mai.»

«Na und?»

«Vielleicht hatte da jemand eine Vorahnung …»

«Oh, oh, oh!», machte Haberer und klopfte mit jedem Oh auf Renners Oberschenkel. «Die Zecke beisst zu!»

«Nur so ein Gedanke.»

«Also hopp, hopp! Deine Sklaven sollen mal die Finger aus dem Arsch nehmen.»

«Ach, vielleicht …»

«Nichts vielleicht, Pescheli! Du hast angebissen und …» Haberer legte seine rechte Pranke auf Renners Kopf und drückte mit der anderen seinen Unterkiefer nach oben. «… und die Zecke lässt ihre Beute nicht mehr los.» Er begann zu lachen, öffnete die Türe und lief einfach davon.

REHA-KLINIK, SPEICHER, KANTON APPENZELL AUSSERRHODEN

Seit dem Streit war Henry Tussot nicht mehr in der Klinik aufgetaucht. Auch telefoniert hatte er nicht. Kein SMS, kein WhatsApp, nichts. Sandra wollte sich schon einige Male bei ihm melden, doch jedes Mal hatte sie ihr Vorhaben abgebrochen. Sie hatte gemailt, ein SMS geschrieben, die Telefonnummer gewählt – aber alles sofort wieder gelöscht. Die Schachtel, die Henry bei seinem letzten Besuch in die Ecke geschleudert hatte, lag auf ihrem Nachttisch. Sie hatte die Box nur ein einziges Mal geöffnet und gleich wieder verschlossen. Der Ring darin war schön. Ein Silberring. Schlicht. Schnörkellos. Ohne Steine. So wie es ihr gefiel. Aber was wollte Henry damit sagen? Wollte er ihr gar einen … Sandra verwarf den Gedanken immer wieder. Nein, das konnte, das durfte nicht sein. Susa meinte, der Ring würde nichts bedeuten. Oder nicht viel. Sie habe da etwas missverstanden. Sie solle unbedingt mit Henry reden. Aber Sandra konnte nicht. Sie war blockiert. Und jetzt war irgendwie bereits zu viel Zeit vergangen.

REDAKTION AKTUELL, WANKDORF, BERN

Der Facebook-Eintrag von Heini Rich über Kilian Derungs stammte von einem Heinrich Gemperli und führte ins Leere. Sowohl die IT-Spezialisten wie auch Online-Expertin Kirsten Warren erklärten der Zecke, dass es sinnlos sei, Zeit mit einer Recherche zur wahren Identität dieses Heinrich Gemperli zu verschwenden. Selbst Staatsanwälte hätten Mühe, bei Facebook irgendwelche User-Daten herauszufinden. Und für einen Hacker würde sich das Risiko nicht lohnen, da die Gefahr, dabei entlarvt zu werden, viel zu gross sei.

«Haberer wird mir den Kopf abreissen», quittierte Renner die schlechte Nachricht. «Ich dachte schon, der alt Bundesrat sei vielleicht ermordet und die Tat auf Facebook angekündigt worden. Hätte doch gepasst zur ganzen Geschichte mit den vorausgesagten Angriffen aus dem Deep Web.»

«Jetzt übertreibst du aber, Peter», sagte Kirsten. «Langsam wird mir klar, warum dich alle Zecke nennen. Du verbeisst dich wirklich in Verschwörungstheorien.» Kirsten zwinkerte Renner zu.

Dieser lächelte. Obwohl ihm nicht im Geringsten darum war.

REHA-KLINIK, SPEICHER, KANTON APPENZELL AUSSERRHODEN

Susa massierte Sandra heute ziemlich heftig und entschuldigte sich dafür. Aber es müsse sein. Danach übten sie das Gehen. Für Sandra war es eine riesige Anstrengung. Aber sie konnte gewisse Fortschritte erkennen. Auch für Susa war es offensichtlich ein Kraftakt. Sie kam zünftig ins Schnaufen und zog in einer Pause ihre weisse Schürze aus. Darunter trug sie nur ein dünnes, weisses Hemdchen. Sandra konnte gar nicht anders, als Susas Brüste betrachten. Sie waren kleiner als ihre, stellte sie fest. Mit einer gewissen Genugtuung. Auf den Nacktfotos, die sie auf Susas Handy gesehen hatte, wirkte ihr Busen grösser.

Plötzlich piepste Susas Alarmfunkgerät, das sie an ihrer weissen Hose trug. Susa entschuldigte sich und rief von Sandras Patiententelefon aus jemanden an. Danach sagte sie zu Sandra: «Komme gleich zurück. Eine Kollegin braucht Hilfe, ihr Patient ist hingefallen.»

«Oh», machte Sandra.

«Bis später. Und lass deine Finger von meinem Handy, ja? Keine Pornos heute!» Susa lachte.

Hat sie einen Scherz gemacht, fragte sich Sandra, oder ist sie mir auf die Schliche gekommen, dass ich schon mal ihr Handy …? Sandra wurde von einem Gedankenblitz regelrecht durchgeschüttelt. Sollte sie es wirklich tun? Sie sollte.

Sandra packte Susas Schürze, fand das Handy. Wunderbar, immer noch keine Sperre drin!, jubelte sie innerlich. Sie blätterte durch die versteckten Bilddateien, ohne sie richtig anzuschauen. Betrachten kann ich sie später, schoss es ihr durch den Kopf. Nachdem ich die Bilder auf mein eigenes Smartphone kopiert habe. Ganz einfach via Bluetooth. Doch wo war ihr Handy?

«Shit!», fluchte sie. Es lag auf dem Nachttisch! Wie sollte sie dahin kommen? Irgendwie, beschloss Sandra. Völlig aufgeputscht von ihrer journalistischen Neugier, robbte sie in Richtung Bett, zog sich daran hoch – und sackte zusammen. Schnell, noch ein Versuch, schnell!

Waren draussen im Flur Schritte zu hören? Unmöglich. Susa trug Turnschuhe. Sandra musste es einfach versuchen, egal was passierte, ihr würde schon eine Ausrede in den Sinn kommen, schliesslich machte sie ja nichts Verbotenes. Oder doch? Vielleicht doch. Aber das war ihr egal.

Beim zweiten Versuch schaffte sie es auf ihr Bett und konnte ihr Smartphone greifen. Wenige Augenblicke später hatte sie

Susas verborgene Bilddateien auf ihr eigenes Gerät kopiert und das Handy wieder in Susas Schürze gesteckt.

Yes! Sie hatte die Bilder! Damit besass sie etwas Einzigartiges. Etwas Exklusives. Einen Scoop! Sandra fühlte, dass sie endlich zurück im Leben war. Zurück im Journalismus.

REDAKTION AKTUELL, WANKDORF, BERN

Um 16.22 Uhr stürmte Wirtschaftsredaktor Flo Arber zu Renner in den Newsroom: «Peter, es gibt weitere Fälle wie bei der Banque Anderegg & Cie.!»

«Wie meinst du das?»

«Ich habe herausbekommen, dass auch bei anderen Banken Vermögen von Kunden einfach verschwunden sind. Geld weg, Konto weg, alles weg. Wie bei der Bank Anderegg.»

«Gibt es doch nicht. Wie soll das gehen?»

«Keine Ahnung. Ich habe aber eine Vermutung.»

«Unsere Freunde aus dem Deep Web?»

«Genau!»

«Heiliger Strohsack», entfuhr es Peter Renner. «Hast du diese Informationen hart?»

«Nein.»

«Aber dass die Konten weg sind hast du auf sicher?»

«Na ja …»

«Was heisst das?»

«Nein.»

«Scheisse.»

«Aber ich bin mir fast sicher, dass es so …»

«Fast sicher … das nützt uns nichts. Wir müssen ganz sicher sein. Einen oder mehrere Prozesse gegen Banken überleben wir nicht. Das können nicht einmal die Lemmovskis bezahlen.»

«Und was sollen wir jetzt tun?»

Renner überlegte. Innerlich kochte er vor Aufregung. Äusserlich war ihm nichts anzusehen. Sein massiger Leib bewegte sich keinen Millimeter. Die Zecke sass wie in Gips gegossen da. «Sag mal, Flo», sagte Renner nach einer Weile. «Wurden auch Konten von Basler Banken geplündert?»

«Ja.»

«Okay. Ich habe da so eine Idee.»

«Und die wäre?», wollte Flo Arber wissen. Doch Renner winkte ab, schickte ihn aus dem Newsroom und bat ihn, die Türe zu schliessen. Dann rief er Olivier Kaltbrunner an.

«Herr Renner», sagte der Kommissär hörbar erfreut. «Ihrer Reporterin geht es schon viel besser. Hat sie Ihnen erzählt, dass ich sie besucht habe?»

«Äh, nein», antwortete Renner, völlig überrumpelt. «Davon weiss ich nichts. Was wollten Sie von ihr?»

«Nichts. Es war ein rein privater Besuch. Was kann ich für Sie tun, Herr Renner?»

Der Nachrichtenchef schluckte. Ein Basler Kommissär auf einer Privatvisite in einer Appenzeller Reha-Klinik? Da war etwas faul, ohne Zweifel …

«Herr Renner?»

«Ja, ähm, klar, ich wurde gerade von einer neuen Meldung auf meinem Monitor abgelenkt», entschuldigte sich Renner.

«So, so», machte der Kommissär.

«Also, wir haben da etwas Delikates herausgefunden. Mehrere Banken in der Schweiz sollen regelrecht geplündert worden sein. Auch eine … Bank …» Renner machte Pausen zwischen den Worten, um eine spontane Reaktion von Kaltbrunner zu provozieren. «… aus Basel … soll … betroffen sein.»

«Hmm, hmm, so, so», machte Kaltbrunner. Sehr zur Enttäuschung von Peter Renner.

«Haben Sie Kenntnis davon?»

«Nein. Da sind Sie bei mir an der falschen Adresse. Ich bin kein Spezialist für Wirtschaftskriminalität.»

«Hmm, hmm, so, so», machte Renner nun seinerseits, den Kommissär imitierend. «Wir haben doch ausgemacht, dass wir uns in der Sache Deep Web gegenseitig informieren. Ich vermute, dass die Plünderung von Schweizer Bankkonten mit den Attentaten während der Fasnacht, auf das Unispital und auf den Zug, in dem ich drin sass, zusammenhängen. Ich behaupte sogar: Wir werden von einer fremden Macht angegriffen, erpresst, erobert oder gar zerstört!»

«Aber, aber, Herr Renner!», meinte Kaltbrunner vorwurfsvoll.

Renner merkte selbst gerade, dass er ziemlich übertrieben hatte mit seiner Verschwörungstheorie und versuchte, sich zu korrigieren: «Also Sie wissen, was ich meine, es kann ja auch anders ...»

«So, so. Es kann wirklich ganz anders sein, da haben Sie Recht, Herr Renner. Aber vielleicht geht es ja in die Richtung, die Sie gesagt haben, ich weiss es nicht, aber vielleicht würden sich weitere Recherchen lohnen. Ich will Ihnen natürlich nicht vorschreiben, was Sie zu tun haben.»

«Haben Sie etwas gehört?»

«Nein, nein, natürlich nicht. Ich schlage mich immer noch mit dem verrückten Attentäter herum, der eigentlich gar kein Terrorist ist. Die grossen Sachen, von denen Sie reden, liegen längst nicht mehr in meiner Hand.»

«Ich glaube, ich verstehe Sie, Herr Kaltbrunner.»

«So, so. Hmm, hmm.»

13. Mai

BADISCHER BAHNHOF, BASEL

Olivier Kaltbrunner ging um 06.13 Uhr mit schnellen Schritten von seiner Wohnung in der Erlenmatt zum Badischen Bahnhof. Normalerweise nahm er den 30er-Bus an der Haltestelle Erlenmatt in unmittelbarer Nähe seines Wohnblocks. Doch heute musste er sich zuerst eine «Aktuell» besorgen. Er wollte die Schlagzeile, mit der er rechnete, schwarz auf weiss auf Papier sehen. Nicht in der Online-Version auf seinem Handy. Da war er irgendwie altmodisch: Obwohl er mit der digitalen Welt keinerlei Probleme hatte – Gedrucktes hatte für ihn immer noch den höheren Wahrheitswert. Was gedruckt war, hatte mehr Gewicht. Ihm war bewusst, dass dies eine rein psychologische Sache war, aber das war ihm jetzt egal. Er begann zu rennen, erreichte schliesslich völlig ausser Atem die «Aktuell»-Zeitungsbox, schnappte sich eine Ausgabe und las sich leise die Schlagzeile vor: *Cyber-Terroristen plündern Schweizer Banken.* Er ging lesend Richtung der Bushaltestelle und murmelte: *Äusserst zuverlässige Quellen bestätigen die Recherchen von ‹Aktuell›. Nicht nur die Banque Anderegg & Cie. ist vom Daten- und Geld-Klau betroffen, sondern mehrere Schweizer Geldhäuser. Und täglich werden es mehr.* Kaltbrunner blickte kurz von der Zeitung auf und sah, dass der 30er-Bus gerade abfuhr. Er machte rechtsumkehrt und ging zur Haltestelle des Sechser-Trams. Auf der elektronischen Anzeige sah er, dass die nächste Strassenbahn in drei Minuten eintreffen sollte. Erst jetzt wurde ihm bewusst, dass der Sechser eigentlich besser für ihn war als der Bus. Denn der Sechser fuhr bis zur Heuwaage. Von dort waren es nur noch wenige Schritte zu seinem Büro im Waaghof.

Kaltbrunner las weiter. Mit einer gewissen Erleichterung stellte er fest, dass nicht nur er diese «zuverlässige Quelle» war, sondern offensichtlich auch noch jemand aus der Bundesanwaltschaft. So zumindest stand es geschrieben.

Das Tram hielt an der Station, Kaltbrunner stieg ein und las den Bericht noch einmal. Danach fühlte er sich sicher, dass niemand auf die Idee kommen würde, er habe dem «Aktuell»-Nachrichtenchef einen Tipp gegeben. Als er jedoch im Kommissariat ankam, sah die Sache ganz anders aus. Im Gang marschierte Staatsanwalt Hansruedi Fässler auf und ab. Als er Kaltbrunner entdeckte, stürmte er sofort auf ihn zu: «Da sind Sie ja endlich. Können Sie mir das erklären?»

«Was soll ich Ihnen erklären?», stellte sich Kaltbrunner unwissend. Eigentlich wollte er sich einen Kaffee holen, sich setzen, einige Protokolle und Berichte durchlesen und danach mit der wirklichen Arbeit beginnen.

«Kaltbrunner!», murrte Fässler mit einem vorwurfsvollen Unterton. «Das Zeugs, das da in ‹Aktuell› steht.»

«Die Kontenplünderei? Was soll damit sein?»

«Wie kommen die Journis darauf?»

«Keine Ahnung. Damit haben wir ja nichts ...»

«Natürlich haben wir damit nichts zu tun. Aber wir haben bekanntlich mit allem anderen zu tun, Kaltbrunner, schliesslich haben die Terrorangriffe hier in Basel angefangen und das Einzige, was wir bis jetzt der Öffentlichkeit präsentieren können, ist irgendein Idiot, der wegen Drogen, Alkohol und Medikamenten völlig meschugge ist.»

«Meinen Sie Pierre Boller?»

«Wie auch immer der Mensch heisst, den Sie verhaftet haben. Der mit dem Sprengstoff, den er für Drogen hielt, der Knallfrosch!»

«Also Pierre Boller hat mit Drogen nichts am Hut. Und mit Alk auch nicht. Er hat einen psychischen Knall, okay. Und er steht unter Medikamenteneinfluss. Und dass Pierre nicht der Haupttäter ist, ist mir auch klar.»

«Oh, Sie nennen diesen verdammten Trottel liebevoll Pierre, oh la la! Machen wir mal wieder einen auf Kuscheljustiz?»

«Herr Fässler! Warum sind Sie so gereizt?»

Fässler schnappte sich Kaltbrunners Bürostuhl und setzte sich darauf. «Weil uns die Sache völlig überrollt. Ich sollte den Bundesbehörden längst mitteilen, dass wir überfordert sind und keine Ahnung davon haben, wie wir diesen Fall bearbeiten sollen. Aber dann ist hier die Hölle los, Herr Kaltbrunner, und wir alle werden zu Handlangern der Bundesbehörden degradiert. Ach was, zu Handlangern der amerikanischen, britischen und deutschen Terrorexperten!»

«Ja, ja, ich weiss, aber im Moment hocken die alle noch immer in Bern.»

«Und dort sollen die auch bleiben. Also, Kaltbrunner, bringen Sie irgendein Resultat, mit dem wir die Anschläge auf die Fasnacht und das Kantonsspital erklären und elegant nach Bern abschieben können.»

«Wir geben uns alle Mühe.»

Damit stürmte Fässler aus Kaltbrunners Büro und stiess mit Giorgio Tamine zusammen, der seinen Kaffee verschüttete. Fässler murmelte «Sorry» und eilte davon.

«Was ist denn mit dem los?», fragte Tamine.

«Er fürchtet um seinen guten Ruf als … ach, vergiss es, das übliche paranoide Getue eines gestressten Staatsanwalts. Gibt's etwas Neues?»

«Nein, nichts, null, niente, zero, kein Mü, das uns …»

«Hör mit dem Quatsch auf!», brüllte Kaltbrunner.

«Ups, warum bist du so gereizt, Oli?»

«Frag Fässler!»

REDAKTION AKTUELL, WANKDORF, BERN

Renner hatte höchstens eine Stunde geschlafen. Das kam selten vor. Normalerweise schlief er nach dem Konsum einer halben oder ganzen Flasche Rotwein prima. Doch die Story um die gehackten Schweizer Bankkonti lag ihm arg auf dem Magen, denn er war sich bewusst, dass sie auf wackligen Beinen stand. Der im Text zitierte Informant aus der Bundesanwaltschaft war frei erfunden, die einzige Quelle, die den Verdacht stützte, war Olivier Kaltbrunner.

Mittlerweile war Renner aber etwas ruhiger, schliesslich war es bereits kurz vor zehn Uhr. Und passiert war noch nichts: Kein Anruf, kein Mail, kein SMS zu dieser Sache von irgendjemandem, der protestiert hätte.

Dann betrat Emma Lemmovski den Raum. Peter Renner wurde nervös. Noch nervöser als sonst, wenn er sie sah. Auch heute erschien sie ihm unsagbar schön. Sie trug die Haare offen, hatte einen dezenten rosa Lippenstift aufgetragen und lächelte ihn an. «Ich gratuliere Ihnen, Peter, das ist ja eine Hammer-Story!», sagte Emma.

«Was? Mein schwülstiger Nachruf auf Derungs?»

«Nein, natürlich nicht», sagte Emma, «die Bankenstory!» Sie legte ihre Hand auf Renners Schulter. Der Nachrichtenchef schauderte. Wie herrlich sich Emmas wunderschöne Hand auf seiner Schulter anfühlte, auf jener Schulter, die fast täglich von Haberer malträtiert wurde. Am liebsten hätte er sie ergriffen und gestreichelt und geküsst ... Aber das würde er natürlich nie tun. Nie!

«Danke, Emma», sagte Renner und versuchte, so emotionslos wie möglich zu klingen. «Flo Arber hat die Story angerissen.»

«Ach, jetzt stellen Sie Ihr Licht nicht unter den Scheffel, mein Lieber.» Sie drückte seine Schulter und nahm dann ihre Hand weg.

«Na ja ...»

«Sagen Sie mal, wer ist dieser Informant bei der Bundesanwaltschaft, von dem Sie schreiben?»

«Ähm ...» War das eine Fangfrage? Was führte Emma im Schilde? «Wie ...?»

«Ich weiss, Sie wollen mir keine Namen verraten, aber ich kenne dort ja ein, zwei Leute, da liegt ...»

«Emma, ich kann Ihnen wirklich nichts sagen.»

«Mein lieber Peter, mein Mann hat wegen seiner internationalen Geschäfte schon so oft mit den Bundesbehörden zu tun gehabt, da haben wir uns halt mit einigen Leuten angefreundet, vielleicht ...»

«Nein, ich denke nicht, dass Sie den Informanten kennen.»
«Warum hat er überhaupt geplaudert?»
«Also geplaudert hat er ja nicht wirklich, er hat nur bestätigt, dass ...»
«Renner, schauen Sie mir in die Augen?»
Peter fühlte sich ertappt, plötzlich spürte er seinen Herzschlag im Hals. Er drehte langsam seinen Kopf und blickte in dieses wunderschöne Gesicht ...
«Überlassen Sie die Lügerei Jonas Haberer. Der kann einem den grössten Mist erzählen und keiner merkt's. Aber Sie, mein lieber Peter ...» Emma legte erneut ihre Hand auf Renners Schulter.

Peter bemerkte, dass ihre Fingernägel im gleichen zartrosa Farbton schimmerten wie ihre Lippen, und er fragte sich, ob wohl auch ihre Fussnägel ... aber er konnte jetzt nicht auf ihre Füsse schauen, das wäre viel zu auffällig gewesen.

«Ein Schuss in den Nebel und schauen was passiert?», fragte Emma rhetorisch. «Eine äusserst gewagte journalistische Methode, die uns teuer ...»
«Ich weiss, Emma, aber die Sache stimmt garantiert.»
«Garantiert. Also hundertprozentig?»
«Na ja ...»
«Gibt es schon Reaktionen?»
«Nein.»
Klack – klack – klack. Haberer trat ein. «Wie oft muss ich es eigentlich noch sagen, Pescheli, dass du nicht mit unserer Verlegerin flirten sollst?! Wenn jemand mit Emma flirtet, dann bin ich das, verdammt noch mal.» Er streckte Emma die Hand entgegen, Emma liess Renner los und begrüsste Haberer. Danach haute Jonas seine Pranke auf Renners Schulter. «Geile Story, Pescheli, geiler Siech!»
«Danke.»
«Die Schlapphüte beim Bund rotieren alle wegen unseres Berichts!»
«Ach ja?»

«Ja, und wie! Die Löli-Terror-Experten aus der ganzen Welt toben. Ein Kumpel, der dort arbeitet, hat mich vorhin im Auto angerufen und erzählt, dass er wohl bald verhaftet und unter Quarantäne gestellt würde. Die flippen völlig aus, weil wir diesen ganzen Saftladen auseinandernehmen.»

Renner fiel ein Stein vom Herzen. Emma stand auf und zwinkerte Renner zu, ohne dass es Haberer sehen konnte. Doch Haberer sagte sofort: «Hey, was läuft da? Was soll das?» Er gab Renner nochmals einen Schlag auf die Schulter und grölte: «Ich sollte dich rausschmeissen, Pescheli, wegen sexueller Belästigung oder so was!» Mit schallendem Gelächter stapfte er davon. «Emmeli», brüllte er durch die ganze Redaktion.

REHA-KLINIK, SPEICHER, KANTON APPENZELL AUSSERRHODEN

Um 09.50 Uhr stand plötzlich Henry Tussot in Sandras Zimmer. «Bonjour», sagte er förmlich.

«Hey, hey», sagte Sandra ebenso förmlich. Sie hatten sich seit dem Zwischenfall wegen Henrys Geschenk nicht mehr gesehen oder gehört oder gelesen. «Der Ring ist wirklich sehr ...»

«Vergiss es, Sandra. Ich wollte mich bei dir entschuldigen.»

«Nein, es ist an mir, mich zu entschuldigen.»

«Du hast wohl gedacht, ich wolle dir einen Heiratsantrag machen, dabei ...»

«Nein, das habe ich nicht gedacht», log Sandra.

«Natürlich. Hätte ich auch an deiner Stelle.»

Sandra griff nach dem Etui und holte den Ring heraus. Sie streifte ihn zum ersten Mal über ihren linken Ringfinger und betrachtete ihn. «Er ist schön.»

«Aber jetzt sieht es wirklich so aus, als hättest du dich verlobt.»

«Na und?» Sie lächelte Henry an.

«Freunde?», fragte dieser.

«Komm her, du Charmebolzen!» Henry neigte sich zu Sandra. Die Reporterin umarmte und drückte ihn. «Los, setz dich zu mir, ich zeige dir etwas», sagte Sandra.

«Erzähl erst einmal, wie es dir geht.»
«Nein, keine Lust. Guck erst die Bilder an. Scroll ruhig durch … los schneller … jetzt kommt's dann …»
«Was zum Teufel ist das?»
«Erst sind es Sex-Bilder …»
«Ja, das habe ich gecheckt. Wer ist …»
«Susa, meine Physio. Ihr Mann hat die Fotos gemacht. Heimlich. Und sie hat heimlich die Fotos mit ihrem Handy fotografiert und …»
«Und du hast sie ihr …»
Sandra lächelte Henry an.
«Das glaube ich jetzt aber nicht, oder?»
«Sie hat nichts gemerkt, und es ist in ihrem Sinn.»
«Warum soll das in ihrem …»
«Jetzt scroll weiter. Da! Da, jetzt wird's spannend.»
Henry betrachtete die Leichenbilder, die Verstümmelungen. Sein Mund stand weit offen.

REDAKTION AKTUELL, WANKDORF, BERN

Renner sass bereits im Sitzungszimmer, wartete auf das Team und dachte an die zu erwartenden Diskussionen. Um 09.59 Uhr erreichte ein Mail die Redaktion, die Renner auf seinem Tablet las. Sie war von der Bundesanwaltschaft. Darin wurde bestätigt, dass der Artikel in «Aktuell» über eine Cyber-Attacke auf Schweizer Banken stimme. Allerdings sei noch völlig unklar, ob jemand tatsächlich zu Schaden gekommen sei. Dass Konten aufgelöst oder transferiert und dass Gelder und Vermögen in Milliardenhöhe gestohlen worden seien, wie «Aktuell» behaupte, entbehre jeder Grundlage. Man sei daran, alles abzuklären. Mit weiteren Informationen sei am Nachmittag zu rechnen. Bis dann würden keinerlei Medienanfragen beantwortet. Jetzt konnte sich Renner richtig entspannen.

Haberer kam fünf Minuten zu spät an die Sitzung und maulte: «Ich hasse es, wenn Leute zu spät an Sitzungen kommen!» Eine

Redaktorin der People-Abteilung hüstelte. «Das war ein Scherz, Leute, ich, Jonas Haberer, habe einen Witz gemacht.» Dann lachte er ohrenbetäubend, schlug auf den Tisch und liess die Espresso-Tässchen tanzen, die darauf standen. Plötzlich hielt er inne und sagte ganz ernst: «Pescheli, du Zecke, wem saugen wir heute das Blut aus dem Herzen?»

«Wir gehen mit allen Kräften an die Bankenstory und den ganzen Cyber-Krieg, der da gegen die Schweiz losgebrochen ist.»

«Cyber-Krieg», wiederholte Haberer langsam. «Ihr müsst euch das auf der Zunge zergehen lassen, Leute. Cyber-Krieg. Gegen die Schweiz. Krieg gegen die Schweiz. Die Schweiz im Krieg. Schweiz. Krieg.» Schweigen. Haberer räusperte sich. Laut und unappetitlich. Nochmals. Noch lauter. Noch widerlicher.

«Musst du kotzen?», fragte Renner. «Oder was wird das, verdammt?»

Die anderen Journalisten staunten ob Renners Reaktion. Das hatten sie noch nie erlebt. Sie starrten auf Haberer. Was würde er jetzt sagen?

Haberer machte Brechgeräusche. Dann explodierte er plötzlich. Er lachte dermassen laut, dass er nach Luft schnappen musste.

«Jonas!», sagte Emma Lemmovski.

«Ja, ja, ich ... komme gleich ... wieder zu mir ...», stotterte Haberer, unterbrochen von weiteren Lachsalven. Dann räusperte er sich erneut, schüttelte den Kopf, wobei seine fettigen Haare vor seinem Gesicht herumtanzten. Er steckte sie hinter die Ohren, spuckte in die rechte Hand und verrieb die Spucke in die Strähnen, um sie zu fixieren. «Sorry», entschuldigte er sich. «Aber als Journalist über einen Krieg gegen die Schweiz schreiben zu dürfen, Leute, das ist das höchste Glück, das ich erleben darf.» Er schüttelte fassungslos den Kopf. Eine Haarsträhne fiel ihm ins Gesicht. Er strich sie an ihren Platz zurück und sagte in aggressivem Tonfall: «Pescheli, der Killer hat sicherlich nicht freiwillig die Harfe gefasst.»

«Alt Bundesrat Derungs, meinen Sie?», fragte Emma.

«Ja, Kilian Oberarschloch Derungs, der Löli, der mir auf dem Golfplatz die Drohne geschickt hat, nicht wahr, Kirschtorte?»

«Ja, ja», sagte Kirsten Warren.

«Eben. Also, dem hat jemand den Stecker gezogen. Recherchiert das endlich! Und zwar richtig! Sofort! Renner, was ist los? Beiss dich richtig da hinein. Herrgottsack!»

«Wie sollen wir …», versuchte Renner einzuwenden, doch er wurde mit einer abschätzigen Handbewegung von Haberer unterbrochen.

«Also ich verstehe Peter», meinte Kirsten. «Die Sache ist doch völlig an den Haaren herbeigezogen, Jonas. Was hat das eine mit dem anderen zu tun?»

«Pass mal auf, Kirschtorte. Du magst ja einiges von diesem Inter- und Darknet-Scheiss verstehen, aber von Journalismus hast du keine Ahnung. Killer war schon immer ein übler Kerl. Hört euch in Zürich mal im Milieu um. Irgendeine Nutte werdet ihr schon finden, die dem Idioten die Eier …»

«Jonas!», sagte Emma laut. «Es reicht!» Dann wandte sie sich an Renner und lächelte ihn an. «Haberers Gedanke finde ich aber grundsätzlich gut. Ich würde auf jeden Fall die Fühler ausstrecken.»

«Klar», sagte Renner und lächelte zurück. Nach der Sitzung bewegte Peter Renner seinen massigen Körper langsam in seinen Newsroom zurück. Alex Gaster und Flo Arber folgten ihm.

«Schnapp dir Joël», machte Renner zu Alex und liess sich auf seinen Stuhl fallen. «Fahrt nach Zürich ins Puff.»

«Muss das wirklich sein?»

«Ihr habt es ja gehört. Selbst unsere Verlegerin glaubt daran.»

«Und du?», wollte Alex wissen.

«Schon möglich, dass Derungs umgebracht worden ist. Aber ob wir im Milieu auf einen grünen Zweig kommen …»

«Wie soll das …»

«Zieh mal los», unterbrach Renner. «Vielleicht kommt mir noch etwas Schlaueres in den Sinn. Und du, Flo», er wandte sich an den Wirtschaftsredaktor: «Du weisst, was du zu tun hast.

Bring irgendwelche neuen Fakten, damit wir wenigstens die Bankenstory weiterziehen können.»

«Was ist eigentlich mit Haberer los?»

«Was soll schon los sein?»

«Also heute war er ja ausser Rand und Band», meinte Flo und deutete Brechreiz an.

«Ihr habt es ja gehört: Es herrscht Krieg, und Haberer bekommt Hormonschübe.»

«Krieg? Das meinte er doch nicht wirklich.»

«Oh, doch.»

«Und du, was meinst du?»

«Es herrscht Krieg, Jungs, ja, es herrscht Krieg.»

Darauf verliessen die beiden den Newsroom. Doch Renner war nicht lange alleine. Zwei Minuten später bekam er Besuch von Kirsten.

«Du, Peter», sagte sie aufgeregt. «Wir müssen Haberer stoppen. Der ist irr. Ich habe gerade mit Emma Lemmovski diskutiert.»

«Oha, was ist denn mit dir los?»

«Die Mordthese ist doch rubbish», sagte sie auf Englisch. «Scheisse, wenn du weisst, was ich meine.»

«Nein, weiss ich nicht.»

«Warum sollte ein alt Bundesrat getötet werden?»

«Also bei Derungs fallen mir einige Gründe ein. Vor allem denke ich schon, dass er mit dem Cyber-Zeug etwas zu tun hat. Da passt vieles zusammen. Haberer hat eine Spürnase dafür.»

«Und was sagt deine Spürnase?» Sie machte einen Schritt auf Renner zu und stupste mit dem rechten Zeigefinger Peters Nase an.

«Die sagt eigentlich dasselbe. Ich zweifle nur, ob wir im Milieu weiterkommen.»

«Ihr spinnt doch alle beide», sagte Kirsten.

«Können wir nicht via Deep Web recherchieren? Über deine Verbindungsleute, die du dort …»

«Ich habe gar nichts», unterbrach Kirsten gereizt. «Ich bekomme auch keine Meldungen mehr. Die ganze Story ist völlig überzogen. Aber ich kann es versuchen.»

«Das wäre cool. Danke.»

Mit einem leisen und leicht säuerlichen «Okay» verliess die Internet-Expertin Renners Büro.

«Was ist denn mit der los?», murmelte er nach einer Weile. Hat Haberer Recht, dass die nicht sauber ist? Jedenfalls war er jetzt definitiv überzeugt, dass Derungs nicht einfach friedlich eingeschlafen war.

REHA-KLINIK, SPEICHER, KANTON APPENZELL AUSSERRHODEN

Henry Tussot verbrachte den ganzen Vormittag mit Sandra. Er wurde zwar von der Redaktion mehrmals telefonisch gesucht, doch der Fotograf hatte keine Lust auf irgendwelche Aufträge. Er war sich sicher, dass seine Mission hier war. Erstens Sandra. Und zweitens die ungeheuerlichen Fotos, die er gesehen hatte. Mehrfach schilderte er Sandra seine Vermutung: Die Leichen würden aus irgendeinem Kriegsgebiet stammen, müssten relativ aktuell sein und zeugten von grosser Brutalität. Er habe schon viele Kriegs- und Leichenbilder gesehen, aber diese Aufnahmen würden alles übertreffen.

«Wieso bist du dir da so sicher?», fragte Sandra jetzt zum x-ten Mal.

«Ganz einfach: Die Fotos wurden mit modernen Smartphones aufgenommen, nicht mit Fotokameras. Und zweitens wurden sie im Photoshop bearbeitet. Sie wurden aufgehellt und die Konturen verstärkt. Die Bilder sollten veröffentlicht werden.»

«Was du alles weisst», meinte Sandra ungläubig. «Ich kann nichts davon erkennen. Die Fotos wurden übrigens mit einem Handy von einem anderen Handy kopiert, also abfotografiert und da ...»

«Das spielt keine Rolle. Schau!» Henry öffnete eines der Leichenbilder und strich mit dem Zeigefinger über die Stellen, die seiner Meinung retuschiert worden waren.

«Ich sehe immer noch nichts.»
«Glaube einem alten Kriegsreporter wie mir.»
«Henry, du warst nie in einem Krieg.»
«Na ja, aber immerhin in der Nähe. Immerhin habe ich den Jugoslawien…»
«Henry, hör auf mit dem Quatsch. Als der Jugokrieg tobte, hast du noch in die Hosen gemacht.»
«Trotzdem, ich habe mich lange mit der Kriegsfotografie befasst.»
Dagegen hatte Sandra kein Argument. Allerdings fand sie Henrys Leidenschaft für Kriegsbilder ganz und gar nicht prickelnd. «Ist ja egal», sagte sie, «Was machen wir jetzt damit?»
«Wir müssen der Sache auf den Grund gehen.»
«Schon, aber wie?»
«Deine Susa muss herausfinden, wie ihr Kerl an diese Fotos kam. Ob er sie vielleicht selbst …»
«Du spinnst doch.»
«Sandra, warum? Du hast doch erzählt, dass Susa und, ähm, wie heisst er?»
«Konstantin.»
«Genau. Konstantin. Beide kommen doch irgendwo aus dem Osten. Russland, nicht wahr?»
«Es sind Russlanddeutsche, ja. Aber das heisst doch nichts.»
«Vielleicht sind es russische Spitzel.»
Sandra lachte und gab ihm einen Klaps: «Du hast wirklich nicht mehr alle Tassen im Schrank. Du passt gut zu Haberer.»
«Haberer! Genau!»
«Bitte?»
«Wir reden mit Haberer.»
«Henry, ich bitte dich, mach keinen Mist. Haberer bekommt einen Tobsuchtsanfall.»
«Lass mich machen.» Er kramte sein Handy hervor und wählte einen Kontakt.
«Was machst du?», fragte Sandra aufgeregt.
«Ich melde mich auf der Redaktion.»

Sandra schnitt eine Grimasse und zeigte ihm den Vogel.

«Was braucht ihr?», fragte Henry am Telefon. «Im Ernst jetzt? Ohne Scheiss? Einen Kriegsreporter?»

Drei Minuten später war Henry weg. Sie konnte es kaum glauben. Erst machte ihr Henry Avancen. Und jetzt das! Was ist hier eigentlich los?, fragte sie sich. Sie hatte die grösste Lust, Nachrichtenchef Renner anzurufen. Sie durchforstete auf ihrem Handy alle möglichen Newsseiten, angefangen bei Aktuell-Online über Blick- und NZZ-Online, Spiegel-Online bis zu englischen und amerikanischen Nachrichtenportalen. Natürlich gab es Kriege auf der Welt. Aber was hatten Henry und «Aktuell» damit zu tun? Niemals wurden «Aktuell»-Reporter in Kriegsgebiete in fernen Ländern geschickt.

Schliesslich rief sie Alex an. Doch dieser war nicht erreichbar. Also doch Renner? Sie zögerte. Sie war immer noch in der Rehabilitation. Aber es war doch ein gutes Zeichen, dass sie sich für News interessierte. Ein Zeichen, dass sie wieder ganz gesund würde. Oder nicht? Plötzlich wurde Sandra müde und fiel in einen tiefen Schlaf.

WAAGHOF, KRIMINALKOMMISSARIAT, BASEL

Pierre Boller sah gut aus. Fand zumindest Olivier Kaltbrunner. In anständigen Klamotten und mit regelmässigen Mahlzeiten konnte sogar ein auf der Strasse lebender, psychisch schwer angeschlagener Mensch einen gesunden Eindruck machen.

«Das Leben bei uns scheint Ihnen gut zu tun», sagte der Kommissär und gab Pierre Boller die Hand.

Boller sah die Sache allerdings völlig anders: «Ich bin krank, ich gehöre nicht in den Knast, ich muss in die Psychi.»

«Ach, kommen Sie, dort werden Sie nur mit Medikamenten vollgestopft. Wir haben das alles mit den Ärzten und Betreuern besprochen. Schliesslich werden Sie verdächtigt, ein sehr schweres Delikt begangen zu haben.»

«Ich? Ich?» Pierres Augen wurden gross, ja riesig.

«Haben Sie vergessen, warum Sie hier sind?»
«Ich?»
«Sie haben einen Menschen in die Luft gesprengt.»
«Waaas?»
«Mit dem Zeugs, das wir bei Ihnen gefunden haben. Mit dem Plastiksprengstoff aus der Puppe, den sie der alten Frau gegeben haben. Sie glaubten, es seien Drogen und wollten sie verticken.»
«Ich habe mit Drogen nichts zu tun. Ich bin krank. Haben Sie jetzt meinen Pfarrer gefunden?»
«Den Pfarrer aus Kleinhüningen?»
«Ja, mein Pfäffli.»
«Ach der, ja, den haben wir gefunden.»
«Und? Gibt er mir jetzt hundert Stutz?»
Olivier Kaltbrunner ärgerte sich. Über sich selbst. Er hatte ja gewusst, dass es zwecklos war, mit Pierre Boller ein vernünftiges Gespräch führen zu wollen. Aber er hatte heute nach der Tirade seines Chefs einfach keine bessere Idee gehabt, um den Fall oder die Fälle, die die Schweiz so erschütterten, weiterzubearbeiten.
«Pierre, pass mal auf», sagte Kaltbrunner genervt. «Hat dir eigentlich je jemand gesagt, dass du einen riesigen Dachschaden hast? Du tickst nicht richtig im Kopf. Du hast Recht, du gehörst in die Anstalt. Nicht ins Gefängnis. Nur: Was soll ich denn für dich tun? Du sprengst Leute in die Luft und machst auf meschugge? Ja, wer sagt mir denn, dass du wirklich gaga bist?»
«Wie heisst du eigentlich?», fragte Pierre ganz ruhig.
«Kaltbrunner. Hast du Trottel das auch schon wieder vergessen?» Kaltbrunner wusste, dass er aufpassen musste. Einen Verdächtigen zu duzen und zu beleidigen könnte ihn den Job kosten. Zum Glück war niemand sonst im Verhörraum anwesend. Und die Mikrofone und Videokameras, da war er sich fast sicher, waren nicht eingeschaltet.
«Ich meine, wie heisst du mit Vornamen.»
«Olivier», gab der Kommissär freundlich zur Antwort. «Sorry, aber wir sollten uns nicht duzen.»
«Warum nicht? Du hast doch angefang…»

«Ja, Goppeloni, ich weiss!», zischte Kaltbrunner. «Es tut mir leid.» Er stand auf, nahm seine Brille von der Nase, schaute aus dem Fenster Richtung Heuwaage, sah, dass gerade das Sechser-Tram vom Auberg hinunterfuhr und dachte, wie schön es wäre, in dieses Tram zu steigen, bis zum Claraplatz zu fahren und im Restaurant Schiefes Eck ein Bier zu trinken. Oder im «Adler». Oder erst im «Schiefe», dann im «Adler». Er setzte seine goldene Brille wieder auf die Nase und schaute auf die Uhr. Es war 14.18 Uhr. Oder 14.19 Uhr. Selbst mit Brille konnte er das nicht genau erkennen. Auf jeden Fall war es viel zu früh, um an ein Feierabendbier mit Kumpeln aus seiner Guggenmusik zu denken. Also setzte er sich zu Pierre Boller.

«Also, Herr Boller. Es ist so. Ich habe Ihr Pfäffli gefunden.»
«Das ist gut. Hat er mir hundert …»
«Nein. Er gibt Ihnen kein Geld, Herr Boller.»
«Warum nicht? Er gibt immer. Ich muss zu ihm.»
«Nein. Ihr Pfäffli, wie Sie ihn nennen …»
«Ja, mein Pfäffli. Tinu. Er ist ein guter Mensch.»
«Tinu. So, so, hmm, hmm», machte Olivier Kaltbrunner. Er hatte noch immer keine Ahnung, wer dieser Pfarrer Tinu aus Kleinhüningen sein sollte. Sämtliche Ermittlungen hatten nichts ergeben.

«Kommt er vorbei?», fragte Pierre. Seine Augen waren jetzt wieder auf Normalgrösse geschrumpft. Sie wirkten traurig. Kaltbrunner musste aufpassen, dass er nicht zu viel Mitleid mit diesem armen Irren bekam.

«Nein. Er kommt nicht vorbei.»
«Warum nicht?»
«Er kann nicht.»
«Doch, er muss. Er muss! Er muss!» Pierre Boller begann erst zu schreien, dann zu weinen, schliesslich hemmungslos zu schluchzen.

Olivier Kaltbrunner überlegte einen Moment, die Einvernahme zu beenden. Aber nein, irgendetwas musste doch aus dem Kerl herauszuholen sein. Schliesslich hatte er diesen Stoffhasen mit dem verdammten Sprengstoff von jemandem erhalten und an die alte Frau, die danach mitten in der Fasnacht in die Luft geflogen war, weitergegeben.

«Lieben Sie Tiere?», fragte Kaltbrunner und versuchte es mit seiner Spezialmethode, den schnellen Themenwechseln.

Pierre beruhigte sich und stotterte: «Ja ... ja ... sehr ... Tiere sind ... lieb.»

«Meine Tochter Nazima liebt Tiere auch. Wie gerne würde ich mit ihr jetzt in den Zoo gehen. Waren Sie auch schon einmal im Zoo?»

«Ich kann doch nicht. Ich habe kein Geld.»

«Soll ich Sie einladen?»

«Ich brauche Geld zum Schlafen und Essen.»

«Vergessen Sie das doch für einen Moment.»

Pierre Boller schaute den Kommissär lange an. Sein Blick wurde irr. Kippte Boller nach drei vernünftigen Sätzen bereits wieder in seine Wahnwelt?

«Was ist passiert?», fragte Kaltbrunner. «Was ist mit dem Plüschhasen passiert?»

«Weiss ich nicht.»

«Was ist mit Ihren Tieren passiert?»

«Mit meinen?»

«Ja. Hatten Sie nie Tiere?»

«Doch.»

«Was für ein Tier? Einen Hund, eine Katze?»

«Hund.»

«Und, was passierte.»

«Er ist tot.»

«Das tut mir leid. Woran ist er gestorben?»

Pierre Boller antwortete nicht.

«Herr Boller?»

Boller schwieg und starrte vor sich hin.

«Wurde er getötet?»

«Ja.»

«Er musste eingeschläfert werden?»

«Nein.» Pierre Boller starrte immer noch ins Leere.

«Der Pfarrer ist gar kein Pfarrer. Ihr Pfäffli, Tinu, hat Sie belogen.» Olivier Kaltbrunner war gespannt auf die Reaktion nach diesem erneuten Themenwechsel. Und darauf, ob Pierre Boller den Bluff bemerken würde.

«Tinu ist auch ein Arschloch.»

Kaltbrunner war perplex. Sein Puls erhöhte sich. «Warum?», fragte er und versuchte, ruhig zu wirken.

«Er ist ein verdammtes Arschloch, mein Pfäffli.»

«Ich dachte, er gibt Ihnen immer Geld. Schaut zu Ihnen.»

«Er hat meinen Hund vergiftet.»

«Oh.»

«Erst meinen Hund. Dann meine Frau.»

«Ihre Frau?» Kaltbrunner wusste, dass Boller noch nie verheiratet war. Er wusste auch, dass diese Frau, von der Boller sprach, nicht vergiftet worden war, sondern sich einfach von ihm getrennt hatte. Was schliesslich zu Pierre Bollers schwerer psychischer Erkrankung geführt hatte. «Sie meinen wohl Ihre Freundin, die Sie verlassen hat?»

«Für mich war sie meine Frau. Sie hat mich nicht verlassen. Er hat sie vergiftet. Sagte immer, ich sei ein Loser, eine Null, ein Nichts. Sie hat es geglaubt. Darum habe ich ihm eine rein gehauen. Und darauf hat er meinen Hund vergiftet. Seitdem habe ich einen Knacks. Einen schweren psychischen Knacks. Ich weiss es, ich werde nie über den Tod meines Hundes hinwegkommen, verstehen Sie das?»

«Ja, das verstehe ich. Wie hiess Ihr Hund?»

«Tinu.»

«Tinu?» Kaltbrunner konnte es nicht glauben. Das durfte doch nicht wahr sein! Er begrub seine Hoffnung, dass es im Leben von Pierre Boller lichte Momente gab. «Herr Boller», begann Kaltbrunner erneut, legte seine Brille auf die Tischplatte und faltete die Hände wie zum Gebet. Diese Haltung hatte er sich antrainiert, um etwas Väterliches oder gar Pastorales auszustrahlen. «Tinu ist der Pfarrer, nicht der Hund.»

Pierre Boller starrte wieder vor sich hin.

Olivier Kaltbrunner haute auf den Tisch. Seine Brille schepperte kurz. «Pierre, Pfarrer Tinu gibt es nicht und ihr Hund hiess auch nicht Tinu, weil kein Mensch auf die Idee kommt, seinen Hund Tinu zu nennen.»

«Der Hund hiess eigentlich Santino.»

«Santino?»

«Ja, war ein Rassehund. Mit Stammbaum.»

«Was für eine Rasse?» Kaltbrunner hoffte, dass Pierre Boller bei der Erinnerung an seine offenbar glückliche Vergangenheit irgendetwas von seiner Normalität damals zurückbekommen würde.

«Ein Briard.»

Kaltbrunner hatte noch nie von einer solchen Hunderasse gehört. Aber er interessierte sich auch nicht für Hunde.

«Das ist ein französischer Hund. Wurde zum Schutz der Schafherden eingesetzt.»

«So, so. Wie sah er denn aus?»

«Tinu hatte braune, lange Haare. Spitze Ohren. Wunderschön. Briards kann man auch als Therapiehunde einsetzen.»

Kaltbrunner überlegte, ob schon mal ein Psychologe oder Psychiater auf die Idee gekommen war, mit Pierre Boller eine Hunde-Therapie zu machen. Denn irgendwie schien Boller bei diesem Thema tatsächlich ansatzweise normal und klar sprechen zu können.

«Was haben Sie mit Tinu oder mit Santino gemacht?»

«Alles. Ich habe einfach alles mit ihm gemacht. Ich habe den Hund geliebt. Weisst du? Wenn er noch leben würde, wäre alles ganz anders. Hast du mir jetzt fünfzig Stutz?»

Kaltbrunner musste sich zusammenreissen, um nicht laut herauszuschreien. Das durfte nicht wahr sein! Nach höchstens einer Minute fiel der Typ wieder in sein Trauma zurück. Kaltbrunner hasste solche Anhörungen! Doch er wollte nicht aufgeben: «Als Santino noch lebte, haben Sie doch gearbeitet. Als Stuckateur, oder? Konnten Sie Santino mitnehmen?»

«Nein. Er war bei meiner Frau. Aber abends hat Tinu immer auf mich gewartet. Dann bekam er das Fressen von mir. Er bekam Spezialfutter. Er hatte einen etwas heiklen Magen, wissen Sie. Da musste man höllisch aufpassen, dass er nicht Durchfall bekam. Der hat besser gegessen als ich …» Pierre Boller lächelte.

Pierre Boller lächelte! Kaltbrunner hatte ihn noch nie lächeln gesehen! «Haben Sie ein Bild von ihm?», fragte er.

«Nein. Nein. Ich habe nichts.» Tränen schossen in Pierres Augen.

War die falsche Frage, stellte der Kommissär für sich selbst fest. Ich bin Goppeloni auch kein Psychiater!, fluchte er innerlich. Er stand auf und stellte sich hinter Pierre Boller. Er räusperte sich und änderte seine Taktik. Im strengen Polizeiton herrschte er Pierre Boller an: «Von wem bekamen Sie den Auftrag, die Puppe der betagten Frau zu geben?»

«Von meinem Pfäffli. Dem Tinu!»

«Es gibt Goppeloni keinen Pfarrer Tinu! Tinu ist ihr Hund. Sie verwechseln da etwas!»

«Nein. Hast du mir jetzt hundert Stutz, bitte, ich brauche neue Kleider und etwas zu essen.»

ZÜRICH, KREIS 4

Um 15 Uhr war in Zürichs Rotlichtviertel noch wenig los. Reporter Alex Gaster und sein Fotograf Joël Thommen stiefelten durch den ganzen Kreis 4, versuchten in diversen Lokalen ihr Glück und fragten auch mehrere Frauen, die sich vor Hauseingängen langweilten. Doch weder die Damen auf dem Strich noch die Barkeeper oder Beizer wussten etwas über den Tod von Kilian Derungs. Die Frage war auch dämlich, fand Alex, aber es kam ihm keine bessere in den Sinn. Sollte er fragen, ob bekannt sei, wer den alt Bundesrat getötet habe? Wurde er denn überhaupt ermordet? Nein, diese Recherche hatte keinen Sinn. Die meisten wussten nicht einmal, wer Kilian Derungs war. Wenn die Leute, die er anquatschte, Deutsch, Französisch oder Englisch konnten, fragte er sie, ob sie auch davon gehört hätten, dass eine Prostituierte aus Zürich verdächtigt werde, einen Mann umgebracht zu haben. Damit waren die Gespräche meistens beendet. Was aber überhaupt nichts zu bedeuten hatte. Dessen war sich Alex bewusst. Im Milieu nach möglichen Kriminellen zu fragen war aber auch eine Scheiss-Idee von Haberer und Renner. Er wollte sich beim Nachrichtenchef melden und ihm die schlechten Neuigkeiten mitteilen, als er auf dem Display sah, dass Sandra angerufen hatte. Er wunderte sich und rief sofort zurück. Sie nahm ab und sagte, dass sie zurückrufen werde, sie sei gerade in der Therapie. Also rief er Renner an. Dieser meinte, sie sollten es am Abend nochmals im Zürcher Milieu versuchen.

«Was für ein Scheisstag», fluchte Alex.

WAAGHOF, KRIMINALKOMMISSARIAT, BASEL

Olivier Kaltbrunner gönnte sich eine Pause. Er rief seinen Freund beim psychologischen Dienst der Basler Polizei an. Robi Falkner sass im Posten Clara und hatte sämtliche Problemfälle der Stadt an der Backe, mit denen sonst niemand mehr zu tun haben wollte. Randständige, die sich irgendwo zwischen Wahn und Wirklichkeit bewegten, die zu gesund für die Psychiatrie, aber zu krank für die Gesellschaft waren. All jene, die durchs soziale Netz fielen oder schon mehrmals durchgefallen waren. Oder die, die beratungsresistent waren, aber ihr Leben alleine nicht auf die Reihe kriegten.

Kaltbrunner fragte Robi, ob er ihm bei einer Einvernahme helfen könne. Er habe zu wenig psychologisches Gespür, um mit einer derart kranken Person weiterzukommen.

«Mit wem hast du denn die Ehre, lieber Oli?», fragte Robi.
«Boller, Pierre Boller.»
«Ojemine», stöhnte Robi. «Viel Glück. Der ist eigentlich ganz harmlos, aber mühsam. Was hast du denn mit dem zu tun?»
«Lange Geschichte.»

«Oha. Hat er dir schon von Tinu erzählt?», fragte Robi mit einem sarkastischen Unterton.

«Kennst du die Story?»

«Nein, nein», sagte Robi und lachte drauflos.

«Du bist ein gemeiner Kerl, Robi. Ich mühe mich hier ab und du lachst mich aus.»

«Jetzt siehst du mal, mit welchen Kunden ich es zu tun habe. Da hast du es mit deinen Kriminellen doch viel einfacher.»

«Pierre Boller wird verdächtigt, in das Attentat an der Fasnacht verwickelt zu sein. Und weil ich sonst nichts habe und mir der Staatsanwalt aufhockt, versuche ich, irgendetwas Handfestes aus Boller herauszubekommen.»

«Ojemine. Dann kennst du Pfarrer Tinu auch schon?»

«Den gibt es nicht. Und Tinu heisst doch Pierres Hund.»

«Ja, also nein. Der Hund heisst Santiago oder Santino, wenn ich mich recht erinnere. Und wie der Pfarrer heisst, habe ich auch nicht herausgefunden.»

«Den gibt es gar nicht.»

«Doch, doch, den gibt es schon. Der heisst einfach anders. Ist wahrscheinlich auch nicht Pfarrer. Aber irgendjemand muss da schon sein. Denn hin und wieder ist Pierre Boller weg und wir haben unsere Ruhe. Kaum dass wir ihn vergessen haben, taucht er wieder auf und wir müssen einschreiten. Ist quasi ein Stammkunde. Irgendwann werden wir ihn dann einmal im finalen Zustand aufgabeln.»

«Finaler Zustand?»

«Tod.»

«So, so, hmm, hmm.»

«Pass auf, Oli. Ich habe wirklich alles versucht: Psychiatrische Universitätsklinik, Therapie hier, Therapie dort.»

«Hunde-Therapie?»

«Auch. Hat nichts genutzt. Hat seinen Zustand sogar verschlechtert. Wurde manisch-depressiv. Bekam danach noch stärkere Medikamente. Da drehte er komplett durch. Behauptete plötzlich, sein Vater sei der Teufel höchstpersönlich.»

«So, so, hmm, hmm», machte Kaltbrunner. Er war definitiv kein Psychologe. «Pierre ist so etwas wie unfass- und unkontrollierbar?»

«Och, aber eigentlich harmlos. Soll ich rüberkommen?»

«Na ja … hast du Zeit?»

«Nein. Aber wir könnten danach im Hochhaus noch einen zupfen?»

«Klingt gut.»

«Halb sechs?»

«Prima, Robi, danke!»

REHA-KLINIK, SPEICHER, KANTON APPENZELL AUSSERRHODEN

«Hi, Alex, wo bist du?»

«Im Puff.»

«Waas?»

«Ja, im Puff in Zürich. Recherche. Du hast mich angerufen. Wie geht es dir?»

«Gut. Also besser. Viel besser. Sag mal, Alex, was ist bei euch los?» Sandra wollte nicht über sich reden. Sie wollte wissen, was auf der Redaktion los war und warum Henry als Kriegsreporter gebraucht wurde. «Wo schickt ihr Henry hin?»

«Henry?»

«In irgendeinen Krieg! In welchen?»

«Wer sagt denn so etwas?»

«Henry! Er hat mich heute besucht.»

«Henry, dieser Träumer.»

«Bitte?» Sandra war perplex. Hatte Henry ihr einen Quatsch erzählt? Warum? Und vor allem: Was kümmerte sie sich darum? Machte sie sich Sorgen um Henry? War also doch mehr als Freundschaft …?

Alex erzählte Sandra vom furiosen Auftritt des Chefredaktors. Dass er sich genüsslich darüber ausgelassen habe, wie wundervoll Krieg sei. Für Journalisten zumindest. Und wie toll es sei, dass sich die Schweiz nun im Krieg befinde. «Wahrscheinlich hat man

Henry das am Telefon erzählt, und der Tschumpel glaubte, in einen echten Krieg zu ziehen. Dabei wäre er ja der Erste, der in die Hosen macht.»

«Da wäre ich mir nicht so sicher. Der war so von der Rolle.»

«Ach, Henry ist ein lieber Kerl. Aber er ...»

«Also war das alles nur Bluff.»

«Ich weiss nicht, was die vorhaben. Ich hocke mit Fotograf Joël in Zürich und soll herausfinden, wie und wo alt Bundesrat Derungs ermordet worden ist.»

«Im Puff?»

«So ein Haberer-Blödsinn. Er glaubt, Derungs sei von einer Prostituierten umgebracht worden. Oder so. Weil Derungs öfters zu Nutten ging.»

«Waas? Kilian Derungs? Der ehemalige Militärminister?»

«Jou. Haberer will das wissen. Aber ehrlich gesagt, ich zweifle daran.»

«Haberer weiss viel. Er war immerhin jahrelang politischer Redaktor und kennt die Vögel alle.»

«Na ja. Er hat aber auch eine grosse Klappe.»

«Stimmt auch wieder. Na dann ...»

«Aber jetzt sag, Sandra, wie geht es dir?»

Sandra hatte immer noch keine Lust zu erzählen. Deshalb war sie froh, dass Alex nach wenigen Minuten unterbrach und ihr mitteilte, er müsse sofort mit jemandem sprechen und werde sie zurückrufen. Nach dem Gespräch mit Alex wollte Sandra Henry anrufen, liess es aber bleiben. Es war ihr zu viel. Was sollte das alles? Henry, Alex ¬ sobald sie in ihrem Job waren, wurden sie komisch. Alex war mittlerweile auch so. Sandra hatte mit ihm studiert. Ja, fast hätten sie etwas miteinander gehabt. Mehrfach hätte eigentlich etwas passieren können oder sogar sollen. Warum war es nie passiert? War es wegen seiner Freundin Mara? Nein, die hatte er ja auch wegen einer anderen kurzzeitig verlassen. Aber wegen ihr nie. Na gut, sie hatte sich auch nicht wirklich angestrengt. Wenn sie gewollt hätte, hätte sie sicherlich eine Beziehung mit ihm anfangen können. Zumindest eine Bettgeschichte. Wann hatte ich eigentlich zum letzten Mal Sex?, fragte sich Sandra. Sie konnte sich nicht daran erinnern.

STOCKERENWEG, BERN

Während ihr Sohn Christopher in seinem Zimmer das neuste Computergame testspielte, versuchte sich Kirsten Warren im Deep Web zurechtzufinden und irgendetwas über den Tod des ehemaligen Schweizer Bundesrats Kilian Derungs herauszufinden. Sie hatte bereits mehrfach ihre Kontakte angeschrieben, aber keine Antwort erhalten. Irgendwo in den unergründlichen Weiten dieses versteckten Netzes fand sie schliesslich eine Spur, die einen Hinweis darauf gab, dass Derungs einen Kontakt zu einer islamistischen Organisation gehabt hätte. Kirsten war sich bewusst, dass es sich um eine unsichere Spur handelte. Wie fast alles in diesem versteckten Netz. Daraus irgendeinen Schluss zu ziehen, konnte tödlich sein. Vor allem, weil sie mit ihrer Recherche nicht weiterkam. Und trotzdem arbeitete sie weiter. Durch die aufwändige Verschlüsselungstechnik war das Surfen im Deep Web viel langsamer als im öffentlichen Internet. Es erinnerte Kirsten an die Anfänge des WWW. Die Computeruhr zeigte 17.43 Uhr. Kirsten sollte längst ihren Sohn vom PC holen. Er war sicherlich schon seit drei Stunden am Spielen. Nur noch schnell dieser Link und diese Spur ...

Um 17.52 Uhr bekam sie eine Message: «Wer bist du?» Sie war in Englisch geschrieben.

«Jesus!», murmelte Kirsten. Sie schrieb zurück: «Das wisst ihr doch.»

Fünf Minuten später kam zurück: «Yes.»

«Was heisst das? Was habt ihr mit Derungs gemacht?»

Die PC-Uhr sprang auf 18.00 Uhr. «Christopher!», rief Kirsten. «Hast du eigentlich die Hausaufgaben gemacht?» Sie erhielt keine Antwort.

Um 18.03 Uhr erhielt sie eine neue Nachricht: «Zu viel Sex, lol!» Das Kürzel stand für «laughing out loud». Immerhin, fand

Kirsten, hatte das Deep Web auch etwas Menschliches. «Ihr habt ihn getötet?» Kirsten tippte nervös mit den Fingern auf der Tischplatte herum. Die Warterei machte sie fertig.

Um 18.17 Uhr kam die Antwort: «Yes. Und es auf Facebook erst noch angekündigt. Heini Rich. Cool, was? Haberer hat angebissen und seine Bluthunde losgeschickt. Wir erwarten sie. Aber nix verraten, sonst …! Nun bist du dran. Wir haben eine Nachricht an die Confoederatio Helvetica: Euer Land ist besetzt. Widerstand zwecklos. Gib das gefälligst weiter!»

«What?» Kirsten fragte sich nicht nur, was das zu bedeuten hatte, sondern auch, warum die Schweiz mit ihrem lateinischen Namen genannt wurde. Und wem sollte sie das mitteilen? Der «Aktuell»-Redaktion, klar. Aber sollten das auch «the others» von ihr erfahren? Wenn die wirklich vom Geheimdienst waren, dann wussten sie das doch bereits. Oder war sie tatsächlich die Informantin und damit eine informelle Geheimdienstmitarbeiterin geworden, ohne es selbst zu wissen?

«Christopher», rief sie erneut. Da sie wiederum keine Antwort erhielt, ging sie zu Christophers Zimmer. Die Türe war zu. Sie klopfte an. Nachdem sie keinen Ton von ihrem Sohn vernahm, spürte sie den Puls in ihrem Hals hämmern. Sie riss die Türe auf und schrie: «Christopher!»

RESTAURANT HOCHHAUS, HEUWAAGE, BASEL

Nach dem üblichen Small-Talk zwischen zwei Arbeitskollegen kam Olivier Kaltbrunner zum Punkt: Hielt Robi Falkner den inhaftierten, aber komplett durchgeknallten Pierre Boller für einen Terroristen?

Robi verschluckte sich an seinem Bier und lachte so heftig, dass sich um seine Nasenlöcher kleine Bläschen bildeten. Vermutlich lief gerade das Bier durch die Nase. «Sorry, Oli, aber das ist einfach zu viel.» Er klopfte sich dreimal auf die Brust und schüttelte den Kopf. «Oli, unser Pierre ist hinüber, sorry. Du bist komplett auf dem Holzweg. Die Attentate kannst du ihm nie und nimmer in die Schuhe schieben. Vergiss es. Damit machst du dich lächerlich.»

«Aber er hat der alten Frau die Puppe gegeben. Und die Puppe bekam er von Tinu. Seinem Pfarrer. Den es nicht gibt. Goppeloni!»

«Ja, schon, Oli. Aber Pierre hat doch gar nicht kapiert, was abläuft.»

«So, so, hmm, hmm.»

«Alter Freund, du sitzt in der Tinte», sagte Robi nach einer Weile, in der beide schwiegen und auf ihre Biergläser starrten.

«Jou.»

«Knöcheltief?»

«Bis zum Hals, du Idiot!» Beide nahmen einen Schluck Bier.

«Tinu», sinnierte Robi.

«Tinu?»

«Wir müssen herausfinden, wer dieser verdammte Tinu ist. Pierres blödes Pfäffli.»

«Versuch du es. Ich bin mit diesem Idioten am Ende.»

«Tinu heisst vielleicht ganz anders.»

«Jepp.»

«Hast du ihn gefragt?»

«Ja. Nein. Ich weiss es nicht. Der macht mich madig mit seinem Getue. Echt. Tinu da, Tinu hier. Dann ist Tinu sein Hund. Vergiss es, Robi, ich kapiere das ...»

«Entspann dich, Oli!»

«Da ist mir ein ganz normaler, anständiger Mörder tausendmal lieber. Den kann ich in die Mangel nehmen.»

«Bringt bei Pierre nichts. Pierre kannst du nicht durch den Fleischwolf drehen. Da kommt nur Scheisse raus.»

«Habe ich gemerkt. Vielen Dank für deine Hilfe.»

Robi bestellte nochmals zwei Bier. «Tinu», sinnierte er weiter.

«Hör auf mit diesem verdammten Tinu!»

«Tinu ist vielleicht der Schlüssel. Vergiss nicht: Pierre ist Berner. Berner haben die Angewohnheit, alle Namen irgendwie zu verdrehen.»

«Tinu!», sagte Kaltbrunner und klopfte Robi Falkner auf die Schulter. «Du hast Recht! Was bin ich auch für ein Idiot!»
«Hä?»
«Vergiss es. Danke, du hast mir sehr geholfen.»

STOCKERENWEG, BERN

Das Computerspiel, das Christopher für sie getestet hatte und über das sie einen Artikel in «Aktuell» schreiben sollte, war offenbar langweilig. Denn ihr Sohn war vor dem PC eingeschlafen. Sie weckte ihn sanft und fragte ihn erneut, ob er die Schulaufgaben gemacht habe. Ja, er habe die Aufgaben gemacht und das Spiel sei ätzend, aber die Grafik und der Sound toll. Auf Kirstens Frage, warum das Spiel ätzend sei, erklärte Christopher, dass es wohl ein Game für Mädchen sei, da es viel zu sehr um Liebe gehe und irgendwelche schöne Landschaften und Tiere, mit denen er nichts anfangen könne.

«Das kann doch nicht sein, Christopher», sagte Kirsten. «Das Game heisst ‹Reporter of War›.»

«Tsss. Kriegsreporter, so ein Scheiss. Da musst du irgendwelche fucking Cows melken und einer Tussi die Liebe versprechen, damit du auf den zweiten Level kommst.»

«Was?»

«Mama, guck!» Christopher liess das Spiel laufen. Auf dem Monitor erschien das Matterhorn. Das letzte Abendlicht tauchte die schneebedeckte Spitze in ein warmes Rosa. Dramatische Musik erklang dazu. Dann wurde auf eine Alphütte gezoomt. Ein wunderschöner, blonder Junge mit blauen Augen erschien. Er hiess Peterli und führte eine Kuhherde in den Stall. Die Kühe waren braun-weiss gefleckt. Sie hüpften regelrecht über die Wiese, tranken am Trog Wasser und gingen dann selbstständig an ihre Plätze. Ein junges Mädchen tauchte auf, das die Kühe in Empfang nahm und sie anband. Es hatte lange, schwarze Haare, trug ein rosa T-Shirt und Jeans-Hot-Pants und hatte übernatürlich lange Beine, die in weissen Stiefeln steckten.

«Und jetzt, Mom, jetzt musst du die Kühe melken. Und wenn du das geschafft hast, säuselt Britt, so heisst die Tussi, irgendetwas von Liebe.»
«Und was ist daran falsch?», fragte Kirsten ihren Sohn.
«Mom, was hat das mit Krieg zu tun? Ich will doch irgendwelche Typen abknallen in so einem Spiel.»
«Das kommt vielleicht später.»
«Ja, okay, aber der Einstieg ist verdammt boaring.»
«Hey, Alter», machte Kirsten auf jugendlich. «Du hast die Kühe wohl nicht melken können.»
«Doch.»
«Oh.»
«Na ja. Vier von zehn habe ich geschafft.»
«Siehst du, du hast keine Geduld.»
«Die Tussi funkt immer dazwischen.»
«Haben Mädchen so an sich.»
«Tsss, Tussis.»
«Probier nochmal.»
Christopher melkte mit der Computermaus Kühe. Die erste gab 22 Liter. Die zweite 25. Dann tauchte Britt auf. Sie umarmte den blonden Hirten von hinten. Dabei rutschten ihre Hotpants nach oben und zeigten einen kleinen Teil ihres Pos. Kirsten begann zu lachen.
«Was ist?», fragte Christopher.
«Nichts, mach weiter.»
Die dritte Kuh gab gerade noch 15 Liter Milch. Viel zu wenig. Bei der vierten Kuh zeigte Britt drei Viertel ihres vollen Busens. Christopher schaffte gerade noch 14 Liter Milch.
«Hey, reiss dich zusammen, glotz ihr nicht auf den Busen», spornte Kirsten ihren Sohn an.
«Mom, das ist ein Scheissspiel.»
Bei der fünften Kuh schaffte Christopher 30 Liter. Auch bei den Kühen sechs, sieben und acht erreichte er Spitzenwerte, obwohl Britt mit dem armen Peterli und damit mit dem Spieler immer wieder heftig flirtete und ihre körperlichen Reize voll

einsetzte. Christopher hatte Britt jetzt aber im Griff und konnte sie abwehren. Bei Kuh Nummer neun stiess er das Mädchen allerdings zu heftig von Peterli weg, so dass sie mit dem Fuss gegen den Milcheimer stiess und dieser umfiel. Die ganze Milch floss in den Kuhmist. «Shit», fluchte Christopher. «It's a fucking game.»

«Christopher!», zischte Kirsten ihren Sohn an. «Los weiter! Und pass auf das Mädchen auf!»

«Weiss ich selbst!»

Christopher gamte sich erneut durch die Melkerei und schaffte schliesslich auch die zehnte Kuh. Dann erschienen viele rote Herzchen auf dem Schirm und Peterli durfte Britt küssen.

«Jetzt stellt Britt einige Aufgaben. Wenn man die schafft, darf man mit ihr ins Bett gehen.»

«What?» Kirsten fragte sich gerade, ab welchem Alter dieses Spiel empfohlen war. «Und, bist du mit ihr schon im Bett gelandet?»

«Nein. Ich weiss es nicht. Dieses Level ist super boaring.»

«Warum?»

«Britt säuselt die ganze Zeit und will …»

Plötzlich ein dumpfer Knall.

Ein mit einem schwarz-weissen Halstuch und einem schwarzen Cap mit der Aufschrift «Reporter of War» vermummter Kerl erschien und hielt in Grossaufnahme dem Spieler aus dem Monitor eine Maschinenpistole entgegen. Er sagte mit verzerrter Stimme: «Welcome to the world of the reporter of war.» Sein Kopf wurde herangezoomt, bis nur noch die Augen zu sehen waren. Dunkle, fast schwarze Augen mit noch dunkleren Augenbrauen. Die Stimme sagte: «Hello Christopher, hello Kirsten.»

Kirsten lief es kalt den Rücken hinunter.

Ihr Sohn sagte: «Geil!»

REHA-KLINIK, SPEICHER, KANTON APPENZELL AUSSERRHODEN

Klack – klack – klack. Sandra Bosone zuckte in ihrem Bett zusammen. Das waren doch die Schritte ihres Chefs auf dem Flur. Nein, das konnte nicht sein. Es war bereits nach 22 Uhr. Da konnte niemand mehr zu Besuch kommen.

Klack – klack – klack. Schon flog die Türe auf: «Sändle!» Da stand er: Haberer in voller Grösse. Seine fettigen Haare hinter die Ohren geklemmt, dunkler Anzug mit weissem Hemd und roter Krawatte, dazu seine berühmten Boots, heute waren es rotschwarze Cowboy-Stiefel. «Sändle», sagte Haberer erneut und streckte die Arme aus. «Wie geht es dir, meine Liebe?»

Meine Liebe? Sandra war sprachlos. Er war zwar ihr Chef, was sie aber nicht daran hinderte, ihn einen Kotzbrocken zu finden. Dass er sie immer «Sändle» nannte, nervte sie seit der ersten Minute. Damals war er noch nicht ihr Boss gewesen, sondern ihr Vorgänger als Politchef der Zeitung.

«Jonas», sagte Sandra verdattert. «Wie kommst du um diese Zeit in die Klinik?»

«Sändle, darf ich mich setzen?» Er packte sich einen Stuhl und schleifte ihn durchs Zimmer, knallte mit ihm in den Tisch und das Bett, was Haberer aber nicht kümmerte. Er fluchte etwas Unverständliches vor sich hin und liess sich auf den Sitz fallen. «Haberer kommt immer überall hinein, wenn er denn will.»

«Glaube ich nicht.»

«Ach, Sändle, ist eine Scheissgeschichte, in die du da hineingeraten bist, und ich habe dich noch gar nie besucht.»

«Das stimmt. Sogar Emma Lemmovski war hier.»

«Och, Mädchen, die Lemmo, unsere geschätzte Verlegerin, die hat auch nichts zu tun.»

«Das kann ich mir ...»

«Gugus, Sändle, gugus. Natürlich hätte ich Zeit gehabt, aber keinen Bock. Kranke und Alte mag ich nicht besonders. Und ehrlich gesagt, Mädchen, ich habe dir ja auch nicht gefehlt.

Schliesslich kümmert Henry sich rührend um dich.» Das «rührend» betonte Haberer so, dass es für Sandra abschätzig klang.

«Und warum kommst du jetzt plötzlich?»

«Du gefällst mir! Du wirst wieder ganz gesund. Vor allem, wenn du erfährst, was der alte Haberer mit dir vorhat!»

Sandra schaute ihn mit grossen Augen an. Er ergriff ihre linke Hand und streichelte sie. Als er über den Ring fuhr, stoppte er und betrachtete ihn. «Das darf doch einfach nicht wahr sein!», sagte er. «Hat dich dieser dämliche welsche Trottel um den Finger gewickelt, und du hast dich mit ihm verlobt?»

«Na und?», antwortete Sandra keck. «Das geht dich nichts an, oder?»

«Und ob mich das etwas angeht! Ich bin eifersüchtig. Was hat dieser unfähige Knipser mehr als ich? Das ist eine Beleidigung!»

«Er ist charmant, nett, liebenswürdig.»

«Aber er sieht scheisse aus.»

«Ach, Habilein …», machte Sandra.

Jonas Haberer brüllte vor Lachen. Sandra hoffte, dass er nicht die ganze Klinik aufweckte.

Plötzlich stoppte Haberer mit dem Gegröle, liess ihre Hand los und sagte: «Pass auf. Henry hat mir da etwas erzählt. Die Fotos auf deinem Handy. Also die …»

«Sex-Bilder?», fragte Sandra und hätte Henry geradewegs auf den Mond schiessen können. Hatte sie ihm nicht gesagt, er solle seine Klappe halten? Verdammt, ausgerechnet dem Chefredaktor hatte er davon erzählen müssen. Wie blöd konnte man bloss sein?

«Nein, Liebes», sagte Haberer. «Sex habe ich selbst. Ich weiss zwar nicht mehr wann und mit wem es das letzte Mal …» Er schaute an die Decke: «War's mit der Kirschtorte?»

«Bitte?»

«Na, diese amerikanische Tussi mit den engen Jeans und den geilen Stiefelchen …»

«Kirsten Warren», sagte Sandra prompt und staunte selbst darüber, dass ihr dieser Name so schnell einfiel. Das musste ein gutes Zeichen sein.

«Genau die», sagte Haberer und strich mit der Zunge über seine Lippen.

Tut er das mit Absicht, fragte sich Sandra, oder ist er tatsächlich so ein widerlicher Kerl?

«Aha. Du hast also Sex mit Kirsten?»

«Geht dich nichts an, Süsse. Also, ich meine nicht die Sex-Bildchen auf deinem Handy, sondern die anderen.»

«Die anderen?»

«Du weisst schon.»

«Nein.»

«Sändle!»

«Ja?»

«Die gottverdammten Leichenbilder!», wetterte Haberer. «Dieser Konstantinopel hat doch nicht alle Tassen im Schrank. Wir werden ihn durch die Mangel drehen und herausfinden, was dieser Kerl alles verbrochen hat. Wir werden eine Schlagzeile nach der anderen über ihn heraushauen, bis der Kerl winselnd am Boden liegt.»

«Jonas!»

«Ja, Sändle?»

«Du hast auch nicht alle Tassen im Schrank.»

«Ich wette mit dir», sagte Haberer und streckte ihr die Hand entgegen. «Dieser Kerl ist Teil einer Armee, die daran ist, die Schweiz zu vernichten. Und wir, also ich, du und noch ein paar andere, von mir aus auch Henry, werden dies verhindern! Wir befinden uns im Krieg. Und jetzt sind wir Kriegsreporter. Na, Sändle, das macht dich doch schlagartig gesund, oder?»

«Ist lieb gemeint, Jonas. Danke. Aber wie du siehst, bin ich noch immer ausser Gefecht. Ich bin froh, wenn ich ohne Behinderung weiterleben kann.»

«Papperlapapp!», sagte Haberer und machte anschliessend etwas, was noch niemand von der Redaktion je erlebt hatte: Er schwieg mindestens fünf Minuten. Keine abfälligen Bemerkungen, kein blödes Lachen, kein Herumtigern in seinen Boots. Haberer sass einfach nur da und hielt ihre Hand.

Für Sandra wurde dieser Zustand mit jeder Sekunde unangenehmer, da sie keine Ahnung hatte, was er eigentlich von ihr wollte. Kam nun die Eruption? Würde Haberer gleich komplett ausflippen? Sollte sie den Notdienst der Klinik rufen?

«Sandra», fing Haberer an. Das machte ihn für Sandra gleich verdächtig. Er nannte sie Sandra, nicht Sändle.

«Jonas?»

«Was wollte dieser Polizist von dir?»

«Welcher Polizist?»

«Dieser Kommissar Zufall aus Basel. Der war doch nicht zufällig hier.»

«Oh, das weisst du auch schon. Hätte ich mir denken können. Journalisten sind die grössten Waschweiber, die es gibt. Hat Renner geplaudert? Ja, Kommissär Kaltbrunner war da. Er besuchte mich, weil er mit seiner Familie am Wochenende eine kleine Reise in die Ostschweiz gemacht hatte.»

«Ein netter Zug von ihm.»

«Ja, finde ich auch.»

«Und du hast dir nichts dabei gedacht?»

«Nein.» Natürlich war ihr das seltsam vorgekommen. Es kam ihr noch jetzt komisch vor.

«Nein?» Haberer schüttelte den Kopf. Seine Haarsträhnen tanzten vor seinem Gesicht. Jonas drückte ihre Hand fest. «Du bist wirklich ernsthaft beschädigt. Dein Hirn wird wohl für immer Matsch bleiben. Schade, Sändle, schade. Ich hielt dich für ein grosses Talent, für eine wirklich gute Journalistin. Aber nach diesem Unfall, nein, nach diesem brutalen Anschlag an dieser saublöden Fasnacht auf dich, meine Süsse, muss ich wohl umdenken. Das tut mir schrecklich leid. Ich werde wohl eine neue …»

«Haberer, es ist gut. Ja, verdammt, das kam mir auch seltsam vor. Also, was willst du? Diese Scheiss-Fotos? Was willst du damit anstellen? Die kannst du nicht veröffentlichen. Wir haben nichts! Wäre ich gesund, ja, dann würde ich herausfinden, wie Konstantin zu diesen Bildern gekommen ist. Es reicht schon, dass ich meine Freundin Susa hintergangen habe und diese Fotos von ihrem Handy kopiert habe. Oh, mein Gott! In was für einer Scheisswelt leben wir eigentlich?»

«Na, na! Jetzt wollen wir mal nicht moralisch werden.»

Sandra schossen Tränen in die Augen. Scheisse!, dachte sie. Scheisse! Jetzt weine ich vor diesem elenden Kotzbrocken! Das ist das Letzte, was mir passieren kann. Er sieht mich heulen wie ein kleines Mädchen. Was für eine Erniedrigung!

«Weinen hilft», sagte Haberer ganz ruhig. «Ich weine manchmal auch. Glaubst du mir das?»

Sandra gab keine Antwort, schüttelte aber leicht den Kopf.

«Oh, doch, meine Süsse. Kotzbrocken Haberer weint manchmal. Ja, ja, das glaubt ihm keiner. Aber es ist so. Und es tut gut.»

Sandra war völlig verwirrt. Was sollte diese Mitleidsmasche? Oder meinte er es ernst? «Was willst du?», fragte sie schliesslich.

«Sei dabei, Sändle, sei dabei, wenn wir die Welt retten!»

Sandra verdrehte die Augen: «Du, du ... lass mich einfach in Ruhe.»

«Okay, das war jetzt ein bisschen theatralisch. Aber du weisst ja: Ich liebe grosse Worte und grosse Auftritte. Ernsthaft: Bist du wieder dabei?»

«Wie dabei?»

«Reporterin! Journalistin! Enthüllerin!»

Sandra schluckte. Überlegte. Sagte schliesslich: «Ja.»

Unverzüglich liess Jonas Haberer ihre Hand los, stand auf und ging im Zimmer auf und ab. Klack – klack – klack. «Ich will alles über diesen verdammten Konstantinopel wissen», sagte er schliesslich in seinem normalen, abschätzigen Tonfall. «Der Mann deiner Physio, der mit den Leichenbildern. Alles! Und das so schnell wie möglich. Orientiere Pescheli regelmässig. Das wird eine Riesensause! Und vergiss nicht, Sändle: Wir sind jetzt Kriegsreporter! Es ist gefährlich. Überall, wo wir herumstochern, lauern Gefahren. Ich meine das ernst. Wir sind Kriegsreporter der Neuzeit. Gekämpft wird in der virtuellen Welt. Getötet in der realen. Wir berichten über den Tod – live!» Er lachte, laut und unangenehm, winkte und ging.

Was für ein Arschloch, dachte Sandra zuerst. Dann: Was für ein Mann!

STOCKERENWEG, BERN

Sie hatte einige Mühe, ihren Sohn ins Bett zu bekommen. Christopher hatte es unglaublich cool gefunden, dass er in einem Computerspiel persönlich angesprochen worden war und wollte unbedingt weiterspielen. Kirsten machte es Angst. In ihren ersten Überlegungen war sie zum Schluss gekommen, dass das Spiel «Reporters of War» sich selbständig ins Internet eingeloggt hatte. Damit konnten die Leute aus dem Deep Web den virtuellen Pfad zu ihrem Rechner ausfindig machen und mit Figuren im Spiel auftreten. Nachdem sie Christopher endlich im Bett hatte und er auch wirklich schlief, ging sie nach draussen, um einen kleinen Spaziergang zu machen. Vom Stockerenweg ging sie zum Breitenrainplatz, weiter zur Kaserne bis an die Papiermühlestrasse. Sie bog rechts ab und ging die breite Strasse hinunter Richtung Rosengarten. Es hatte wenig Verkehr. Was sie aber nicht wunderte, es war ja auch schon spät. Auf der anderen Seite der Strasse tauchte das Pentagon auf, wie das grosse, schmucklose Verwaltungsgebäude des VBS von den Bernerinnen und Bernern genannt wurde. Denn hier befand sich, wie im richtigen Pentagon der US-Armee, das Herz des Schweizer Militärs. Kirsten fragte sich, was in diesem Gebäude gerade alles passierte. Sassen in einem Kellergeschoss Menschen an irgendwelchen Bildschirmen und versuchten den unbekannten Angreifern aus der Cyberwelt auf die Schliche zu kommen? Hochspezialisierte und talentierte Hacker im Dienste des Schweizer Nachrichtendienstes? Sie war sich sicher, dass es so sei. Denn die Vorstellung, dass nur sie diese bedrohlichen Nachrichten aus dem Deep Web erhielt, schien ihr absurd. Es ging ja nicht um sie. Sie war nur die Verbindung zu den Medien und zu «the others». Oder nur eine von mehreren Verbindungen. Was wusste sie schon? Sicherlich gab es auch Kontakte zu Reportern, zum Fernsehen und zum Radio. Anders waren die Ereignisse der letzten Wochen nicht zu erklären. Nicht nur «Aktuell» bekam Informationen. Das war ihr seit dem Angriff auf das Computersystem des Baslers Universitätsspitals klar. Sie atmete tief ein und aus.

Es war ihr auch klar, dass ihr Name einigen Leuten da drin bekannt sein musste. Möglicherweise hatten die Spezialisten längst Zugriff auf ihren Computer, ihr Tablet, ihr Handy, ja wahrscheinlich wurde ihr ganzes Leben durchleuchtet und abgehört. Vielleicht galt sie als Verdächtige. Oder vielleicht arbeiteten die Schweizer mit den Amerikanern zusammen. Aber würden «the others» sie schützen? Sie und ihren Sohn, so wie sie es versprochen hatten, nachdem sie ihren Ehemann wegen jenes Steuervergehens elegant in irgendeiner Botschaft irgendwo auf der Welt untertauchen liessen und ihr empfohlen hatten, in Bern zu bleiben, ihre Deep-Web-Kenntnisse zu vertiefen und mit «the others» zusammenzuarbeiten? Sie blieb stehen und blickte um sich. Nein, sie wurde nicht verfolgt. Jedenfalls nicht von einem Menschen. Aber vielleicht beobachtete sie jemand auf einem Bildschirm. Sie winkte und lachte. Wie irr das alles war!

14. Mai

KREIS 5, ZÜRICH

«Na los, Alex», sagte Joël, «eine Bar klappern wir noch ab. Es ist erst halb zwei.»

«Ehrlich gesagt, ich mag nicht mehr», meinte Alex. «Wir haben jetzt wahrscheinlich mit sämtlichen Prostituierten und Zuhältern in ganz Zürich gesprochen und nichts herausgefunden.»

«Vielleicht haben wir einfach bis jetzt kein Glück gehabt.»

«Mann, du hast Nerven!»

Sie schlenderten nochmals durch Zürichs Rotlichtviertel. Von den Prostituierten wurden sie nicht mehr angesprochen. Es hatte sich offenbar herumgesprochen, dass zwei Schnüffler unterwegs waren. Sie spürten aber, dass sie beobachtet wurden. Und das war Alex nicht geheuer.

Als sie in die Langstrasse kamen, sagte er zu seinem Fotografen: «Es hat keinen Sinn. Wir finden nichts mehr heraus. Wir könnten auch mit Plakaten herumlaufen: Journalisten suchen Mörder! Komm, wir machen einen Abgang. Sonst kriegen wir noch eins auf die Mütze.»

«Meinst du wirklich? Was erzählen wir unseren Chefs?»

«Wir erzählen, dass wir nichts herausbekommen haben. Basta. Joël, ich gebe ja auch nicht gerne auf, aber wir sind hier am falschen Ort. Wenn an der Verschwörungstheorie etwas dran ist, wenn dieser ehemalige Bundesrat wirklich ermordet worden ist, ja, selbst wenn er etwas mit dem Milieu zu tun hatte, wir werden das nicht herausfinden.»

«Wir werden!», insistierte Joël.

«Ein ehemaliger Bundesrat muss doch nicht ins Puff, um eine Dame zu bekommen. Der kann es sich locker leisten, eine Edelnutte in irgendein Hotel einzuladen. Escort-Service, du weisst, was ich meine. Das ist eine ganz andere Branche.»

«Okay, du bist länger im Geschäft», gab Joël klein bei. «Gehen wir zum Auto und fahren nach Hause.»

«Jepp.»

Joëls Wagen, ein Peugeot 208, stand an der Molkenstrasse. Der Fotograf verstaute seine Ausrüstung im Heckraum, setzte sich ans Steuer, liess den Motor und das Radio an und legte den Rückwärtsgang ein. Als er in den Rückspiegel schaute, zuckte er zusammen und sagte leise: «Shit!»

«Was ist?», fragte Alex und schaute nach hinten. Ein anderer Wagen versperrte ihnen den Weg. Joël machte das Radio aus.

«Schliess die Türen», befahl Alex und drehte sich nach vorne. Joël gehorchte und flüsterte: «Was jetzt?»

«Warten. Siehst du den Wagen im Rückspiegel?»

«Ja. Ein Mann steigt aus.»

«Scheisse.»

«Er kommt.»

Joël und Alex starrten durchs Fahrerfenster. Ein weisses Hemd, ein dunkles Jackett und die Spitze einer dunklen Krawatte tauchten auf. Und eine Hand, die anklopfte: «Kann ich einen Moment mit euch reden?» Die Stimme war tief und rauchig. Der Mann hatte einen osteuropäischen Akzent. Joël schaute zu Alex. Dieser sagte: «Worum geht es? Haben wir falsch geparkt?»

«Steigt mal aus.»

«Warum?»

Der Anzugträger ging in die Hocke. Im Fenster tauchte nun sein Gesicht auf. Ein junges Gesicht, dunkle Augen, gescheitelte dunkle Haare. «Ich will bloss mit euch reden. Habe gehört, ihr sucht etwas. Vielleicht kann ich euch helfen.»

«Wobei?», fragte Alex. «Wir suchen nicht mehr.»

«Jetzt plötzlich?»

«Na ja, wir wollten ...»

«Ihr seid den ganzen Abend hier herumgestreunt, und jetzt wollt ihr einfach abhauen? Stell mal den Motor ab.»

«Nein», sagte Joël. «Wir wollen jetzt fahren. Machen Sie uns bitte Platz.»

«Ihr seid doch Reporter, oder?»

«Ja», sagte Alex. Erst jetzt merkte er, dass Joël zitterte. Er sagte leise zu ihm: «Ich steige kurz aus und rede mit dem Kerl. Wenn ich schreie, rufst du sofort die Polizei.»

«Okay.» Alex stieg aus und ging zum Wagen hinter ihnen. Ein grosser, schwarzer Mercedes. «Schönes Auto», sagte Alex.

«Fahren wir eine Runde?», fragte der Mann.

«Nein, danke.»

«Warum nicht?»

«Es ist zu spät. Und ich stehe nicht besonders auf Autos. Also, was wollen Sie?»

«Na gut», sagte der Mann und lehnte sich an den Mercedes an. «Ihr seid ja nicht die Ersten, die hier herumschnüffeln.»

«Ach ja?»

«Andere Reporter waren auch schon da. Selbst die vom Fernsehen kamen. Offenbar hat es sich herumgesprochen, dass der Herr Bundesrat sich gerne mit schönen Mädchen vergnügte.»

«Und was haben unsere Kollegen herausgefunden?»

«Die Fernsehleute haben einige Namen von Damen erhalten, mit denen sie aber nicht viel anfangen können.»

«Von Prostituierten?»

«Genau.» Der Kerl zerrte an seiner Krawatte, lockerte, richtete sie und zog den Knopf wieder sauber zusammen.

«Von welchem Fernsehen waren die Reporter?»

«Tele Züri.»

«Und? Wann soll der Bericht kommen?»

«Keine Ahnung.»

«Wie hiessen die Reporter?»

«Weiss ich nicht. Aber ich weiss, wie Sie heissen, Alex Castro.»

«Gaster, Alex Gaster.»

«Aha. Sie sind von der Zeitung ‹Aktuell›.»

«Ja.»

«Ihr Boss heisst Jonas Haberer?»

«Auch korrekt. Und wie heisst Ihrer, wenn ich fragen darf?»

«Das spielt keine Rolle.»

Jetzt stieg auch Joël aus dem Peugeot, reichte dem Typen die Hand und stellte sich vor. Der Mann sagte aber auch diesmal nicht, wie er hiess. Alex wandte sich an Joël und sagte: «Der Herr hier teilte mir soeben mit, Tele Züri hätte einige Namen von Derungs' Mätressen herausgefunden. Oder auch nicht.» Dann fragte er den Mann im Anzug: «Hat Tele Züri ihre Namen?»
«Nein.»
«Kennen Sie die Damen?»
«Es war nur eine. Zumindest in den letzten Wochen.»
«Und Sie wissen, wer sie ist?»
«Ja.»
«Und Sie verraten uns ihren Namen?»
«Was sagt Ihnen der Name Kirsten Warren?»
«Kirsten ist unsere Expertin für Internet, Games und all das Online-Zeugs. Sie ist sicherlich keine Hure.»
Der Mann lachte und rückte erneut seine Krawatte zurecht. Er machte einige Schritte. Seine Absätze klackten. Die schwarzen Schuhe waren spitz und poliert. Dann baute er sich vor den beiden Reportern auf und sagte: «Ich heisse Wladimir. Mein Kollege im Auto heisst Arthur. Freut mich, euch kennenzulernen.» Er streckte Alex und Joël die Hand entgegen. Die Fahrertür öffnete sich. Arthur stieg aus. Ein Zweimeter-Mann mit buschigen Augenbrauen. Er trug ebenfalls einen Anzug mit Krawatte. Allerdings schien das weisse Hemd zu eng. Jedenfalls zeichnete sich die Brust ab, was darauf schliessen liess, dass der Kerl ein Muskelprotz war. Arthur gab Alex und Joël ebenfalls die Hand, sagte aber kein Wort. Er verzog nicht einmal einen Mundwinkel. Alex überlegte, ob er ein Bodyguard war. Ein Schläger? Ein Killer? Seine Schuhe waren schmutzig.
«Und jetzt?», fragte Alex.
«Es sieht ganz so aus, als wären wir vier die Schnittstelle von der Computerwelt in die richtige Welt.»
«Und was heisst das?»
«Setzen wir uns doch in den Mercedes. Dann zeige ich es euch.»

Die beiden Reporter zögerten einen Augenblick. Doch Arthur öffnete die Türe zu den Hintersitzen und wartete wie ein Chauffeur, um nötigenfalls seinen Passagieren beim Einsteigen behilflich zu sein. Alex stieg ein und rückte auf den linken Sitz, um Joël Platz zu machen. Auch die beiden Typen stiegen ein. Das Innere des Wagens roch neu. Doch das musste nicht heissen, dass er es auch wirklich war. Vielleicht hing irgendwo ein Wunderbaum mit dem Duft «New Car». Alex war wirklich kein Autofanatiker, aber er kannte diese Duftbäumchen, vor allem «New Car». Er reinigte sein eigenes Auto nie, weder innen noch aussen, und deshalb vermittelte er sich mit dieser Duftnote das Gefühl, ein neues oder gereinigtes Auto zu besitzen. Arthur liess den Motor an und fuhr los.

«Hey, was soll das?», wehrte sich Joël. «Lasst uns sofort aussteigen.»

«Alles gut. Wir werden jetzt zusammen einen kurzen Film anschauen.» Die beiden Monitore an den Rücklehnen der Vordersitze leuchteten auf. Es erschien eine dunkelhäutige, junge Dame, die ein weisses Bodystocking und hochhackige Sandalen trug. Sie lächelte in die Kamera. «Das ist Carmella», kommentierte Wladimir. «Sie ist hübsch. Und sehr, sehr clever. Sie ist eine absolute Spitzenhackerin.»

«Was?», entfuhr es Alex.

«Sie sieht wirklich aus wie eine Schlampe, nicht wahr? Ihr solltet sie mal im richtigen Leben sehen.»

«Ist das denn nicht ihr richtiges Leben?»

«Passt auf», sagte Wladimir. «Jetzt kommt Derungs.» Tatsächlich: Der alt Bundesrat kam zur Türe herein und scharwenzelte um Carmella herum.

«Bla, bla, bla», machte Wladimir und spulte nach vorne. «Das ist alles uninteressant. Da!» Er stoppte den Film. «Jetzt müsst ihr aufpassen!» Joël Thommen kramte sein Handy hervor und filmte den kleinen Bildschirm ab.

Kilian Derungs vergrub sein Gesicht in Carmellas wirklich schönem Busen und sagte: «Du bist so wunderschön.» Er schmuste und knabberte an Carmellas Brüsten herum. Plötzlich erschien von der rechten Seite eine dunkle Gestalt, deren Kopf mit einem sackähnlichen Überzug mit Sehschlitzen bedeckt war. «Das ist unser Henker», rapportierte Wladimir und lachte. «Hat wohl zu viele Filme geguckt. Tritt immer mit diesem fucking Tuch auf dem Schädel auf.» Der Henker stellte sich hinter den schmachtenden Derungs, legte seine Hände um den Hals des Ex-Bundesrats und begann zuzudrücken.

Kilian Derungs reagierte mit einem äusserst unwürdigen Zappeln und einem erstickenden Krächzen. Er versuchte, Carmella in die Brüste zu beissen, was ihm aber nicht gelang. Carmella drehte sich geschickt weg. Plötzlich schien sich Derungs zu erholen, offenbar hatte der Henker seinen Würgegriff gelockert. Derungs schnappte nach Luft und sagte: «Was soll das? Was ... Carm ...» Dann rang er wieder nach Luft. Der Henker würgte weiter. Derungs' Gesicht wurde rot, die Adern quollen hervor, die Augen verdrehten sich. Schliesslich sackte er zusammen. Der Henker nahm seine Hände weg und verschwand aus dem Bild. Aus dem Mund des ehemaligen Bundesrats tröpfelte Geifer und Blut. Für Alex und Joël war es ein bizarrer Anblick, kannten sie Derungs doch nur als Staatsmann, der als unnahbar und arrogant galt, und den Jonas Haberer nur «Oberarschloch» nannte. Plötzlich begann Derungs zu husten und zu japsen. Der Henker kam zurück ins Bild. Wieder legte er seine Hände um Kilian Derungs' Hals. Derungs jammerte. Dann trat Carmella ins Bild und legte Derungs ein Tablet hin. «Lies das, mein Süsser, dann wird alles gut und wir bringen dich nach Hause.»

Sie stöckelte davon und kam wenige Sekunden später mit einem Glas Wasser zurück, das sie Derungs reichte. Sie streichelte über seinen Kopf. Derungs ergriff das Glas und trank gierig. Der Henker drückte wieder etwas fester zu, und Derungs begann sofort zu lesen, was auf dem Tablet stand: «Ich bin Kilian Derungs, alt Bundesrat. Ich habe die Schweiz ...» Er hielt inne. Dann begann er zu zappeln. «Das könnt ihr nicht machen!», brüllte er. Doch er verstummte schnell wieder, der Henker drückte fester zu, dann lockerte er den Griff wieder und liess Derungs atmen. «Ich habe die Schweiz verraten», las Derungs weiter. «Die von mir gegründete Gruppe ‹Free World› sollte der Schweiz zu internationalem Ruhm verhelfen, mit mir als führendem Politiker. Ich träumte davon, zu Geld, Macht und Ehre zu kommen. Nun bin ich über meine Machtgelüste …» Derungs stockte, doch der Henker drückte wieder zu. «Nun bin ich über meine Machtgelüste gestolpert. Die Souveränität und Eigenständigkeit unseres Landes ist Vergangenheit. Wir sind von einer fremden Macht, die ich selbst nicht kenne, besetzt.» Derungs keuchte heftig.

«Es reicht!», hörte man eine Stimme sagen. Es war Carmellas Stimme.

Wladimir stoppte den Clip und fragte: «Wollt ihr den Rest sehen?»

«Ja», sagte Alex. «Ihr habt ihn umgebracht?»

«Pass auf!»

Der Film lief weiter. Joël hielt seine Handykamera immer noch auf den Bildschirm. Derungs krächzte. Der Henker würgte ihn immer heftiger. Derungs verstummte, zappelte. Kam wieder zu Luft. Schrie um Hilfe. Erstickte. Derungs' Todeskampf wurde regelrecht inszeniert. Irgendwann zuckte der ehemalige Bundesrat nicht mehr. Seine Augen standen weit offen. Ebenso sein Mund. Seine Zunge fiel heraus.

REDAKTION AKTUELL, WANKDORF, BERN

Im Newsroom von Peter Renner war um 07.30 Uhr bereits die Hölle los. Dass sich der Nachrichtenchef in Ruhe auf den Tag vorbereiten konnte, so wie er es liebte, und deshalb fast immer der Erste im Büro war, nein, das lag heute nicht drin. Bereits kurz nach sieben Uhr hatte Jonas Haberer vom Auto aus angerufen, was höchst ungewöhnlich war. Er war bestens gelaunt und wollte unbedingt etwas mit ihm besprechen. Erst müsse er aber noch etwas anderes, noch Dringenderes, erledigen. Spätestens um neun Uhr sei er im Büro. Danach hatte sich Kirsten Warren gemeldet, die ebenfalls etwas Wichtiges mit ihm zu besprechen hatte, aber nicht telefonisch. Sie hatte sich auf elf Uhr angemeldet. Danach war Henry Tussot in den Newsroom gestürmt und hatte sich nach Alex und Joël erkundigt. Renner hatte ihm geantwortet, dass die beiden wohl noch in Zürich seien, er selbst habe auch nichts mehr von ihnen gehört. Und schon klingelte das Telefon erneut. Renner nahm ab und war freudig überrascht: Es war Kommissär Kaltbrunner, der mit ihm reden wollte. Nach dem Austausch einiger Nettigkeiten erkundigte sich Olivier Kaltbrunner nach Sandra Bosones Gesundheitszustand.

«Oh ja, ich denke, es geht ihr immer besser. Unser Chef war gestern bei ihr.»

«Prima. Das freut mich zu hören. Ich hoffe immer noch, dass sie sich bald an irgendetwas erinnert, damit wir die Täter endlich fassen können.»

«Haben Sie sie deshalb neulich besucht?»

«Ja, auch. Aber ich wollte wirklich wissen, wie es ihr geht. Ich war mit meiner Familie da. Es war ein rein privater Besuch.»

«Ist das üblich?»

«Nein, aber in diesem Fall ist ja eigentlich gar nichts üblich. Terroranschläge sind in der Schweiz glücklicherweise sehr unüblich.»

«Ja, zum Glück. Wie kommen Sie mit Ihrem Fall oder besser gesagt, mit Ihren Fällen voran?»

«Ordentlich, ganz ordentlich. Braucht halt Zeit.»

Peter Renner ärgerte es, dass Olivier Kaltbrunner nicht zur Sache kam. War das seine Verhörtaktik? «Was kann ich für Sie tun?», fragte Renner schliesslich.

«Nun, da ist eine Sache, in der ich Sie als Berner ansprechen möchte.»

«Oha. Ich glaube, ich bin nicht der typische Berner. Nur weil ich dick bin, bin ich nicht gemütlich.»

«Das meine ich nicht», sagt Kaltbrunner fast ein bisschen entschuldigend. «Ich dachte mehr an ihre ruhige Art.»

«Ach so.»

«Es geht um Namen und was ihr Berner daraus macht. Ich habe hier einen Kunden, einen etwas speziellen Kunden, um es mal vorsichtig auszudrücken, der redet die ganze Zeit von einem Tinu. Tinu steht doch für Martin, soviel ich weiss, aber das macht einfach keinen Sinn. Für welchen Namen kann Tinu noch stehen?»

«Was für eine Frage! Haben Sie einen Berner verhaftet?»

«Ja. Er hat allerdings auch nichts von der sprichwörtlichen Berner Gemütlichkeit.»

Renner schmunzelte. Er wunderte sich immer mehr über Kaltbrunner: «Warum fragen Sie nicht Ihre Kollegen bei der Kantonspolizei Bern?»

«Das habe ich selbstverständlich bereits getan», antwortete Kaltbrunner mit einem süffisanten Unterton, so, dass für Renner klar war, dass er log.

«Eigentlich müssten Sie mit meinem Chef, mit Herrn Haberer, sprechen. Er ist der Spezialist im Verhunzen von Namen. Aber ehrlich gesagt, bei uns Bernern gibt es die witzigsten Namensveränderungen, die haben letztlich nichts mehr mit dem richtigen Namen zu tun.»

«So, so, hmm, hmm», machte Kaltbrunner.

Renner schaute auf die Uhr. 07.46 Uhr. Er hatte keine Zeit mehr, er musste Themen suchen, Alex und Joël anrufen, eine neue Zeitung kreieren. «Sorry, dass ich Ihnen nicht weiterhelfen kann.»

«Oh, das macht gar nichts», antwortete Kaltbrunner seelenruhig. «Könnte Tinu auch eine Abkürzung für Konstantin sein? Ich habe da ein wenig gegoogelt und tatsächlich diese Kombination gefunden, aber das ist natürlich keine besonders fundierte Ermittlung, wenn Sie wissen, was ich meine.»

«Tinu für Konstantin? Habe ich zwar noch nie gehört, aber möglich wäre das schon. Als Berner heisst man ja auch nicht unbedingt Konstantin. Wie gesagt, bei uns ist fast alles möglich. Und wenn man dann noch ein bisschen angeschlagen ist, so wie

Ihr Klient, na ja ...»

«So, so, hmm, hmm», machte Olivier Kaltbrunner wieder.

«Moment mal ...» In Renners Hirn zuckte es. Hiess nicht ein Typ, der irgendwelche Leichen mit seinem Handy fotografiert hatte Konstantin? Henry hatte ihm und Haberer so etwas erzählt. Nach einem Besuch bei Sandra. «Dieser Konstantin, wer ist das?»

«So, so ...»

«Was heisst das? Mein Fotograf hat kürzlich etwas erzählt. Konstantin Schwarz? Der Ehemann von Sandras Physio, nicht wahr? Langsam kapiere ich. Was wird das, Herr Kaltbrunner?»

«Nicht so eilig, mein lieber Freund. Schön der Reihe nach.»

Renner war ein geduldiger Mensch, aber dieser Polizist regte ihn immer mehr auf. Vielleicht deshalb, weil er ein ebenso grosses Schlitzohr wie er selber war, wenn es darum ging, den Leuten die Würmer aus der Nase zu ziehen. Interview oder Verhör, letztlich kam das aufs Gleiche heraus.

«Also, Herr Kaltbrunner, über diesen Konstantin erzählen Sie mir wohl nicht mehr?»

«Nein. Das kann ich wirklich nicht.»

«Darf ich Sie dafür etwas anderes fragen?»

«Aber natürlich.»

Renner war sich sicher, gleich eine schöne Exklusiv-Story zu bekommen. Schliesslich wäscht eine Hand die andere. «Dieser Berner, den Sie da haben, was soll er denn gemacht haben?»

«Er hat irgendetwas mit dem Attentat an der Basler Fasnacht zu tun.»

«Kann ich das schreiben?»

«Was wollen Sie denn da schreiben?»

«Dass Sie einen Verdächtigen haben.»

«Ja, das können Sie schreiben. Aber auch, dass wir nichts dazu sagen.»

«Abgemacht. Wie alt ist er?»

«Ich kann keine weiteren Angaben machen. Einfach nur, dass wir einen Verdächtigen haben. Damit werden Sie genug Wirbel verursachen, Herr Renner.»

«Dass er aus Bern kommt, kann ich das verwenden?»
«Nein.»
«Na gut. Sie halten uns auf dem Laufenden?»
Olivier Kaltbrunner ging nicht darauf ein, schwieg einen Moment und sagte dann: «Wie werden Sie eigentlich genannt?»
«Pesche.»
«Ach so. Und wie würde man mich in Bern nennen?»
«Oli.»
«Wie langweilig.»

IN EINEM UNTERGESCHOSS

Alex und Joël hockten auf einem bequemen, ockerfarbenen Sofa. An der gegenüberliegenden Wand hing ein riesiger Fernseher. Rechts daneben stand eine grosse Espresso-Kaffeemaschine mit einer Auswahl von zehn Kaffeesorten. Daneben ein Coca-Cola-Kühlschrank mit Mineralwasser, Red Bull, Orangensaft, allen möglichen Süssgetränken und natürlich Coca-Cola, Cola-light und Cola-Zero. Links vom Fernseher befand sich eine kleine Theke, auf der allerlei Snacks lagen. Vor gut einer Stunde hatte eine hübsche junge Frau warme Croissants gebracht, Butter in einer Eisschale, verschiedene Sorten Konfitüre, Honig, mehrere Hart- und Weichkäse. Sie hatte die beiden Reporter gefragt, ob sie Lust auf ein Spiegelei, ein Rührei oder ein Dreiminutenei hätten. Alex und Joël hatten dankend abgelehnt.

Nachdem sie im Mercedes das Video von Kilian Derungs' Hinrichtung gesehen hatten, waren sie mindestens eine Stunde von Arthur herumgefahren worden. Weder er noch Wladimir sagten ein Wort. Mittlerweile war eine schwarze Scheibe hochgefahren worden, so dass Alex und Joël keinen Sichtkontakt nach vorne mehr hatten. Auch die Seitenscheiben und das Rückfenster waren verdunkelt. Da war den beiden bewusst geworden, dass sie sich in einer äusserst misslichen Lage befanden.

Als der Mercedes stoppte, die Türen aufgingen und sie von Wladimir und Arthur gebeten wurden, auszusteigen und ihnen zu folgen, war ihnen klar, dass sie entführt worden waren. Wladimir und Arthur führten sie durch einen langen Gang zu einem Appartement. Darin gab es zwei Schlafräume, die wie ein Luxushotelzimmer mit grossen Betten, Fernseher und Minibar ausgestattet waren. Daneben befanden sich die Toilette und die Dusche. Zudem gab es einen grossen Büroraum mit mehreren Computern, ein Fitnesszimmer mit Rudergerät, Radtrainer und Laufband und schliesslich den Aufenthaltsraum, in dem sie sassen. Arthur und Wladimir hatten ihnen gute Nacht gewünscht. Auf die Fragen der Reporter, was das Ganze werden solle, hatten die beiden nicht geantwortet. Als sie ihre Handys konsultierten, wurde ihnen bewusst, dass sie ganz tief im Schlamassel sassen: Sie hatten keinen Empfang. Verstärkt wurde dieses beklemmende Gefühl, als sie feststellten, dass die beiden Türen, die aus dem unterirdischen, fensterlosen Appartement führten, verschlossen waren. Darauf hatten sie Kaffee getrunken und ihre Lage diskutiert. Ohne zu einem vernünftigen Schluss zu kommen. Wer waren diese Leute, und was wollten sie von ihnen? «Wir sind wie Vollidioten in die Falle getappt», stellte Alex fest.

«Jepp», meinte Joël nur.

REDAKTION AKTUELL, WANKDORF, BERN

«Nehmt endlich mal dieses Scheisstelefon ab!», wetterte Renner vor sich hin und meinte damit seine beiden Reporter Alex und Joël. Doch es half alles nichts. Auch um 09.55 Uhr waren beide noch immer unerreichbar. Da er sowohl Alex und Joël als seriöse Journalisten kannte und sie für korrekt und diszipliniert hielt, bekam er ein mulmiges Gefühl. Er hatte gehofft, die beiden würden zur Mordthese an alt Bundesrat Kilian Derungs im Zürcher Milieu irgendetwas herausfinden.

Um 09.57 Uhr eilte Kirsten Warren in den Newsroom. «Sorry, Pete», legte sie keuchend los, «ich bin spät. Aber mir ist gestern etwas sehr, sehr Stranges passiert. Ich und Christopher waren am Gamen, als plötzlich …»

«Kirsten, mach mal halblang, hast du im Deep Web irgendetwas zu einem Mord an Kilian Derungs herausbekommen?»

«Ja. Sie haben ihn getötet. Und sie haben eine Nachricht an die Schweiz. Sie lautet: ‹Ihr Land ist besetzt.›»

«Was soll das heissen?»

«Die Nachricht geht an die Confoederatio Helvetica, um genau zu sein.»

«Erzähl das mal dem Haberer», knurrte Renner, hievte seinen massigen Körper aus dem luftgefederten Bürostuhl und stapfte Richtung Sitzungszimmer. Völlig unüblicherweise waren er und Kirsten die Letzten, die eintraten. Haberer und Verlegerin Emma Lemmovski schauten fragend zu Renner.

«Entschuldigt, es läuft alles gerade ein bisschen drunter und drüber.»

«Pescheli, es läuft immer alles drunter und drüber», murrte Haberer. «Deshalb sind wir ja Journalisten geworden. Also, was gibt's?»

«In Basel wurde ein Mann festgenommen, der verdächtigt wird, am Attentat auf die Fasnacht beteiligt gewesen zu sein. Das haben wir exklusiv. Zudem wissen wir jetzt, dass Kilian Derungs ermordet worden ist und die Schweiz von einer fremden Macht besetzt ist.»

Raunen im Raum. Danach Ruhe. Alle starrten zu Renner. Doch dieser rührte sich nicht, verzog keine Miene. Dann schlug Jonas Haberer mit beiden Fäusten auf die Tischplatte und rief: «Wusste ich's doch! Killer wurde gekillt, und wir haben Krieg. Geil, einfach nur geil!»

IN EINEM UNTERGESCHOSS

Um 10.16 Uhr öffnete sich die Türe und Wladimir trat ein. Hinter ihm erschien ein grosser Mann mit halblangen schwarzen Haaren. Er trug einen dunkelblauen Anzug, ein weisses Hemd und eine rote Krawatte. Er kam auf die beiden Reporter zu und reichte ihnen die Hand. «Guten Tag, ich bin Konstantin

Schwarz», stellte sich der Mann vor. Er sprach Ostschweizer Dialekt mit einem osteuropäischen oder russischen Einschlag, vermutete Alex. «Es freut mich, dass Sie unsere Gäste sind.»

«Da muss ein Missverständnis vorliegen», begann Alex, «wir sind nicht ganz freiwillig hier. Wir wurden ...»

«Sie haben alles, was Sie brauchen?», fragte Konstantin. «War das Frühstück in Ordnung?»

«Hören Sie, Herr Schwarz, wir ...»

«Lassen Sie mich die Sache erklären», unterbrach Konstantin Schwarz in perfektem Hochdeutsch. «Sie sind freiwillig bei uns, weil sie engagierte Journalisten sind und wir Ihnen etwas Exklusives zu bieten haben. Ihr Einsatz wird belohnt werden, das verspreche ich Ihnen.» Er machte eine kurze Pause. «Sie haben sich an der Kaffeemaschine bedient, wie ich sehe? Wladi», er wandte sich Wladimir zu, «bring mir doch bitte einen Espresso ohne Koffein, danke.» Er liess sich langsam in den Sessel, der zur Sofalandschaft gehörte, gleiten und erklärte: «Sie, Herr Gaster, und Sie, Herr Thommen, sind nun die einzigen embedded journalists, wie man heute sagt. Weltexklusiv.»

«Aha», sagte Joël und roch Konstantins dezentes, herbes und angenehmes Aftershave. Vielleicht war er ja kein übler Kerl, sagte sich Joël und fragte: «Was heisst das? In was sind wir eingebettet?»

«In diesen Krieg. Die Bezeichnung Embedded Journalist stammt aus dem Irakkrieg 2003, als die Amerikaner mehrere Reporter einer militärischen Kampfeinheit zugeteilt hatten, damit diese mehr oder weniger geschützt über den Krieg berichten konnten.»

«Wir befinden uns aber nicht im Krieg», sagte Alex. «Wir wollten lediglich ...»

«Wir befinden uns sehr wohl im Krieg. Das weiss Ihre Redaktion bereits. Ich gehe davon aus, dass das auch die Schweiz in wenigen Minuten erfahren wird. Oder hat sie es schon erfahren, Wladi?» Schwarz blickte zu seinem Gehilfen.

«Nein», antwortete dieser. «Bis vor kurzem war noch nichts auf ‹Aktuell›-Online aufgeschaltet.»

«Ach, die waren auch schon schneller», meinte Konstantin Schwarz und lächelte. «Was soll's. Jedenfalls ist es so, dass Sie, Herr Gaster und Herr Thommen, nun exklusiv die Möglichkeit haben, von der Front zu berichten. Darüber wie wir die Schweiz, die einst stolze Confoederatio Helvetica, in die Knie zwingen werden. Die Schweiz ist von uns besetzt. Die viel gerühmte Demokratie, in der das Volk das letzte Wort hat, ist am Ende. Demokratie ist eine völlig veraltete Form für ein Staatsgebilde. Von nun an wird das Volk nur noch das machen, was wir von ihm verlangen. Ansonsten droht ihm die Vernichtung. Wir schrecken vor nichts zurück. Das haben Sie sicherlich bei den vergangenen Aktionen, die wir durchgeführt haben, bereits bemerkt.»

«Der Anschlag auf die Basler Fasnacht, der stillgelegte Zug, die Attacke auf das Uni-Spital und die Kontenplünderung einer Bank – das waren alles Sie?»

«Ja, natürlich. Ihre Kollegin Kirsten Warren wusste jederzeit Bescheid.»

«Und alt Bundesrat Kilian Derungs?»

«Derungs war lange Zeit eine treibende Kraft. Er wollte die Schweiz unbedingt als offizieller Mitgliedstaat der G20 etablieren, ja, das Land zur G8 führen, um zu den wichtigsten Nationen der Welt zu gehören. Er kam uns sehr gelegen. Wir haben ihn benutzt. Na ja, zuerst haben wir ihm natürlich einiges versprochen. Macht. Und Ehre. Sex natürlich. Danach lockten wir ihn mit Geld. Der alte Lüstling war leicht zu kaufen. Eine Million Euro reichten ihm bereits», Schwarz lächelte breit. «Für eine einzige Million haben wir ihn gekauft. Stellen Sie sich das vor. Ein Bundesrat kostet eine Million Euro. Wie billig! Wie schäbig! Nun gut, er hat uns jedenfalls sehr geholfen. Wir erhielten Einblick und Einfluss auf das gesamte Polit- und Wirtschaftssystem dieses Landes, auf die Nationalbank und so weiter. Aber all das reicht nicht, um die Schweiz endgültig abzuschaffen und in der Europäischen Union aufgehen zu lassen. Also haben wir einen Cyberwar begonnen. Derungs als ehemaliger Militärminister war begeistert von der neuen Art der Kriegsführung. Er schwafelte immer davon, dass die Schweiz ja bereits mit der NATO in Sachen Cyberwar zusammenarbeite. Würden wir weitermachen, schliesse sich die Schweiz bald der NATO ganz an. Erst als wir das Bankensystem geknackt hatten, ohweia, da wurde er grantig. Das hatte er für sein gelobtes Land nicht vorgesehen. Tja, da haben wir ihn leider entsorgen müssen.»

«Entsorgen», sinnierte Alex.

«Ja, entsorgen!» Konstantin Schwarz schnellte aus seiner bequemen Sitzposition auf. «Genau, entsorgen, Sie haben richtig gehört, Herr Gaster! Wir befinden uns schliesslich in einem Krieg, aber Sie als wohlbehüteter Scheissschweizer können sich natürlich nicht vorstellen, was Krieg bedeutet, weil Sie und ihre Eltern und ihre Grosseltern nie Krieg erlebt haben!» Konstantin Schwarz redete sich in Rage und verlor seine Manieren. «Ihre verdammte Schweiz prahlt in der Weltöffentlichkeit ja gerne damit, das einzige Land zu sein, das sich immer ehrenhaft aus allen Konflikten herausgehalten hat. Dass ich nicht lache! Ihre Schweiz, Ihr Geld, Ihr Wohlstand, alles nur auf Kosten anderer. Auf Kosten von Millionen von Menschen wie mir, die in all den Kriegen, die die Schweiz direkt oder indirekt finanziert hatte, verloren haben. Kriege, von denen die Schweiz immer nur profitierte! Aber damit ist jetzt Schluss. Wir setzen diesem Schmarotzertum ein Ende! Ihnen soll es nicht besser gehen als allen anderen auf dieser Welt! Sie sollen büssen für Ihre vergangenen und gegenwärtigen Schandtaten!» Konstantin schnappte sich die Espressotasse, die ihm Wladimir seit einigen Sekunden hinstreckte, trank sie mit einem Schluck aus, gab das Tässchen zurück und setzte sich. «Also, alles im grünen Bereich. Es wird Ihnen nichts passieren.»

«Nichts passieren, wie meinen Sie das?», fragte Alex.

«Ihnen wird nichts passieren, wenn Sie tun, was wir Ihnen sagen.»

«Wer sind Sie, wer steht hinter Ihnen?»

«Im Idealfall werden Sie das nie erfahren. Im für Sie dümmeren Fall, werden Sie es vielleicht erfahren, aber nichts damit anfangen können, weil sie kurz darauf tot sein werden. Aber lassen wir diese Diskussion. Sie werden jetzt viel Arbeit bekommen. Als Erstes werden Sie sich bei Ihrer Redaktion melden und erklären, dass Sie embedded journalists sind, die exklusiv über diesen Krieg berichten können.»

«Wir werden wohl zensuriert, nehme ich an.»

«Sie nehmen richtig an, Herr Gaster. Es herrscht Krieg. Schon vergessen?»

REDAKTION AKTUELL, WANKDORF, BERN

Um 11.23 Uhr ging bei Kirsten Warren ein Mail in ihrem Darknet-Account ein. Sie stammte von Alex. Er schrieb, dass er mit Joël im «Hauptquartier der im Krieg befindlichen Organisation ‹Free World›» angekommen sei und die Möglichkeit habe, exklusiv von dieser Seite zu berichten. Der Gruppe gehe es darum, der Schweiz klar zu machen, dass die Rosinenpickerei der vergangenen Jahrzehnte vorbei und es an der Zeit sei, sich als Kleinstaat im Herzen Europas in die Weltengemeinschaft einzufügen und deren Lasten und Pflichten mitzutragen. Als erste Massnahme solle die Schweizer Regierung unverzüglich Beitrittsverhandlungen mit der Europäischen Union aufnehmen und auf sämtliche Forderungen der Union eingehen. Das Finanzwesen müsse sofort an die internationalen Standards angepasst werden, Steuervorzüge für «Unternehmen, Reiche und Schurken» – das schrieb Alex wörtlich – seien innert dreier Monate abzuschaffen, allenfalls mit Notrecht. Die Schweizer Armee solle sich einem grösseren Verband anschliessen, am besten der NATO, mit der sie ja schon eng zusammenarbeite, um dort ihr «Know-how als Gebirgsstaat mit entsprechender Kampfausbildung» einzubringen. Gerade bei kriegerischen Auseinandersetzungen im Gebirge könne die Schweiz wertvolle Dienste leisten. Die Bevölkerung der Schweiz werde aufgerufen, diese Forderungen umzusetzen und damit einen Beitrag zum Weltfrieden zu leisten. «Free World» werde dieses Land endlich von den Fesseln einer «Scheindemokratie unter dem Joch der kriminellen Hochfinanz» befreien.

Kirsten Warren las das Mail dreimal durch. Sie konnte sich beim besten Willen nicht vorstellen, dass Alex diesen Text verfasst hatte. Das war definitiv nicht sein Stil. Für Kirsten war klar: Alex wurde gefangengehalten und war gezwungen worden, diesen Text zu verfassen.

Erst jetzt sah Kirsten, dass mehrere Attachments an das Mail angehängt waren. Es waren Bilder. Auf den Fotos war eine schön eingerichtete Wohnung zu sehen, auf einem Pic sass Alex an einem PC, auf einem anderen sah man Joël, wie er Bilder bearbeitete. «Jesus!» und «Oh, my god!» murmelte Kirsten immer wieder. Der letzte Anhang war ein Video. Kirsten lud es wie die Bilder auf die Festplatte und öffnete es. Es erschien eine Dame in einem weissen Bodystocking. Sie lächelte in die Kamera. Wenig später erschien Kilian Derungs.

Kirsten lief es kalt den Rücken hinunter.

WAAGHOF, KRIMINALKOMMISSARIAT, BASEL

Punkt 12 Uhr betraten Olivier Kaltbrunner, Giorgio Tamine und Staatsanwalt Hansruedi Fässler den Befragungsraum. Kaltbrunner begrüsste Pierre Boller wie einen alten Freund. Dieser murrte, er habe Hunger und brauche jetzt unbedingt hundert Franken. Die alte Leier. Olivier Kaltbrunner ging nicht darauf ein, sondern stellte Pierre Boller dem Staatsanwalt und seinem Teamkollegen vor.

«Ich habe gute Nachrichten für Sie», begann der Kommissär, nachdem er und Giorgio Tamine sich zu Pierre Boller gesetzt hatten. Der Staatsanwalt lehnte sich an eine Wand. «Ich habe Ihr Pfäffli gefunden.»

«Das ist gut», sagte Boller leise und starrte auf die Tischplatte. «Gibt er mir nun hundert Stutz?»

«Ja, er wird Ihnen sicher helfen.» Nun kam für Kaltbrunner der springende Punkt. Wie würde Pierre Boller auf den Namen

Konstantin Schwarz reagieren? Für Kaltbrunner war längst klar, dass er einen Lucky Punch erzielt hatte, dass Pierre Bollers Pfäffli Tinu und sein ominöser Diamantenhändler Konstantin Schwarz ein und dieselbe Person war und dass dieser Konstantin Schwarz einer der Hintermänner der Fasnachtsattentate war.

Kaltbrunner schaute kurz zu seinem Kollegen Tamine und zu Staatsanwalt Fässler. Beide wirkten sehr angespannt. «Also, Herr Boller, Ihr Pfäffli heisst Tinu, oder?»

«Ja, ja, Tinu.» Pierre schaute immer noch auf die Tischplatte.

«Tinu?», wiederholte Kaltbrunner.

«Ja ...»

«Können Sie mich anschauen, Herr Boller?»

Pierre hob den Kopf. Kaltbrunner blickte in ein fahles Gesicht mit grossen, leeren Augen. Er wusste sofort: Das hat keinen Sinn. Innerlich fluchte er. Am liebsten hätte er Pierre Boller geohrfeigt. Aber er blieb ganz ruhig. «Sie haben Hunger, sagen Sie?»

«Ja. Geben Sie mir bitte hundert ...»

«Nein. Aber etwas zu essen. Pizza?»

«Ja ...» Pierre starrte wieder auf die Tischplatte.

«Giorgio, wir bestellen Pizza. Für alle. Dann machen wir weiter.»

Die drei verliessen den Befragungsraum. Tamine fragte, was für Pizzen Fässler und Kaltbrunner wünschten, bekam aber keine Antwort und verschwand im Büro. Dann packte Hansruedi Fässler Kaltbrunner am Arm und sagte: «Sie glauben doch nicht, dass dieser psychisch Kranke da drin auch nur ansatzweise eine verwertbare Aussage machen wird? Vergessen Sie es, Kaltbrunner! Das ist ein völlig abgesiffter Junkie, der gehört in die Psychiatrie, nicht zu uns.»

«Abwarten», sagte Kaltbrunner. «Um 13 Uhr machen wir weiter.»

REDAKTION AKTUELL, WANKDORF, BERN

«Ich bleibe dabei: Wir werden diese Story nicht bringen!» Emma Lemmovski stöckelte in ihrem Büro auf und ab. Am kleinen, weissen Sitzungstisch sassen Jonas Haberer, Peter Renner, Kirsten Warren und Henry Tussot. Das heisst, Peter, Kirsten und Henry sassen normal am Tisch, Jonas fläzte sich in seinem Stuhl und hatte wieder einmal seine Füsse auf den Tisch gelegt.

«Ich bleibe auch dabei, Emma», sagte Jonas Haberer betont gelangweilt. «Ich bin der Chefredaktor, Sie sind die Verlegerin. Also bestimme ich, was in unserer Zeitung geschrieben wird und nicht Sie. Ansonsten müssen Sie mich rausschmeissen und irgendeinen Hanswurst installieren, der macht, was Sie wünschen.»

«Jonas!», sagte Emma resolut, drehte sich um und liess ihre langen Haare fliegen. «Es geht hier nicht um irgendeine Geschichte. Es geht um die Sicherheit unseres Landes.»

«Pfff», machte Haberer und klopfte seine Boots zusammen.

«Wir werden sowohl in der Online- wie auch in der Printausgabe lediglich die Story über die Verhaftung des Fasnachtsattentäters bringen. Alles andere werden wir mit der Polizei oder den dafür zuständigen Bundesbehörden absprechen. Und nehmen Sie endlich Ihre Füsse vom Tisch!»

«Toll, toll, toll», murrte Haberer abschätzig. «Dann machen wir uns zum verlängerten Arm der Behörden. Toll, toll, toll!» Widerwillig hievte er seine Boots vom Tisch.

«Umgekehrt würden wir uns zum verlängerten Arm der Terroristen machen», meinte Emma Lemmovski und wandte sich Peter Renner zu: «Alles klar? Kann ich mit Ihrer Unterstützung rechnen?»

«Ja», sagte Renner leise.

«Frau Warren, was ist mit Ihnen?»

«Ja, that's okay.»

«Henry?»

«Mais … ich werde Alex und Joël finden, wir werden die Story raushauen, das verspreche ich Ihnen.»

«Danke, Henry. Und was ist mit Ihnen, Jonas?»

«Wird das eine Kündigungsandrohung?»

«Nein. Ich will, dass Sie einsehen, dass es sich bei dieser Story um einen sehr speziellen Fall handelt. Und ja, Sie haben Recht, wir befinden uns tatsächlich in einem Krieg. Und zum letzten Mal: Wenn Sie noch einmal Ihre dreckigen Stiefel auf meinen Tisch legen, schmeisse ich Sie tatsächlich raus, haben Sie das kapiert, Haberer?»

Jetzt fuhr Haberer plötzlich von seinem Stuhl hoch, wischte den Dreck vom Tisch und sagte: «Oha, liebe Emma, so zickig? Also gut, ich bin einverstanden. Aber wir werden nur heute schweigen. Ab morgen machen wir diese Scheisskerle fertig, ganz egal, was noch alles passiert.»

Emma reichte Jonas Haberer die Hand. Dieser murrte etwas Unverständliches und stampfte davon. Klack – klack – klack.

WAAGHOF, KRIMINALKOMMISSARIAT, BASEL

Punkt 13 Uhr ging die Befragung von Pierre Boller weiter. «Wie war die Pizza?», fragte Kaltbrunner als Erstes.

«Gut. Sie war wirklich gut.»

Der Kommissär stellte erfreut fest, dass es Pierre Boller offensichtlich besser ging. «Also, Herr Boller, wir haben, wie bereits gesagt, ihren Pfarrer gefunden. Er heisst Tinu, oder?»

«Ja, Tinu.»

«Wie Ihr Hund, den er vergiftet hat, oder?»

«Ja. Santino. Und meine Frau hat er auch verg …»

«Ich weiss, ich weiss», unterbrach Kaltbrunner. «Er hat Ihre Frau auch vergiftet. Sie haben mir ja schon erzählt, dass Ihr Pfarrer Tinu, also …» Kaltbrunner machte eine Kunstpause und blickte Pierre Boller intensiv in die Augen. Sie wirkten weniger leer als vor dem Mittagessen. Der Kommissär schöpfte Hoffnung. «Ihr Pfarrer Tinu, also Herr Konstantin Schwarz, wie er eigentlich heisst …»

Pierre Boller reagierte nicht. Olivier Kaltbrunner nahm seine goldene Brille von der Nase, beugte sich leicht vor und starrte Boller nun regelrecht an. Sein ganzer Körper war angespannt.

«Und?», fragte Pierre Boller. «Was ist mit Konstantin?»

«Konstantin Schwarz heisst er also richtig?»

«Ja. Also, ich weiss nicht. Schwarz? Kann sein. Aber Konstantin auf alle Fälle. Ich sage ihm halt nur Tinu.»

«Weil Sie Berner sind und alle Namen abkürzen und verändern und verdrehen, oder?»

«Ja, ja, er heisst Tinu, also Konstantin.»

«Sehr gut, Pierre, sehr, sehr gut», sagte Kaltbrunner, entspannte sich und setzte die Brille wieder auf.

«Kommt er? Hilft er mir?»

«Ja, Herr Boller, er wird schon bald hier sein.»

«Das ist gut.»

«Ja, das ist gut.»

VERWALTUNGSGEBÄUDE DES VBS, PAPIERMÜHLESTRASSE, BERN

Jonas Haberer steuerte seinen rabenschwarzen Toyota Land Cruiser V8 direkt auf den Wachposten des Verwaltungsgebäudes des Departements für Verteidigung, Bevölkerungsschutz und Sport VBS zu. Neben Haberer sass Emma Lemmovski. Es war ihr fürchterlich peinlich, in diesem Auto zu sitzen. Sie kam sich vor wie die blonde, dumme Tussi eines widerlichen Zuhälters. Dass Haberer eine übergrosse Sonnenbrille trug, machte die Sache noch unangenehmer.

«Wir sind angemeldet», schnauzte Haberer den jungen Wachmann an. «Haberer von der Zeitung ‹Aktuell› höchstpersönlich mit Verlegerin Lemmovski.»

«Moment bitte.»

«Nix da. Öffnen Sie gefälligst diese verdammte Barriere, wir sind in Eile, da es um die nationale Sicherheit geht.»

Der Wachmann schaute verdutzt und war erleichtert, als ein anderer zu ihm heranspurtete und ihm deutete, die Barriere zu öffnen.

Haberer grinste breit und sagte zu Emma Lemmovski: «Ist mittlerweile ein Kindergarten, diese Armee.»

Nach etlichen Sicherheitsprüfungen, die Haberer mürrisch über sich ergehen liess, wurden sie in ein kahles und düsteres Büro geführt. Haberer setzte sich sofort auf einen der Holzstühle, verschränkte die Hände und sagte: «Der alte Haberer im Pentagon. Dass ich das noch erleben darf!» Er betrachtete Emma Lemmovski, die unschlüssig schien, wo sie sich hinsetzen sollte. Sie wischte schliesslich mit der Handfläche einen Stuhl ab, setzte sich mit geschlossenen Beinen leicht schräg hin und zog ihren kurzen, roten Rock bis zu den Knien hinunter. Haberer nahm die Sonnenbrille ab und meinte: «Sie werden den Generälen ganz schön den Kopf verdrehen.»

Dann ging die Türe auf und zwei uniformierte Herren traten ein. Der eine stellte sich als Korpskommandant Schneider, der andere als Korpskommandant Ribaux vor. Ihnen folgten zwei weitere Herren, die Strassenanzüge trugen. Sie hiessen André Jules Hambach und Gregor Spälti. Hambach war der Generalsekretär des Verteidigungsministeriums und gehörte damit zum engsten Führungsstab des Bundesrats. Spälti war von der Bundeskriminalpolizei.

«Frau Lemmovski, Herr Haberer», begann Korpskommandant Schneider. «Vielen Dank, dass Sie sich gemeldet haben und kurzfristig hierherkommen konnten. Ich vertrete hier die Armee, mein Kollege Ribaux das Heer. Leider konnten wir so schnell niemanden von der Luftwaffe beiziehen, aber auch diese Abteilung ist bereits in höchster Alarmbereitschaft. Herr Hambach ist quasi unser Verbindungsmann zur Regierung, Herr Spälti koordiniert die diversen Abteilungen, die departementsübergreifend die Experten der Gruppe ‹Bekämpfung Cyber Crime› stellen.» Korpskommandant Schneider hüstelte, sein Offizierskollege streckte ihm ein Ricola-Schächtelchen hin, aus dem Schneider eine Pastille klaubte. «Ich bekomme diese blöde Erkältung einfach nicht mehr weg», sagte er leise zu Ribaux.

«Möchte noch jemand ein Ricola?», fragte Ribaux die Runde mit seinem französischen Akzent. Alle schüttelten den Kopf.

«Also, ich muss Ihnen natürlich noch sagen, dass alles, was wir hier besprechen werden, unter höchster Geheimhaltung steht. Das dürfte Ihnen als Journalisten vielleicht etwas schwer fallen. Aber Sie wissen ja selbst, dass die nationale Sicherheit auf dem Spiel steht.»

Emma warf Haberer einen flüchtigen Blick zu. Er lächelte sie an um zu zeigen, dass er ganz friedlich sei und sie keinen Gefühlsausbruch seinerseits befürchten musste. Er räkelte sich stattdessen in seinem Stuhl und schlug die Hacken zusammen. Die Herren zuckten kurz. Haberer lächelte noch breiter.

WAAGHOF, KRIMINALKOMMISSARIAT, BASEL

Für Olivier Kaltbrunner war es Zeit, seinen Chef Hansruedi Fässler und sein Team aufzuklären. Er fing mit den Worten an: «Es ist an der Zeit, unseren Fucking-Bullshit-Ordner zu öffnen und Konstantin Schwarz herauszunehmen.»

«Fucking was?», wollte Staatsanwalt Fässler wissen.

«Sorry, das ist unsere Bezeichnung für Fälle, an denen wir uns bisher vergeblich die Zähne ausgebissen haben.»

«Aha. Dass mir dieser Begriff bloss nie in den Medien erscheint.»

«Konstantin Schwarz gilt ab sofort als Hauptverdächtiger im Fall des Fasnachtsanschlags. Vermutlich gehört er einer grösseren Organisation an, von der wir so gut wie nichts wissen, an der unsere Freunde in der Bundespolizei und der Bundesanwaltschaft und unsere Fachkräfte aus Deutschland, England und Amerika aber dran sind. Ich verlange, dass dieser Name vorerst unter uns bleibt. Wir können nicht viel anderes machen, als die Fälle, also die Fasnachtsattentate und die Attacke auf das Kantonsspital, nochmals zu untersuchen. Ausserdem werden wir den Raubüberfall und den Mord auf diesen Bijoutier in der Steinenvorstadt aufrollen. Dort ist es wichtig, dass wir die Spur dieses Konstantin

Schwarz nochmals genau aufnehmen und den illegalen Diamantenhandel noch einmal ganz genau durchleuchten. Was den Hauptverdächtigen betrifft, Konstantin Schwarz: Leider sind uns da die Hände gebunden, da er sich nicht in unserem Ermittlungsgebiet aufhält, oder nur sehr selten. Hier werden wir versuchen, mit unserem Inhaftierten, Pierre Boller, etwas einzufädeln beziehungsweise einen Kontakt herzustellen. Gleich viel oder fast noch mehr erhoffe ich mir aber von einem zweiten Gleis, auf dem wir fahren: Konstantins Frau Susa arbeitet als Physiotherapeutin im Appenzellerland und hat sich mit der bei der Fasnacht schwer verletzten Reporterin Sandra Bosone angefreundet.»

Olivier Kaltbrunner bemerkte in den Gesichtern seiner Kolleginnen und Kollegen keine Reaktion, war sich aber sicher, dass alle leer schluckten. Da niemand etwas sagte, fuhr er fort: «Ich erhoffe mir, dass diese Reporterin uns früher oder später wertvolle Informationen über Konstantin Schwarz geben kann. Dass diese Reporterin überhaupt in dieser Klinik ist, verdanken wir einem glücklichen Zufall und einem kleinen Schubs meinerseits, in der Hoffnung, allenfalls den alten Mordfall am Bijoutier doch noch aufzuklären. Reporter haben ja die Angewohnheit, ihre Nasen in alles hineinzustecken, was sie nichts angeht. Wir kennen das ja. Ich dachte mir, wir könnten uns das zunutze machen, zudem ist diese Klinik auf die Rehablit …» Kaltbrunner merkte, dass er über dieses Wort stolperte und versuchte es ein zweites Mal: «Rebalita …»

«Rehabilitation», half ihm Fässler.

«Danke. Also die Klinik ist bekannt für einzigartige Erfolge bei hirnverletzten Patienten.» Schmunzeln. «Noch Fragen?»

«Ja, noch ganz viele Fragen, mein lieber Herr Kaltbrunner», meldete sich Hansruedi Fässler zu Wort. «Die Sache mit dieser Reporterin, die Sie in eine Klinik nach Speicher verfrachtet und auf Konstantin Schwarz angesetzt haben, wie war das ganz genau, und warum weiss ich nichts davon?»

«Können wir das später klären, Herr Fässler?»

«Oh, auf dieses Gespräch freue ich mich sehr!»

VERWALTUNGSGEBÄUDE DES VBS, PAPIERMÜHLESTRASSE, BERN

Haberer bekam doch noch einen Ausbruch: «Ihr hirnamputierten Hobby-Krieger», wetterte er beim Sicherheitscheck zum Verlassen des Gebäudes. «Würdet ihr euren Matsch da oben in den Köpfen benutzen, dann wüsstet ihr, dass ich ohne Kanone und ohne Handgranate und ohne Atombombe das Pentagon betreten habe und ich in der Zwischenzeit keinem der anwesenden Playmobil-Generäle ein Sackmesser geklaut habe! Also hört endlich auf, den alten Haberer mit euren schwulen Patschhändchen zu befingern!» Doch es half nichts. Er wurde höflich, aber bestimmt aufgefordert, die Prozedur über sich ergehen zu lassen. Emma Lemmovski stand längst draussen vor dem Wagen. Haberer verliess das Gebäude, blieb stehen und steckte sich eine Zigarette an.

«Jonas, kommen Sie endlich!», rief sie.

«Nein. Ich brauche jetzt eine Zigarette.»

«Seit wann rauchen Sie?»

«Seit immer. Ich bin ein trockener Raucher, verstehen Sie. Aber manchmal werde ich rückfällig. Wie die Zecke!»

«Was, die Zecke raucht auch?»

«Ist auch ein trockener Raucher. Nicht alle sind so perfekt wie Sie, liebes Emmeli.»

«Hören Sie auf!»

Haberer rauchte und schwieg. Er blickte nach oben. Dann warf er die Zigarette auf den Boden und setzte sich hinters Steuer seines Toyotas. Sofort rief er den Nachrichtenchef an und bellte: «Pescheli, schick sofort Henry zum Pentagon. Da fliegen Drohnen herum, demnächst werden hier wohl Panzer auffahren. Dito rund ums Bundeshaus.» Er unterbrach die Verbindung.

«Was soll das jetzt?», fragte Emma.

«Haben Sie die Drohnen nicht gehört?»

«Nein.»

«Sehen Sie, als Journalistin könnten sie vom Haberer noch viel lernen. Und nach dem, was wir da drin gehört haben, sollte Ihnen ja auch klar sein, was jetzt passiert.»

«Was denn?»

«Wir werden alle überwacht und abgehört. Aber darum werden wir uns nicht kümmern. Denn wir sind Teil dieses Kriegs.»

«Sie machen mir Angst.»

«Zu recht», grunzte Haberer nur.

IN EINEM UNTERGESCHOSS

«Herr Gaster, warum berichtet Ihre Zeitung nicht, was wir Ihnen diktiert haben?», wollte Konstantin Schwarz um 17.16 Uhr wissen.

«Eine Zeitung lässt sich nichts diktieren!»

«Ach so, auch wenn es ein exklusiver Bericht ist? In der Vergangenheit funktionierte das mit Ihnen eigentlich recht gut.»

«Die Leute auf der Redaktion haben längst begriffen, dass ich und Joël in Ihrer Gewalt sind.»

«Sie sind nicht in unserer Gewalt. Sie sind embedded journalists. Wie oft muss ich das noch sagen?»

«Wenn man in seiner Berichterstattung nicht mehr frei ist, nützt alles Eingebettetsein nichts. Dann ist man als Journalist nicht glaubwürdig.»

«Hören Sie auf mit diesem Gesäusel. Als würdet Ihr Journalisten euch darum kümmern. Euch geht es doch nur um Schlagzeilen. Schreiben Sie Haberer, er solle die Geschichte sofort raushauen.»

«Ich kann es versuchen. Aber lassen Sie mich so schreiben, wie ich es für richtig halte.»

Schwarz liess Alex gewähren. Der Reporter setzte sich an den PC und verfasste ein Mail an Jonas Haberer und Peter Renner. Er fragte, warum sein Bericht nicht veröffentlicht wurde. Wie geheissen, schickte er das Mail über das Deep Web an Kirsten Warren. Alex gähnte. Seit wie vielen Stunden hatte er eigentlich nicht mehr geschlafen? Er blickte zu Joël. Er hatte seinen Kopf neben die Tastatur seines Computers gelegt und schlummerte.

«Sie sollten auch schlafen», sagte Konstantin Schwarz. «Wir

werden Ihnen ein Abendessen servieren. Dann können Sie zu Bett gehen. Bis morgen früh wird nichts mehr passieren. Sie werden also nichts verpassen.»

«Wo sind wir hier eigentlich?», fragte Alex.

«Das spielt im Moment keine Rolle. Gute Nacht.» Damit verliess Konstantin das unterirdische Appartement.

Alex versuchte, wie schon die Stunden zuvor, sich ins Internet einzuloggen. Doch in Abwesenheit von Konstantin Schwarz war dies unmöglich. Alex ging in den Wohnbereich und schaltete den riesigen Flatscreen ein. Er zappte sich durch sämtliche Nachrichtensender. Von einem virtuellen Krieg gegen die Schweiz wurde nirgends berichtet. Alex gähnte immer häufiger.

Um 19.30 Uhr, zur Hauptausgabe der Tagesschau des Schweizers Fernsehens, war er wieder hellwach. Die Sprecherin wies in den Schlagzeilen auf die Festnahme eines möglichen Fasnachtsattentäters hin. In der Reportage wurde ausführlich ein Artikel von «Aktuell»-Online zitiert. Demnach solle in Basel ein Mann festgenommen worden sein, der verdächtigt werde, der behinderten Frau, die bei der Explosion während des Umzugs an der Basler Fasnacht getötet worden war, das Stofftier mit dem darin versteckten Sprengstoff untergeschoben zu haben. Ob der Mann die Bombe auch gezündet habe, sei unklar. In seiner Stellungnahme sagte Staatsanwalt Hansruedi Fässler in die Kamera: «Wir bestätigen, dass wir einen Mann festgenommen haben. Ob und wie er allerdings mit dem Anschlag an der Fasnacht in Verbindung steht, muss noch geklärt werden.» Wann mit weiteren Erkenntnissen zu rechnen sei, wollte die Journalistin des Schweizer Fernsehens wissen. Darauf meinte der Staatsanwalt: «Das ist völlig offen.»

«Wo hat die Zecke das wohl her?», fragte sich Alex.

«Warum Renner?», meinte Joël, der nun auch im Wohnzimmer aufgetaucht war. «Kann ja auch Flo Arber oder sonst ein Kollege gewesen sein.»

«Klingt nach Renner. Er ist doch mit diesem Kommissär in Basel irgendwie verbandelt.»

«Verbandelt?»

«Ach, das sind Renners kleine Geheimnisse.»
«Und warum bringt er unsere Story aus diesem Loch nicht?»
«Weil Renner gecheckt hat, dass wir gekidnappt worden sind und nicht objektiv berichten können. Oder so.»
«Verstehe ich nicht.»
«Ich auch nicht.»

VERWALTUNGSGEBÄUDE DES VBS, PAPIERMÜHLESTRASSE, BERN

Henry war seit mehreren Stunden in Bern unterwegs. Er war zuerst zum Bundeshaus gefahren und hatte den relativ gemächlichen Aufmarsch an Polizisten mit viel Material gefilmt und fotografiert. Allem Anschein nach sollte das polizeiliche Dispositiv so unauffällig wie möglich umgesetzt werden. Die Passanten, die Henry diskutieren hörte, gingen davon aus, dass ein ausländischer Staatsmann, eine Demonstration oder eine Sportveranstaltung Ursache für dieses Aufgebot sei. Der Springbrunnen mit dem beliebten Wasserspiel mitten auf dem Platz war abgestellt worden. Die Menschen, die sich an einem schönen und warmen Frühlings- oder Sommertag wie heute hier tummelten, wurden weggeschickt. Warum und wieso erfuhr niemand. Viele Leute tippten darauf, dass der FC Basel zu Gast bei den Berner Young Boys im Stade de Suisse sei, was fast regelmässig zu Krawallen führte.

Nicht nur auf «Aktuell»-Online wurde über den Polizeiaufmarsch berichtet, sondern auch auf anderen Newsportalen. Sämtliche Journalisten tappten im Dunkeln. Und die Behörden gaben keine Auskunft. So machte schnell der Verdacht auf eine Bombendrohung unter den anwesenden Fotografen und Reportern die Runde. Die Berner Polizei liess auch diese Möglichkeit offen.

Henry Tussot musste sich zusammenreissen, um nicht auszuplaudern, was er wusste. Als er es kaum mehr aushielt, gegenüber seinen Fotografenkollegen so zu tun, als wüsste er von nichts, verschob er sich an die Papiermühlestrasse vor das Verwaltungsgebäude des VBS. Hier traf er Kirsten Warren. Sie berichtete

ihm, was hier seit gut einer Stunde abging: «Mehrere Drohnen überwachen die Umgebung des Pentagons. Zudem sind in den umliegenden Gebäuden Scharfschützen positioniert. Ich habe vernommen, dass in dieser Nacht eine Panzereinheit von Thun hierher verlegt werden soll.»
«Wo hast du das gehört?»
«Nicht gehört, vernommen!»
«Ja, und wie?»
«Von meinen Informanten im Netz.»
«Was? Wird im Internet bereits darüber geplaudert, was die Schweizer Armee vorhat? Wir sind ja tolle Krieger!»
«Nein. Nicht im Internet. Im geheimen Netz.»
«Ach, davon verstehe ich nichts. Die sollen hier Rambazamba machen, damit ich etwas fotografieren kann.»
«We have to wait.»
«Hast du etwas von Alex vernommen?» Henry äffte «vernommen» in Kirstens Tonfall nach.
«Ya.»
«Und was?»
«Er fragt, warum wir seine Berichte nicht bringen.»
«Und was hast du geantwortet?»
«Nichts. Zu gefährlich im Moment. Wir dürfen Alex und Joël nicht gefährden.»
«Die können selber auf sich aufpassen. Ich hätte die Story längst rausgehauen. Haberer hat sich von der Lemmo beschwichtigen lassen. Das sind doch alles Angsthasen. Hätte ich von Haberer nicht gedacht. Aber der tickt wie all die anderen Hosen! Ist eben kein richtiger Kriegsreporter. Nur ein Dummschwätzer.»
«Ach, und du bist ein richtiger Kriegsreporter?»
«Jepp.»
«Du bist genau so ein Dummschwätzer.»
«Das glaubst du! Ich habe schon Sandra erklärt, dass ich in jeden Krieg ziehen würde als Fotoreporter. Aber seit Tagen hänge ich nur herum und warte auf Action.»
«Was hat das mit Sandra zu tun?»

«Ach, nichts, merde!»

«Was?»

«Nichts.»

«Was hast du mit Sandra?»

«Nichts, vergiss es. Sie hat da irgendwelche Bilder heruntergeladen von Leichen, die eindeutig aus einem Kriegsgebiet stammen. Aber das will sie mir nicht glauben. Doch Haberer ist wie ich auch dieser Meinung und …»

«Du hast Haberer davon erzählt? Von Leichenbildern auf Sandras Handy?»

«Nicht auf Sandras Handy. Auf dem Handy ihrer Physiotherapeutin. Und die hat die Bilder von ihrem Mann. Da stimmt doch etwas nicht, oder?»

«Sehr seltsam alles.»

«Sag ich ja.» Henry blickte nervös um sich. «Merde! Hier passiert gar nichts. Soll ich eine Rakete zünden, damit die Jungs wach werden?» Er grinste.

«Sandra ist doch in, ähm, wie heisst diese Klinik noch?»

«Reha-Klinik Speicher. Ist am Arsch der Welt, irgendwo im Appenzellerland.»

«Wie geht es ihr?»

«Besser. Gut, eigentlich.»

«Besuchst du sie oft?»

«Ja. Also nein. Nicht mehr.»

«Warum nicht?»

«Ich glaube, sie will mich nicht mehr sehen.»

«Oh.» Sie schwiegen eine Weile.

«Wann sollen die Panzer hier auffahren?», fragte Henry plötzlich.

«Weiss ich doch nicht.»

«Du weisst doch alles, dank diesem versteckten Scheissnetz.»

«Mach mal halblang!»

«Okay.»

Nach einer Weile sagte Kirsten: «Ich geh nach Hause zu meinem Sohn.»

«Was, du hast einen Sohn?»
«Ya.»
«Okay.»
«Probleme damit?»
«Mais non. Erstaunt mich einfach.»
«Was erstaunt dich daran?»
«Keine Ahnung. Passt gar nicht zu dir. Hast du auch einen Mann?»
«No.»
«Voilà!»
«Was voilà?»
«Du und Haberer?» Kirsten lachte schallend. «Du und die Zecke?»
«Vergiss es, Henry. Good night.»
«Bonne nuit. Ich halte die Stellung. Ich bin ein einsamer Krieger.»

Henry starrte zum Pentagon. Plötzlich hörte er Stimmen hinter sich. Ruckartig drehte er sich um. War das Kirsten, die mit jemandem sprach?

15. Mai

IN EINEM UNTERGESCHOSS

«Gaster! Aufstehen! Stand up! Hopp, hopp!»
Alex zuckte zusammen. Er blinzelte. Vor seinem Bett stand Wladimir. Er trug einen Kampfanzug. Und er roch nach Schweiss.
«In fünf Minuten Appell auf der Brücke!»
«Auf der Brücke?»
«Los, machen Sie schon!»
Alex stand auf, schlüpfte in seine Jeans, streifte sich sein Hemd über, das mittlerweile völlig zerknittert war, zog seine Sneakers an und folgte Wladimir. Im Wohnzimmer standen bereits Joël und Arthur. Joël hatte seine Kamera dabei. «Los, los!», schrie Wladimir.
Die beiden Journalisten wurden aus dem Appartement gedrängt, durch einen langen, weissgetünchten Gang geführt und schliesslich durch mehrere Schleusen in einen Luftschutzkeller gebracht. Alex kamen die dicken Betontüren an den Schleusen und ihre Verschlüsse und auch die dazu gehörigen betonmuffigen Gerüche bekannt vor. Lange genug hatte er im Militärdienst in solchen Löchern gehaust. Sie befanden sich also in der Schweiz. Das gab ihm irgendwie ein besseres Gefühl.
«Los, los, weiter», mahnte Wladimir.
Alex erblickte in einem kleinen Raum eine mit Plastik abgedeckte graue Maschine. Ein Belüftungsgerät moderner Bauart. Alex erinnerte sich an seinen Militärdienst: Jede Person im Luftschutzkeller erhält im Normalbetrieb drei Kubikmeter Luft pro Stunde, bei Filterbetrieb die Hälfte, hiess es damals. Das wusste er noch genau. Im nächsten Raum waren mehrere abgedeckte Trockenklosetts deponiert und abgedeckte Bretter für den Bau von Betten. Ja, es gab keine Zweifel, sie befanden sich in der Schweiz irgendwo in einem Schutzraum.
«Weiter», kommandierte Wladimir. «Weiter!»

Alex und Joël betraten einen grossen Raum, in dem mehrere Kisten lagerten, ein riesiger Kühlschrank, mehrere Tiefkühltruhen, zwei Türme mit Mineralwasser-Harassen und eine Kaffeemaschine, wie sie in Alex' und Joëls Appartement stand. In der hintersten Ecke war ein Stehtisch, auf dem zwei Monitore standen, dahinter Konstantin Schwarz. Auch er trug einen Kampfanzug. «Guten Morgen, Journalisten!», rief Schwarz. «Freut mich, dass Ihr hier seid. Es ist nulldreivierundvierzig, in genau sechzehn Minuten geht die Show los. Ich darf Sie bitten, die besten Positionen einzunehmen, damit Sie live mitbekommen, wie dieser Krieg funktioniert. Herr Thommen, kommen Sie bitte hinter mich, dann können Sie die besten Fotos machen. Herr Gaster, Sie dürfen sehr gerne ebenfalls hinter mir Ihre Position einnehmen und noch rund fünf Minuten Fragen stellen. Dann werde ich mich konzentrieren müssen und keine Fragen mehr beantworten. Der Angriff wird zirka zweikommafünf Minuten dauern. Danach werden Sie in ihr Appartement zurückgeführt, worauf sie ihren Bericht schreiben und senden können. Herr Thommen wird selbstverständlich seine Bilder und Videoclips ebenfalls übermitteln können. Also schiessen Sie los, Herr Gaster, was wollen Sie wissen?»

Alex war völlig verdattert. Er stellte deshalb die naheliegendste Fragen: «Was haben Sie vor?»

«Gute Frage, Herr Gaster. Wir werden heute die Frischwasserzufuhr in den Städten Aarau, Basel, Genf, Lausanne, Luzern, St. Gallen und Zürich unterbrechen. Sie sehen also, wir fangen ganz harmlos an.»

«Ganz harmlos?»

«Ja. Wir wollen ja nicht – wie sagt man auf Deutsch? – mit der Tür ins Haus fallen, oder? Heute ist ja Samstag. Da wird sich der Ärger der Leute im Rahmen halten.»

«Was wäre denn weniger harmlos?»

«Abwarten, mein lieber Herr Gaster, abwarten. Für Ihren Chef haben wir uns allerdings etwas Besonderes einfallen lassen.»

«Für Jonas Haberer?»

«Ja, genau für den. Der gefällt mir übrigens. Der hat eine Mission, eine Leidenschaft. Er ist ein Kämpfer wie wir! Aber er hat noch nicht ganz kapiert, worum es geht. Und er lässt sich von dieser Blonden zu sehr beeinflussen. Vermutlich ist er scharf auf sie.»

«Emma Lemmovski.»

«Ja, Emma! Genau. Wir werden sein Auto unter Beschuss nehmen, seinen Panzer, wie ihr Nachrichtenchef, Peter Renner, die Zecke, zu pflegen sagt. Wollen Sie zusehen, Herr Gaster?»

«Wollen Sie ihn töten?»

«Nein, natürlich nicht. Der Idiot wird für uns arbeiten müssen, Herr Gaster, er ist perfekt! Noch weitere Fragen?»

«Ich glaube nicht, dass Herr Haberer heute ins Büro geht. Morgen Sonntag erscheint keine Zeitung.»

«Aber online, mein Lieber. Und Haberer wird kommen. Das wissen wir aus sicherer Quelle.»

«Von welcher Quelle?»

«Kleines Kriegsgeheimnis. Sonst noch Fragen?»

«Ja, was wollen Sie eigentlich damit bezwecken?»

«Das habe ich Ihnen bereits erklärt, Herr Gaster. Jetzt habe ich keine Zeit mehr. Sie haben nun zu schweigen. Ich muss mich auf meinen Auftrag konzentrieren.»

«Von wem bekommen Sie Ihre Aufträge?», fragte Alex dennoch.

«Schweigen Sie jetzt, Herr Gaster, schweigen Sie jetzt!»

Wladimir baute sich vor Alex auf. Er griff mit seiner rechten Hand an die Hüfte, holte eine Waffe hervor und zeigte damit auf den Reporter. «Kommen Sie, schauen Sie Commander Schwarz über die Schultern.»

Alex gehorchte und beobachtete, wie Konstantin Schwarz mit der Maus hin- und herfuhr, mal da und mal dort klickte, neue Fenster öffnete, Zugangscodes eingab, diese bestätigte und weiterklickte. Auf dem Bildschirm erschien jetzt der Plan einer Industrieanlage mit Leitungen, mehreren Tanks oder Silos, Zu-

und Abflüssen und kleinen Rotoren, die sich drehten. Dazwischen leuchteten blaue Pfeile und rote Rechtecke. Konstantin Schwarz klickte auf die blauen Pfeile. Sie wurden sofort zu roten Rechtecken. Alex ging davon aus, dass es sich um Ventile handelte, die nun geschlossen wurden. Nach mehreren Klicks waren auf dem Schirm keine blauen Pfeile zu sehen, sondern nur noch rote Rechtecke. Danach klickte Konstantin das Bild weg, loggte sich irgendwo anders ein und ein ähnliches Bild erschien, bei dem er wiederum die blauen Pfeile in rote Rechtecke verwandelte. Beim dritten und vierten Plan waren die Pfeile grün, wurden aber beim Anklicken ebenfalls zu roten Rechtecken. Bei den Schaubildern fünf, sechs und sieben waren die Pfeile wieder blau.

«Eine kleine Marotte der Westschweizer», kommentierte Schwarz. «Sie zeigen die Wasserleitungen grün an, im Gegensatz zu den Deutschschweizern, die das Wasser blau darstellen.»

Alex sagte nichts. Joël filmte den Vorgang.

«Alles erledigt», kommentierte Konstantin Schwarz. «Ich brauchte dazu nur zwei Minuten und sechzehn Sekunden. Schneller als geplant. Das sollten Sie unbedingt schreiben, Herr Gaster.»

«Die Menschen in den verschiedenen Städten haben also demnächst kein Wasser mehr?»

«Genau. Sobald die Leitungen und die Boiler leer sind, werden sie auf dem Trockenen sitzen. Das ist natürlich kein Drama. Einfach eine nette, kleine Warnung.»

«Und jetzt?»

«Nun werden die Wassermenschen alles daran setzen, die Leitungen wieder zu öffnen. Sie müssen erst in die Betriebe fahren und die Systeme, die wir geknackt haben, hochfahren und darauf hoffen, dass wir sie wieder freigeben. Das werden wir natürlich am späteren Vormittag tun. Möchten Sie sehen, wie wir Haberers Auto leicht abändern?»

«Gerne», sagte Joël Thommen.

«Stärken wir uns zuerst mit Kaffee, meine Herren!»

VERWALTUNGSGEBÄUDE DES VBS, PAPIERMÜHLESTRASSE, BERN

Um 04.33 Uhr war es endlich so weit: Henry Tussot filmte, wie auf der Papiermühlestrasse Panzer heranrollten. Er stellte sich mitten auf die breite Strasse, liess sich von keinem einzigen Wachposten auf die Seite schieben, sondern hielt mit seiner Kamera voll drauf. Es war ein Spektakel, wie es die Schweiz in Friedenszeiten und auch im Zweiten Weltkrieg nie erlebt hatte. Die Panzer vom Typ 87 Leopard brachten sich rund um das Pentagon in Stellung. Um 04.46 Uhr wurde Henry Tussot, der einzig anwesende Fotograf, von mehreren Soldaten gepackt und hinter die Sperren verfrachtet. Henry quittierte mit einem mehrfachen «Merde!», was ihm aber nichts nützte. Es war ihm eigentlich auch egal. Er wusste, dass er Bildmaterial hatte, um das ihn alle anderen Fotografen und Filmer beneiden würden.

IN EINEM UNTERGESCHOSS

«Darf ich Sie nun bitten, mir zu folgen», sagte Commander Schwarz um 07.15 Uhr. Er führte die Journalisten in einen weiteren Keller. Dort ging Schwarz zu einer Schutzraumtüre, gab auf einer Tastatur neben der Türe einen Code ein und öffnete das Betontor. «Bitte, meine Herren, unser Heiligtum!»

Der Raum war rund zwanzig Quadratmeter gross. Es herrschte schummriges Licht. Rechts stand ein Cockpit, zumindest sah es so aus. Zwei Pilotenstühle, mehrere Monitore, allerlei Knöpfe und Anzeigen, je ein Steuerknüppel pro Pilot. Alex war überzeugt, vor einem Flugsimulator zu stehen.

«Das ist die Bodenkontrollstation unserer Kampfdrohnen», sagte Konstantin Schwarz mit sonorer, stolz erfüllter Stimme.

«Kampfdrohnen?»

«Ja. Einen Krieg kann man nicht nur virtuell führen. Ein bisschen Unterstützung durch die Luftwaffe braucht man schon.»

«Der Anschlag an der Fasnacht war ja sehr real. Waren da Kampfdrohnen im Einsatz?»

«Nein, das war noch ein bisschen raffinierter. Eine Frechheit, was dieser Staatsanwalt gegenüber den Journalisten gesagt hat, als er von einer amateurhaften ‹Knall-Kugel› sprach. So ein Idiot. Die Bombe war mit dem Infrarot-System der Basler Verkehrsbetriebe gekoppelt, die die Fahrplanabweichungen der Trams und Busse in Echtzeit an die Leitstelle und an die Fahrgastinformationen an den Haltestellen übermitteln. Solche Infrarot-Schnittstellen gibt es zu Hunderten in der ganzen Stadt. Jene in der Rheingasse hat die Bombe scharf gemacht und hochgehen lassen. Damit konnten wir jegliches Zurückverfolgen auf eine Fernsteuerung verhindern. Verstehen Sie das? Müssen wir es noch einmal demonstrieren.»

«Danke, ich verzichte auf eine Demonstration. Sie töten Menschen.»

«Pssst! Herr Gaster! Das sind Kollateralschäden, nichts weiter.»

Konstantin Schwarz funkelte Alex mit seinen dunklen Augen an. Alex getraute sich nichts mehr zu sagen. Der Kerl wurde immer unheimlicher. War er zu Anfang noch ganz normal und nett gewesen, mutierte er nun zu einem irren Wesen, das Alex völlig unberechenbar erschien. Für den Reporter stand fest: Der Kerl war ein Profi. Ein Profi-Terrorist oder ein Profi-Soldat. Oder beides. Alex blickte nach hinten. Dort stand Wladimir mit der Waffe in der Hand.

«Unsere beiden Piloten werden Ihnen nun eine kleine Show bieten. Ist für sie nur eine Übung.» Konstantin Schwarz führte die Reporter zu den Piloten und fragte sie, ob seine Gäste zuschauen dürften.

«No problem», antwortete der Chefpilot im linken Stuhl. Auch diese beiden trugen Kampfanzüge. Auf den beiden Monitoren vor den Piloten sahen Alex und Joël Flugaufnahmen. Joël filmte.

«Wir sitzen nun quasi in unserer Drohne», kommentierte Konstantin. Die Drohne war tief unterwegs. Die Piloten steuerten sie knapp über die Häuser einer Stadt.

«Erkennen Sie den Ort?», wollte Schwarz wissen.

Es erschien das Bundeshaus. «Bern!», sagte Alex leise. Die Drohne flog daran vorbei Richtung Plattform, schnellte dann fast senkrecht hinunter dem Mattelift entlang, fing sich auf und raste durch die Häuserschluchten des Mattequartiers. Der Flug wurde verlangsamt.

«Ready?», fragte der Pilot seinen Copiloten.

«Ready», antwortete dieser.

Plötzlich war ein Mensch zu sehen, er wurde immer grösser. Jetzt konnte man ihn erkennen: Jonas Haberer. Er trug rot-schwarze Boots und ging in Richtung seines Panzers, seines protzigen Toyotas. Die Drohne flog nach oben, kreiste über den Dächern und startete über der Aare den Anflug neu.

WASSERWERKGASSE, BERNER MATTE-QUARTIER

«Pescheli, heute kann uns die Lemmo am Ranzen hangen», bellte Haberer in sein Smartphone. «Heute werden wir zuschlagen!»

«Sehe ich auch so», meinte Peter Renner.

«Ist etwas passiert in der Nacht?»

«Ja. Vor dem Pentagon sind Panzer aufgefahren. Henry hat alles fotografiert und gefilmt.»

«Sehr gut!» Haberer blieb stehen, drehte sich um und schaute zurück zu seinem Wohnhaus. Er lebte in der Attikawohnung. Komfortabel und teuer. Er schaute nach oben, um zu kontrollieren, ob er die Fenster geschlossen hatte. Er hatte sich bereits früh am Morgen eine Zigarette gegönnt und den Rauch zum Fenster hinausgeblasen.

«Jonas?»

«Ja, bin da, ich Löli weiss nicht mehr, ob ich … ach, ist ja egal. Was gibt es noch?»

«Wir haben von mehreren Usern die Nachricht erhalten, dass sie kein Wasser mehr haben.»

«Wie kein Wasser?»

«Dass aus ihren Wasserhähnen nix mehr rauskommt.»

«Sollen ihre Wasserrechnungen bezahlen, diese Idioten.»

«Die Leute melden sich aus allen Städten, Bern, Basel, Zürich ...»

«Ja, stimmt, jetzt wo du es sagst, bei mir tröpfelte es auch nur. Zum Glück hatte ich noch Wasser in der Kaffeemaschine.»

«Das heisst, du hast nicht geduscht? Souhung!»

«Im Krieg kann man nicht jeden Tag duschen. Also: Wie viele Leute haben sich gemeldet?»

«Keine Ahnung. Überblicke es nicht mehr. Kommen im Sekundentakt neue Mails rein.»

«Das ist ein neuer, perfider Angriff.»

«Meinst du?»

«Natürlich, Pescheli, natürlich. Ich komme sofort!»

Jonas Haberer ging weiter in Richtung seines Autos, das er am Abend im Parkverbot abgestellt hatte. Als er rund fünf Meter davor war, bemerkte er, dass in der Luft etwas auf ihn zuraste. Dann knallten Schüsse. Sein Toyota Land Cruiser V8 wurde durchlöchert. Haberer duckte sich. Die Kampfdrohne gewann schnell an Höhe und verschwand hinter den Dächern der Häuser. Haberer stand auf und wetterte: «Wartet nur, ihr Arschlöcher, ich werde euch persönlich die Eier ausreissen!»

IN EINEM UNTERGESCHOSS

Alex und Joël konnten sich ein Lachen nicht verkneifen. Sie hatten soeben live und in Farbe erlebt, wie Haberers Panzer perforiert worden war.

«Drohnen sind doch eine phantastische Sache, nicht wahr?», meinte Konstantin Schwarz.

«Das war keine normale Drohne», stellte Joël fest.

«Das war eine Kampfdrohne, ja. Eine ‹Predator›, ältere Bauart. Die Aufklärungsdrohnen funktionieren heute teilweise ohne Piloten.»

«Bitte?»

«Neuste Drohnen sind mit Robotern am Boden verbunden, die die Drohnen steuern. Es soll eine Schweizer Erfindung sein, habe ich gehört. Dadurch sind die Drohnen GPS-unabhängig, oder nahezu und können auch durch Räume und Tunnels fliegen. Aber das müsste Ihnen unser Spezialist erklären.»

«Verrückt», konstatierte Joël. «Ich habe gehört, dass ...»

«Wer finanziert das eigentlich alles?», unterbrach Alex. Joël war ihm gerade ein bisschen zu technikbegeistert.

«Alle», sagte Commander Schwarz. «Alle sind gegen diesen kleinen Scheissstaat Schweiz. Und den restlichen Schmarotzerstaaten auf dieser Welt, die die Welt mit ihrem Wohlstand und ihrem Finanzplatz ausbluten und verhungern lassen, wird es nicht besser ergehen. Alle werden dran kommen. Aber hier statuieren wir ein Exempel. Denn Ihr Scheissschweizer meint immer noch, Ihr seid etwas Besseres als alle anderen. Ihr seid die Schlimmsten. Was hier passieren wird, wird euch eine Lehre sein! Und wenn es euch an den Kragen gegangen ist, werden die übrigen Schmarotzerstaaten ebenfalls drankommen, sofern sie nicht freiwillig mit ihren kriminellen Methoden aufhören.» Danach fügte er noch einige Wörter an, die Alex nicht verstand. Sie klangen russisch. Was Alex darin bestätigte, dass Konstantins Ostschweizer Dialekt einen russischen Akzent hatte.

«Sorry, Herr Schwarz, kriminell sind ja in erster Linie Sie», meinte Alex keck. Schwarz begann zu schnauben und zu zittern. Alex bekam Hühnerhaut. Dann begann Schwarz zu lächeln. Er sagte: «Schreiben Sie nun Ihren Bericht, Herr Gaster. Vielen Dank.» Commander Schwarz verliess den Raum. Joël fiel auf, dass er trotz seines Wutausbruchs eine angenehme Aftershave-Wolke hinterliess. Wladimir, der jetzt noch stärker nach Schweiss roch als vorher, führte die Reporter zurück in ihr Appartement.

REDAKTION AKTUELL, WANKDORF, BERN

Haberer kam zehn Minuten zu spät zur ausserordentlichen «Kriegssitzung» um acht Uhr, wie er sie nannte. Anwesend war neben Renner, Flo Arber und Internet-Fachfrau Kirsten Warren auch Verlegerin Emma Lemmovski. Bereits um 08.15 Uhr wurde einstimmig beschlossen, ausnahmsweise auch am Sonntag eine Printausgabe von «Aktuell» herauszubringen. Emma schätzte die Kosten auf mehrere zehntausend Franken, doch das war ihr egal. Als Verlegerin hatte sie einen Informationsauftrag zu erfüllen. Zumindest sah sie es so. Ihr Mann, der eigentliche Besitzer der Zeitung, würde ihr zwar einen Vortrag über Rentabilität halten, aber das nahm sie in Kauf.

«Haben wir endlich etwas von Alex und Joël gehört? Wo sind Sie?», fragte Emma Lemmovski.

«Wir bekamen bisher nur einen Text von Alex mit der Information, dass sie embedded journalists seien. Die Bilder von Joël und das Video mit dem Mord an Kilian Derungs. Hast du seither noch etwas erhalten, Kirsten?»

«Nein.»

«Hast du herausbekommen, von wo das Mail ...»

«Nein. Das geht nicht. Ich habe es doch schon einmal erklärt. Soll ich noch einmal?»

Renner reagierte nicht auf die Belehrung.

«Danke», meinte Emma Lemmovski. «Wir werden alles veröffentlichen, was wir haben», sagte Emma. «Nach den Attacken gegen Jonas und nach dem Abstellen der Wasserzufuhr in unseren Städten ist für mich klar, dass wir nicht auf die Bundesbehörden warten können. Wir müssen informieren, so schnell wie möglich. Ich möchte, dass alle verfügbaren Kräfte hier erscheinen und rund um die Uhr arbeiten. Um zehn Uhr will ich die erste Schlagzeile auf unserer Online-Plattform sehen, verlinkt mit sämtlichen Social-Media-Kanälen.»

«Emma Lemmovski», säuselte Jonas Haberer, «habe ich Ihnen eigentlich schon gesagt, dass ich Sie liebe?»

REHA-KLINIK, SPEICHER, KANTON APPENZELL AUSSERRHODEN

Sandra hatte gehofft, dass Susa Schwarz die vergangenen Tage frei hatte, weil sie am Wochenende arbeiten müsse. Doch dem war offenbar nicht so. Um neun Uhr stand wie gestern Olaf Brantovic in ihrem Zimmer und forderte Sandra zu ihrem Training auf. Wie gestern fragte Sandra auch heute nach Susa, doch wie gestern, antwortete Olaf, dass er nicht wisse, was mit ihr los sei und auch nicht, wo sie sei, im Hause jedenfalls nicht.

Sandra gab sich wenig Mühe bei den Übungen. Olaf war auch nicht wirklich motiviert. Als sie fertig waren, hatte Sandra Schmerzen. Das sagte sie Olaf klipp und klar. Dieser reagierte säuerlich und meinte, er würde schauen, dass Susa wieder zu ihr kommen könne.

Anschliessend versuchte Sandra irgendjemanden in dieser Klinik ausfindig zu machen, der wusste, was mit Susa los war. Eine gute Stunde später erfuhr sie, dass Susa seit Freitag krank gemeldet sei.

Sandra rief Susa an, doch ihr Handy war ausgeschaltet. Zumindest klang es so, denn es klingelte nicht einmal. Sandra versuchte über Google und andere Suchmaschinen ihren Festnetzanschluss herauszufinden. Aber ohne Erfolg. Weder Susa noch ihr Ehemann Konstantin waren irgendwo registriert. Danach fragte sie in der Verwaltung der Klinik, ob sie die private Telefonnummer von Susa Schwarz bekommen könne, aber das wurde abgelehnt.

Als über die «Aktuell»-App die jüngsten dramatischen Ereignisse in der Schweiz verbreitet wurden, rief sie Henry Tussot an und bat ihn, sie abzuholen.

«Unmöglich, ich bin an der Front», sagte Henry. «Und du bist immer noch krank.»

Danach rief sie Peter Renner an: «Ich bin wieder im Dienst. Ich werde Konstantin Schwarz unter die Lupe nehmen.»

«Sandra, ruhig, lass das, du bist in der Reha ...»

Sie unterbrach die Verbindung und bestellte ein Taxi. Danach zog sie sich an, setzte eine dicke Wollmütze auf, obwohl draussen die Sonne schien, mischte sich unter die Wochenendbesucher der Klinik und wartete am Eingang, etwas abseits, auf das Taxi. Als es kam, wollte sie darauf zugehen, was ihr aber nicht gelang, weil ihre Beine noch nicht so funktionierten, wie sie wollte. Schwankend kam sie schliesslich beim Wagen an, stieg ein und bat den Fahrer, sofort loszufahren. «Nach Trogen», sagte Sandra. «Dort muss es irgendeine moderne Überbauung geben.» Kaum hatten sie den Ort erreicht, schnauzte Sandra den Fahrer an, sofort neben zwei Passanten anzuhalten. Sandra erkundigte sich nach einer neueren Überbauung, eher luxuriös und extravagant. Das müsse die Siedlung «Berg» sein, sagte die Frau, die auch gleich erklärte, wie man dahin komme. Als sie ausstieg, der Taxifahrer davon düste und Sandra ihm den Stinkefinger zeigte, wunderte sie sich über sich selbst: Diese Seite kannte sie gar nicht an sich. Hatte der Unfall sie verändert?

Die Reporterin und Bundeshausjournalistin schaute um sich und war sicher, dass in dieser Überbauung Susa und Konstantin lebten. Es war alles so, wie Susa es ihr geschildert hatte. Und ja, Susa hatte Trogen gesagt, oder nicht? Gab es einen Ort, der ähnlich hiess? Sandra ging zu den Briefkästen des ersten Hauses, fand aber nichts. Auch beim zweiten Haus wohnte niemand mit dem Namen Schwarz. Schliesslich fragte sie einen jüngeren Herrn. Dieser wusste zwar von nichts, wollte ihr aber unbedingt helfen. Sandra lehnte ab und erreichte schliesslich Haus Nummer drei. Tatsächlich: Hier gab es eine Klingel mit der Aufschrift S. und K. Schwarz.

Sandra klingelte.

«Ja?»

«Susa, bist du es?»

«Ja, wer ist denn da?»

«Ich bin es, Sandra, ich muss unbedingt mit dir reden.»

REDAKTION AKTUELL, WANKDORF, BERN

Dass an einem Samstag die gesamte Redaktion besetzt war, hatte es noch nie gegeben. Es war das erste Mal, dass neben der Online-Produktion eine Zeitung für den Sonntag gedruckt wurde. Da «Aktuell» eine Gratiszeitung war – nur den Abonnenten wurde für die Hauszustellung ein kleiner Betrag verrechnet – lohnte sich der Sonntag nicht, da keine Pendler und auch keine City-Shopper in den Städten unterwegs waren.

Peter Renner hatte bereits am Freitag sämtliche freien Mitarbeiter angefragt, ob sie am Wochenende zur Verfügung ständen. Die meisten sagten zu. Deshalb war Peter Renner jetzt einigermassen entspannt. Er erteilte einen Recherchier- und Schreibauftrag nach dem anderen.

Der Live-Ticker auf der Online-Seite wurde im Minutentakt mit neuen Infos versorgt. Diese wurden regelmässig als Breaking-News auf der «Aktuell»-App publiziert und natürlich auf Facebook, Twitter, Instagram und Co. Vor allem Twitter erwies sich als ungeheuer ergiebig. Unter dem Hashtag #schweizimkrieg prasselten die neusten Meldungen und Meinungen der Leute ununterbrochen herein. Zwei Journalisten waren damit beauftragt, die besten Nachrichten herauszupicken und in den Live-Ticker einzubauen. Ebenso heiss ging es auf Facebook zu und her. Auf Youtube wurden mehrere Clips hochgeladen, die die Online-Journalisten mit der «Aktuell»-Seite verlinkten.

Renner hatte ein genaues Drehbuch im Kopf: Die erste Meldung um zehn Uhr hatte er zur Wasserblockade veröffentlicht. Mit dem Hinweis, dass es sich dabei vermutlich um eine Attacke der Terroristen handle. Danach liess er die Bilder von Henry mit dem Aufmarsch der Schweizer Armee beim Bundeshaus und vor dem Pentagon raus. Die hatte die Konkurrenz zwar auch, aber «Aktuell» lieferte – es war 11.06 Uhr – die Hintergründe dazu: Er zitierte aus dem Text von Alex, dass die Schweiz besetzt sei und alle von der Gruppe «Free World» gestellten Forderungen – EU-Beitritt, NATO-Bündnis, keine Steuervorzüge für Unternehmungen und Reiche – innert Kürze erfüllen müsse.

Das war der Hammer. Ab 11.07 Uhr klingelte Renners Telefon ununterbrochen. Per Mail meldeten sich besorgte Bürger und viele Journalisten, die mehr wissen wollten. Und es meldete sich Korpskommandant Schneider und drei Minuten später André Jules Hambach, der Generalsekretär des Verteidigungsministeriums. Beide waren ziemlich empört und schrieben, sie könnten weder

Chefredaktor Haberer noch Verlegerin Lemmovski erreichen, deshalb würden sie sich an ihn wenden. Es sei abgemacht, dass «Aktuell» nichts veröffentlichen würde, was nicht vorgängig mit ihnen besprochen worden sei. Alles sei sofort vom Netz zu nehmen. Verlegerin Lemmovski solle sich unverzüglich melden. Korpskommandant Schneider drohte, sonst die Redaktion zu schliessen.

«Trottel», murmelte Renner und trottete in Haberers Büro. Jonas starrte wie ein Irrer in seinen PC und reagierte weder auf seinen Namen noch auf mehrere Hallos. Renner hatte Haberer noch nie so konzentriert in den Computer schauen sehen und stellte sich hinter ihn. Haberer las einen Bericht.

«Was ist das?», fragte Renner.

Haberer zuckte zusammen und haute mit seiner Pranke auf die Tastatur. So heftig, dass das E und das N aus dem Keyboard flogen. «Pescheli, du Arschloch, geht es dir noch, mich so zu erschrecken?!»

Renner suchte die beiden Tasten und klickte sie wieder ins Keyboard. Zum ersten Mal sah er, wie schmutzig es war. Die weissen Tasten waren kaum mehr zu erkennen, sie waren grauschwarz-braun. Und zwischen den Tasten steckten Brosamen, Haare und anderer Dreck. Renner konnte und wollte sich nicht vorstellen, was Haberer alles über und mit dieser Tastatur machte. Er unterdrückte einen Kommentar und sagte: «Korpskommandant Schneider will die Redaktion schliessen, falls wir nicht sofort die Berichterstattung stoppen.»

«Hat's dem ins Hirn geschissen?»

«Wieso? Ich weiss ja nicht, was ihr abgemacht habt mit diesen Generälen.»

«Ja, ja, die Lemmo hat da gesäuselt und ist auf diesen Mist von wegen nationaler Sicherheit eingegangen. Aber wir haben den Clowns auch klargemacht, dass wir das alles vergessen, falls die Situation ausser Kontrolle gerät.»

«Ausser Kontrolle?»

«Genau. Und das ist heute passiert. Immerhin wurde ich beschossen!»

«Und die Wasserversorgung unterbrochen.»
«Ja, ja, das auch, aber das ist ja nicht so schlimm. Mein Auto ist kaputt, denkst du vielleicht einmal daran?»
«Dein Panzer ist tatsächlich hin?»
«Pescheli, was willst du eigentlich?»
«Du oder die Lemmovski sollen diesen Korpskommandanten beruhigen.»
«Ach der, lass mich in Ruhe, der ruft mich die ganze Zeit auf dem Handy an. Soll seine Playmobilsoldaten abstauben.»
«Wo ist eigentlich Emma?»
«Keine Ahnung. Die hilft dem Wixer wahrscheinlich.»
«Und was liest du da?»
«Pass auf, Pescheli: Die Kirschtorte hat mir diesen Bericht von Alex und Joël weitergeleitet, sie hat ihn vor wenigen Minuten aus ihrem Lölinetz da gezogen. Sie findet, dass wir ihn nicht veröffentlichen dürfen, weil Alex und Joël ganz offensichtlich in den Fängen der Terroristen seien.»
«Und das schickt sie dir? Ich habe nichts bekommen!»
«Sie steht eben auf mich. Hol's der Geier, Pescheli, das ist doch egal. Lies diesen Unsinn erst einmal durch.»
Peter Renner las. Dann meinte er: «Warum Unsinn?»
«Meinst du wirklich, dass Alex und Joël so tief Einblick in die Strukturen und Ziele dieser Terroristen haben, diesen Commander quasi begleiten? Ist das kein Fake?»
«Glaube ich nicht. So detailliert wie Alex die Räume und dieses Drohnen-Cockpit beschreibt, nein, das ist typischer Alex-Stil.»
«Dann würdest du das veröffentlichen?»
«Natürlich. Aber dazu schreiben, dass die beiden embedded journalists sind und vermutlich zensuriert werden. Das ist üblich bei dieser Art von Journalismus.»
«Papperlapapp.»
«Du glaubst aber nicht wirklich, dass die embedded journalists in Kriegsgebieten objektiv berichten können?»
«Da hast du Recht, Pescheli, da hast du Recht. Zum Glück habe ich dich. Schmeiss das Zeugs ins Netz. Sofort.» Haberer stand

mit einem Ruck von seinem Stuhl auf und schrie: «Emma! Emmeli! Gopfridstutz, wo bist du eigentlich?»

WOHNSIEDLUNG BERG, TROGEN, KANTON APPENZELL AUSSERRHODEN

Um 14.14 Uhr rief Sandra Bosone den Basler Kommissär Olivier Kaltbrunner auf seinem Handy an. Doch er nahm den Anruf nicht entgegen. Sie versuchte es noch dreimal. Aber es blieb dabei: Olivier Kaltbrunner war nicht erreichbar.

Susa Schwarz war nicht krank. Zumindest nicht physisch. Sie war krank vor Sorge. Vor drei Tagen hatte sie von ihrem Mann Konstantin ein dürres WhatsApp erhalten. Darin teilte er ihr mit, dass er auf eine Mission müsse und nicht wisse, wann er zurückkomme. Susa fürchtete, dass sich Konstantin etwas angetan hatte. Oder dass er mit einer anderen Frau durchgebrannt sei.

Sandra glaubte weder an das eine noch an das andere. Für sie hatte sich der Kreis längst geschlossen: Dass sie von Kaltbrunner in diese Klinik nach Appenzell verfrachtet worden war, dass sie sich mit Susa angefreundet hatte und dass die ganze Schose nun eskalierte, war Kalkül des Basler Polizisten. Für sie stand fest, dass Susas Ehemann etwas ganz Ungeheuerliches verbrochen, Menschen getötet hatte und noch mehr Unheil anrichten würde. Er war in ihren Augen ein Terrorist. Und es war kein Zufall, dass Konstantin Schwarz ausgerechnet jetzt verschwunden war: Er hatte mit dem Krieg gegen die Schweiz zu tun. Sandra rief erneut Kaltbrunner an und sprach auf seine Mailbox: «Rufen Sie endlich zurück!»

REDAKTION AKTUELL, WANKDORF, BERN

Emma Lemmovski betrat die Redaktion in Begleitung von zehn grossen Männern und drei Frauen, die allesamt schwarze Overalls und Kampfstiefel trugen. «Alle mal herhören», schrie sie. Es wurde mucksmäuschenstill.

«Emmeli, was bauen Sie wieder für einen Mist?», blaffte Jonas Haberer.

«Jonas!», sagte Emma Lemmovski und schlug mit ihrem rund zehn Zentimeter hohen Absatz auf den Boden. «Diese Damen und Herren sind von einer Sicherheitsgesellschaft und werden die Redaktion rund um die Uhr bewachen. Das Gleiche gilt für unsere Druckerei. Jeder muss sich ab sofort ausweisen können. Die Anweisungen der Security sind in jedem Fall strikte zu befolgen. Es geht um unsere Sicherheit. Haben das alle verstanden?» Gemurmel im Raum. «Gut. Dann machen wir weiter.»

«Emmeli, die gute Fee!», brüllte Haberer. «Jetzt müssen Sie aber erst einmal unseren General Playmobil beruhigen. Der will unsere Security-Fuzzis nämlich zu Staub ballern.»

«Waas?»

«Nein, so schlimm ist es nicht. Kommen Sie, ich erkläre es Ihnen.» Er nahm Emma Lemmovski am Arm und stapfte davon. Plötzlich drehte er sich um und brüllte: «Kirschtorte!»

«Yes?», meldete sich Kirsten Warren.

«Marsch, zur Zecke! Er kümmert sich um Alex' Text!»

«Oh, my god!»

«Was?»

«Nichts, nichts weiter», sagte sie ziemlich leise.

WOHNSIEDLUNG BERG, TROGEN, KANTON APPENZELL AUSSERRHODEN

Um 14.27 Uhr rief Olivier Kaltbrunner auf Sandras Handy an.

«Endlich, Herr Kaltbrunner!»

«Guten Tag, Frau Bosone, wie geht es Ihnen?», begann der Kommissär bedächtig und freundlich. «Es tut mir leid, dass ich Sie erst jetzt zurückrufe, wir haben im ganzen Haus kein Wasser mehr und ich habe versucht ...»

«Keine Zeit für Smalltalk, Herr Kaltbrunner», unterbrach Sandra. «Ich sitze in der Wohnung von Susa Schwarz. Wir beide rätseln darüber, wo ihr Mann, Konstantin Schwarz, sein könnte. Und da kam ich auf die Idee, dass ich Sie fragen könnte.»

«So, so, hmm, hmm.»
«Und wenn ich Ihnen sage, dass wir auf Konstantins Handy neben einigen Sex-Bildchen mehrere Fotos von grauenhaft zugerichteten Leichen gefunden haben, sagen Sie dann immer noch: So, so, hmm, hmm?»
«Goppeloni», entfuhr es Kaltbrunner.
«Bitte?»
«Wo sind Sie, haben Sie gesagt?»
«Bei Susa.»
«In Trogen?»
«Ha, Sie wissen also, wo sie wohnt!»
«Ja.»
«Und jetzt?»
«Auf Konstantin Schwarz' Handy sind Bilder von Leichen zu finden?»
«Ja, verdammt.»
«So, so, hmm, hmm.»
«Was machen wir jetzt?»
«Sie sollten in der Klinik sein und dort bleiben.»
«Sollte ich. Bin ich aber nicht. Steht das nicht in Ihrem Drehbuch?»
«Frau Bosone, ich kann verstehen, dass Sie aufgebracht sind, aber Sie sollten jetzt einfach zurück. Das Ganze ist sicherlich ein Missverständnis, Herr Schwarz wird demnächst wieder auftauchen.»
«Glauben Sie das wirklich?»
«Hmm, hmm …»
«Bitte?»
«Nein.»

REDAKTION AKTUELL, WANKDORF, BERN

Gegen den Willen von Kirsten Warren ließ Peter Renner um 14.42 Uhr den ersten Teil von Alex Gasters und Joël Thommens Reportage aus dem Bunker, in dem sie gefangengehalten wurden, veröffentlichen. Renner veröffentlichte nur den Text über die Wasserblockade. Den Angriff der Drohne auf Haberers Wagen sparte Peter Renner für das Schlussbouquet des heutigen Tages auf, obwohl auf Facebook, Twitter und Co. bereits Gerüchte und unscharfe Bilder eines «unbekannten Flugobjekts» kursierten. Auch Haberers durchsiebter Panzer war bereits mehrfach fotografiert, gefilmt und auf Youtube und Facebook gepostet worden.

Drei Minuten nach der Online-Aufschaltung jagten sich die Medienmitteilungen: Sowohl die Bundesbehörden wie auch sämtliche kantonalen Stellen betonten, dass es keinen Grund zur Sorge gebe. Dass die Wasserversorgung in den Städten Aarau, Basel, Genf, Lausanne, Luzern, St. Gallen und Zürich nach wie vor unterbrochen sei, liege an einem Defekt in einem Zentralrechner der Abteilung für Hydrologie im Bundesamt für Umwelt. Dieser werde aber demnächst behoben. Um Versorgungsengpässe zu lösen, sei die Schweizer Armee daran, Zisternenwagen mit Wasser in die betroffenen Gebiete zu bringen. Die Berichterstattung der Zeitung «Aktuell» wurde scharf kritisiert. Das sei reine Panikmache. Auch die anderen Medien bekamen ihr Fett weg wegen den reisserischen Titeln zum Aufmarsch von Polizei und Armee rund ums Bundeshaus und das VBS. Dies sei eine völlig übliche Massnahme, da sowohl im Bundeshaus wie auch im VBS Bombendrohungen eingegangen seien.

Um 14.51 Uhr wurde für vier Uhr nachmittags eine Medienkonferenz von Bundespräsident Roland Bruppacher angekündigt. Sie würde auf praktisch allen Radio- und Fernsehstationen des Landes ausgestrahlt. Zudem seien alle Informationen online abrufbar.

«Pescheli!», brüllte Jonas Haberer durch die gesamte Redaktion. «Hast du diese Scheisse auch gelesen? Ich fass es nicht!» Es folgten mehrere Lachsalven.

IN EINEM UNTERGESCHOSS

Auf einigen Fernsehstationen waren mittlerweile Roll-Untertitel aufgeschaltet worden, die Alex' Bericht zitierten. Die meisten Journalisten, die diese kurzen Texte verfasst hatten, setzten aber hinter alles Fragezeichen. *Haben Terroristen uns das Wasser abgestellt?* – So oder ähnlich lauteten die Schlagzeilen. Ergänzt wurden die Infos mit den Beschwichtigungen der Behörden. Alle Schweizer Radio- und TV-Stationen kündigten Sondersendungen ab 15 Uhr an. Alex und Joël tranken einen Espresso. Sie schwiegen. Denn sie wussten nicht mehr, was sie noch diskutieren sollten. Konstantin Schwarz erschien. Er hatte den Kampfanzug gegen einen eleganten Strassenanzug getauscht.

«Ist der Krieg schon vorbei?», fragte Joël.

Wladimir, der hinter Konstantin stand, warf ihm einen finsteren Blick zu.

«Genug für heute. Ich habe die Wasserversorgung wieder freigeschaltet. Die Behörden bekommen also Recht, sie konnten das Problem lösen.»

«Was sie natürlich nicht ...»

«Natürlich nicht. Aber wir lassen die Behörden das Volk anlügen. Das passt ja alles zu diesem Schmarotzerstaat. Das Volk wird seit Jahrzehnten angelogen. Aber das wissen Sie ja selbst, meine Herren. Wenn die Wahrheit dann offensichtlich ist, werden wir den Krieg psychologisch schon fast gewonnen haben.» Konstantin Schwarz lächelte. Alex fragte sich, warum ein so gut aussehender, attraktiver und gebildeter Mann so ein Teufel sein konnte.

«Herr Gaster, warum veröffentlicht Ihre Zeitung den kleinen Angriff mit der Drohne nicht?»

«Unsere Chefs werden ihre Gründe haben.»

«Oh. Dann werde ich noch ein Mail schicken.»

«Die Redaktion handelt unabhängig, Herr Schwarz, das habe ich Ihnen schon einmal gesagt. Bei Haberer zählen nur seine Zeitung, die Auflage, die Klicks und so weiter.»

«Natürlich. Das macht ihn ja so sympathisch. Aber ein Drohnenangriff ist doch eine tolle Schlagzeile!»

«Ja, ich denke, sie wird noch kommen. Vermutlich hält sie Peter Renner zurück. So wie ich ihn kenne, verpulvert er nicht alles aufs Mal. Warten Sie ab.»

Schwarz klatschte in die Hände: «Ich wusste, dass wir mit euch das richtige Medium ausgewählt haben. Radio und Fernsehen, die wir über den Anschlag auf das Kantonsspital Basel vorinformiert haben, haben uns nicht überzeugt. Wir brauchen für unsere Mission richtig schlagzeilengeile Reporter.» Er klatschte nochmals in die Hände und schnauzte Wladimir an, ihm einen Espresso herauszulassen. Wladimir servierte ihm den Kaffee. Er setzte sich neben Alex und zog aus der Innentasche seines Jacketts einen Tabletcomputer hervor. Er fingerte daran herum, schrieb etwas und zeigte Alex den Bildschirm.

Es war offenbar ein Mail. Allerdings geschrieben in einem Programm, das Alex noch nie gesehen hatte. Alex konnte auch nicht erkennen, an wen das Mail adressiert war. Als er den kurzen Text las, wurde ihm speiübel.

REDAKTION AKTUELL, WANKDORF, BERN

Einige Minuten später erhielt Kirsten Warren das Mail über die unergründlichen Umwege des versteckten Netzes. «Oh, my god!», sagte sie ziemlich laut, so dass es die anderen Redaktoren hörten.

«Was ist los?», fragten mehrere, drei standen auf und eilten zu ihr.

Doch Kirsten drückte das Mail weg und meinte: «Nichts.»

ERLENMATT, BASEL

In aller Eile hatte sich Olivier Kaltbrunner von seiner Frau Pranee und Stieftochter Nazima verabschiedet und sass nun aufgeregt im Bus der Linie 30. Nazima hatte gegen Papas Weggang laut protestiert, weil er ihr für diesen Samstag versprochen hatte, auf einen Bauernhof ins Baselbiet zu fahren und dort junge Kätzchen anzuschauen. Nazima wünschte sich seit Langem ein Tier. Kaltbrunner wusste, dass er früher oder später von seinen beiden Frauen überredet werden würde und arbeitete daran, dass es wenigstens eine Katze statt eines Hundes sei. Es graute ihm davor, mit einem Hund regelmässig Gassi zu gehen. Sämtliche Beteuerungen von Pranee und Nazima, dass er gar nie mit ihm hinausgehen müsste, glaubte er nicht. Er sah sich schon mit Hundekotbeutel durch die Erlenmatt wandern …

Seine Frau und seine Tochter hatten ihn gefragt, wann er zurück sei. Er wisse es nicht, hatte er geantwortet und betont, dass sie ihn nur im Notfall anrufen sollten. Seit seine Tochter beim Mordfall «Online-Toter» entführt worden war, schützte Olivier Kaltbrunner seine Privatsphäre noch besser und vermied es, sein Handy für Gespräche mit seiner Frau zu benutzen. Vor allem in diesem Cyberwar-Fall war er überzeugt, dass die Täter ihn im Visier hatten. Aber seine Familie wegschicken oder bewachen lassen, wollte er nicht. Das könnte die Täter provozieren, glaubte er.

Kaltbrunner ärgerte sich über die vielen Leute, die ebenfalls mit dem 30er-Bus fahren wollten, er ärgerte sich über den Fahrer, weil er seiner Ansicht nach zu wenig schnell fuhr und er ärgerte sich über die Lichtsignalanlagen, die statt grüner Welle Dauerrot zeigten. Natürlich wusste er, dass das alles nicht gegen ihn persönlich gerichtet war. Dass Sandra Bosone bei Susa Schwarz zu Hause sass in einem Kaff im Appenzellerland, mehrere Autostunden von Basel entfernt, gefiel ihm gar nicht. Und was hatte es mit diesen Leichenbildern auf sich? Davon hatte er überhaupt noch nie gehört. Aber es passte in das Bild, das er von Konstantin Schwarz hatte: Der Kerl war ein Terrorist.

An der Haltestelle Schanzenstrasse verschaffte er sich unfreundlich Platz, damit er als Erster aussteigen konnte. Er spurtete zur Brücke, die Treppe hinunter, rannte über die Heuwaage, musste aber warten, bis ein Tram der Linie 10 an ihm vorbeigeschlichen war, verfluchte es mehrfach und hörbar und rannte schliesslich in den Waaghof in sein Büro. Er startete den PC, hämmerte mit den Fingern auf den Tisch, sagte immer wieder «Goppeloni, warum dauert das denn so lange?», konnte sich schliesslich im System anmelden, las die aktuellen Protokolle der Nacht, darunter mehrere Einträge wegen der blockierten Wasserversorgung. Nun wurde ihm klar, warum auch sein Wohnblock kein Wasser hatte und er nicht hatte duschen können. Dann surfte er auf «Online»-Aktuell. Erst jetzt erfuhr er, was in der Schweiz gerade ablief. Er bekam Hühnerhaut. «Goppeloni», murmelte er und rief Sandra an.

«Ja?»

«Frau Bosone, liebe Sandra, ich bitte Sie und Susa eindringlich: Nehmen Sie sich sofort ein Taxi und fahren Sie in die Klinik zurück.»

«Und warum?»

«Ich werde es Ihnen so schnell wie möglich erklären. Aber machen Sie es jetzt einfach. Ich bitte Sie.»

«Ist Susa in Gefahr?»

«Nein, das glaube ich nicht, aber sie soll Sie begleiten.»

«Okay. Sie meinen das ernst?»

«Ja, bitte!»

Sandra sagte nichts mehr, sondern legte auf. Zum Glück hatte sie nicht gefragt, ob sie in Gefahr sei. Kaltbrunner hätte sie faustdick anlügen müssen. Er nahm seine Brille ab, rieb sich die Augen, das ganze Gesicht. Er knetete seine Finger und Hände. Dann setzte er die Brille wieder auf und murmelte: «Es gibt nichts, ich muss es tun.» Er rief Peter Renner an.

MEDIENZENTRUM, BUNDESHAUS, BERN

Die Medienkonferenz wurde zum Desaster. Bundespräsident Roland Bruppacher las eine «Rede zur Lage der Nation» ab: viel Blabla und wenige Informationen. In der Fragerunde war Bruppacher überfordert: Stimmt es, dass eine Drohne ein Auto in Bern beschossen hat? Herrscht tatsächlich Krieg gegen die Schweiz?

Wer sind die Terroristen? Ist die Armee bereit? Besteht die Gefahr, dass nach der Wasserblockade die Atomkraftwerke in die Hände der Terroristen fallen? Hat die Schweiz Kontakt zum Militärbündnis NATO aufgenommen? Stimmt es, dass die Terroristen die Aufgabe der Schweiz als eigenständigen Staat verlangen, wie «Aktuell» schreibt? Und so weiter. Alles Fragen, die völlig berechtigt waren. Die Antworten des Bundespräsidenten hinterliessen bei den Journalisten einen schlechten Eindruck: Bruppacher sei ausgewichen, habe alles schöngeredet und abgewiegelt, «Aktuell» verurteilt, als Terroristen lediglich die üblichen Verdächtigen aus islamistischen Kreisen gesehen und die Armee völlig naiv als «starke Sicherheitsorganisation, die alles im Griff hat», angepriesen. Für die meisten Journis war klar: Die Schweizer Regierung war mit der Situation überfordert. Zudem wurde kritisiert, dass weder Militärminister Bernauer noch Armeechef Erler präsent waren.

Die Reaktionen der Parteien liessen nicht lange auf sich warten. Die Rechten verurteilten den Gesamtbundesrat als mitverantwortlich, da er seit Jahren ihre mahnenden Worte und die Volksentscheide in den Abstimmungen ignoriert habe und weiterhin mit der Europäischen Union, der UNO und anderen internationalen Organisationen taktiert und das Schweizervolk verkauft habe. Die Linken argumentierten, dass wegen der Rechten der «Bogen der schweizerischen Rosinenpickerei» überspannt worden sei und deshalb eine terroristische Gruppierung nun das Land angreife. Die «Nähe der Rechten zum Gedankengut der Nationalsozialisten» habe dies heraufbeschworen. Die Mitteparteien begnügten sich damit, der Regierung ihren «bedingungslosen Rückhalt» zu versichern, um das Land gemeinsam aus dieser Krise zu führen. Die Armee sei in allen Belangen zu unterstützen.

REDAKTION AKTUELL, WANKDORF, BERN

Peter Renner hatte von der Medienkonferenz wenig bis nichts mitbekommen, da er ein langes Telefonat mit Olivier Kaltbrunner geführt hatte. Wirtschaftsredaktor Flo Arber verfolgte die

Konferenz am Fernseher und bereitete nun die Infos für die Online- und die Printausgabe auf.

Jetzt sass Renner bei Jonas Haberer, der während der Medienkonferenz mit seinen Lachsalven die ganze Redaktion erschüttert hatte. Anwesend waren zudem Emma Lemmovski und Kirsten Warren.

«Habt ihr den Roli gesehen?!», fragte Haberer. «Das ist unser Bundespräsident! Ein Vollidiot! Immer sein dämliches ‹Wir haben alles im Griff›-Gelaber. Ein Vollidiot! Noch schlimmer als der tote Killer!» An seinem rechten Nasenloch hing ein Popel. Renner deutete Haberer mit einem Griff an die Nase darauf hin. Haberer brüllte: «Ja, Pescheli, da fallen mir die Bööggen aus dem Zinggen!» Er nahm den Popel mit zwei Fingern weg, zerrieb ihn und spickte ihn in die Luft. Emma Lemmovski schaute angewidert weg.

«Jonas, wir haben ein Problem.»

«Schiess los! Was gibt's?»

«Kommissär Kaltbrunner hat unsere Sandra auf einen Top-Terroristen angesetzt. Er ging möglicherweise zwar nicht von einem Top-Terroristen aus, aber das macht es nicht besser.»

«Ich sag's ja: Kommissar Zufall», meinte Haberer abschätzig.

«Bitte?», sagte Emma Lemmovski aufgebracht.

«Lange Geschichte, erzähle ich ein andermal. Fakt ist, dass Sandra auf dem Handy eines gewissen Konstantin Schwarz Leichenbilder entdeckt hat.»

«Weiss ich, weiss ich», maulte Haberer. «War ja deshalb bei Sändle.»

«Im Zusammenhang mit einer Festnahme in Basel hat Kommissär Kaltbrunner nun den Verdacht, dass Konstantin Schwarz der Drahtzieher der Terroranschläge sein könnte.»

«Und wo ist nun unser Problem?», fragte Haberer. «Das ist doch ein Glücksfall.»

«Kaltbrunner meint, Sandra sei in Gefahr. Er fragt uns, ob wir Sandra irgendwie dazubringen können, dass sie ihre Reha in einer anderen Klinik, möglichst weit weg von der Schweiz, fortsetzt. Da er wisse, wie sehr sie an ihrem Beruf hänge, könnte ein gutes Wort der Chefredaktion vielleicht etwas nützen.»

«Pescheli, richte bitte deinem Kommissar Zufall aus, dass Sändle unsere beste Mitarbeiterin ist und wir nicht im Geringsten vorhaben, sie irgendwohin zu schicken. Er hat mit gezinkten Karten gespielt, der Herr Kommissar Zufall, also soll er selber schauen, wie er aus dieser miesen Nummer wieder rauskommt. Sändle passiert nix. Die soll endlich wieder anfangen zu schreiben, sonst dreht die noch durch.»

«Wir sollten die Mahnungen des Kommissärs ernst ...»

«Pescheli, hör gottverdammt endlich mit diesem blödsinnigen Kommissääääär auf. Keine Sau sagt Kommissar mit ä!»

«Doch, alle in Basel.»

«Ich kenne nur den Kommissär Bärlach in Friedrich Dürrenmatts ‹Der Richter und sein Henker›. Aber das ist hundert Jahre her.»

«In Basel heisst es aber Kommissär für Kommissar.»

«Eine gewisse Bildung haben Sie ja tatsächlich, Jonas», meinte Emma.

Haberer warf ihr einen abschätzigen Blick zu. Darauf schickte sie ihm ein kleines Küsschen.

«Darf ich auch noch etwas sagen?», warf Kirsten Warren ein.

«Natürlich, Kirschtorte. Gehen wir mal wieder Golfspielen? Sofern dein Baggerfahrer Ralf nichts dagegen hat natürlich.»

«Alex und Joël sollen enthauptet werden, falls wir ihre Berichte nicht vollständig veröffentlichen», sagte Kirsten Warren, ohne auf Haberers Bemerkungen einzugehen.

«Enthauptet?», meinte Emma Lemmovski entsetzt. «Dann handelt es sich ganz klar um islamistische Terroristen.»

«Die bluffen doch», sagte Haberer. «Hast du diesen Scheiss wieder aus dem Blödnetz?»

«Wie immer aus dem Darknet oder Deep Web, wie du ...»

«Papperlappapp. Wir machen, was wir für richtig halten. Alex und Joël werden das schon überstehen.»

«Ich würde nicht spassen», meinte Kirsten.

«Kinderkram», sagte Haberer und grölte. Er war der einzige.

AUTOBAHN A2 BASEL – ZÜRICH

Olivier Kaltbrunner raste mit seinem Opel Insignia über die Autobahn von Basel Richtung Appenzellerland. Ausser Peter Renner hatte er niemanden darüber informiert, dass er möglicherweise eine heisse Spur zu den Urhebern der Terrorattacken habe. Er musste die Leichenbilder von Konstantin Schwarz zuerst mit eigenen Augen sehen. Er musste nachdenken. Er musste seine weiteren Entscheidungen fällen. Bevor er Staatsanwalt Fässler und damit die grosse Staatsgewalt informieren würde. Er musste mit Sandra Bosone und mit Susa Schwarz reden. Es war Samstag. Er hatte keinen Dienst. Er war in seiner Freizeit unterwegs. Er musste keine Rechenschaft ablegen, was er in seiner Freizeit machte. Sein Tun war irgendwie legitim. Vielleicht.

REDAKTION AKTUELL, WANKDORF, BERN

Um Punkt 18 Uhr haute Peter Renner die Geschichte über den Angriff einer Kampfdrohne auf Jonas Haberer raus. Danach kümmerte er sich um die ausserordentliche «Aktuell»-Sonntagsausgabe, die ab fünf Uhr von kurzfristig engagierten Austrägern an allen Hotspots der Schweiz wie Bahnhöfen und Autobahnraststätten verteilt werden sollte.

Alles lief wie am Schnürchen. Renner war stolz auf seine Leute. Nur eine Mitarbeiterin enttäuschte ihn: Kirsten Warren. Sie war vor fünf Minuten bei ihm im Büro gestanden und hatte ihm mitgeteilt, dass sie nach Hause zu ihrem Sohn Christopher müsse. Renner hatte zwar leer geschluckt, dann aber sein Okay gegeben. Er wollte nicht gegen alleinerziehende Mütter polemisieren. Emma Lemmovski hätte ihn dafür scharf gerügt. Trotzdem, Renner hatte ein seltsames Gefühl. Er besprach sich mit Chefredaktor Haberer.

«Hast du etwas gegen die Kirschtorte?», fragte Jonas.

«Nein, aber sie benimmt sich wie eine Fremde in unserer Redaktion.»

«Pescheli, du hast ein Problem. Nur weil die Kirschtorte auf mich steht, findest du sie Scheisse. Sieh es mal positiv: Ich überlasse dir Emmeli, auf die stehst du ja schon seit Jahren!»

«Hör auf, Jonas. Darum geht es nicht. Ich habe einfach das Gefühl, dass Kirsten ...» Renner hielt inne.

«Ha! Sag ich ja schon die ganze Zeit, dass mit der Kirschtorte etwas nicht stimmt!» Haberer machte eine kurze Pause und fragte dann: «Was hast du denn für ein Gefühl?»

«Das gleiche wie du: Irgendetwas stimmt nicht mit der.»

«Aber du kanntest ihre Geschichte, als du sie eingestellt hattest?»

«Ja, ja, da war alles bestens. IT-Spezialistin, Hobbyjournalistin, Hausfrau, die wegen ihrem Ex-Mann in der Schweiz gelandet ist und so weiter. Und wir waren ja bisher dankbar für ihre Verbindungen zum Deep Web. Aber jetzt frage ich mich langsam ...»

«Meinst du wirklich?»

«Henry will sie kürzlich vor dem Pentagon gesehen haben. Sie hat sich mit jemandem getroffen.»

«Pescheli», unterbrach Haberer, «das ist sicherlich Quatsch. Heute trifft sich niemand mehr mit irgendjemandem. Dafür hat man Facebook. Oder das Dark Web. Henry hat Halluzinationen. Warum sagst du jetzt auch, dass mit der Kirschtorte etwas nicht stimmt? Spürst du das im Urin?»

«Ja.»

«Oha. Dann stimmt es.»

REHA-KLINIK, SPEICHER, KANTON APPENZELL AUSSERRHODEN

Es war 19.35 Uhr, als Olivier Kaltbrunner in der Klinik ankam. Er rannte sofort in Sandra Bosones Zimmer. Doch es war leer. Kaltbrunner ging zum Empfang und bat um eine Auskunft. Der Rezeptionist meinte aber, er könne keine Auskunft über Patienten geben. Darauf zückte der Kommissär seinen Dienstausweis und teilte dem Mann mit, dass es sich um einen Notfall handle und er sofort mit der diensthabenden Leitungsperson sprechen müsse. Der Rezeptionist telefonierte und wies Kaltbrunner an, einen Moment zu warten.

Der Rezeptionist zeigte ihm den Weg zum Getränkeautomaten. Kaltbrunner liess sich einen Kaffee mit Milch und extra Zucker heraus. Den extra Zucker werde ich brauchen, sagte er sich.

Um 19.22 Uhr erschien ein Herr in einem weissen Kittel, der sich als Doktor Schröder vorstellte und hochdeutsch sprach. «Tut mir leid, Frau Bosone hat heute die Klinik verlassen und ist bisher nicht zurückgekehrt.»

«Goppeloni», murmelte Kaltbrunner.

«Bitte?»

«Nichts.» Er überreichte Dr. Schröder seine Karte und sagte: «Können Sie mich anrufen, wenn sie zurückkommt. Es ist sehr dringend.»

«Kommissär Kaltbrunner», las Dr. Schröder. «Hat Ihr Erscheinen etwas mit Frau Bosones Unfall zu tun?»

«Genau», antwortete Kaltbrunner und verliess die Klinik mit schnellen Schritten.

REDAKTION AKTUELL, WANKDORF, BERN

«Giele!», brüllte Jonas Haberer um 20.03 Uhr durch die Redaktion. «Ich habe genug! Wir machen morgen weiter. Danke für euren Einsatz. Unsere erste Sonntagsausgabe gefällt mir. Wenn etwas ist, erreicht ihr mich auf dem Handy. Vielleicht. Ich werde mir erst einmal einen Apéro genehmigen.» Klack – klack – klack.

WOHNSIEDLUNG BERG, TROGEN, KANTON APPENZELL AUSSERRHODEN

Nach der ersten Erleichterung, dass Sandra Bosone in der Wohnung von Susa Schwarz war und beide Frauen wohlauf waren, folgte der schwierigere Teil seiner Mission: Olivier Kaltbrunner musste sich erklären. Die Reporterin nahm es erstaunlich gelassen, dass sie etwas wie ein Spitzel des Kommissärs gewesen war.

Susa Schwarz dagegen war zutiefst schockiert. Was Kaltbrunner aber nicht überraschte, schliesslich hatte sie gerade erfahren, dass ihr Ehemann einerseits ein Verbrecher war, der einen Bijoutier getötet hatte und andererseits vielleicht ein Terrorist, der vor nichts zurückschreckte. Es war 22.47 Uhr und Kaltbrunner sagte: «Darf ich die Bilder von Konstantin Schwarz' Handy sehen?»

Susa Schwarz antwortete nicht, tippte auf ihrem Handy herum und gab Kaltbrunner das Gerät. Der Kommissär zappte sich durch die Fotogalerie. Er betrachtete die Leichenbilder aufmerksam. Auch die Fotos mit den Verstümmelten. Er versuchte, keine Reaktion zu zeigen, obwohl es ihm die Kehle zuschnürte. Er machte: «So, so, hmm, hmm.»

«Herr Kaltbrunner!», sagte Sandra. «Können Sie mit diesem ‹So, so, hmm, hmm› aufhören?»

«Natürlich. Ich bin am Überlegen.»

«Worüber denken Sie nach?»

«Woher die Bilder stammen könnten.»

«Es sind verbrannte Leichen zu sehen. Mädchen und junge Männer mit zerschnittenen Genitalien. Mein Fotograf sagt, die Bilder seien nicht besonders alt.»

«Wie bitte, ein Fotograf hat die Bilder auch?»

«Nein, aber ich habe ihm davon erzählt.»

«Goppeloni!»

«Was?»

«Wer weiss noch alles von den Fotos?»

«Mein Chef, Jonas Haberer.»

«Goppeloni!»

«Warum?»

Kaltbrunner nahm seine goldene Brille von der Nase, rieb sich die Augen und sagte: «Ich werde jetzt die Kantonspolizei Appenzell Ausserrhoden informieren und Personenschutz für Sie beantragen lassen. Für Sie, Frau Bosone und für Sie, Frau Schwarz.»

«Nein, danke!», sagten beide Frauen gleichzeitig.

«Tut mir leid, Sie werden sich dem nicht entziehen können. Und jetzt bringe ich Sie beide in die Klinik.»

STOCKERENWEG, BERN

23.48 Uhr: In einem kurzen Mail bedankte sich die Gruppe «Free World» für die «wertvollen Informationen». Man wünschte Kirstens Sohn viel Spass beim Game «Reporters of War». Er könne weiterspielen und müsse nichts befürchten. Vorausgesetzt, die Zusammenarbeit funktioniere auch künftig so gut. Angehängt war eine Liste mit Massnahmen, die Kirsten einleiten sollte, sobald sie dazu aufgefordert würde. «Oh, my God», flüsterte Kirsten mehrmals, als sie die Liste las. Sie endete mit dem Hinweis, dass sie alle Befehle vom Commander erhalten werde.

REDAKTION AKTUELL, WANKDORF, BERN

23.55 Uhr verliess auch Peter Renner die Redaktion. Er war stolz auf seine Sonntagsausgabe. Er hatte mit einem Grafiker zusammen die Bilder von Henry Tussot so gut zusammengeschnitten, dass ein bedrohlich wirkendes Titelblatt entstand: Der durchsiebte Panzer von Jonas, die echten Panzer der Schweizer Armee und das dumme Gesicht des Bundespräsidenten. Damit war allein mit den Bildern die ganze Geschichte erzählt: Die Schweiz befand sich im Krieg und stand mit dem Rücken zur Wand.

Die Headline, die Renner kreiert hatte, lautete: *Bundesrat: Wir haben alles im Griff.* Unten an der Seite stand riesig: *LOL* und klein darunter: *laughing out loud – zum Grölen!*

WIEREZWIL, RAPPERSWIL IM BERNER SEELAND

23.59 Uhr: Aus einem alten Schuppen des Weilers Wierezwil schoben zwei Männer die MQ-1B Predator mit einer Flügelspannweite von fast fünfzehn Metern auf das Rollfeld. Sie war mit einer Hellfire-Rakete bestückt.

16. Mai

JURASTRASSE, LORRAINE-QUARTIER, BERN

04.55 Uhr: Der Handywecker von Peter Renner spielte «Grüezi wohl, Frau Stirnimaa», ein Hit der Schweizer Popgruppe Minstrels aus den Sechzigerjahren. Zwei Minuten später klingelte der normale Wecker. Um Punkt fünf Uhr schaltete sich der Radiowecker ein. Die Nachrichtensprecherin verkündete in der ersten Meldung, dass in Trogen, Kanton Appenzell Ausserrhoden, eine Wohnsiedlung in Brand stehe. Nach ersten Erkenntnissen von Feuerwehr und Polizei seien drei Personen im Flammeninferno umgekommen. Siebzehn Personen würden vermisst, zweiunddreissig seien mittelschwer bis schwer verletzt. Die Ursache des Grossbrandes sei noch unbekannt. Zeugen hätten ausgesagt, dass es eine Explosion gegeben habe. Erst an zweiter Stelle folgten Meldungen über Angriffe auf die Schweiz.

Peter Renner hörte zu und überlegte, dass er sofort Fotograf Henry Tussot zu diesem Brand ins Appenzellerland schicken sollte. Aber machte das Sinn? War dieser Brand vierundzwanzig Stunden später noch von irgendwelchem Interesse? Appenzell – da war doch irgendetwas ... Sandra. Klinik in Speicher. Ihre Physio mit den Leichenbildern in ...

Kommissär Kaltbrunner ... Trogen! «Fuck, fuck, fuck!», rief Renner, kletterte aus dem Bett, schnappte sich das Handy und rief Sandra Bosone an.

Beim fünften Versuch meldete sich Sandra: «Hallo?»

«Gott sei Dank, du lebst!»

«Hä?»

«In Trogen brennt eine Wohnsiedlung lichterloh. Mehrere Tote.»

«Himmel!», rief sie aus.

IN EINEM UNTERGESCHOSS

Nach einem reichhaltigen Frühstück mit Omeletten, Speck, Rösti, Zopf, Konfitüre und dreizehn verschiedenen Käsen wurden Alex und Joël von Wladimir eingeladen, ihn in den Kommandoraum zu begleiten. Konstantin Schwarz trug wieder den Kampfanzug. «Guten Morgen. Wir haben heute Nacht leider einen Angriff fliegen müssen. Er war nicht geplant. Wir müssen davon ausgehen, dass rund zwanzig Menschen die Aktion nicht überlebt haben oder überleben werden. Das tut mir leid. Der Einsatz wurde nötig, weil …» Konstantin Schwarz ballte die Fäuste, wartete einen Augenblick und knallte sie dann mit voller Wucht gegen die Wand. Er schüttelte die Hände und sprach weiter: «Weil ausgerechnet meine Frau mich betrogen und belogen hat. Und weil ein ganz schlauer Polizist sich wichtigmachen will. Er hat letztlich diese Opfer zu verantworten.»

Alex und Joël standen schweigend da. Joël roch Schweiss. Wo blieb Konstantins angenehmes Aftershave? Offensichtlich schwitzte Schwarz nun auch wie sein Gehilfe Wladimir. Das verheisst nichts Gutes, sinnierte Joël.

«Kommen Sie, meine Herren», sagte Schwarz, «ich werde Ihnen alles ganz genau erklären, damit sie einen möglichst authentischen Bericht schreiben können. Die Aktion war auch für uns mit einigen Risiken verbunden, da die Schweizer Armee nach dem Einsatz in Bern vermutlich ein besonderes Augenmerk auf ‹unbekannte Flugobjekte› hat. Aber es verlief alles glatt.»

«Wo sind denn Ihre Drohnen stationiert?», fragte Alex.

«Wladimir, bring die beiden in ihr Appartement zurück», befahl Konstantin Schwarz. «Sofort!»

WAAGHOF, KRIMINALKOMMISSARIAT, BASEL

Punkt acht Uhr wählte Kommissär Kaltbrunner die Nummer von Staatsanwalt Fässler.

«Ja?», krächzte Fässler.

«Wir müssen reden.»
«Worüber?»
«Persönlich. Es ist dringend.»
«Ich gehe mit meiner Mutter nach Deutschland essen.»
«Ich fürchte, das müssen Sie absagen.»
«So schlimm?»
«Schlimmer.» Kaltbrunner kam dieser Dialog filmreif vor. Bloss gab es jetzt keinen Schnitt.
«Was zum Teufel ist passiert?»
«Ich glaube, ich bin der Einzige, der eine Spur zu den Terroristen hat, die die Schweiz bedrohen.»
«Sie haben eine Spur?»
«Ich fürchte ja!»
«Ich bin in fünf Minuten da.»
«Nein, das schaffen Sie nicht. Sie liegen ja noch im Bett, oder?»
«Dann in zehn Minuten.»
«In einer halben Stunde reicht auch. So schnell ist dieser Krieg nun auch wieder nicht.»

REDAKTION AKTUELL, WANKDORF, BERN

Schweizer Finanzsystem vor dem Grounding – Diese Schlagzeile auf der Titelseite des Sonntagsblicks liess Peter Renners Puls hochschnellen. Er las sofort den gesamten Bericht. Die Recherchen der Sonntagsblick-Journalisten hatten ergeben, dass nicht nur die Zürcher Privatbank Anderegg & Cie. von Kontoplünderungen betroffen war, sondern auch die beiden Grossbanken und mehrere Kantonalbanken. Der Gesamtschaden belaufe sich auf mehrere Milliarden Schweizer Franken. Eine offizielle Bestätigung gab es jedoch nicht. Sämtliche Geldinstitute liessen verlauten, dass sie diesen Artikel aus Datenschutzgründen nicht kommentierten. Auch die eidgenössische Bankenaufsicht gab nur zurückhaltend Auskunft. Man wisse von «gewissen Softwareproblemen bei verschiedenen Banken, die möglicherweise jenen Fehlleitungen, die in der Privatbank Anderegg & Cie. aufgetaucht sind, ähnlich seien». Das war zwar eine ziemlich nichtssagende Aussage. Renner ging davon aus, dass die Interviewer des Sonntagsblicks off record einige Zusatzinformationen erhalten hatten, die sie dazu bewogen hatten, die Story so zu bringen. Auch die Sonntagszeitung brachte in Verbindung mit den Terrorattacken eine Wirtschaftsgeschichte: Es sei das Ziel der Gruppe «Free World», die Schweiz zu destabilisieren und dadurch eine Wirtschaftskrise zu verursachen. Denn ohne die international geschätzten und hochgelobten Vorzüge der Schweiz – Stabilität, Demokratie, Sicherheit, bestens funktionierende Infrastruktur, hervorragende medizinische Versorgung – würden sich die Anleger und Investoren zurückziehen, was zur Folge hätte, dass das Fundament des Wirtschaftsstandorts Schweiz zusammenbrechen würde. Die Schweiz in der jetzigen Form wäre definitiv vernichtet.

Renner fand das zwar sehr schwarz gemalt, musste dem Autor des Artikels aber trotzdem Recht geben. Er würde sofort seinen Wirtschaftsjournalisten Flo Arber auf die beiden Themen ansetzen in der Hoffnung, Flo könne noch ein bisschen mehr herausfinden. Irgendwelche Politiker und Experten warteten doch nur darauf, ihren Senf dazuzugeben. Um 09.13 Uhr sah er, dass Kirsten Warren das Grossraumbüro betrat. Sie trug dunkle Boots und enge Jeans. Allerdings hatten die Boots heute deutlich höhere Absätze als sonst. Dadurch wirkte Kirsten noch anziehender. Renner wollte sie gleich zu sich rufen, überlegte es sich aber anders. Sie sollte sich erst einmal setzen und einrichten können. Dann würde er ihr sofort auf den Zahn fühlen.

BAHNHÖFE AARAU, BASEL, BERN, OLTEN, ST. GALLEN, ZÜRICH UND ANDERE

Die exklusive Sonntagsausgabe der Gratiszeitung «Aktuell» wurde den Verteilern regelrecht aus den Händen gerissen. Zwar hatten auch die normalen Sonntagsblätter fliegende Verkäufer organisiert, die ihre Zeitungen ebenfalls lauthals anpriesen. «Die Hintergründe zum Krieg gegen die Schweiz!», riefen sie. Oder: «Exklusives Interview mit Korpskommandant Schneider!» Oder:

«Exklusiv-Interview mit dem Bundespräsidenten.» Aber wer auch immer diese Zeitungen kaufte, holte auch noch eine «Aktuell». «Aktuell» hatte bei diesem Thema – und das war unbestritten – die Nase vorn. Auch wenn alle anderen Medien auf «Aktuell» eindroschen und die Zeitung des Denunziantentums bezichtigten.

WAAGHOF, KRIMINALKOMMISSARIAT, BASEL

Nach dem persönlichen Gespräch mit Staatsanwalt Hansruedi Fässler war für Olivier Kaltbrunner klar, dass Konstantin Schwarz keine Chance mehr hatte. Ausser er tauchte irgendwo ab. Sein Name war in den Rechnern aller nationalen und internationalen Polizeistellen verzeichnet. Konstantin Schwarz trug das Prädikat «international gesuchter, äusserst gefährlicher Terrorist». Kaltbrunner ging davon aus, dass auch die Militärpolizei und der gesamte Führungsstab der Schweizer Armee den Namen «Konstantin Schwarz» auf dem Radar hatten. Zudem würden internationale Experten zur Bekämpfung der Internet-Kriminalität und des Cyber-Wars den Namen durch Computersysteme jagen, von denen Olivier Kaltbrunner und alle anderen Normalmenschen noch nie gehört hatten.

Dass der Staatsanwalt auf den Einsatz der Reporterin Sandra Bosone als Polizeispitzel milde reagiert hatte, lag daran, dass Olivier Kaltbrunner es einerseits geschafft hatte, das Ganze als wunderbaren Zufall zu verkaufen. Und andererseits, dass er Sandra und Susa eine halbe Stunde vor Brandausbruch dank Kollegen der Ausserrhoder Polizei in die Reha-Klinik zurückgebracht hatte. Kaltbrunner war sich allerdings bewusst, dass das Haus in Trogen möglicherweise wegen seinen verdeckten Recherchen brannte. Doch seine verdeckten Recherchen führten möglicherweise auch als einzige auf die Spur von Konstantin Schwarz und den anderen Terroristen. Deshalb hoffte er, dass das Verfahren gegen ihn, das so oder so eingeleitet würde, glimpflich ausgehen werde. Ansonsten wäre er seinen Job wohl los. «Goppeloni», murmelte er.

REDAKTION AKTUELL, WANKDORF, BERN

Um 09.45 Uhr verkündete Kirsten Warren Nachrichtenchef Renner, dass sie per Deep Web einen Text von Alex und mehrere Bilder von Joël erhalten habe. Eine Kampfdrohne vom Typ Predator habe die Katastrophe von Trogen ausgelöst. Die Drohne habe eine Hellfire-Rakete abgefeuert, die in der Siedlung Berg eingeschlagen sei.

«Kirsten, setz dich einen Moment zu mir», sagte Peter Renner, und schob ihr einen Stuhl hin.

«Pete?», fragte Kirsten und lächelte den Nachrichtenchef an.

«Geht es dir gut?»

«Ya! Immer wenn ich bei dir bin.»

«Bullshit!»

«Was?» Kirsten war sichtlich entsetzt über Renners Ausdrucksweise.

«Kann ich dir vielleicht helfen?», fragte Renner.

«Wobei?»

«Wo sind Alex und Joël? Wo ist diese Kampftruppe ‹Free World›?»

«Ich habe keine Ahnung, Pete. Was willst du mir unterstellen?»

«Nichts!»

«Also willst du mir etwas unterstellen?»

«Ich unterstelle dir nichts.»

«Was soll dann diese Fragerei?»

«Ich befürchte, dass du ziemlich im Schlammassel steckst.»

«What?» Die Amerikanerin verdrehte die Augen.

«Na ja», sagte Renner, «du kümmerst dich um deinen Sohn, hast einen aufreibenden Job, und dann die ganze Sache mit dem Deep Web – ich kann mir vorstellen, dass dich das belastet.»

«Ja, das tut es. Aber ich schaffe das. Ich bin nicht weniger belastbar, nur weil ich Mutter bin. Emma Lemmo …»

«Um Gotteswillen, Kirsten, ich wollte bloss fragen, ob du Hilfe brauchst. Und du solltest vor dem Pentagon jemanden …»

«Pete, du bist genauso ein Macho wie Jonas und Henry. Du enttäuschst und verletzt mich zutiefst. Ich werde das Emma berichten.» Kirsten Warren stand auf und verliess den Newsroom. In diesen High-Heels-Boots sah sie einfach traumhaft aus. Aber mit ihr stimmte etwas nicht, fragte sich nur was.

REHA-KLINIK, SPEICHER, KANTON APPENZELL AUSSERRHODEN

Sandra schaute in der Live-Schaltung des Schweizer Fernsehens die Katastrophe von Trogen an. Es war ihr klar, dass es sich nicht um ein normales Feuer handelte. Das musste ein Angriff der Terroristen gewesen sein. Und das Ziel waren Susa und sie. Oder nur Susa. Oder nur sie. Um 09.55 Uhr rief Jonas Haberer an.

Was will der schon wieder?, fragte sich Sandra und überlegte einen Moment, ob sie den Anruf entgegennehmen wollte. Aber vielleicht erkundigte sich Haberer ja nur nach ihrem Befinden.

«Sändle, es ist schön, dass du diesen Raketenangriff überlebt hast», legte Haberer sofort los. «Aber jetzt reden wir beide mal Tacheles!»

«Wie Rakete? Was Tacheles?»

«Im Wohnblock von Susa Schwarz, in dem du dich mit ihr versteckt hast, schlug eine Rakete des Typs Hellfire ein. Das ist zwar ein uraltes Ding, aber trotzdem wirkungsvoll. Du siehst, die Typen meinen es ernst. Deshalb ...»

«Jonas, Jonas, Jonas!», unterbrach Sandra. «Woher weisst du das?»

«Von unseren embedded journalists natürlich, Alex und Joël. Dieses embedded Zeug gefällt mir immer besser. Tolle Sache!»

«Habt ihr Kontakt zu den beiden? Geht es ihnen gut?»

«Sändle, das kümmert im Moment niemanden. Immerhin scheinen sie ganz lebendig zu sein, sonst könnten sie ja nicht schreiben, fotografieren und filmen. Aber jetzt zu dir, Sändle, ich brauch endlich diese vermaledeiten Leichenbilder dieses Tinu Schwarz!»

«Was hat das denn ...»

«Sändle, der alte Haberer ist ein bisschen im Druck und kann sich nicht in einer Reha-Klinik ausruhen.» Haberer holte hörbar Luft. «Also, Sändle», schrie er jetzt, «wärst du bitte so gnädig, uns endlich diese Bilder zu schicken! Wenn ich diese Fotos nicht innert einer halben Stunde habe, kannst du in dieser verdammten Klinik so lange bleiben, wie du willst und dir gleich einen neuen Job suchen!» Damit war das Telefongespräch beendet.

Sandra fühlte sich plötzlich lebendig und gesund, denn sie dachte und tickte wieder so wie vor dem Unfall. Und dazu gehörte, dass sie Haberer für den grössten Kotzbrocken der Welt hielt.

IN EINEM UNTERGESCHOSS

Die embedded journalists waren einmal mehr zur Untätigkeit verbannt. Sie schauten im Fernsehen den Feuerwehrleuten zu, wie sie den Brand in Trogen unter Kontrolle zu bringen versuchten. Obwohl der Bericht von Alex und Joël bei «Aktuell»-Online noch nicht erschienen war, spekulierten erste Überlebende, Zeugen und Kommentatoren, dass das Feuer möglicherweise ein Anschlag gewesen sei. Die Zeugen wollten ein lautes Zischen und eine ungeheure Explosion gehört haben. Drei Leute erzählten, dass sie am Himmel ein Flugzeug explodieren sahen. Fünf Minuten später tauchte am Bildschirm ein Strategieexperte auf, der bestätigte, dass die Feuersbrunst tatsächlich so aussehe wie nach einem Raketenangriff. Er habe Dutzende solcher Anschläge im Nahen Osten persönlich miterlebt.

«Bluffer!», murmelte Alex.

REDAKTION AKTUELL, WANKDORF, BERN

Die Zecke verbrachte einen ruhigen Tag. Mit den exklusiven Berichten seiner embedded journalists Alex und Joël würde er gegenüber der Konkurrenz die Nase vorn haben. Für Trogen hatte er zudem freie Journalisten engagiert, die die Katastrophe

professionell abhandeln würden. Und Flo Arber hatte sich hinter die Wirtschaftsgeschichte und das Banken-Grounding gemacht.
Um 12.02 Uhr erschien Henry Tussot im Newsroom: «Hast du die Bilder von Sandra erhalten?»

«Welche meinst du? Die Leichenbilder?»

«Oui!»

«Non.»

«Merde.»

«Warum?»

«Haberer hat mit Sandra telefoniert und ihr Dampf gemacht. Danach habe ich versucht, mit ihr zu reden. Aber irgendwie ist sie nicht mehr gut auf mich zu sprechen.»

«Warum das?»

«Weiss auch nicht.»

«Henry! Warum?»

«Ach, was Persönliches.»

«Hattet ihr eine Affäre?»

«Nein.» Henry schaute zu Boden.

Renner bohrte nicht weiter. Er fragte: «Soll ich sie anrufen?»

«Vielleicht.»

«Okay. Und was ist sonst mit dir los?»

«Wo sind Joël und Alex?»

«Ich weiss es nicht.»

«Zecke, sag schon. Was spürst du im Urin?»

«Sie sind in der Schweiz.»

«Wo?»

«Henry, ich weiss es nicht. Ich glaube nur, dass sie in der Schweiz sind.»

«Aber wo, verdammt!?»

«Keine Ahnung. Aber du musst gar nicht suchen. Du hast genügend anderes zu tun. Also starte bloss keinen Alleingang!»

«Oui ...»

«Du hast verstanden, Henry? Keinen Alleingang!»

«Merde!», sagte Henry. Und nach wenigen Augenblicken: «Merde! Merde! Merde!»

WOHNSIEDLUNG BERG, TROGEN, KANTON APPENZELL AUSSERRHODEN

Nachdem das Schweizer Fernsehen im Laufe des Vormittags das normale Programm wieder aufgenommen hatte, wurde es um 14.45 Uhr erneut für eine Live-Schaltung nach Trogen unterbrochen. Dort stand ein Reporter neben Korpskommandant Schneider. Dieser sagte: «Wir müssen derzeit davon ausgehen, dass dieser Brand durch den Einschlag einer Rakete verursacht worden ist.»

«Dann stimmt also der Bericht von ‹Aktuell›?», fragte der Reporter.

«Wir kommentieren die Artikel dieses Blatts nicht. Wir wissen, dass die ‹Aktuell›-Journalisten mit den Terroristen zusammenarbeiten.»

«Aber trotzdem stimmt der Bericht über die Predator-Kampfdrohne.»

«Wir fordern vom Schweizerischen Bundesrat sofort die Ausrufung des Notstands und die Ernennung eines Generals. Wir haben bereits mit den Vorbereitungen zur Mobilmachung begonnen.» Der Reporter war fassungslos. Hilflos fragte er: «Was ... was sind die Gründe dafür?» Korpskommandant Schneider antwortete nicht, sondern lief aus dem Bild.

REDAKTION AKTUELL, WANKDORF, BERN

«Pescheli, hast du unseren Playmobilgeneral gesehen?», brüllte Jonas Haberer durch die gesamte Redaktion. «Ich hole mir was zu fressen. Willst auch einen Kebab, Zecke, in den du dich verbeissen kannst?» Gelächter. Klack – klack – klack.

Dann war Ruhe. Renner war sich sicher, dass Haberer weg war und er in Ruhe weiterarbeiten konnte. Er war gerade daran, die Mails von Sandra Bosone zu öffnen und die Anhänge herunterzuladen. Neun Mails hatte Sandra geschickt. Kommentarlos. Es ging ja um die Anhänge. Um neun Bilder mit Leichen mit zerschnittenen Genitalien. Renner öffnete die Fotos und liess sie riesig auf seinem Bildschirm erscheinen. Die Menschen waren eindeutig verbrannt worden, ihre Gliedmassen hatten sich in der Hitze zusammengezogen. Augen hatten sie keine mehr, nur dunkle Löcher in kahlen, schwarzen Köpfen. Zähne waren noch erkennbar. Renner suchte irgendeinen Hinweis, woher die Bilder stammten und wann sie aufgenommen worden waren. Aber die Kleidung der Toten war nicht mehr erkennbar. Sofern sie überhaupt welche anhatten. Waren es weisse oder farbige Menschen? Insgesamt zählte er sechzehn Leichen. Es konnten auch mehr sein. Möglicherweise lagen unter den Körpern, die er auf den Fotos sah, weitere.

Ein interessantes Detail entdeckte Peter Renner auf dem siebten Bild, das Sandra geschickt hatte. Am Arm einer Leiche war eine Armbanduhr zu erkennen. Renner zoomte darauf und hoffte, den Markenname lesen zu können. Die Uhr war aber zu unscharf. Eventuell könnten die Spezialisten in der Bildredaktion etwas herausholen. Doch die Chance, das war Peter bewusst, war klein. Auf Bild acht fiel Renner ein weiteres Detail auf: Am unteren Bildrand lag eine gelbe Flasche mit einer roten Etikette, auf der eine schwarze Flamme abgebildet war. «Brandbeschleuniger!», murmelte Renner und versuchte, die Schrift auf der Flasche zu lesen. Aber auch dieses Bild war viel zu unscharf. Er rief die Bildredaktion an und bat jemanden in sein Büro zu schicken. Erst kam der Chef, Sébastian Constantin. Er erklärte, er habe von Bildbearbeitung keine Ahnung. Das müsse Inge machen. Inge war eine junge Deutsche, die eine Zeitlang herumklickte, aber zu keinem besseren Ergebnis kam. Nach Inge kam Isabelle. Sie meinte, das sei ein Fall für Tis. Tis, der eigentlich Matthias hiess, verlangte, dass Renner ihm das Bild auf seinen Computer maile, weil er ein spezielles Programm installiert habe. Genau für solche Fälle. Renner schärfte ihm und allen anderen ein, niemandem etwas von diesen Bildern zu erzählen. Wohl war ihm bei der Sache nicht. Er rief Sandra an und bedankte sich für die Fotos.

«Was macht ihr jetzt damit?»

«Weiss ich noch nicht. Hast du ein Bild von Konstantin Schwarz?»

«Nein.»

«Aber Susa hat sicher eines.»

«Das nehme ich an.»

«Können wir eines haben?»

«Wozu?»

«Konstantin Schwarz ist wahrscheinlich der Verbindungsmann zu den Terroristen. Wenn wir das Foto veröffentlichen …»

«Ich habe kein Bild.»

«Aber deine Freundin Susa. Sie ist doch bei dir.»

«Peter, ich kann das nicht tun.»

«Warum nicht?»

«Sie ist meine Freundin. Schon wegen der Leichenbilder habe ich ein schlechtes Gewissen.»

«Sie weiss nicht, dass wir sie haben?»

«Sie weiss gar nichts.»

«Ups», machte Renner. «Das ist eine Scheisssituation für dich.»

«Ja, verdammt.»

«Wie geht es dir gesundheitlich?»

«Ich fühle mich fit. Nur das Gehen macht mich unheimlich müde.»

«Sandra, wir brauchen ein Bild von Konstantin.»

«Scheisse.»

«Ja, ich weiss. Aber es ist auch zu ihrem Schutz. Dann ist die ganze Sache vielleicht schneller vorbei.»

«Vielleicht», meinte Sandra.

Gott sei Dank ist Sandra noch jung und etwas naiv!, sagte sich Renner und verabschiedete sich. «Sie glaubt diesen Mist», murmelte er, rief Henry Tussot an und schickte ihn in die Reha-Klinik nach Speicher. Er müsse Sandra helfen, ein Bild von Konstantin Schwarz aus Susas Handy zu saugen.

IN EINEM UNTERGESCHOSS

«Ich möchte Ihnen einen kurzen Text diktieren, Herr Gaster», meinte Konstantin Schwarz von oben herab. «Begleiten Sie mich bitte auf die Brücke!» Alex wurde von Wladimir leicht gestossen. Er folgte Konstantin durch die Gänge, vorbei an Luftschleusen und Betonkammern. Alex fiel auf, dass sowohl die Luftpumpe wie auch die Trockenklosetts nicht mehr in Plastikfolien verpackt waren, sondern installiert und zur Benutzung bereit standen. Was soll das?, fragte sich Alex.

Im Kommandoraum angekommen, loggte sich Konstantin in das Mailprogramm im Deep Web ein und wies Alex an, seinen Platz zu übernehmen. «Schreiben Sie: Die Gruppe ‹Free World› hat mit dieser Rakete und dieser Kampfdrohne, genaue Beschreibung liegt bei, den Anschlag auf Trogen verübt. Es ist die letzte Warnung. Falls die Schweiz ihre Forderungen nicht sofort erfüllt, werden weitaus schlimmere Angriffe stattfinden.» Alex tippte.

«Haben Sie das?»

«Ja.»

«Wiederholen Sie unsere Forderungen: EU-Beitritt, Anschluss an die NATO, Schluss mit Steuergeschenken für Unternehmen und Reiche, Verbot von internationalen Bankgeschäften.»

«Ein Bankenverbot? Das ist neu! Was soll das denn?»

«Kleiner Zusatz von mir persönlich.»

«Das ist doch unmöglich!»

«Keine Diskussion: Ich befehle Ihnen, Herr Haberer und Herr Renner, diese Fotos und diesen Bericht auf der Titelseite Ihrer Zeitung abzudrucken.»

Konstantin Schwarz stellte sich hinter Alex und schaute, was der Reporter schrieb. Er schien zufrieden. Er nahm die Maus in die Hand und klickte auf Anhänge und lud Bilder der Kampfdrohne Predator und der Hellfire-Rakete hoch. «Und als Highlight», kommentierte Schwarz, «schicken wir noch dieses Bild mit.» Das Foto zeigte den Abschuss der Rakete von der Kampfdrohne – und weiter unten die Siedlung Berg, in der Sekunden später mehrere Menschen starben.

«Sie wissen schon, dass die Redaktion machen wird, was sie für gut befindet?»

«Die Redaktion wird tun, was wir verlangen.»

«Weil Sie uns sonst hinrichten?»

«Genau.» Alex schauderte. Dieser Mann schien wirklich zu allem entschlossen zu sein.

REDAKTION AKTUELL, WANKDORF, BERN

Klack – klack – klack. Jonas Haberer kam mampfend in die Redaktion. Er ass den Kebab auf dem Weg durchs Grossraumbüro. Sauce und Fett tropften aus der Papiertüte. Haberer ging leicht gebeugt, damit er beim Abbeissen nicht sein Hemd, sondern den Boden volltropfte. Manchmal fiel ein Salatblatt oder ein Stück Zwiebel zu Boden. Er kickte sie in eine Ecke. Haberer liess sich Zeit. Er blieb vor seinem Büro stehen, knüllte das Papier und die Serviette zusammen und warf beides Richtung Papierkorb, den er aber nicht traf. Er liess den Abfall auf dem Boden liegen und brüllte mit halbvollem Mund: «Mann, war das schlecht, ich kotze gleich!» Er schluckte und brüllte weiter: «Machen wir jetzt die Zeitung fertig, Leute? Pescheli, Kirschtorte, sofort daher!»

«Darf ich auch dabei sein?», fragte Emma Lemmovski, die plötzlich in der Redaktion stand.

«Emmeli, klar!», hauchte Jonas. «Was für eine Ehre!» Fünf Minuten später sassen die vier in Haberers Büro und diskutierten darüber, wie sie die Story fahren wollten. Kirsten zeigte das neuste Mail von Alex und machte klar, dass mit der Geschichte vom Raketenangriff aufgemacht werden müsse. So wie die Gruppe «Free World» das wolle. Renner und Emma hielten dies ebenfalls für vernünftig, um das Leben von Alex und Joël nicht zu gefährden. Haberer sah es zwar anders, intervenierte aber nicht. Was die anderen sehr erstaunte. Renner und Haberer fiel auf, dass Kirsten die ganze Zeit auf ihre Uhr schaute. Sie warfen sich Bli-

cke zu. Dann platzte Renner der Kragen: «Kirsten, was ist eigentlich los? Hast du irgendeinen Termin?»
«Ich muss zu meinem Sohn.»
«Schtöffeler?», meinte Haberer hämisch. «Schtöffeler...», wiederholte er und grinste.
«Bitte, ich bin alleinerziehende Mutter, ich kann nicht mein ganzes Leben dieser Zeitung unterordnen.»
«Ja, natürlich», murrte Renner.
«Gehen Sie nur», sagte Emma Lemmovski. «Das verstehen wir natürlich. Sagen Sie ihrem Sohn einen lieben Gruss. Er soll seine Mama heute Abend geniessen.»
Als Kirsten gegangen war, sagte Emma zu Peter Renner: «Was soll das? Wieso haben Sie Frau Warren so schnippisch zurechtgewiesen? Das kenne ich gar nicht von Ihnen.»
«Ich habe sie nicht schnippisch ...»
«Natürlich haben Sie das. Nur weil Sie selbst keine Kinder haben, können Sie doch nicht so mit ihr umgehen. Sie hat eine grosse Verantwortung zu tragen.»
«Ich wollte sie in keinster Weise ...»
«Es ist gut, es ist gut», warf Jonas ein in einem für ihn völlig ruhigen und zuvorkommenden Tonfall. «Ich schlabbere nur noch einen Espresso, dann gehen wir an die Redaktionssitzung. Ich habe einfach eine Bitte an euch: Erwähnt nichts von den Drohungen gegen Alex und Joël. Das würde nur Angst verbreiten.»
Emma nickte. Renner nickte nicht. Wie Jonas sich benahm, war ihm nicht geheuer. Irgendetwas führte er im Schilde.

WAAGHOF, KRIMINALKOMMISSARIAT, BASEL

Obwohl es Sonntagabend war, wimmelte es im Kriminalkommissariat und in der Staatsanwaltschaft Basel-Stadt von Leuten. Eine Sitzung jagte die andere. Olivier Kaltbrunner nahm an den meisten teil, gab irgendwelchen Menschen, die er noch nie gesehen hatte, Auskunft und wurde an den anschliessenden Diskussionen nicht mehr beachtet. Bei den Versuchen, irgendetwas zu sagen, wurde er einfach überhört. Oder freundlich, aber bestimmt, aus dem Meeting verabschiedet. Das, was er den umständlichen Juristenformulierungen entnehmen konnte, gefiel ihm gar nicht: Offenbar wurde darüber gestritten, wie die Machtverhältnisse bei einem Militärputsch zu regeln seien, ob die kantonalen Behörden ebenfalls betroffen wären oder nur die Bundesbehörden.

Kaltbrunner stand im Gang, lächelte und schüttelte den Kopf. Als plötzlich sein engster Mitarbeiter Giorgio Tamine aufkreuzte und rief: «Waaas? Wir haben Krieg? Scheisse, Oli, müssen wir da auch mitmachen?» bekam Kaltbrunner einen Lachanfall. Er krümmte sich und schlug auf seine Knie. Er nahm die Brille von der Nase, trocknete sich mit einem Papiertaschentuch die Lachtränen aus den Augen und sagte: «Nein, lieber Giorgio, wir müssen da nicht mitmachen. Wir gehen auf Streife und verteilen Parkbussen!»

REHA-KLINIK, SPEICHER, KANTON APPENZELL AUSSERRHODEN

«Lange her, seit deinem letzten Besuch», sagte Sandra zur Begrüssung. Und als Zweites: «Henry, schön, dass du endlich wieder einmal da bist.» Und als Drittes: «Ich habe dich vermisst, mein Kriegsreporter!»

Henry genoss alle drei Sätze. Sie sah so wunderschön aus. So verletzlich. Er ging an ihr Bett und küsste sie auf die Wange.

«Mmmmh», machte Sandra. «Du riechst nach Gewehrpulver.» Sie lächelte ihn an.

«Du bist wieder ganz die alte Sandra, die mich ständig hochnimmt.»

«Nein, nein. Die alte Sandra bin ich nicht mehr. Ich habe dich jetzt ganz anders kennengelernt. Du bist ein wunderbarer Mensch, Henry.»

Der Fotograf war völlig verdattert. Habe ich doch Chancen bei Sandra?, fragte er sich und streichelte über ihren Kopf.

«Du bist ein Charmeur, mein Lieber», sagte Sandra plötzlich.

«Kommst du für Haberer oder für Renner?»
«Warum sollte ...»
«Wegen dem Bild.»
«Bild?»
«Ja, Henry, ich mag dich sehr. Gibst du mir Zeit?»
«Wozu ...?»
Sandra küsste ihren eigenen Zeigefinger und führte ihn zu Henrys Mund. Henry küsste den Finger. Sie nahm ihn weg und führte ihn wieder zu ihrem Mund. Nach einer Weile sagte sie: «Ich habe einen Plan.»

REDAKTION AKTUELL, WANKDORF, BERN

Die Redaktionssitzung dauerte nicht lange. Jonas sagte so gut wie nichts. Auf der Titelseite wurde der Exklusiv-Bericht der embedded journalists Alex und Joël mit sämtlichen Forderungen der Terroristen aufgemacht. Das Bild des Raketenangriffs. So wie es Konstantin Schwarz haben wollte. Auf den folgenden Seiten wurden die Folgen des Angriffs mit allen erdenklichen Details dokumentiert. Mittlerweile stand fest, dass mindestens neun Menschen gestorben waren und zwölf Personen vermisst wurden.

Es folgte die Reportage von Flo Arber, der mehrere Experten gefunden hatte, die sagten, dass das Schweizer Finanzsystem und damit der ganze Wirtschaftsstandort möglicherweise bereits am Montag implodieren würden, weil mit einem beispiellosen Abfluss der Gelder aus der Schweiz zu rechnen sei. Auf den restlichen Seiten der Ausgabe wurden die Aktionen der Armee, der Ruf nach der Mobilmachung von Korpskommandant Schneider und die Reaktionen darauf geschildert. Da in der politischen Schweiz ein derartiges Chaos herrschte, war zunächst unklar, ob dieses verbale Hickhack überhaupt irgendwelche Folgen hätte.

Bereits um 18.17 Uhr war die Redaktionssitzung vorbei. Haberer stand auf und ging wortlos in sein Büro. Renner war beunruhigt. Sehr sogar.

REHA-KLINIK, SPEICHER, KANTON APPENZELL AUSSERRHODEN

Als Susa Schwarz Sandras Zimmer betrat, lag die Reporterin in ihrem Bett, stöhnte und jammerte. Henry sass daneben und hielt sie im Arm. Er trug nur seine Boxershorts.
«Was ist passiert?», fragte Susa.
«Sie hat den Krampf», haspelte Henry, «merde, ich bin schuld, ich ...»
«Schon gut. Wo hast du den Krampf?»
«In beiden Beinen und im Becken, es tut höllisch weh.»
Henry stand auf und stellte sich hinter Susa.
«Was habt ihr gemacht?», wollte die Physiotherapeutin wissen.
«Na, ja», machte Sandra, «mein Körper ist wohl noch nicht so weit für diese Art von Bewegung.»
Susa lächelte und schaute Sandra tief in die Augen. Sandra bekam ein schlechtes Gewissen. Wie konnte sie nur ihre neue Freundin so belügen und betrügen? Aber es musste sein. Auch in Susas Interesse. Sandra war sich sicher. «Können wir diese Streckübungen machen, die wir ...»
«Nein, nein. Wir sollten einen Arzt beiziehen.»
«Ach was, das kriegst du hin, Susa.»
«Ich weiss nicht.»
«Los, pack an!», feuerte Sandra Susa an. «Das tut mir immer gut!»
«Versuchen können wir es ja», meinte Susa und begann Sandra zu massieren.
«Soll ich helfen?», fragte Henry und stellte sich hinter Susa, griff in ihren weissen Kittel und nahm ihr Handy an sich.
«Nein, lass nur, du hast schon genug angerichtet», meinte Susa und lächelte.
Henry ging an den Tisch, zappte Susas Handy durch, fand in der Galerie Bilder von mehreren Männern, was er mit einem leisen «Merde!» kommentierte. Schliesslich entschied er sich für jene Bilder, die Sandras Beschreibung von Susas Ehemann am

ehesten entsprachen: gross, smart, dicke, schwarze Augenbrauen, dichtes schwarzes Haar. Er wählte ein Bild des Mannes im Anzug und eines in Badehosen aus. Und noch eines, auf dem er eine Katze auf dem Arm trug. Henry fotografierte die Bilder mit seinem Smartphone ab. Sofort wollte er Susas Handy in ihre Tasche zurücklegen. Doch Susa war fertig mit der Behandlung.

«Na?», frage sie Sandra.

«Viel besser», antwortete Sandra erleichtert. «Viel besser. Du hast einfach magische Hände.» Henry setzte sich wieder zu Sandra und küsste sie.

«Passt auf, ihr Turteltäubchen», meinte Susa. «Nicht dass ich noch einmal stören muss.»

«Danke», sagte Sandra. «Willst du bei mir bleiben?»

«Nein, Henry ist ...»

«Ich muss zurück», sagte Henry. «Draussen tobt dieser verdammte Krieg!»

«Henry!», sagte Sandra resolut. «Susa hat bei diesem Brand in Trogen gerade alles verloren. Und ihr Ehemann ist verschwunden. Und wir stehen unter Polizeischutz. Da kannst du doch nicht solche ...»

«Je m'excuse», sage Henry. «Wie dumm von mir.»

«Schon gut», meinte Susa.

«Komm her!», sagte Sandra und ergriff Susas Hände.

Henry stand auf, sammelte seine Kleider unter und vor dem Bett zusammen und sagte plötzlich: «Oh, hier liegt ein Handy, ist das deines, Sandra?»

Sandra blickte zu ihrem Nachttisch: «Meines liegt hier.»

«Susa?», meinte Henry.

«Oh, tatsächlich, es muss mir herausgefallen sein, als ich Sandra massierte.»

Henry zog sich fertig an, drückte Sandra noch einen Kuss auf die Lippen und sagte: «Passt auf euch auf!» Dann war er weg.

«Jetzt hat es doch noch geklappt», flüsterte Susa.

«Ja», sagte Sandra.

«Er ist ein charmanter Kerl.»

REDAKTION AKTUELL, WANKDORF, BERN

Emma Lemmovski verabschiedete sich um 18.30 Uhr von Peter Renner. Fünf Minuten später folgte ihr Jonas Haberer. Klack – klack – klack. Renner wollte ihn fragen, ob alles in Ordnung sei. Aber er liess es bleiben. Vielleicht war der Kebab ja tatsächlich schlecht gewesen.

REHA-KLINIK, SPEICHER, KANTON APPENZELL AUSSERRHODEN

Henry sass in seinem Geländewagen vor der Klinik und schickte die Fotos des vermeintlichen Konstantin Schwarz per WhatsApp an Sandra. Er wartete. Nach zehn Minuten kam endlich eine Antwort: Es war ein Piktogramm mit einem nach oben zeigenden Daumen. Darauf mailte er die drei Bilder an Peter Renner.

REDAKTION AKTUELL, WANKDORF, BERN

Tis aus der Bildbearbeitung frohlockte, als er den Newsroom betrat: «Ein wahres Meisterstück habe ich vollbracht.»

«Bitte?» Renner war gerade in den Artikel von Flo vertieft.

«Check deine Mails. Ich habe das Bild mit den Leichen so bearbeitet, dass der Text auf der gelben Flasche lesbar ist.»

«Ach ja? Und was steht drauf?»

«Keine Ahnung, verstehe ich nicht. Aber ich nehme an, es ist eine Warnung wegen dem Sprit. Aber in welcher Sprache, weiss ich nicht.»

Renner öffnete die Mails, entdeckte die Bilder von Henry, zuckte leicht, allerdings so leicht, dass Tis nichts merkte, und fand dann das bearbeitete Leichenbild. Er studierte den Text. «Könnte Türkisch sein …»

«Pffff», machte Tis.

«Tust du mir einen Gefallen?»

«Klar?»

«Druck das Bild der Flasche aus und düs schnell in den Coop-

Pronto-Shop an der Standstrasse. Da arbeitet Cemal ...» Er blickte auf die Uhr auf seinem Monitor. «Ja, der sollte jetzt dort sein. Ich bin da Stammkunde. Er kennt mich. Sag ihm einen Gruss. Er soll sagen, ob das Türkisch ist.»
«Kann das nicht warten bis ...»
«Bitte, es ist dringend. Ich sag es deinem Chef. Okay?»
«Soll ich gleich etwas mitbringen?»
«Ja. Drei Packungen Marlboro und zwei Flaschen Rotwein, egal was für einen.»
«Oh?»
«Und ein Sixpack Bier.»

PINGPONG-BAR, MATTEQUARTIER, BERN

«Was ist los mit dir?», wollte Wirt Peter Schmid von Jonas wissen.
«Was soll los sein?», fragte Haberer zurück.
«Du säufst seit einer Stunde nur Cola light.»
«Na und?»
«Bist du krank?»
«Ja.»
«Dann solltest du nach Hause ins Bett.»
«Danke.»
«Weit ist es ja nicht. Zweimal umfallen und du bist ...»
«Halt die Fresse!», zischte Haberer.
Peter Schmid verkroch sich hinter seine Theke.

REDAKTION AKTUELL, WANKDORF, BERN

Als der Nachtredaktor Georg Becher im Newsroom auftauchte, sagte er als Erstes: «Haberer hat mich angerufen und gefragt, bis wann wir die Printausgabe spätestens komplett neu gestalten können. Was habt ihr vor?»
«Keine Ahnung», antwortete Renner. Er war froh, dass er Zigaretten, Wein und Bier bestellt hatte.

RESTAURANT WULGGEKRATZER, HEUWAAGE, BASEL

Olivier Kaltbrunner und Giorgio Tamine sassen vor ihrer dritten Stange Bier, als Kaltbrunners Smartphone den Anruf eines «unbekannten Teilnehmers» ankündigte. Kaltbrunner vermutete, dass es sich um irgendeinen Wichtigtuer handle, der ihn an irgendeiner dieser vielen Sitzungen wie einen Schulbuben behandelt hatte. Als er das sympathische Berndeutsch von Peter Renner hörte, lächelte er: «Das ist ja eine Überraschung», sagte der Kommissär. «Wie geht es Ihnen?»

«Mir geht es gut. Aber was Sie mit Sandra Bosone angestellt haben ...»

«Ja, ja, ich weiss, ich wollte mit Ihnen noch darüber sprechen, aber leider bin ich heute nicht dazu gekommen, ich wusste ja nicht, dass Sie heute arbeiten.»

«Wir arbeiten immer. Nicht nur die Polizei.»

«So, so, hmm, hmm.» Kaltbrunner war das Lächeln vergangen.

«Schreiben Sie Konstantin Schwarz öffentlich aus?»

«Wer soll das sein?»

«Ach, Herr Kaltbrunner ...»

«Scheissspiel, was?»

«Eben. Also?»

«Nein. Ist aber nicht meine Entscheidung. Ich habe mit der Sache nicht mehr viel zu tun. Da sind nun andere, wichtigere Köpfe gefragt.»

«Ach so. Bundespolizei, Staatsschutz, Spitzel- und Abhörexperten, Generäle und Schlapphüte?»

«In etwa, Sie haben es erfasst.» Jetzt lächelte Kaltbrunner wieder. Renner gefiel ihm, er hatte einen ähnlichen Humor wie er.

«Was wissen Sie über die Leichenbilder?»

«Nichts.»

«Haben Sie sie überhaupt?»

«Nein. Ich glaube nicht.»

«So, so», machte jetzt Renner. «Hmm, hmm.»
«Scherzbold! Was soll das werden?»
«Kommt halt drauf an.»
«Worauf?»
«Ob dieser Schwarz wirklich der böse Bube auf dem Spielfeld ist.»
«So, so, hmm, hmm.»
«Das können Sie laut sagen!»
«Soooo, soooo!!!», schrie Kaltbrunner ins Telefon. «Hmmm, hmmm!!!» Die Wirtin und die Gäste schauten ihn mit grossen Augen an.
«Ist das Galgenhumor, den wir da zelebrieren?», meinte Renner.
«Ja. Wir müssen mal ein Bierchen trinken, wir zwei.»
«Oh, das ist eine gute Idee.»
Giorgio Tamine glotzte Olivier Kaltbrunner an. «Ist etwas?», fragte Kaltbrunner, nachdem er das Handy weggelegt hatte.
«Was soll das? Was machst du? Du gibst immer noch Infos an die Medien weiter?»
«Habe ich das? Mir ist nichts bekannt.»
«Fässler wird dich rausschmeissen.»
«So, so, hmm, hmm.»
«Hast du einen Plan?»
«Nein.»
«Was soll denn das?»
«Giorgio, das erste Opfer des Krieges ist die Wahrheit.»
«Bitte?»
«Sagt man doch, oder?»
«Und was willst du damit andeuten?»
«Was auch immer dieser Renner und sein irrer Chef machen werden, die Terroristen werden aus der Reserve gelockt.»
«Von diesem Käse-Blättli?»
«Ist immerhin die grösste Zeitung des Landes. Der grösste News-Online-Kanal.»
«Und?»

«Die Terroristen haben es schon lange auf ‹Aktuell› abgesehen. Die Attacken an der Fasnacht. Nur ‹Aktuell› weiss, wer dahintersteckt. Der stehengebliebene Intercity mit Renner an Bord. Das Unispital war eine Ausnahme, okay, da waren das Radio und das Fernsehen involviert. War vielleicht ein Test. Krieg nützt nur, wenn die Opfer wissen, wem sie zu dienen haben.»

«Wie …»

«Die Bevölkerung, Giorgio. Der Krieg ist verloren, wenn das Volk den neuen Machthabern glaubt und folgt.»

«Propaganda?»

«Genau.»

STOCKERENWEG, BERN

Kirsten hatte einmal mehr für sich und Christopher eine Tiefkühlpizza in den Ofen geschoben. Eine amerikanische: mit weichem Teig und dick belegt. Obwohl Kirsten schon lange in der Schweiz lebte und auch Italien schon mehrfach bereist hatte – mit den dünnen Pizzaböden konnte sie sich nicht anfreunden. Sie wollten gerade essen, als ihr Smartphone den Eingang eines Mails aus dem Deep Web meldete. Also liess sie die Pizza im Ofen, startete ihren Laptop und loggte sich im Deep Web ein. Es dauerte und dauerte. Kirsten ärgerte sich. Auch wenn sie wusste, dass es systembedingt war, weil sich die Daten den Weg durch die verschiedensten Hot Spots, Server und Netze suchen mussten.

Das Mail stammte von jemandem, der sich «Commander» nannte. Von diesem User hatte sie noch nie eine Nachricht erhalten, nur die Ankündigung, dass er sich melden und ihr Befehle erteilen würde. «Hi Kirsten», schrieb der Commander. «Wir starten nun Phase 2. Die beiden Reporter haben sich ergeben. Nun werden wir ‹Aktuell› ganz übernehmen. Du weisst ja, was du zu tun hast. Dein Chef kann für einige Zeit Golf spielen. Sein Abschlag hat es nötig! Lol.»

«Shit», sagte Kirsten zu sich selbst. Nun war der Moment gekommen: Sie musste tun, was der Commander verlangte. Dies hatten ihr «the others» klargemacht, als Kirsten diese vermeintlichen US-Web-Agenten über die Gruppe «Free World», über ihre Liste und den Commander informiert hatte. Für alles Weitere waren nun «the others» zuständig. Kirsten hatte Angst und kramte ihre Waffe aus dem Kleiderschrank. Dann rief sie Christopher und holte die Pizza aus dem Ofen. Sie brachte keinen Bissen herunter.

PINGPONG-BAR, MATTEQUARTIER, BERN

Haberer sass auf einem Barhocker hinter der dritten Cola light und klopfte ununterbrochen seine Absätze zusammen.
«Darf ich dir jetzt ein Bier bringen?», fragte der Wirt.
«Nein.»
«Ist das eigentlich dein Auto, das so durchsiebt da vorne stand?»
«Lies ‹Aktuell›-Online, du dumme Nuss! Ich sage dir immer wieder, dass du etwas für deine Bildung tun solltest.»
«Deine Zeitung ist nicht unbedingt ein gescheites Blatt.»
«Aber du bist selbst dafür zu blöd.»
«Dein Auto steht aber nicht mehr da. Es wurde beschlagnahmt. War eine ziemliche Aufregung heute im Quartier. Polizei und Militär waren da, haben alles abgesperrt, durchsucht und stundenlang blockiert.»
«Arschlöcher. Du auch. Scheiss-Quartier. Hätte nie hierherziehen sollen.»
«Wenn ich nicht wüsste, dass du eigentlich ein recht netter Kerl bist, würde ich dich jetzt rausschmeissen.»
«Tu es nicht, Pesche, tu es nicht. Sonst kannst du den Laden gleich dicht machen.»
«Überschätz dich nicht.»
«Deinen Laden gibt es ja nur wegen mir. Und überhaupt, du solltest …» Haberers Handy spielte in voller Lautstärke die neunte Symphonie von Beethoven. «Endlich!», rief Haberer und sprang vom Stuhl auf. «Zecke, was gibt's?»

«Die Leichenbilder von Konstantin Schwarz' Handy stammen vermutlich aus der Türkei. Jedenfalls wurden sie mit türkischem Brandbeschleuniger angezündet.»

«Türkei?»

«Passt irgendwie nicht zum Deutsch-Russen Konstantin. Aber zur These, dass Terroristen des Islamischen Staats, Islamisten, Salafisten oder ...»

«Ja, ja, kann schon sein, dass die dahinterstecken. Kann ich mir aber nicht vorstellen. Dieser Tinu ist doch ein Berufskrieger. Glaube mir. Ein Profi-Terrorist. Ein Söldner. Hast du auch ein Bild von ihm?»

«Ja.»

«Ich bin in zehn Minuten da.» Haberer schlug auf die Theke, knallte eine Hunderternote hin und sagte: «Sauf die Cola-Pfütze selbst. Ich muss weg! Kann ich deinen Roller haben?»

«Nein», sagte der Wirt und warf ihm den Schlüssel zu.

REDAKTION AKTUELL, WANKDORF, BERN

Um 22.05 Uhr war die Zeitung komplett neu gestaltet. Auf der Front prangte das Bild von Konstantin Schwarz. Und zwar jenes, auf dem er ein Kätzchen in den Armen hielt. Die Schlagzeile dazu: *Das ist er!* Unterzeile: *Dieser Terrorist hat der Schweiz den Krieg erklärt.* Es war eine Titelkreation von Haberer und Renner. Haberer wollte alles noch härter machen, Konstantin Schwarz als den «Hitler aus dem Deep Web» bezeichnen. Renner konnte das verhindern und zumindest ansatzweise bei den Fakten bleiben. Auf den Innenseiten folgten die Leichenbilder. Die Story von Alex und Joël flog raus, trotz der Morddrohung. Begründung von Haberer: «Kriegsreporter müssen mit dem Tod rechnen.»

Jetzt sass Haberer mitten im Grossraumbüro und hackte den Text über Konstantin Schwarz persönlich in den Computer. Er hackte wirklich: Jeder Anschlag auf die Tastatur war durch die ganze Redaktion zu hören. Dazu trank er eine Büchse Bier nach der anderen. Und rauchte. Kette.

STOCKERENWEG, BERN

23.41 Uhr: Kirsten Warren war gerade dabei, sich in die
«Aktuell»-Server einzuloggen und die letzten Vorbereitungen
zur feindlichen Übernahme dieses in der Schweiz so beliebten
Mediums zu treffen. Es war klar, dass nur eine einzige manipulierte Printausgabe auf den Markt kommen würde. Diese eine
Ausgabe würde die Bevölkerung aufrütteln und aufwühlen! Danach würde die Auslieferung vom «Aktuell»-Verlag sicherlich
gestoppt werden. Interessanter war für die Gruppe «Free World»
die Online-Verbreitung: Die Nutzer würden auf ihren PCs, Tablets und Handys mit Breaking News geflutet. Alex und Joël würden die Texte, Bilder und Videos im normalen «Aktuell»-Stil
liefern, so dass viele User lange nicht sicher wären, wer dahintersteckte, die echten «Aktuell»-Macher oder die falschen. Irgendwann würden dann die Server zurückerobert oder vernichtet
werden. Aber das könnte dauern. Zudem würde kein Mensch
mehr irgendeinem Medium trauen. Es könnten ja alle manipuliert sein.

Kirsten kontrollierte ihre Zugangsdaten zu sämtlichen Online-Ausgaben und zuckte zusammen. Sie checkte die Print-Version und sah, dass die Druckerei gerade dabei war, die Farbe an
der Maschine abzustimmen. Sie zuckte erneut zusammen: Auf
der Printausgabe war nicht der Bericht und das Bild über den
Raketenabschuss aufgemacht. Sondern ein Foto von einem Mann,
den Kirsten noch nie gesehen hatte. Ein gutaussehender Mann
mit schwarzen Augenbrauen und dichtem Haar, der liebevoll eine
Katze streichelte.

War das der Commander? Sie musste handeln. Den Commander informieren? Die ganze Gruppe «Free World»? Sie hatte
keine Zeit mehr. Sie musste den Druck der Zeitung verhindern.
Die Online-Ausgabe würde sie danach blockieren.

Die letzte Hürde in die Befehlsebene der Druckerei sollte keine
Probleme darstellen, sie hatte dies mehrfach getestet. Die Sicherheitsschranken waren niedrig, das letzte Passwort lautete

«Printaktuell». Das alles hatte eine gewisse «Carmella» geknackt und manipuliert.

Doch mit «Printaktuell» kam sie nicht weiter. Auch nicht mit diversen Varianten. Die letzte Sicherheitsschranke sah nicht mehr so aus wie vor wenigen Tagen. Sie starrte auf den Bildschirm. Sie schreckte hoch, als die Türe zu ihrem Büro knarrte. Christopher stand da und strahlte sie an: «Ich habe den Krieg gewonnen. Das Spiel ist kinderleicht.»

WOHNÜBERBAUUNG ERLENMATT, BASEL

23.57 Uhr: Olivier Kaltbrunner las auf dem Tablet die «Aktuell»-Online-Schlagzeilen. Er sah seinen alten Bekannten im Zusammenhang mit dem Bijouterie-Überfall in der Steinenvorstadt wieder: Konstantin Schwarz. Und er fragte sich, wo er sich aufhalten könnte. Aber nur kurz. Dann rief er laut: «Goppeloni!»

17. Mai

JURASTRASSE, LORRAINE-QUARTIER, BERN

01.26 Uhr: Peter Renners Handy klingelte. Er hatte tief und fest geschlafen, deshalb hatte er Mühe, den Namen des Anrufers zu lesen. Nachdem er einige Male geblinzelt hatte, erkannte er «Emma Lemmovski»: «Das kann doch nicht sein.»

«Peter, sind Sie da? Hallo?»

Renner setzte sich im Bett auf und suchte nach dem Lichtschalter. Er schaltete die chinesische Deckenlampe an. Obwohl sie eigentlich fahles Licht lieferte, war es viel zu hell. «Ja, ich bin da. Was gibt's?»

«Unsere Online-Seite ist tot.»

«Was, wie tot?»

«Kommt nix. Es steht nur, dass diese Seite nicht verfügbar sei.»

«Und übers Tablet?»

«Tot.»

«Handy?»

«Auch tot. Und die App ist auch tot.»

«Gibt es doch nicht.»

«Doch. Was machen wir jetzt?»

«Warum sind Sie überhaupt wach ... welche Uhrzeit haben wir eigentlich?»

«Halb zwei.»

«Uhhh», machte Renner nur und rieb sich den Schädel. Er hätte mit Haberer nach Redaktionsschluss diesen Wein, den Bildredaktor Tis für ihn besorgt hatte, nicht mehr trinken sollen. Und geraucht hatte er auch viel zu viel.

«Wach bin ich, weil die Security-Leute mich angerufen haben.»

«Bitte?»

«Ja, sie haben eine Liste mit den Redaktoren, die nachts arbeiten. Falls jemand anders Zutritt verlangt, fragen sie bei mir nach. Eine Sicherheitsmassnahme.»

«Davon wusste ich ja gar ...»
«Davon weiss niemand. Und vor einer halben Stunde riefen sie an, um zu fragen, ob Kirsten die Redaktion betreten ...»
«Kirsten?»
«Ja.»
«Kirsten Warren?», fragte Renner nochmals.
«Ja. Sie hatte eine Nachricht aus dem Deep Web erhalten, konnte sie aber nicht lesen, weil ihr Laptop abgestürzt sei und sei deshalb ins Büro ...»
«Halt, halt, halt! Emma! Was erzählen Sie da?»
«Kirsten kümmert sich nun auch um unsere Server. Zum Glück ist sie zufällig gerade auf der Redaktion.»
«Und die Printausgabe? Läuft der Druck der Zeitung?»
«Ich denke ja, habe nichts anderes gehört.»
«Haben Sie mit der Druckerei telefoniert?»
«Nein, wieso ...? Ist ja egal, Renner, was ich Sie fragen wollte: Haben Sie die Notrufnummern unserer Techniker?»
«Emma! Die stehen auf jedem PC in der Produktion! Da ist etwas faul. Rufen Sie in der Druckerei an. Ich fahre ins Büro.»
Renner drückte seine oberste Chefin weg und rief ein Taxi.

IN EINEM UNTERGESCHOSS

Alex und Joël standen hinter der Bodenstation, von der aus die beiden Piloten die Kampfdrohne vom Typ Predator durch die Nacht steuerten. Hinter ihnen hatten sich Wladimir und Arthur mit Maschinenpistolen im Anschlag postiert. Commander Schwarz tigerte im hinteren Teil des Luftschutzraumes auf und ab. Er trug seine Kampfmontur.
«Zwei Minuten», meldete der Copilot.
«Zwei Minuten was?», schrie Konstantin Schwarz.
«Bis wir das Ziel erreichen.»
«Zeit?»
«Nulleinssiebenundvierzig.»
«Los, los, los!»

«Alex, Joël, treten Sie näher», sagte der Pilot äusserst freundlich. «Erkennen Sie das Gebäude?»

«Ja», sagte Alex.

«Laut Koordinaten ist das die Lemmoprint AG, die ‹Aktuell›-Druckerei.»

«Ja, sieht von oben allerdings ...»

«Es ist die Scheissdruckerei!», brüllte Schwarz. «Also lassen Sie sie hochgehen.»

«Ist nicht so einfach Commander. Das Gebäude ist gross.»

«Zerstören Sie es!»

«Die Hellfire kann nicht das ganze Gebäude zer...»

«Alex!», schrie Schwarz und legte seine Hände an den Hals des Reporters. «Wo genau ist die Druckerei und was ist in den anderen Gebäuden?»

«Ich habe Mühe, ich weiss ...»

«Natürlich wissen Sie es!»

Auf den Bildschirmen der Bodenstation waren die Gebäude durch die Nachtsichtoptik zwar gut zu erkennen, doch Alex hatte die Druckerei, die sich in Rothrist im Kanton Aargau befand, nur ein einziges Mal besucht. «Können Sie näher ran?», fragte Alex.

«Ich versuche es», meldete der Pilot.

«Ich weiss nicht, vielleicht ist es der Gebäudetrakt links ...»

«Was heisst vielleicht, verdammt nochmal», zeterte Commander Schwarz, «wir hätten das vorher abklären sollen. Aber mit diesem Fall konnten wir ja nicht rechnen. Warum macht dieser Haberer nicht das, was wir verlangen? Es ist ihm offensichtlich egal, dass wir Sie beide töten werden. Und wir werden Sie töten! Sobald wir diese...»

«Commander», unterbrach der Copilot. «Wir sollten zum Abschuss kommen. Die Drohne wird demnächst vom Radar erfasst ...»

«Gaster! Wo ist diese Scheissdruckerei? Thommen? Joël Thommen, wollen Sie gleich sterben?» Schwarz schwitzte, Schweiss tropfte von seinen Schläfen auf den Boden, er roch stark, sein angenehmes Aftershave war kaum noch zu riechen.

«Ich habe keine Ahn...»
«Es ist der Gebäudeteil ...»
«Wir müssen abtauchen, Commander!»
«Warten Sie! Alex!!!»
Es ertönten mehrere Warnsignale. Rote Lämpchen blinkten auf.
«Abtauchen!», sagte der Copilot. «Sofort!»
«Commander?», fragte der Pilot.
«Gebäude links, Feuer!», befahl Konstantin Schwarz.
Weitere Signale erklangen, auf den Bildschirmen wurde das Ziel erfasst, justiert, der Pilot drückte einen Knopf auf dem Joystick und kommentierte: «Einschlag in fünfunddreissig Sekunden.»
«Abtauchen!», schrie der Copilot.
«Okay.» Der Pilot drückte den Joystick nach unten und zur Seite. Auf den Bildschirmen gab es mehrere Bildstörungen. «Ziel eingeben», befahl der Pilot. Nach wenigen Sekunden stabilisierte sich das Bild und die Drohne flog über die Baumwipfel.
«Wo bleibt der Einschlag?», wollte der Commander wissen.
«Sorry, wir mussten weg. Predator wurde von der feindlichen Flugabwehr erfasst.»
«Was heisst das?»
«Die Drohne ist in Gefahr.»
«Fuck!», schrie der Commander. «Fuck!»

STÜTZPUNKTFEUERWEHR ZOFINGEN, KANTON AARGAU

01.51 Uhr: Durch die automatischen Feuermelder in der Lemmoprint AG wurde auf dem Feuerwehrstützpunkt Zofingen Alarm ausgelöst. Der Pikettoffizier griff zum Telefon und rief den Schichtleiter der «Aktuell»-Druckerei an. Dieser informierte ihn, dass es im Lager einen lauten Knall gegeben habe. Über Verletzte sei ihm nichts bekannt. Es sollten sich aber um diese Zeit keine Personen im Lager aufhalten. Der Grund für die Explosion sei ihm unbekannt. Er wisse auch nicht, ob das Lager der

Farben und Chemikalien betroffen sei, seine Überwachungsbildschirme seien alle schwarz. Der Pikettoffizier löste Grossalarm aus.

IN EINEM BÄRENTAXI, BERN

01.55 Uhr: Peter Renner weckte Jonas Haberer.
«Kirsten ist eine Terroristin», sagte Renner.
«Pescheli?», fragte Haberer, hörbar verschlafen. «Bist du jetzt komplett übergeschnappt?»
«Komm in die Redaktion. Sofort.»
01.57 Uhr: Renner erhielt einen Anruf von Emma Lemmovski.
«Die Druckerei steht in Flammen», sagte sie aufgeregt.
«Die neue Lemmoprint AG in Rothrist?»
«Ja.»
«Warum?»
«Unbekannt.»
«Raketenangriff?»
Emma sagte nichts.
«Was ist mit der neusten Zeitung?», wollte Renner wissen. «Ist sie zerstört?»
«Nein, der Schichtleiter sagte mir, dass nur das Papierlager explodiert sei. Möglicherweise sind aber auch die Chemikalien in Gefahr.»
«Shit.» Renner gab dem Taxichauffeur fünfzig Franken, weil er keinen kleineren Schein hatte. Der Mann, ein Schwarzer, guckte verdutzt und bedankte sich mehrmals.

LEMMOPRINT AG, ROTHRIST, KANTON AARGAU

Da das Gebäude der Lemmoprint AG erst zwei Jahre alt war, war der Brandschutz auf dem neusten Stand der Technik. Deshalb konnten sich die Feuerwehrleute aus Rothrist, Zofingen und der gesamten Region nicht erklären, weshalb die Lagerhalle komplett in Flammen stand.

«Sieht aus, als habe eine Bombe eingeschlagen», meinte einer der Feuerwehrleute.

02.01 Uhr: Es gab mehrere kleine Explosionen innerhalb des Gebäudes. Darauf wurde in der ganzen Region Chemiealarm ausgelöst. Über das Radio wurde die Bevölkerung im Grossraum Olten–Langenthal–Zofingen aufgefordert, die Fenster zu schliessen. Polizeiwagen machten sich auf den Weg, um die schlafende Bevölkerung per Lautsprecher zu warnen.

VERWALTUNGSGEBÄUDE DES VBS, PAPIERMÜHLESTRASSE, BERN

Henry Tussot sass in seinem Wagen, starrte auf die Szenerie vor sich, war aber in Gedanken bei Sandra. Nach der langen Fahrt vom Appenzellerland zurück nach Bern, war er so aufgedreht, dass er entschied, einen kurzen Abstecher zur Schweizerischen Militärzentrale zu machen, um nachzuschauen, ob es irgendwelche Veränderungen gab. Es gab welche: Die Papiermühlestrasse war komplett gesperrt. Mehrere Panzer versperrten den Weg. Henry war durch Hinterwege gegangen und hatte sich durch Büsche gezwängt, um die neue Situation bestmöglich zu fotografieren. Doch bei jedem Versuch war er von Soldaten aufgegriffen, durchsucht und weggeschickt worden. Zweimal wurde er gewarnt: Falls er nicht verschwinde, werde er verhaftet.

Henry hatte die Bilder dem Nachtredaktor gesendet, allerdings keine Antwort erhalten. Irgendetwas war faul. Da er hellwach war, beschloss er, zu warten.

Was passierte zwischen ihm und Sandra? Was empfand er für sie? Als sie ihn heute, nein gestern, geküsst hatte, wie war das? Es war WOW! Aber sie hatte ihn geküsst, um Susa etwas vorzuspielen! War sie wirklich so abgebrüht? «Je l'aime!», murmelte er.

REDAKTION AKTUELL, WANKDORF, BERN

02.23 Uhr: Nach Rücksprache mit Emma Lemmovski und langen Diskussionen mit den Security-Leuten durfte Peter Renner endlich das Gebäude und damit die Redaktion betreten. Sie war menschenleer. Das machte ihn stutzig. Normalerweise müssten hier die drei Online-Nachtredaktoren sitzen und Meldungen aufschalten. Er schlich durch das Grossraumbüro und schielte in den Newsroom. Denn dort müsste Georg Becher sitzen. Der sass aber nicht dort. Kirsten Warren sass auf seinem Stuhl.

Renner öffnete die Türe: «Kirsten, was machst du hier? Wo sind die anderen?»

«Oh, Pete», sagte Kirsten überrascht. «Was machst du hier?»

«Kannst du dir das nicht denken?»

«Nein.»

Peter sah, dass auf dem Pult rechts neben der Computermaus eine Pistole lag. Er bemerkte auch, dass Kirsten immer noch die gleichen Kleider und die gleichen High-Heels-Boots trug, die sie schon am Vortag angehabt hatte.

«Lass uns reden», sagte Peter.

«No way», antwortete Kirsten Warren und ergriff die Pistole. Sie richtete sie auf Renner. «Los, beweg dich!»

«Kirsten, was soll das? Wir können dir helfen!»

«Fuck you, Fettsack!»

«Für wen arbeitest du? Bist du tatsächlich eine Terroristin?»

Renner wurde von Kirsten, die er bis vor Kurzem wirklich gerne gemocht hatte, durch die Redaktion zum Verpflegungsraum geführt. Kirsten drückte ihm die Pistole auf die Brust, verlangte sein Handy, holte einen Schlüssel heraus und öffnete die Türe. «Get in!», befahl sie. Kaum war er drin, schloss Kirsten die Türe und verriegelte sie. Im Raum sassen Lucio, Jana, Geli, die drei Online-Redaktoren, und Georg, der Nachtchef von «Aktuell».

VERWALTUNGSGEBÄUDE DES VBS, PAPIERMÜHLESTRASSE, BERN

Drei Soldaten mit Sturmgewehren näherten sich Henry Tussots Subaru. Henry stieg aus und zückte seinen Presseausweis. «Ich bin Pressefotograf!», schrie er den Soldaten entgegen.

Diese schienen unbeeindruckt. «Hände hoch, nicht bewegen!», brüllte einer.

«Hey, Leute, was ist los?»

«Verlassen Sie auf der Stelle dieses Gebiet!», befahl der Soldat, der fünf Meter vor Henry stehenblieb und das Gewehr auf ihn richtete.

«Bleibt mal locker, Jungs», meinte Henry.

«Steigen Sie in den Wagen und verlassen sofort dieses Gebiet!» Die beiden anderen Soldaten gingen um Henrys Auto herum, öffneten die Türen, schauten hinein und meinten dann: «Er ist sauber.»

«Zum letzten Mal, steigen Sie ein und verlassen Sie dieses Gebiet! Das hier ist eine militärische Sperrzone.»

«Ich bin Pressefotograf!», versuchte sich Henry zu wehren. «Schweizer Bürger! Was soll der Scheiss?» Der Soldat hob sein Gewehr an und feuerte. Henry stieg ein, wendete seinen Wagen und fuhr zur Redaktion. Er parkte vor dem Eingang. Schon kam ein orange-gekleideter Mann angerannt. «Sie können hier nicht parkieren!», sagte er.

«Ich bin Fotograf der Zeitung ‹Aktuell›. Es ist ein dringender Fall. Ich muss sofort auf die ...» Er wurde unterbrochen durch ein Taxi, das neben ihm anhielt. Emma Lemmovski, mit offenen Haaren, stieg aus. Henry stieg ebenfalls aus dem Wagen und rief: «Emma!»

«Ist in Ordnung», sagte Emma zum Wachmann. «Er gehört zu mir.» Und zu Henry: «Los, gehen wir!»

LEMMOPRINT AG, ROTHRIST, KANTON AARGAU

02.43 Uhr: Luftmessungen ergaben, dass keinerlei umweltgefährdende Stoffe freigesetzt worden waren. Der Bevölkerung wurde noch keine Entwarnung gegeben. Den Transportern, die zum Abholen der neusten «Aktuell»-Ausgabe bereitstanden, wurde erlaubt, an die Rampen zu fahren, um die Zeitungen zu laden.

REDAKTION AKTUELL, WANKDORF, BERN

Klack –klack – klack.

Kirsten Warren stand vor dem Newsroom und richtete ihre Waffe auf Jonas Haberer. «Keinen Schritt näher.» Jonas blieb stehen und sagte: «Kirschtorte, was ist denn mit dir los? Wo sind die anderen?»

«Eingesperrt.»

«Und wo liegt dein Problem?»

«Warum hast du die Zeitung anders gestaltet als abgemacht, Jonas?»

«Och, ich hatte gerade Lust dazu. Ich bin hier der Chef. Ich kann tun, was ich will.»

«Alex und Joël sind dir egal?»

«Pass mal auf, Kirschtorte: Wir leben in einem freien Land und lassen uns nicht erpressen. Wir kennen die Gefahren in unserem Business. Auch Alex und Joël.»

«Du tickst doch nicht richtig, Jonas.» Sie sprach Jonas nun deutlich als «Tschonas» aus.

«Kirschtorte, jetzt legst du mal die Waffe weg, und wir beide reden wie bei unserem Flirt auf dem Golfplatz in aller Ruhe über …» Haberer räusperte sich und schrie nun: «Über dein gottverdammtes Problem!»

«Hast du die Zugangscodes zur Druckerei geändert?», fragte Kirsten ruhig.

«Ja, Süsse! Ja. Das hast du dem Arschloch Haberer nicht zugetraut, was?»

«Stimmt. Und ich habe es lange auch für unmöglich gehalten, dass du tatsächlich so ein Arschloch bist, wie alle sagen. Also! Rechtsumkehrt! Wir gehen in den Pausenraum. Da freuen sich schon einige Leute auf dein Erscheinen. Unter anderem Emmy und Pete!»

«Wir gehen nirgendswohin, Kirschtorte! Und ich bin kein Arschloch. Ich bin ein Kotzbrocken. Und ein Kotzbrocken gehorcht sicherlich keiner texanischen Schlampe wie dir!»

«Oh doch!» Kirsten Warren zielte auf Haberer. «Wir Texaner können gut mit Waffen umgehen.»

Klack – klack – klack. Haberer ging auf Kirsten Warren zu und brüllte: «Du dummes, amerikanisches Girl! Glaubst du wirklich, dass du mich mit deinem lächerlichen Wild-West-Gehabe beeindrucken kannst?» Haberer zückte aus der Innentaschen seines Jacketts eine Pistole, richtete sie auf Kirsten und sagte: «Wer schiesst schneller? Das Cowgirl oder Kotzbrocken Haberer, ehemaliger Infanteriesoldat der Schweizer Armee und Mitglied der Stadtschützen Bern, allerdings eher passiv. Ich habe schon lange nicht mehr trainiert, aber für dich sollte es gerade …»

«Jonas!», schrie Kirsten und zuckte mit den Armen. Dann hallte ein Schuss durch das Gebäude.

18. Mai

RAPPERSWIL IM BERNER SEELAND

Kurt «Küde» Jossen hatte sich in der Zeit vertan. Nach seiner Arbeit auf dem Feld hatte er seinen John-Deere-Traktor vor dem Restaurant Neuhaus in Rapperswil im Berner Seeland geparkt und sich ein Bierchen gegönnt. Es wurden dann ein paar mehr. Denn er traf das halbe Dorf. Immer, wenn er aufstehen und gehen wollte, kam noch der Märku, dann der Röschu, schliesslich der Henne. Es wurde getrunken, gegessen – Pouletflügeli mit Pommes – und viel Unsinn gequatscht.

Jetzt war es 00.12 Uhr und Küde fuhr heimwärts in den Weiler Wierezwil. Da er nicht mehr ganz nüchtern war, fuhr er nicht über die Kantonsstrasse, sondern über die Feldwege. Da er jeden Baum und jeden Strauch kannte, war das kein Problem für ihn. Und da er mehrere Zusatzscheinwerfer montiert hatte, konnte er auch die Waldstrasse problemlos ausleuchten. Trotzdem zuckte er auf seinem luftgefederten Sitz zusammen, als sich ihm plötzlich mehrere Soldaten mit gezückten Sturmgewehren in den Weg stellten. Küde hielt an und machte die Scheinwerfer aus. Das kann doch nicht wahr sein!, sagte er sich. Seit wann werden Alkoholkontrollen von der Armee durchgeführt? Einer der Soldaten fragte ihn nach seinem Namen und wohin er wolle. Nach Hause, antwortete Küde eingeschüchtert. Er wurde durchsucht, sein John Deere wurde ebenfalls kontrolliert, dann durfte er weiterfahren.

Nun übertreiben sie es mit den militärischen Übungen, sagte sich Küde und tuckerte weiter. Er schoss einige Handy-Fotos und freute sich darauf, mit dieser Story bei «Aktuell» oder beim «Blick» als Leserreporter eine Belohnung abzuholen. Kaum war er zu Hause auf seinem Hof – seine Frau schlief glücklicherweise tief und fest oder tat zumindest so – fuhr er den PC hoch und mailte die Fotos an «Aktuell» und «Blick». Er schrieb dazu, dass die Armee scheinbar nichts Besseres zu tun habe, als Strassensperren auf Waldwegen zu errichten und Bauern zu kontrollieren. Zwei Minuten später klingelte sein Handy. Es rief ein Mann namens Georg Becher von der «Aktuell»-Redaktion an, der alle Details wissen wollte. Kaum hatte er aufgelegt, meldete sich eine Frau, deren Namen er nicht verstand, aus der «Blick»-Redaktion. Beide Journalisten fragte er, was nun mit seiner Prämie sei. Beide sicherten ihm hundert Franken zu. Prima, sagte sich Küde, rund hundert Stutz versoffen, aber zweihundert Franken kassiert, macht hundert Franken plus. Netto. Ein guter Tag.

REDAKTION AKTUELL, WANKDORF, BERN

Georg Becher rief sofort Henry Tussot an und schickte ihn nach Wierezwil, irgendeinem Kaff bei Rapperswil, was wiederum ein Kaff in der Nähe von Schüpfen, zwischen Bern und Lyss, war.

«Was ist dort los?», wollte Henry wissen.

«Laut einem Leserreporter ein Militäreinsatz.»

«Oha, klingt in diesen Tagen nach Ernstfall. Weiss Renner davon?»

«Noch nicht. Fahr los, Henry!»

«Okay.»

Fast vierundzwanzig Stunden nach den dramatischen Ereignissen auf der Redaktion war jetzt endlich so etwas wie Normalität eingekehrt. Zwar war die Polizei nach wie vor überall präsent, aber das Grossraumbüro, der Pausenraum und der Newsroom waren nach dem Abschluss der Spurensicherung endlich wieder zugänglich. Spezialisten eines Reinigungsinstituts hatten die Blutlache und alle anderen Spuren beseitigt. Kirsten Warren lag auf der Intensivstation des Berner Inselspitals, Jonas Haberer sass in Untersuchungshaft. Den Geiseln aus dem Redaktionsteam wurde psychologische Betreuung angeboten. Doch niemand hatte sie in Anspruch genommen.

Der Tag war ein einziges Chaos. Die gute Meldung zuerst: In der Lemmoprint AG war niemand ums Leben gekommen, niemand war verletzt worden. Dann hagelte es schlechte Nachrichten:

Die Druckerei war von einer Rakete, die höchstwahrscheinlich von einer Kampfdrohne abgefeuert worden war, in Brand geschossen worden. Mehrere Kantone schickten die Schulkinder nach Hause und erklärten die öffentlichen Verwaltungen für geschlossen. Die Privatwirtschaft folgte teilweise. Der Verkehr auf den Autobahnen und Kantonsstrassen brach zusammen. Der öffentliche Verkehr funktionierte nur noch reduziert. Etliche Mitarbeitende des Fahrpersonals hatten ihre Züge, Trams und Busse stehen lassen und waren zu ihren Familien nach Hause geeilt. Die Flughäfen Zürich-Kloten, Genf, Basel und Bern wurden geschlossen. Gegen Mittag war klar, dass der von den Finanzexperten vorausgesagte Crash eingetroffen war: Der Geldabfluss von den Schweizer Banken war gigantisch, viele Banken standen vor dem Ruin.

Die Schweizer Regierung war völlig überfordert. Alle Beschwichtigungsversuche des Bundespräsidenten nützten nichts. Es war nicht klar, ob der Notstand ausgerufen wurde oder nicht. Von Armeechef Ehrlich war nichts zu vernehmen. Die Armee war zwar an vielen Orten präsent, wirkte aber hilflos, da die unteren Chargen keine Ahnung hatten, was sie tun sollten. Auf mehreren Social-Media-Kanälen ging das Gerücht um, dass Korpskommandant Schneider sich selbst zum General ernannt habe und einen Putsch gegen den Armeechef und den Bundesrat plane. Was noch bis vor wenigen Tagen alle User für völligen Schwachsinn hielten, schien plötzlich möglich. Die Tags #freeworld, #switzerland und #schweizimkrieg gehörten zu den am meisten aufgerufenen Stichworten auf Twitter.

Wie die Regierenden waren auch die Medienschaffenden mit dieser Situation überfordert. Die meisten Medien beschränkten sich darauf zu berichten, was lokal passierte. Dass national wegen den Sparmassnahmen der letzten Jahre nur noch wenige gute und erfahrene Journalisten an der Arbeit waren, zeigte sich nun: Nur die grossen Medienhäuser hatten noch eigene, gut vernetzte Bundeshauskorrespondenten; die Lokalmedien verbreiteten die offiziellen Medienmitteilungen der Departemente und Verwaltungen, die aber wirr und unbrauchbar waren.

Noch schlimmer war die Situation bei den internationalen Korrespondenten. Durch die Sparmassnahmen hatten nur noch die grossen Verlage und Networks eigene Leute, die durch das Füttern der Live-Ticker und Live-Schaltungen völlig absorbiert waren und sich nur noch auf Meldungen offizieller Stellen berufen konnten. Zeit zum Nachprüfen der Meldungen hatten sie nicht. Es entstanden Zerrbilder, die mit der Realität nur wenig zu tun hatten. Der Paris-Korrespondent des Schweizer Fernsehens wiederholte mehrmals live, dass die französische Regierung ihre Truppenverbände in den Räumen Genf, Jura und Elsass verstärkt habe. Der Berlin-Korrespondent meldete, dass Deutschland der Schweiz diplomatische sowie militärische Hilfe angeboten habe, falls weitere Angriffe mit Kampfdrohnen stattfinden würden. Über Details wusste er allerdings nicht Bescheid. Die Korrespondentin in Rom sagte live im Fernsehen, dass die Schweiz für die italienische Regierung kein Thema sei. Der US-Korrespondent meinte, die Weltwirtschaft habe noch nicht auf die Krise in der Schweiz reagiert und auch das Weisse Hause habe nicht reagiert. Ebenso ruhig sei es in Russland, wie der Mann in Moskau berichtete. Einzig der China-Journalist sagte, dass die Regierung in Peking die Vorfälle in der Schweiz sehr genau beobachte und Massnahmen vorbereite. Welche Massnahmen, konnte er allerdings nicht sagen.

Die Apps der Handybenutzer zeigten im Minutentakt Breaking News an. Facebook & Co quollen über von Meldungen. Es war selbst für professionelle News-Watcher unmöglich, sich einen Überblick zu verschaffen. Die Meldung der Gruppe «Free World», dass der Schmarotzerstaat Schweiz besetzt sei und nun in die Weltgemeinschaft eingegliedert werde, ging in der Informationsflut völlig unter.

Um Punkt 01.00 Uhr meldete sich Henry Tussot bei Georg Becher: «Ich bin in einer Sperre der Armee hängengeblieben.»

«Versuch es zu Fuss», meinte Georg.

«Okay. Ende.»

WOHNÜBERBAUUNG ERLENMATT, BASEL

Olivier Kaltbrunner konnte nicht aufhören. Er hatte den ganzen Montag damit verbracht, Informationen über Konstantin Schwarz, seine Motive und seine Hintermänner herauszufinden. Ohne Erfolg. Kaum war er zu Hause gewesen, hatte er sich wieder hinter den PC gesetzt. Er war überzeugt, dass sich dieser Konstantin Schwarz in Basel befand. Kaltbrunner hatte alles überprüft, aber nichts gefunden. Er hatte vermutet, dass Schwarz den Basler Bijoutier wegen einem kriminellen Geschäft rund um die Uhren- und Schmuckmesse Baselworld umgebracht hatte. Doch er fand keinerlei Hinweise darauf. Es liess sich auch kein Zusammenhang mit den Leichenbildern herstellen, die in «Aktuell» veröffentlicht worden waren. Erst jetzt, als er die Stichwörter «Krieg», «Söldner», «Kampf», «Krieger» und «Basel» in die Suchmaschine eingab, entdeckte er Links zu Firmen, die es zwar nicht mehr gab, aber die bezahlte Kampftruppen für Kriegsparteien in aller Welt vermittelt hatten. Diese Söldnerfirmen waren mittlerweile verboten worden. Kaltbrunner stiess auf viele Links, denen zu entnehmen war, dass Basel als Stadt im offenen Gelände bei kriegerischen Auseinandersetzungen von der Schweiz nicht verteidigt würde. Es war kein Geheimnis, dass die Grenzstadt Basel zwischen Deutschland und Frankreich bei einem Krieg gegen diese Staaten nicht zu halten wäre. Aber diese Überlegungen waren in der momentanen Bedrohungslage irrelevant. Kaltbrunner ging zu Bett, legte sich neben seiner Frau auf den Rücken, verschränkte seine Hände auf der Decke und dachte weiter nach. Beides, die Sache mit den Söldnerfirmen und die Ungeschütztheit der Stadt Basel ergaben einen Sinn. Zumindest für Olivier Kaltbrunner. Er legte sich eine Theorie zurecht: Konstantin Schwarz war Söldner, er arbeitete für eine Firma, die vor etlichen Jahren von Basel aus operierte. Deshalb kam er nach Basel. Nach dem Wegzug dieser Firma hatte sich Schwarz auf andere Geschäfte spezialisiert. Illegalen Diamantenhandel zum Beispiel. In diesem Zusammenhang kam es zum Mord am Basler

Bijoutier, für Schwarz wohl ein Betriebsunfall. Kaltbrunner war überzeugt, dass mögliche Grosskunden für geschmuggelte Diamanten an der Baselworld zu finden waren. Und schliesslich wurden die Terroristen von «Free World» auf Schwarz aufmerksam. «Der Kerl ist sicherlich in Basel», murmelte Kaltbrunner vor sich hin. «Warum sollte er sein Wirkungsfeld wechseln? Von hier aus ist er schnell über der Grenze, falls es brenzlig wird.»

«Oli, was redest du?», rief Pranee.

«Sorry, ich habe nur laut nachgedacht.»

«Weisst du überhaupt noch, wer ich bin?»

«Ja. Was soll das?» Kaltbrunner war gereizt.

«Ich könnte weg sein, du würdest es nicht einmal bemerken.»

Kaltbrunner antwortete nicht. Nach einer Weile murmelte er: «Ich muss die Firmen, für die Schwarz offiziell arbeitete, morgen überprüfen.» Pranee drehte sich auf die Seite.

IN EINEM WALD BEI WIEREZWIL, GEMEINDE RAPPERSWIL, BERNER SEELAND

Er fühlte sich als Kriegsreporter. Es wurde zwar nicht geschossen, aber das konnte ja noch kommen. Henry Tussot robbte langsam durch den Wald und schaffte es tatsächlich, mehrere Absperrungen der Schweizer Armee unbemerkt zu überwinden. Dabei half ihm, dass es zu regnen angefangen hatte. Erstens waren dadurch die Soldaten abgelenkt, weil sie damit beschäftigt waren, ihre Regenschütze anzuziehen und Blachen zu organisieren, um Unterstände zu bauen. Zweitens herrschte ein recht hoher Lärmpegel. Dass er mit Nachtsichtgeräten trotzdem zu erkennen war – dieses Risiko ging er ein.

Henry erreichte den Waldrand. Er sah ein Bauernhaus, einen alten Schuppen, Kühe auf der Wiese. Mehr nicht. Aber irgendetwas musste da sein. Davon war er überzeugt. Er brachte sich mit seiner Kamera in Stellung. Er musste jetzt einfach warten.

Wir danken Ihnen für Ihr Interesse an einem unserer Bücher. Wenn Sie uns diese Karte zurücksenden, informieren wir Sie gerne regelmässig über unser Verlagsprogramm und stellen Ihnen unser Verlagsmagazin «Die Zeile» gratis zu.

Vorname

Name

Strasse

PLZ/Ort

E-Mail

Appenzeller Verlag AG | Im Rank 83 | CH-9103 Schwellbrunn
Telefon 071 353 77 55 | verlag@appenzellerverlag.ch | www.appenzellerverlag.ch

**Appenzeller Verlag
orte Verlag
Toggenburger Verlag
edition punktuell.**

Appenzeller Verlag AG
Im Rank 83
CH-9103 Schwellbrunn

REDAKTION AKTUELL, WANKDORF, BERN

Peter Renner erschien um 03.13 Uhr auf der Redaktion. «Du siehst Scheisse aus», meinte Georg Becher.

«Dito. Was gibt's?»

«Henry liegt in Rapperswil im Gebüsch und wartet auf Action. Schrieb er mir via WhatsApp.»

Renner konnte sich ein Lächeln nicht verkneifen. «Wie sagte Haberer doch? ‹Wir befinden uns im Krieg!› Henry darf endlich Kriegsreporter spielen. Hoffentlich passt er auf sich auf, der Hitzkopf.»

«Ach, der ist doch ein Angsthase. Ich war mal im Jugoslawienkrieg. Da knallten mir die …»

«Ist gut, Georg, lass die alten Geschichten!»

Sie schwiegen eine Weile. Renner war sich bewusst, dass er Georg beleidigt hatte. Der alte Journalist hatte wirklich viel erlebt, aber das interessierte doch niemanden mehr. Das war zwar traurig. Aber wahr.

Später fragte Becher: «Hast du etwas von Haberer oder Kirsten gehört?»

«Nein. Ich hoffe, Kirsten kommt durch. Sonst ist Jonas …»

«Es war Notwehr, Pesche. Die wollte uns fertig machen, schon vergessen? Also wenn Jonas deshalb zur …»

«Lass gut sein. Liegt nicht in unserer Hand.»

«Scheissspiel.»

WIEREZWIL, GEMEINDE RAPPERSWIL, BERNER SEELAND

Es tat sich nichts. Es regnete. Es wurde kalt. Henry fror. Aber er dachte nicht ans Aufgeben. Er war felsenfest davon überzeugt, dass hier etwas passieren würde. Direkt vor seiner Linse. Er wartete weiter.

«Herr Gaster, Herr Thommen», sagte Konstantin Schwarz, der wieder seinen Kampfanzug trug. «Treten Sie bitte näher. Sie werden nun eine clevere Inszenierung erleben, um die Schweiz endgültig in die Knie zu zwingen.»

Alex und Joël wurden von Wladimir hinter Schwarz geschoben und hatten freie Sicht auf die verschiedenen Monitore.

«Passen Sie auf, damit Sie danach hautnah darüber berichten können.»

Ohne Zutun von Konstantin Schwarz erschienen auf den Bildschirmen lange Zahlenreihen.

«Das ist ein bisschen technisch», erklärte Schwarz. «Die Computer- und Finanzspezialisten unserer Gruppen sperren gerade den gesamten Zahlungsverkehr der Schweiz. Damit wird es unmöglich sein, irgendwelche Finanztransaktionen zu tätigen. Zudem werden die Geldautomaten zwar Geld ausspucken, aber keine Abbuchungen mehr vornehmen. Eine Katastrophe für Ihr Land.»

Tunnelportale verschiedener Schweizer Strassen erschienen auf den Monitoren. «Was soll denn das?», fragte Joël und machte Fotos.

«Beachten Sie die Verkehrsampeln. Sie stehen auf grün, ja?»

«Ja.»

Konstantin Schwarz änderte in einem separaten Fenster gewisse Einstellungen. Die Lichtsignale wechselten eines nach dem anderen auf Orange und Rot. «Hier links oben, das ist der Gubrist-Tunnel bei Zürich. Daneben der Schwarzwaldtunnel in Basel. Rechts davon der Belchentunnel. Ganz rechts der Gotthard. Daneben der Seelisberg.»

«Sie werden den gesamten Verkehr lahmlegen.»

«Genau, meine Herren. Das ist Cyber-War.»

WIEREZWIL, GEMEINDE RAPPERSWIL, BERNER SEELAND

Um 03.34 Uhr registrierte Henry Tussot den Lärm tieffliegender Kampfjets. Einen Augenblick später explodierten vor Henrys Nase das Bauernhaus und der Schuppen. Es gab einen fürchterlichen Knall und eine Druckwelle, die Henry gegen einen Baum schleuderte. Er schlug heftig mit dem Kopf auf. Sobald er sich einigermassen erholt hatte, rappelte er sich auf und drückte ununterbrochen auf den Auslöser seiner Kamera. Mehrere Schützenpanzer tauchten auf, Soldaten sprangen heraus und nahmen die Gebäude ins Visier. Es wurde geschrien und geschossen. Henry rannte Richtung Bauernhaus. Er fotografierte einen Menschen, der lichterloh brennend wegrannte. Er fiel ins Gras. Trümmer flogen herum. Beissender Rauch stieg auf.

«Halt!», schrie plötzlich jemand. Henry drehte sich um und sah einen Soldaten, der das Sturmgewehr auf ihn gerichtet hatte.

«Hey, Mann, ich bin Pressefotograf!», schrie Henry und zückte seinen Ausweis, den er in seiner Jackentasche hielt.

«Hauen Sie ab, Mann!»

«Nein, ich bin Pressefotograf!»

Der Soldat zögerte. Er war mit der Situation sichtlich überfordert. Schliesslich ging er an Henry vorbei. Weitere Soldaten folgten. Henry schlich ihnen nach. «Mann, Mann, Mann, was für Bilder», sagte Henry.

«Hauen Sie ab!», schrie ein anderer Soldat, kümmerte sich aber nicht weiter um den Fotografen.

Der Trupp stiess zum Schuppen vor. Die Szenerie wurde plötzlich hell erleuchtet. Henry sah einen Mann am Boden liegen. Er sah seltsam aus. Henry fotografierte ihn. Dabei wurde ihm klar, was an ihm seltsam war: Er hatte zwar ein Gesicht, aber keinen Hinterkopf mehr. Die schwammige Masse, die nebendran lag, musste sein Gehirn sein. Es knallten mehrere Schüsse. Henry legte sich flach auf den Boden. Er hatte keine Schmerzen. Aber es wurde alles schwarz um ihn herum.

IN EINEM UNTERGESCHOSS

«Commander! Commander!», schrie jemand. Kurz darauf stürmten der Drohnenpilot und der Drohnen-Copilot in den Führungsstand. «Es ist eine Katastrophe passiert!»
«Was?», fauchte Commander Schwarz.
«Wir wurden angegriffen. Drohnen zerstört. Keinen Kontakt mehr zu unseren Leuten.»
«Bitte?»
«Commander», meldete sich der Copilot zu Wort. «Ich denke, dass wir bei unserem Einsatz bei der Druckerei in Rothrist vom Radar erfasst und bis zum Flugfeld verfolgt worden sind.»
«Scheisse!», brüllte Schwarz.
«Wurden Sie ... angegriffen?», fragte Alex.
«Bringt diesen Wichser in seine Zelle zurück!», brüllte Schwarz und zeigte auf Alex.

WIEREZWIL, GEMEINDE RAPPERSWIL, BERNER SEELAND

Henry rappelte sich auf. Er war nur kurz weggetreten gewesen. In der Ferne waren unzählige Martinshörner zu hören. Immer mehr Militärfahrzeuge fuhren heran, Soldaten rannten herum, schleppten Schläuche und begannen mit den Löscharbeiten. Es wurden Befehle geschrien.

Henry schoss noch einige Fotos und trat dann den Rückzug an. Weit kam er jedoch nicht. Am Waldrand wurde er von Soldaten aufgegriffen und in einen Mowag Duro verfrachtet. Dieser fuhr sogleich los, holperte erst über Waldwege, bog dann in einen aufgeweichten Pfad ab, der wohl von Waldarbeitern benutzt wurde, und blieb stecken. Der Fahrer fluchte und verfluchte die Dreckskiste. Auch der Soldat, der Henry bewachte, fluchte, aber auf den Fahrer, nicht auf das Fahrzeug. Danach brüllte der Fahrer dem Soldaten und Henry zu, sie sollten den Wagen aus dem Dreck stossen, was diese versuchten. Doch beide versanken bis zu den Knöcheln im aufgeweichten Boden. «Merde!», schrie Henry, packte seine Kamera und rannte davon. Die beiden anderen kümmerten sich nicht mehr um ihn, sie waren zu sehr mit dem steckengebliebenen Mowag Duro beschäftigt.

REDAKTION AKTUELL, WANKDORF, BERN

Blick-Online hatte das Rennen um die ersten Bilder und Nachrichten über die Militäraktion im Berner Seeland gegen «Aktuell»-Online gewonnen. Blick-Reporter berichteten seit vier Uhr von der «Front».

Renner versuchte mehrfach, Henry zu erreichen. Ohne Erfolg. Deshalb musste er mit Georg Becher und den anderen anwesenden Redaktoren aus den Blick-Texten eigene Berichte verfassen und den Konkurrenten zitieren. Renner regte sich auf. Haberer würde sich noch mehr ärgern. Aber dieser hatte nach der Schiesserei und seiner Verhaftung im Moment andere Probleme.

IN EINEM UNTERGESCHOSS

Der Ton im Luftschutzkeller war rauer geworden. Alex und Joël wurden nicht mehr freundlich behandelt, sondern wie Gefangene. Mit der Zelle hatte der Commander zwar nach wie vor das Appartement gemeint. Sie waren nun komplett von der Aussenwelt abgeschnitten. Neben den Handyverbindungen waren nun auch Internet, TV und Radio tot.

Um 04.30 Uhr wurden sie von Wladimir und Arthur abgeholt. Auf dem Weg in den Raum des Commanders kamen sie wieder an den Schleusen vorbei. Alex bemerkte, dass der Drohnenpilot und sein Copilot neben der ausgepackten Belüftungsmaschine und den bereitgestellten Trockentoiletten mehrere Sanitätskoffer, Medikamentenkisten und handtaschengrosse Beutel deponierten. Sie kamen Alex aus seiner Zeit im Militär bekannt vor: In den Beuteln waren Schutzmasken.

REDAKTION AKTUELL, WANKDORF, BERN

Um 04.40 Uhr erhielt Peter Renner die ersten Fotos von Henry. Sie waren an Dramatik nicht zu überbieten. Er liess sie sofort im Web aufschalten und via Facebook, Twitter, Instagram und Co. verbreiten. Einzig die Leichenbilder sortierte er aus. Auf seinem Newsline-Schirm explodierten die Besucherzahlen von «Aktuell»-Online. Er hatte die Nase wieder vorn.

Um 04.49 Uhr betrat Flo Arber den Newsroom. «Was ist los?», fragte er.

«Militäraktion in ...»

«Nein, das meine ich nicht. Im Radio geben sie dauernd durch, dass die meisten grossen Tunnels derzeit wegen technischer Störungen gesperrt seien.»

«Was soll das denn? Keine Ahnung!»

«Ein Cyber-Angriff?»

«Glaubst du, Flo?»

«Ja.»

«Dann los, hau die Meldung raus.»

IN EINEM UNTERGESCHOSS

Punkt fünf Uhr gab es im Kommandoraum einen Morgenappell. Neben den Leuten, die Alex und Joël bereits kannten, waren weitere sieben Personen anwesend, darunter drei Frauen. Beim näheren Hinsehen sah Alex, dass es sich bei einer der jungen Frauen um die Dame handelte, die sie ganz am Anfang ihres «embedded»-Daseins so freundlich bedient hatte. Die zweite Frau glich der Prostituierten Carmella, die im Video über Kilian Derungs' Ermordung zu sehen gewesen war. Nun trug sie einen Adidas-Pulli und sah wirklich aus wie eine Hackerin. Ein weiteres bekanntes Gesicht war der Mann mit dem Totenkopftuch: der Henker. Kilian Derungs Mörder. Alex dachte: Killers Killer – das würde Haberer gefallen. Er musste schmunzeln.

Konstantin Schwarz murrte und warf Alex einen finsteren

Blick zu. Dann sagte er: «Wegen unerwarteter Gegenattacken hat die Gruppe ‹Free World› beschlossen, sich aus taktischen Gründen für einige Tage zurückzuziehen und sich ruhig zu verhalten.» Alex und Joël atmeten auf. Bald könnten sie den Untergrund verlassen, hofften sie. Konstantin Schwarz funkelte die beiden Reporter erneut an: «Man will der Schweiz die Möglichkeit geben, die von uns geforderten Massnahmen einzuleiten. Wir werden im Laufe des Tages die noch laufenden Aktionen wie die Tunnelsperrungen und die Blockade des Zahlungsverkehrs beenden und auf weitere Anweisungen warten.» Konstantin Schwarz ging auf Joël zu und überreichte ihm sein Handy: «Wären Sie so freundlich, ein Video für mich persönlich aufzunehmen?»

«Aber ...»

«Nur hier drücken», zeigte der Commander. «Vielen Dank!» Dann wandte er sich den beiden Drohnenpiloten zu und bat sie einen Schritt vorzutreten. «Ich möchte Ihnen danken, meine Herren. Sie haben durch Ihr amateurhaftes Verhalten nicht nur mich lächerlich gemacht, sondern die ganze Organisation. Wie Sie sich von der Schweizer Armee erwischen liessen, ist einfach nur dilettantisch! Ich kann es ...»

«Commander!», unterbrach der Copilot, «ich habe Sie mehrfach gewarnt, dass beim Einsatz in Rothrist der Radar uns ...» Konstantin Schwarz zog seine Pistole aus dem Halfter, zielte mit der Mündung auf die Stirn des Copiloten und drückte ab. Der Mann fiel zu Boden.

Joël liess die Hand, mit der er Konstantins Handy hielt, sinken. Schwarz bemerkte dies und richtete seine Waffe sofort auf den Fotografen. Joël riss den Arm in die Höhe. Jetzt zielte Schwarz auf den Piloten und drückte sofort ab. Dann nahm er Joël das Handy aus der Hand, blickte in die Runde und sagte: «Hat jemand noch Fragen?»

«Warum machen Sie die Schutzmasken bereit?» Schwarz starrte Alex an. Joël zitterte. Schwarz beantwortete die Frage nicht.

REDAKTION AKTUELL, WANKDORF, BERN

05.11 Uhr: Über die Schweizerische Depeschenagentur kam die Meldung, dass der gesamte Zahlungsverkehr in der Schweiz nicht mehr funktionierte. Das bedeute, dass sowohl kein Bargeld mehr an den Automaten abgehoben werden könne, als auch keine Zahlungen per Kreditkarte mehr möglich seien. Es werde befürchtet, dass es sich um einen weiteren Cyber-Angriff handle. Da alle anwesenden Reporter beschäftigt waren, schrieb Renner diese Meldung für «Aktuell»-Online selbst um und mailte Flo Arber, dass er sich um die weiterführende Recherche kümmern solle, sobald er Zeit habe.

05.25 Uhr: Renner erhielt ein Kommuniqué der Armee: In Rapperswil im Berner Seeland habe in der Nacht ein Einsatz stattgefunden, der erfolgreich abgeschlossen werden konnte. Es seien in einem grossen, landwirtschaftlichen Schuppen mehrere Drohnen, darunter eine Kampfdrohne vom Typ Predator, zerstört worden. Der Schuppen sei von einer «fremden militärischen Einheit» als Hangar benutzt worden. Ein Teil einer Weide, die von Strassen und Wegen nicht einsehbar sei, sei als Start- und Landepiste genutzt worden. Beim Einsatz seien drei feindliche Militärs getötet worden. Bei der eigenen Truppe seien drei leicht Verletzte zu beklagen. Um sieben Uhr gebe es vor Ort eine Medienkonferenz mit Korpskommandant Schneider. Der Nachrichtenchef versuchte zum x-ten Mal Henry Tussot zu erreichen. Dieses Mal klappte es. Er lobte ihn zuerst für seinen Einsatz. Dann sagte er im Befehlston: «Um sieben Uhr gibt es eine Medienkonferenz. Da musst du hin!»

«Okay. Wer kommt mit?»

«Niemand.»

«Und wer schreibt?»

«Du. Ich habe keine weiteren Leute zur Verfügung.»

«Spinnst du?»

«Nein. Du musst. Oder du erzählst mir, was gesagt wurde, und ich schreibe es.»

«Renner, das kannst du nicht verlangen.»
«Keine Diskussion.»
«Ich sehe aus wie der letzte Mensch. Ich stehe vor Dreck, weil ich die ganze Nacht im Wald herumgekrochen bin und schliesslich mit einem Mowag Duro im Schlamm steckengeblieben bin.»
«Du bist was?»
«Die Soldaten, die mich aufgegriffen haben, blieben mit dem Mowag Duro stecken.»
«Tja, gibt es halt im Krieg.»
«Du hast gut reden. Also, wen schickst du?»
«Dich, Henry. Du schaffst das.» Renner legte auf. Danach holte er sich am Automaten einen Kaffee. Sehr zu seiner Freude sah er, dass praktisch alle Journalisten da waren und arbeiteten. Er rief ihnen «Guten Morgen» zu und verkroch sich im Newsroom. Er wusste, solange Haberer im Knast sass, musste er Chefredaktor spielen. Er hasste es. Immerhin hatte ihm Emma Lemmovski jegliche Unterstützung zugesichert.

05.59 Uhr: In den Verkehrsnachrichten von Radio SRF 1 wurde gemeldet, dass sämtliche Tunnels trotz Rotlichtern befahrbar seien, allerdings mit der nötigen Vorsicht. Vor den grossen Tunnels bildeten sich bereits kilometerlange Staus. Es wurde zudem dringend empfohlen, auf den ÖV umzusteigen. Die Betreiber der Tunnels wären daran, die Störungen so schnell wie möglich zu beheben. «Vergesst es», murmelte Renner. «Wir sind in den Fängen der Terroristen!»

WAAGHOF, KRIMINALKOMMISSARIAT, BASEL

Auf dem Weg mit dem 30er-Bus von der Erlenmatt zu seinem Büro bei der Heuwaage war Kaltbrunner ein weiteres Argument in den Sinn gekommen, warum Basel das Epizentrum des terroristischen Angriffs sei: In Basel wohnten wegen der grossen, internationalen Pharma-Firmen besonders viele ausländische Fachkräfte, mehrere zehntausend Personen. Diese würden durch gezielte Attacken in Basel und durch die allgemeine Destabilisierung der Schweiz regelrecht aus dem Land fliehen. Die Pharmabranche und damit die gesamte Wirtschaft würden verlangen, sofort auf die Forderungen der Gruppe «Free World» einzugehen. Der Druck auf die Regierung würde extrem sein.

Olivier Kaltbrunner war fast ein bisschen stolz auf seine Überlegungen. Nun sass er im Büro und nahm sämtliche Firmen, für die Konstantin Schwarz arbeitete und gearbeitet hatte, unter die Lupe. Er hatte das zwar schon bei den Ermittlungen im Fall «Bijoutier» gemacht, aber damals keine verdächtigen Hinweise gefunden. Das Resultat seiner Recherche war ernüchternd: Konstantin Schwarz war immer noch nicht greifbar. Stutzig machte Kaltbrunner nur, dass in allen Verwaltungsräten der Firmen, für die Schwarz in den vergangenen fünf Jahren tätig oder tätig gewesen war, immer der gleiche Name auftauchte.

SCHULHAUS, GEMEINDE RAPPERSWIL, BERNER SEELAND

An der Medienkonferenz kam es zu einem merkwürdigen Zwischenfall. Nachdem im Stil der US-Armee den Reportern Videos vom Angriff der F/A-18-Kampfjets auf den landwirtschaftlichen Schuppen gezeigt worden waren, präsentierten die Offiziere Teile der zerstörten Drohnen. Korpskommandant Schneider platzte schier vor Stolz. Doch dann betraten plötzlich Bundespräsident Roland Bruppacher und Armeechef Matthias Erler die zum Mediensaal umfunktionierte Turnhalle der Schule Rapperswil. Da Korpskommandant Schneider einen ziemlich verdutzten Eindruck machte, vermuteten die Journalisten, dass der Auftritt von Bruppacher und Erler nicht geplant war. Henry hätte den Auftritt des Bundespräsidenten, des Armeechefs und dessen Gefolgschaft fast verpasst, weil er sich Notizen machte. Doch jetzt spurtete er in die erste Reihe und knipste.

Der Bundespräsident ergriff sofort das Wort, bedankte sich bei Korpskommandant Schneider, sagte aber sofort, dass der erfolgreiche Einsatz der Schweizer Armee nur dank der straffen Reorganisation durch Bundesrat und Armeechef möglich gewesen sei.

Das Beispiel zeige, dass die Armee für die herkömmliche Kriegsführung und auch für einen Cyber-War gerüstet und trainiert sei. Er sei stolz auf seine Truppen. Das ganze Schweizer Volk sei stolz. Er beendete seinen Vortrag mit den pathetischen Worten: «Die Schweiz wird sich niemals fremden Mächten und Terroristen beugen. Wir werden uns verteidigen und zurückschlagen.» Dann verliess er die Turnhalle zusammen mit Armeechef Erler, der kein Wort gesagt hatte. Auch Korpskommandant Schneider war plötzlich weg. Selbst die Medienoffiziere waren weg. Die Reporter standen auf und diskutierten, was das bedeute. Die vorherrschende Meinung war die, dass Bruppacher unter allen Umständen verhindern wolle, dass die Schweiz den Kriegszustand ausrufe und das Parlament Korpskommandant Schneider zum General wähle. Armeechef Erler, eigentlich höher gestellt, war von Schneider längst ausgebootet worden, das war allen Reportern klar.

Henry Tussot suchte die Toilette und fand sie im Untergeschoss. Er wollte sich endlich waschen. Als er in den Spiegel schaute, erschrak er: Er sah wirklich fürchterlich aus, er fühlte sich nicht nur so. Er hatte Dreck im Gesicht, und in den Haaren klebte Schlamm. Er wusch sich notdürftig, trocknete sich mit Papiertüchern und verliess die Toilette. Er wollte gerade Peter Renner anrufen, als er aufgeregte Stimmen hörte. Henry schlich sich in die Richtung, aus der der Lärm kam. Er sah etliche Beschriftungen und Abkürzungen an Wänden, Türen und Türrahmen, die militärisch aussahen. Henry hatte nicht viel Ahnung davon, da er nie Militärdienst geleistet hatte. Sein Rücken hätte der militärischen Belastung nicht standgehalten, meinten damals er und sein Arzt.

«Ich werde diesem Scheisskerl die Eier abschneiden», wetterte ein Mann. Henry war sich sicher, dass es die Stimme von Korpskommandant Schneider war. «Was bildet sich dieser Idiot ein?» Ein anderer Mann versuchte, den Korpskommandanten zu beruhigen, allerdings ohne Erfolg. «Ich lasse ihn verhaften!», zeterte Korpskommandant Schneider weiter. «Der stellt mich vor der ganzen medialen Saubande bloss.» Wieder versuchte der andere, den Korpskommandanten zu beschwichtigen. Henry konnte die Worte nicht verstehen. «Nein, verdammt, ich rege mich auf, solange ich will! Und kriech mir nicht immer in den Arsch!» Wieder unverständliche, ruhige Worte.

Dann: «Ich schreie, so lange ich will! Ich werde diesen Terroristen den Garaus machen, ich werde sie persönlich zertreten und abschlachten. Ich werde sie vernichten! Und Bruppacher und Erler mit ihnen, das garantiere ich euch allen!»

Türen knallten. Dann stand Korpskommandant Schneider plötzlich vor Henry. Reflexartig hob Henry seine Kamera und drückte ab.

REHA-KLINIK, SPEICHER, KANTON APPENZELL AUSSERRHODEN

Sandra hatte die Medienkonferenz am Fernsehen mitverfolgt. Und sie hatte sich köstlich über Henry amüsiert, der sich schmutzig, wie er war, vor den Korpskommandanten und den Bundespräsidenten gestellt und fotografiert hatte. Typisch Henry!, dachte Sandra, dem ist doch nichts peinlich.

Gleich würde Susa kommen. Seit die Fotos aus ihrem Handy in «Aktuell» erschienen und mittlerweile um die halbe Welt gegangen waren, hatte Susa noch kein Wort dazu gesagt. Sandra belastete das mehr, als wenn ihr Susa alle möglichen Schimpfwörter an den Kopf geworfen hätte.

«Hey», sagte Susa, als sie hereinkam.

«Hey!»

«Alles klar?»

«Susa! Warum sagst du nichts?»

«Wozu?»

«Zu den Bildern deines Ehemannes.» Susa schaute Sandra lange an.

«Dein Konstantin ist ein Terrorist! Er hat eure Wohnung in Trogen in die Luft gesprengt und viele Menschen getötet. Hast du das begriffen, Susa?»

«Hast du die Bilder ...»

«Ja, Susa!» Die Physiotherapeutin schlug die Hände vors Gesicht. Sandra fühlte sich schrecklich.

WAAGHOF, KRIMINALKOMMISSARIAT, BASEL

«Doktor Heinrich Anderegg», murmelte Olivier Kaltbrunner immer wieder. «Doktor Heinrich Anderegg.» Er schüttelte den Kopf: «So, so, hmm, hmm.» Kaltbrunner legte seine Brille beiseite, seufzte, sagte mehrmals «So, so, hmm, hmm», setzte die Brille wieder auf die Nase, ergriff mit einem neuerlichen Seufzer das Telefon und rief Peter Renner an. Trotz der aufregenden Ereignisse begann er einen netten Smalltalk. Dann kam er zur Sache: «Herr Renner, es gab doch die Sache bei der Privatbank Anderegg, Sie erinnern sich?»

«Die Kontoplünderung durch die Terroristen aus dem Deep Web und der Selbstmord des jungen Bankers. Wie hiess er doch gleich, ähm, Jérôme Dings ...?»

«Das weiss ich nicht. Der Name wurde nie veröffentlicht.»

«Jérôme Jollier. Jetzt weiss ich es wieder. Der Junge sprang im Welschland von einer Autobahnbrücke. Ohne eine Nachricht zu hinterlassen. Und ohne einen Rappen in der Tasche. Wir haben die Story nie gebracht. Selbstmord sollte man nicht an die grosse Glocke hängen. Ich weiss nur, dass irgendetwas war ..., ich müsste unseren Wirtschaftsmann Flo Arber fragen.»

«Ach, nicht nötig. Ich bin über etwas anderes gestolpert.»

«Oh?»

«Doktor Heinrich Anderegg, der Chef der Privatbank Anderegg und Cie., sitzt in mehreren Verwaltungsräten.»

«Aha.»

Olivier Kaltbrunner konnte durch die Telefonleitung spüren, dass Renner wie auf Nadeln sass. Nicht umsonst wurde er die Zecke genannt. Er war gerade daran, sich in Kaltbrunners Information zu verbeissen. «Eine, wie soll ich sagen, gschpässige Sache.»

«Und was ist daran seltsam?»

«Er sitzt in Firmen, für die ein gewisser Konstantin Schwarz arbeitet oder arbeitete.» Am anderen Ende der Leitung herrschte Schweigen. «Herr Renner?»

«Ich überlege.»

«So, so, hmm, hmm.»

«Das macht doch keinen Sinn. Warum sollte Anderegg mit Konstantin Schwarz und der Terroristengruppe ‹Free World› irgendetwas zu tun haben? Ausgerechnet mit jener Gruppe, die seine Bank um ein Vermögen gebracht hat?»

«Ich bin sicher, Sie werden das herausfinden.»

«Aha.»

«Wie geht es Sandra?»

«Gut. Ja, ich denke gut. Ich hoffe es.»

«Eine wirklich nette, junge Frau.»

«Ich weiss.»

«Sagen Sie ihr einen ganz lieben Gruss.»

«Natürlich. Also, Herr Kaltbrunner, ich wünsche Ihnen einen ...»

«Noch etwas, Herr Renner», warf der Kommissär ein und freute sich über seine ermittlungstechnische Zermürbungstaktik. Nun war der abrupte Themenwechsel an der Reihe: «Wie sieht es mit unserem gemeinsamen Bierchen aus?»

«Oh, ja, ähm, schlecht zur Zeit. Sie wissen ja, kriegerische Zeiten.»

«So, so, hmm, hmm.»

«Ja. Na dann.»

«Melden Sie sich, wenn Sie oder einer Ihrer Kolleginnen und Kollegen demnächst in Basel sind. Guten Tag.»

Über seine letzten Sätze mit der Anspielung auf Basel würde Peter Renner nun eine Weile nachdenken können. Der gewiefte Journalist würde den Wink auf seine Vermutung, dass Terrorist Schwarz sich in Basel versteckte, schon begreifen. Früher oder später.

REHA-KLINIK, SPEICHER, KANTON APPENZELL AUSSERRHODEN

Sandra konnte es nicht fassen, dass Susa ihr nicht böse war. Und auch nicht, dass sie tatsächlich nicht zu begreifen schien, mit welchem Killer sie viele Jahre ihres Lebens verbracht hatte.

«Hast du der Polizei wirklich alles erzählt?», fragte Sandra.
«Es gibt nichts zu erzählen.»
«Na ja, ganz unbedeutende Dinge von früher. Was ihr gemacht habt. Worüber ihr gesprochen habt. Was er dir aus der Vergangenheit erzählt hat.»
«Sandra, wir haben nie etwas Schlimmes gemacht. Konstantin sowieso nicht.»
«Wieso sowieso?»
«Konstantin war sehr religiös, als ich ihn kennengelernt habe. Er ging regelmässig zu Gottesdiensten.»
«Er ist Muslim?»
«Nein, nein, wie kommst du darauf?»
«Wegen seiner Herkunft Kasachstan. Gibt es dort nicht viele Muslime?», fragte Sandra, meinte aber eigentlich: Vom friedlichen Muslim zum islamistischen Terroristen könnte eine Erklärung für Konstantins Verwandlung sein.
«Ja, den Islam gibt es auch in Kasachstan. Aber Konstantin ist ein Mennonit.»
«Ein was?»
«Viele Kasachstandeutsche sind Mennoniten. Das ist eine alte evangelische Freikirche.»
«Noch nie gehört. Und er besuchte Gottesdienste in der Schweiz?»
«Ja, wir fuhren immer wieder nach Basel. Dort gab es so eine Art Kirche.»
«Wo?»
«Das weiss ich nicht mehr.»
«Kannst du nachschauen?» Sandra liess nach einer kurzen Pause ein «Bitte?» folgen.
«Ja, zu Hause haben wir sicherlich noch ...»
«Susa, du hast kein Zuhause mehr.»

REDAKTION AKTUELL, WANKDORF, BERN

«Ich bin wieder da!» Die gesamte Belegschaft erstarrte: Haberer! Klack – klack – klack. «Ja, glotzt nur! Ich habe euch auch vermisst!» Niemand sagte ein Wort. In der Eingangstüre stand Emma Lemmovski. Sie stöckelte hinter Haberer her, baute sich in der Mitte des Grossraumbüros auf, schüttelte ihre Mähne und verkündete: «Ich bin froh, dass Jonas das Gefängnis verlassen konnte. Die Ermittlungen zeigten, dass unser Chef ganz eindeutig aus Notwehr auf Kirsten geschossen hat. Und sehr gezielt. Kirsten geht es den Umständen entsprechend gut, der Schuss traf sie in die Schulter. Die Ärzte meinen, dass sie gute Heilungschancen habe. Sie wurde an einen unbekannten Ort gebracht. Aus Sicherheitsgründen. Ihr Sohn Christopher ist bei ihr.»

«Danke, Emmeli, wenigstens freust du dich!»

«Jonas, das gibt es ...» Pescheli stand vor seinem Newsroom.

«Komm her!», schrie Haberer, ging zu Renner, nahm ihn in die Arme und klopfte ihm auf den Rücken. Dann brüllte er in die Redaktion: «Rock'n'Roll, Leute, jetzt nehmt ihr mal eure Finger aus den Ärschen und arbeitet endlich mal was!» Laut lachend stapfte er in sein Büro. Schliesslich brüllte er: «Mein Auto habe ich übrigens auch wieder. Der sieht geil aus: Mit Einschusslöchern perforiert, ein richtiger Kampfpanzer eben. Maximum!» Noch immer sagte keiner ein Wort. Alle waren von diesem Auftritt beeindruckt. Positiv beeindruckt. Emma Lemmovski lächelte.

WAAGHOF, KRIMINALKOMMISSARIAT, BASEL

Kurz vor Mittag versuchte sich Olivier Kaltbrunner einen Überblick über die aktuelle Situation in der Schweiz zu machen und konsultierte mehrere Newssites. Doch irgendwie, schien ihm, hatten die Journalisten den Überblick verloren. Der Angriff der Armee auf die Stellung der Terroristen im Berner Seeland war zwar noch immer das grosse Thema. «Aktuell» berichtete mittlerweile von einem kompletten Zerwürfnis zwischen der Regierung und der Armee. Möglicherweise komme es zu einem Militärputsch. Bebildert war der Bericht mit dem Foto von Korpskommandant Schneider mit hochrotem Kopf.

Blick-Online und andere Newsportale brachten vor allem Reaktionen auf die Ereignisse. Interessant waren die Meldungen der Wirtschaftsverbände, die den Bundesrat dazu aufforderten, Sofortmassnahmen zur Stabilisierung des Landes zu ergreifen und mit den europäischen Partnern zusammenzuarbeiten und Verhandlungen über einen EU-Beitritt aufzunehmen. Es gehe darum, dass die Infrastruktur, die Lebensader der Schweizer Wirtschaft, sofort gesichert werde, nötigenfalls mit Hilfe ausländischer Truppen.

«Goppeloni», murmelte Kaltbrunner. Ihm war klar, was die Wirtschaft meinte: Egal, was mit der Schweiz als Staat passierte, Hauptsache die Finanzen, der Strom, das Wasser und der Verkehr funktionierten. «Die Schweiz als Staat braucht es nicht», sagte Kaltbrunner. Und fühlte sich in seiner Meinung durch eine Meldung des Basler Lokal-Infokanals «Onlinereport» bestätigt: In den grossen Pharmaunternehmen in Basel würden nach Absprache mit der baselstädtischen Regierung und dem Bundesrat «alle sicherheitsrelevanten Versuche und Forschungen» sistiert, ganze Abteilungen würden in Filialen ins europäische Ausland verlegt, weil die Terrorgefahr in der Schweiz zu hoch sei. Die Schweizer Armee könne keinen hundertprozentigen Schutz gegen Terrorattacken aus der Luft zusichern. Das Risiko für einen solchen Angriff auf Pharma- und Chemieunternehmungen in der Schweiz «mit einer drohenden biologischen Katastrophe» sei zu hoch. Kaltbrunner schmunzelte über den Ausdruck «biologische Katastrophe». «Ja, wenn tödliche Viren und Bakterien plötzlich rumfliegen ist das schon eine Bio-Katastrophe», murmelte er.

Der Kommissär konsultierte auch ausländische Medienportale. Dort wurde berichtet, dass der Schweiz aus Deutschland, Frankreich, Grossbritannien und den USA diplomatische sowie militärische Hilfe zugesichert worden sei. Kaltbrunner wandte sich wieder seiner Arbeit zu und war froh, dass er nichts mit dem Weltgeschehen, sondern nur mit der Aufklärung des Fasnachtsattentats und der Attacke auf das Kantonsspital zu tun hatte. Letzteres war aber vor allem ein Fall für die Internet-Ermittler der Polizei.

Als das Telefon klingelte, stellte er mit Freuden fest, dass sein neuer Freund Peter Renner ihn anrief.

«Wie meinten Sie das mit Basel?», wollte Renner wissen.

«Wie ich gesagt habe ...»

«Herr Kaltbrunner, Sandra hat mich gerade angerufen und erzählt, dass Konstantin Schwarz früher Gottesdienste der Mennoniten in Basel besucht habe.»

«So, so, hmm, hmm.»

«Kennen Sie die Mennoniten in Basel?»

«Erwischt, lieber Herr Renner! Was sind Mennoniten?» Nach dem Gespräch mit Renner rief Kaltbrunner seinen Kollegen Giorgio Tamine zu sich und sagte ihm, er solle Pierre Boller holen: «Organisiere alles, damit wir einen Ausflug mit ihm machen können.»

REDAKTION AKTUELL, WANKDORF, BERN

Um 14.03 Uhr führte Flo Arber ein schwieriges Gespräch mit Ruth Jollier, der Mutter von Jérôme Jollier. Sie wohnte in Genf, sprach aber glücklicherweise fliessend Deutsch, weil sie aus Zürich stammte. Flo entschuldigte sich mehrmals für den erneuten Anruf und versicherte ihr, dass er ihren Wunsch nach Ruhe respektieren werde. Trotzdem müsse er nochmals nachfragen, ob sie immer noch keine Erklärung für den Freitod ihres Sohnes habe.

«Nein. Ich will auch keinen weiteren Artikel über meinen Sohn in Ihrem Blatt lesen.»

Flo ging nicht darauf ein, sondern sagte: «Ich kann mir einfach nicht vorstellen, dass ihr Sohn ...»

«Ich weiss mittlerweile nur, dass mein Sohn zu Doktor Heinrich Anderegg gerufen worden war. Er soll ihn geohrfeigt haben.»

«Oha.»
«Heinrich ist eben ein Patron alter Schule.»
«Heinrich?»
«Ja, wir kennen uns seit meiner Jugendzeit. Mein Vater war auch Banquier in Zürich.»
«Dann war Ihr Sohn durch ...»
«Nein, er hat sich diesen Job selbst ergattert. Weil er einfach sehr talentiert fürs Bankgeschäft war.»
«Natürlich. Wie ist Heinrich Anderegg als Mensch?»
«Das weiss ich nicht. Dazu kenne ich ihn zu wenig.»
«Hat er Ihnen kondoliert?»
«Ja, an Jérômes Beerdigung.»
«Bei unserem letzten Gespräch haben Sie mir erzählt, dass Ihr Sohn ein aufgestellter ...»
«Ja, das war er.»
«Haben Sie wirklich keinen Abschiedsbrief gefunden?»
«Nichts.»
«Aber die Arbeit in der Bank gefiel ihm immer noch?»
«Ja. Seine Einstellung zu seinem Beruf war allerdings nicht mehr ganz so positiv, seit er in Zürich arbeitete.»
«Also bei Anderegg?»
«Ja, er erzählte einmal, dass er dauernd überwacht werde.»
«Von wem fühlte er sich überwacht?»
«Von der Bank selbst. Es wurde gemunkelt, dass die Bank unter extremem Druck von den Amerikanern stehe. Wie in anderen Fällen von Schweizer Banken wurde offenbar mit Prozessen und Milliardenbussen gedroht wegen Beihilfe zur Steuerhinterziehung et cetera. Sie kennen ja diese Anschuldigungen.»
«Und?»
«Ich ...» Ruth Jolliers Stimme versagte. Sie fing an zu weinen. Flo wartete einen Moment und sagte dann: «Vielen Dank und ganz viel Kraft.»

IN EINEM UNTERGESCHOSS

«Ihre Kollegin Kirsten Warren sorgt sich um Sie», verkündete Konstantin Schwarz den beiden Reportern. «Sie fragt immer wieder, wo Sie seien.»

«Sie weiss von nichts?», fragte Alex.

«Nein, natürlich nicht. Kirsten war unser Bindeglied zur Redaktion. Sie hätte eigentlich unsere gesamte Informationsstrategie umsetzen sollen. Aber leider hat sie es verbockt. Spielt aber keine Rolle mehr. Unsere Aktionen waren so erfolgreich, dass wir keinerlei Propaganda mehr machen müssen. Die nächste Aktion wird euch Schweizer in die Knie zwingen.»

«Moment», fragte Alex. «Ich dachte, es sei ein Stopp verfügt worden von der Gruppe ‹Free World›?»

«Und? Ich bin ja auch noch jemand! Nach der heimtückischen Attacke gegen unsere Organisation werden wir in voller Härte zurückschlagen.»

«Geben Sie auf! Sie töten nur noch mehr Menschen.» Schwarz funkelte Alex an. «Was ist mit Kirsten passiert?», fragte Alex trotzdem.

«Keine Ahnung. Aber die Mitteilungen und Fragen stammen nicht mehr von ihr. Sie wurde vermutlich gefangengenommen, gefoltert und gezwungen, solche Dinge zu schreiben.»

«Sie spinnen! In der Schweiz wird niemand gefoltert.»

«Nein? Die Schweiz foltert die ganze Welt!»

«Wann soll die nächste Aktion stattfinden?», warf Joël ein.

«Sie werden es miterleben. Hautnah. Morgen früh werden Sie entlassen.»

Alex und Joël schauten den Commander mit weit aufgerissenen Augen an.

«Das wird Ihnen aber nicht viel Freude bereiten», fügte Konstantin Schwarz an.

KLEINHÜNINGEN, BASEL

Olivier Kaltbrunner und Giorgio Tamine gingen mit Pierre Boller von der Endstation der Tramlinie 8 in Kleinhüningen zum Areal des Basler Rheinhafens. Boller war ziemlich fit. Körperlich zumindest. Psychisch hatte Kaltbrunner nicht allzu viel erwartet. Aber jetzt hatte er den Eindruck, dass Pierre Boller auch geistig stabiler war.

Vor einem leerstehenden Lager- und Bürogebäude, das bald abgerissen werden sollte, blieb er stehen: «Hier ist das Pfäffli.»

«Tinu?»

«Ja. Ich geh zu ihm, er muss mir hundert Stutz geben.»

«Nicht wieder diese Scheisse, Boller», schimpfte Kaltbrunner.

Pierre zuckte zusammen. Tamine trat ins Gebäude. «Da ist nichts und niemand», meldete er, als er zurückkam.

«Habe ich mir gedacht.» Und zu Pierre Boller meinte der Kommissär: «Wo hast du dein Pfäffli sonst noch getroffen?»

«Manchmal in der Stadt.»

«Wo?»

«Weiss ich nicht.»

Kaltbrunner war enttäuscht. Der Ausflug hatte nichts gebracht. Pierres Gedanken blieben trotz den Eindrücken vor Ort einfach irgendwo stecken. Manchmal begann er ganz vernünftig und logisch zu erzählen, doch dann stockte er, bekam wieder diesen starren Blick, diesen hilflosen und traurigen Gesichtsausdruck und vorbei war es mit Vernunft und Logik. Dann redete er wirres Zeugs und bettelte um Geld. Es hatte keinen Sinn. Auf dem Weg zurück mit dem Tram durch die ganze Stadt, bekam Kaltbrunner einen Anruf von Irène aus seinem Team. Der Kommissär kannte diese Irène nur flüchtig. Sie hiess Meier. Oder Müller. Er wusste es nicht genau. Sie war jung und für die Recherchen im Zusammenhang mit dem Anschlag auf die Uniklinik aus einer anderen Abteilung zu ihnen gekommen. Irène informierte Kaltbrunner, dass Konstantin Schwarz bei den Mennoniten unbekannt sei. Er hatte nichts anderes erwartet. «Und wo steht diese Mennoniten-Kirche?», fragte er Irène.

«Moment ... Holee.»

«Holee? Danke!» Kaltbrunner überlegte einen Moment. Die Holeestrasse liegt beim Neubad. Doch von dieser Gegend hatte Boller noch nie gesprochen. Diese Spur war eine Sackgasse. Wie kam Pierre bloss auf Kleinhüningen?, fragte sich Kaltbrunner. Er rief nochmals das Büro an und gab den Auftrag, das leere Bürogebäude in Kleinhüningen zu durchsuchen, den Besitzer ausfindig zu machen und alles, was dort je stattgefunden hatte, zu recherchieren. Am Barfüsserplatz stiegen sie aus dem 8er-Tram. Pierre wollte im McDonalds unbedingt einen Hamburger essen. Kaltbrunner dachte, dass der Hamburger sich vielleicht positiv auf Bollers geistige Verfassung auswirke. Doch auch dieser Versuch brachte nichts: Pierre mampfte seinen Big Mac und schwieg. Und starrte ins Leere. Als sie wieder auf dem Barfi standen, sagte Pierre: «Gehen wir zum Kohlenberg, bitte?»

«Was ist dort?»

«Vielleicht mein Pfäffli!»

«Bitte? Ich dachte, der ist in Kleinhüningen?»

«Manchmal auch da.»

Kaltbrunner und Tamine folgten Pierre die lange, steile Treppe hinauf zum Kohlenberggymnasium und weiter zur Schanzenstrasse. «Was ist jetzt?» Pierre ging voraus. Wie ferngesteuert. Mit schnellen Schritten. Beim Rotlicht wartete er, bis es grün wurde, dann überquerte er die vierspurige Strasse, ging durch die Kanonengasse und sprach an der Tramhaltestelle beim Auberg mehrere Passanten an und bettelte um Geld. Danach ging er den Auberg hinunter Richtung Heuwaage. «Was soll das, verdammt?», fragte der Kommissär verärgert.

«Tinu ist vielleicht hier.» Er zeigte auf eine Stelle unter dem Heuwaageviadukt. «Da war einmal ein Gassenzimmer, Pierre!», sagte Kaltbrunner. «Ein Fixerstübli. Da standen Container. Aber Sie haben doch nichts mit Drogen am Hut. Behaupten Sie jedenfalls!»

«Das Pfäffli war früher manchmal hier. Aber das ist schon lange her. Dann hat er mir etwas gegeben.»
«Was?»
«Geld und so.»
«Geld für Drogen?»
«Nein. Ich nehme keine Drogen. Geld für Essen.»
«Und was hat er dir hier noch gegeben?»
«Das Stofftier.»
«Das Stofftier mit dem weissen Zeugs drin, das du verkaufen wolltest? Das Stofftier, das du dann der behinderten Frau gegeben hast?»
«Ja, der Hase.»
«So, so, hmm, hmm», machte der Kommissär.
«Tinu ist heute nicht hier.»
«Nein», sagte Kaltbrunner. «Er kommt auch nicht. Und das Gassenzimmer gibt es auch nicht mehr.»
«Kannst du mir Stutz geben? Bitteee!» Pierre bekam wieder diese glasigen Augen, diesen irren Blick. Kaltbrunner hatte genug. Er übergab Boller im Gefängnistrakt des Waaghofs den Wärtern. «War ein Schuss in den Ofen, was, Oli?», meinte Giorgio Tamine. Kaltbrunner hätte seinem Kollegen am liebsten eine Kopfnuss gegeben, sagte aber lächelnd: «Nein, das war sehr aufschlussreich. Überleg mal, Giorgio. Kohlenberg, das ehemalige Fixerstübli und der Hase mit dem Sprengstoff ...?»
«Und die Nähe zur Steinenvorstadt», ergänzte Tamine. «Dem überfallenen und getöteten Bijoutier ...» Giorgio Tamine starrte Kaltbrunner an. «Meinst du, da gibt es einen Zusammenhang?»
«Das Pfäffli, dieser Konstantin Tinu Schwarz, war hier. Der suchte sich einen, den er für seine Zwecke einspannen konnte. Einen Drögeler zum Beispiel. Oder eben einen Kranken wie Pierre.» Olivier Kaltbrunner nahm seine Brille ab, schaute zum Fenster hinaus. Er sinnierte: «Konstantin Schwarz muss irgendwo da draussen sein. Das alles ist kein Zufall.»

REDAKTION AKTUELL, WANKDORF, BERN

Innerhalb einer Viertelstunde passierten mehrere Dinge, die die Zecke irritierten. Erst verkündete Flo Arber, dass er nach dem Gespräch mit Ruth Jollier auf Tutti gegangen sei und dem Medienverantwortlichen des Bankhauses Anderegg die schweren Vorwürfe der Mutter des verstorbenen Bankers geschildert und dieser die Contenance verloren habe. Die Beschuldigungen seien bösartig und er habe mit einem Prozess gedroht, den «Aktuell» nicht überleben werde. Dann schaute Emma Lemmovski in Begleitung zweier Soldaten in den Newsroom herein und sagte, sie sei kurz an der Papiermühlestrasse. «Was? Im Pentagon?», fragte Renner. Emma zeigte mit dem Daumen nach oben. Renner verstand nicht.

Kurz darauf kam Jonas Haberer in Renners Büro und wollte einen Überblick über die Lage. Renner rapportierte ihm das Wichtigste in Kürze. Jonas Haberer liess sich in einen Stuhl fallen und war erst einmal ruhig, was Renner verwunderte. Dann fragte Jonas: «Wie war die Sache in Basel mit diesem Kommissar Zufall?»

«Der ist offenbar ziemlich überzeugt, dass Konstantin Schwarz von Basel aus operiert, hat aber keinerlei Beweise. Sandra hat von Konstantins Frau Susa erfahren, dass sie früher oft nach Basel zu einer Kirche gefahren seien.»

«Was von unseren Kriegshelden Lexu und Thommeli gehört?»

«Nein, Alex und Joël hocken immer noch als embedded journalists bei Schwarz.»

«Also auch in Basel?»

«Na ja, laut Kaltbrunner …»

«Basel, die offene Stadt, von da aus kann man gut abhauen. Oder angreifen! Die Pharma-Buden besetzen und bumm. Was sagt Kirschtorte? Haben wir Kontakt zu ihr?»

«Nein. Die ist für niemanden erreichbar.»

«Was heisst das?»

«Die ist weg. Nicht mehr im Spital. Weg. Ebenso ihr Sohn.»
Plötzlich bekam Haberer einen Lachanfall und meinte: «Kirschtorte, diese Schlampe, hat uns zwei alte Schafseckel reingelegt, was?»

«Glaube ich nicht einmal. Ich denke, sie ist ein Werkzeug dieser Gruppe.»

«Oh, Pescheli, kommst wieder mit deinen Verschwörungstheorien. Das ist super, so gefällst du mir!»

«Wolltest du Kirsten umlegen?»

«Pescheli, was denkst du?! Ich bin eben ein guter Schütze. Ich wollte ihr bloss die Waffe wegknallen.»

«Quatsch, du trainierst nie.»

«Ist ja egal. Hätte ich sie richtig erwischt, wäre das auch …»

«Dann wäre das Scheisse gewesen, du alter Haudegen!»

«Ja, vielleicht», murrte Haberer. «Vielleicht.» Er stand auf: «Ruf Henry, sofort, wir fahren nach Basel. Du machst hier weiter. Ich bin der General. Und ein General gehört an die Front.»

«Waas?» Renner verschlug es die Sprache. Haberer wollte tatsächlich als Reporter hinaus? Ob das gut kam? Renner war irritiert. Haberer trat nahe an Renner. Dieser erwartete den üblichen Schlag auf die Schulter. Doch Haberer streichelte Renner. Das irritierte den Nachrichtenchef am meisten an diesem Tag.

VERWALTUNGSGEBÄUDE DES VBS, PAPIERMÜHLESTRASSE, BERN

Verlegerin Emma Lemmovski wurde nach einer Durchsuchung in den Raum geführt, in dem sie schon einmal sass. Sie wurde von mehreren Männern in Kampfanzügen und in Zivilkleidern begrüsst. Sie kannte nur einen der Männer: Gregor Spälti, der Cyber-War-Mann.

Lemmovski wurde darüber aufgeklärt, dass alles, was hier gesprochen werde, geheim sei. Sie werde nicht verhört, ihre Anwesenheit sei freiwillig, aber im Namen des Landes und der nationalen und internationalen Sicherheit seien ihre Aussagen von höchster Bedeutung. Die Verlegerin wunderte sich.

Als Erstes wurde sie aufgefordert, nochmals sämtliche Vorkommnisse auf der Redaktion zu erzählen. Danach wollte Spälti alle Einzelheiten über Kirsten Warren wissen. Emma Lemmovski betonte mehrfach, dass nicht sie sie eingestellt habe, sondern ihre Kollegen Haberer und Renner. Sie sagte mehrfach, dass sie nicht die Chefredaktorin, sondern die Verlegerin sei und sich eigentlich nur um die geschäftliche Seite des Verlags kümmere. Spälti liess aber nicht locker. Nach rund einer Stunde sagte Emma wütend: «Hören Sie, ich weiss nichts. Was ist mit Kirsten los?»

«Sie wurde abgeholt», sagte Spälti kurzangebunden.

«Von wem? Wurde sie nicht bewacht?»

«Von ...», Spälti zögerte, holte Luft und sagte: «Von Freunden. Von Familienangehörigen. Oder so.»

«Bitte? Kirsten ist keine Terroristin. Sie wurde sicherlich erpresst. Mehrfach setzten die Leute aus dem Deep Web sie und ihren Sohn unter Druck. Das hat sie mir erzählt. Und jetzt lassen Sie sie einfach von diesen Terroristen abholen?»

«Ich versichere Ihnen, Frau Lemmovski, Frau Warren geht es gut. Sie ist auf dem Weg nach Hause.»

IN EINEM UNTERGESCHOSS

Im Keller brach plötzlich Hektik aus. Alex und Joël wurden aus ihrem Appartement geholt und mussten in den Bunker spurten. Dort warteten der Commander und die anderen. Die beiden Drohnenpiloten lagen immer noch dort, wo sie erschossen worden waren. Es war ein grausiger Anblick. Konstantin Schwarz zückte sein Handy und machte mehrere Aufnahmen. Er lächelte dabei. Dann stellte er sich vor seine Truppe und sagte im Kasernen-Ton: «Ich habe neue Informationen und Befehle erhalten. Die Aktion S wird in der kommenden Nacht um 3 Uhr anlaufen. Sie wird durch Arthur und Wladimir kommandiert und durchgeführt. Zu diesem Zeitpunkt werden uns unsere Journalisten verlassen. Sie werden draussen exklusiv berichten, was passieren wird. Ich persönlich habe einen anderen Einsatzbefehl bekommen. Ich werde euch eine Stunde vor dem Start der Aktion S verlassen. Fragen?»

«Sie flüchten!», sagte Alex keck.

«Nein, lieber Herr Gaster», sagte Konstantin Schwarz freundlich und ruhig. «Ich bin Soldat und werde immer Soldat bleiben. Aber ich muss etwas zu Ende bringen, was offenbar noch nicht erledigt werden konnte. Und dafür seid ihr Journalisten mitverantwortlich.»

«Bitte?»

Konstantin Schwarz begann zu zittern. Alex erwartete, dass er gleich explodieren würde vor Wut. Schwarz ballte die Fäuste.

«Beruhigen Sie sich», sagte Alex schnell. «Ich sage nichts mehr!»

«Ich … ich …» Konstantin Schwarz atmete tief durch, schloss die Augen, faltete die Hände, entspannte sich. «Sie waren es, die meine Frau in dieses Geschäft hineingezogen haben, Sie! Ich wusste, dass Ihre Chefs Haberer und Renner storygeile Menschen sind, die über Leichen gehen. Aber dass sie Ihre Kollegin Sandra Bosone, die fast gestorben wäre, dazu missbrauchen, meine Frau auszuspionieren und fertigzumachen …» Schwarz zückte seine Pistole und hielt sie Alex an den Kopf. «Commander!», schrie Fotograf Joël. «Tun Sie es nicht!» Schwarz liess seinen Arm sinken: «Nein. Sie müssen ja noch exklusiv berichten können.» Er wandte sich Arthur und Wladimir zu: «Sie lassen die beiden um 02:55 Uhr aus der Schleuse. Sie können ihre Kamera und die Laptops mitnehmen. Die Handys werden zerstört.» Dann drehte er sich wieder den beiden Reportern zu: «Ihre Berichte werden um die ganze Welt gehen. Allerdings sollten Sie vorsichtig sein. Und vor allem schnell.»

Konstantin Schwarz verschwand im Kommandoraum. Es herrschte Ruhe. «Wir werden alle sterben», flüsterte plötzlich die junge Frau, die so nett zu Alex und Joël gewesen war. «Nein!», sagte Alex laut. «Nein! Das werden wir nicht. Wir müssen Commander Schwarz bloss überwältigen, dann …» Arthur ging zu Alex und schlug ihm die Faust ins Gesicht.

REDAKTION AKTUELL, WANKDORF, BERN

Die Medien waren an diesem Abend ausser Rand und Band. Im Fernsehen folgte eine Sondersendung auf die andere. Dass es tatsächlich in der Schweiz mitten in Europa zu einer kriegerischen Auseinandersetzung gekommen war, wurde international als höchst gefährlich beurteilt. Experten waren sich einig: Auf diese Weise können Weltkriege entstehen. In offiziellen Stellungnahmen wurden die Terroristen von sämtlichen Regierungschefs scharf verurteilt. Allerdings wurde auch die Frage gestellt, ob der militärische Einsatz der Schweizer Armee richtig gewesen sei. Renner kümmerte sich um die Produktion der Zeitung. Georg Becher verfolgte den Newsticker und filterte die eingehenden Nachrichten nach Wichtigkeit. Emma Lemmovski versuchte, den Gesamtüberblick zu behalten, telefonierte mehrmals mit ihrem Mann und ihren Kindern und sagte, sie sollten die Schweiz verlassen. Renner bekam das mit und sagte: «Meinen Sie das ernst?»

«Ja, natürlich.»

«Sie übertreiben ein bisschen, oder?»

«Nein.»

«Was haben Sie eigentlich im Pentagon gemacht?»

«Ach … nichts weiter.»

«Emma! Bitte!»

«Ich kann nicht darüber …» Emma schüttelte ihre blonde Mähne. «Es ging um Kirsten. Ich wurde nochmals befragt.»

«Weil sie uns gefangengehalten hat?»

«Nein. Also, ja, aber nicht nur. Sie wollten allgemeine Informationen über sie.»

«Wer wollte das?»

«Der Nachrichtendienst und was weiss ich wer alles. Kirsten ist nicht mehr im Spital. Sie ist weg.»

«Weg?»

«Renner, hören Sie auf zu bohren!»

«Aber das ist wichtig verdammt nochmal!»

«Aber geheim! Also, arbeiten wir weiter?»
«Warum schicken Sie Ihre Familie ins Ausland?»
«Renner, bitte! Ich weiss es nicht. Ich habe einfach ein schlechtes Gefühl.»
«Wo ist Kirsten?» Emma antwortete nicht. «Haben die Terroristen sie und ihren Sohn entführt?»
«Nein. Beide wurden ja bewacht.»
«Dann wurde sie von der Polizei oder der Armee verschleppt und wird nun verhört und ausgequetscht oder was?»
«Nein.»
«Was dann?»
«Ich weiss es nicht, Peter.»
«Scheisse.» Peter schaute seine Chefin an. Selbst in dieser ganzen Hektik konnte Peter Renner nicht anders, als sie unfassbar schön zu finden. «Sorry, ich wollte nicht bohren», meinte er schliesslich.
«Ach, Peter», sagte Emma. «Kirsten soll bald zu Hause sein. Hat man mir gesagt.»
«Dann wurde sie vom amerikanischen Botschafter geholt? Dann stecken die Yankees dahinter?»
«Hinter was?»
«Hinter diesem Angriff auf die Schweiz!»
«Peter! Hören Sie auf!»

WAAGHOF, KRIMINALKOMMISSARIAT, BASEL

Olivier Kaltbrunner konnte nicht glauben, wer sich unten beim Eingang angemeldet hatte: Jonas Haberer und Henry Tussot. Klack – klack – klack! «Ihr Schuhe, Herr Haberer, Ihre Schuhe machen einem ja Angst», rief Kaltbrunner und ging auf Jonas Haberer zu. «Welche Freude! So hoher Besuch aus Bern!»
«Machen Sie mal halblang», murrte Haberer. «Ich bin gewöhnlicher Reporter. Die Zecke, also Pescheli, also der Herr Renner, der hat mir gesagt, dass wir nach Basel kommen sollen. Sie hätten uns das empfohlen. So, da sind wir.»

«So, so, hmm, hmm.»

«Bitte?!», maulte Haberer. «Haben Sie ein Läckerli verschluckt?»

Olivier Kaltbrunner lächelte und meinte: «Sie mögen unsere Basler Spezialität nicht? Läckerli sind doch herrlich, so klebrig und süss, dazu ein Glas Rotwein, mmh!»

«Pass mal auf, Kommissar Zufall!», sagte Haberer laut. «Ich wurde kürzlich von einer miesen, kleinen Schlampe verarscht. Sie hat es bereuen müssen, diese elende Kirschtorte. Also, Herr Läckerli, ich bin hier um diesem Leichenfledderer den Garaus zu machen und unsere Kollegen zu befreien.»

«So, so, hmm, hmm.» Haberer stand auf, bekam einen roten Kopf, stampfte auf und ab.

«Jonas!», warf Henry ein. «Ist doch wahr», maulte Haberer. «Der labert hier was von Läckerli und Wein und schleimt herum. Sind alle Basler so? Wir sind im Krieg! Diese Terroristen sind zu allem bereit, hast du das noch nicht kapiert?» Haberer duzte den Kommissär und baute sich vor Olivier Kaltbrunner auf. Kaltbrunner kam sich ziemlich klein vor. Sollte er Alarm schlagen? «Die verüben Anschläge», wetterte Haberer weiter, «hauen uns via diesem Darknetzeugs sämtliche Sicherungen raus und fackeln mit ihren Drohnen ein Wohnhaus im Appenzellerland und unsere Druckerei ab! Und was passiert als Nächstes?» Die Tür flog auf. Giorgio Tamine erschien, seine rechte Hand an seiner Pistole: «Alles klar hier, Oli?»

«Ja, ich glaube schon, Herr Haberer ist ein bisschen wütend.»

«Ich bin stinksauer, weil wir Löli-Schweizer offensichtlich nicht mehr in der Lage sind, unser Land zu verteidigen. Also, was passiert als Nächstes, Kommissar Zufall? Was planen die Terroristen? Lassen sie Flugzeuge in unsere Häuser donnern? Jagen sie unsere Atomkraftwerke in die Luft? Lassen sie die Pharma- und Chemiebuden hochgehen? Oder lassen sie uns im Giftgas verrecken?»

Klack – klack – klack. «So, so, hmm, hmm», machte Kaltbrunner, nahm die Brille von der Nase und sagte zu Giorgio Tamine:

«Vielleicht mögen unsere Gäste Kaffee.»
«Ich will keinen gottverda...»
«Raus, Haberer!», brüllte Kaltbrunner. «Raus!»

FLUGHAFEN ZÜRICH-KLOTEN

Christopher freute sich auf den Flug. Er sass zusammen mit seiner Mutter in einem kleinen Abteil mit zwei bewaffnete Beamtinnen.
«Wohin fliegen wir?», fragte er seine Mom.
«In die USA», antwortete Kirsten knapp.
«Besuchen wir die Grosseltern?»
«Vielleicht.»
«Wen sonst?»
«Wir werden sehen.»
Christopher merkte, dass seine Mutter nicht sprechen wollte. Er konzentrierte sich wieder auf sein Handyspiel. Kirsten Warren hoffte, endlich schlafen zu können. Seit sie das Inselspital in Bern gegen ihren Willen verlassen hatte, konnte sie praktisch keine Minute die Augen schliessen. Ständig wurde sie von irgendwelchen amerikanischen Landsleuten befragt, verhört oder massiv unter Druck gesetzt. Kirsten Warren sollte endlich zugeben, Mitglied der terroristischen Vereinigung «Free World» zu sein. Sie sollte die Hintermänner nennen, die Verbindungen, die Net-Codes verraten. Dass alles über das verschlungene Deep Web lief und sie keine Ahnung hatte, wer diese Terroristen seien, glaubte ihr niemand. Dass sie Journalistin sei, nur aus Recherche-Zwecken in das Darknet vorgestossen und dann plötzlich von diesen Terroristen bedroht worden sei, nahm ihr ebenfalls niemand ab.

Sie verhielt sich so, wie «the others» es ihr eingeschärft hatten. Und sie sehnte sich danach, endlich jemand von ihnen zu Gesicht zu bekommen. Nein, Henry hatte Halluzinationen: Sie hatte niemand getroffen vor dem Pentagon, obwohl sie es sich gewünscht hatte, um irgendwie aus dieser Nummer rauszukommen. Sie wollte nicht länger immer nur Infos weiterleiten und nie etwas zu hören, zu lesen, zu sehen bekommen.

Nach vielen Stunden der Ungewissheit war plötzlich alles schnell gegangen: Ohne eine Erklärung zu bekommen waren sie und Christopher mit einem Diplomatenfahrzeug von Bern nach Zürich gefahren worden. Direkt zum Flugzeug. Dieses rollte jetzt auf die Startpiste. Kirsten wusste endlich, für wen sie arbeitete. Ihr war endlich klar, dass sie eine Spionin geworden war, dass sie selbst zu «the others» gehörte. Und dass sie die Schweiz wohl nie mehr würde betreten können. Schon bald würde sie das ihrem Sohn erklären müssen. Sie weinte.

WAAGHOF, KRIMINALKOMMISSARIAT, BASEL

«Was war das?», fragte Giorgio Tamine, als er wieder zurück in Kaltbrunners Büro kam.

«Hast du den beiden Herren Kaffee serviert?», fragte Kaltbrunner zurück.

«Dieser Haberer wollte rauchen. Und ein Bier trinken. Blödmann. Jetzt schlürft er eine Bouillon.»

«Das ist der Chefredaktor der Zeitung ‹Aktuell›!»

«Waas? Du lässt einfach zwei Reporter bei uns herumspazieren?»

«Das geht schon in Ordnung.»

«Wenn der Staatsanwalt davon …»

«Muss er ja nicht, Giorgio, oder?!»

«Nein. Und jetzt?»

«Dieser Haberer hat doch etwas von Giftgas gesagt …»

«Blabla, das war Blabla», machte Tamine. «Der weiss doch nichts.»

«Natürlich weiss er nichts. Aber dass Terroristen, Extremisten, Söldner und andere Idioten über Giftgas verfügen, es ohne mit der Wimper zu zucken, einsetzen, ist dir bekannt, oder?»

«Ja, aber …»

«Ich habe im Pentagon angerufen, also in unserem Schweizer Verteidigungsdepartement. Unsere Befürchtung, dass Konstantin Schwarz in Basel ist, könnte zutreffen.»

«Warum?»

«Vermutlich wurden die Drohnen von hier aus gesteuert. Die Experten konnten in den Daten der abgeschossenen Kampfdrohne Funkdaten eines Senders aus unserer Region herausfiltern. Oder so.»

«Oder so?»

«Ich verstehe davon nichts. Aber wenn Schwarz hier in Basel hockt, vielleicht irgendwo da, wo uns Pierre Boller hingeführt hat …», sinnierte Kaltbrunner. «Kleinhüningen war ein Flop», meinte Tamine darauf trocken.

«Hat unser Team dazu etwas herausgefunden?»

«Noch nicht.»

«Okay. Die Mennoniten …», dachte Kaltbrunner weiter laut nach. «Vielleicht war er ja bei denen. Unter falschem Namen. Aber mit Boller hat das nichts zu tun. Boller sprach nie von Holee oder Neubad.»

«Aber vom Fixerstübli», meinte Tamine. «Im Fixerstübli!», er lachte laut heraus. Olivier Kaltbrunner stand auf, ging zum Fenster und schaute Richtung Heuwaage. «Sag mal, Giorgio, in dieser Brücke da vorne, dem Heuwaage-Viadukt, da ist doch der Keller der Stainlemer-Clique?»

«Der was?»

«Stainlemer, Giorgio», sagte Kaltbrunner energisch. «Das ist eine Fasnachtsclique. Und die haben doch dort ihren Keller.»

«Keine Ahnung.»

«Doch doch, ich war mal drin. Der ist in einem Luftschutzbunker. Ganz unten. Ich kam kaum mehr all die Treppen hoch.»

«Du solltest mehr Sport treiben.»

«Nein, das lag nicht an meiner mangelnden Fitness. Ich war sturzbetrunken! Klär mal ab, ob die ihr Lokal immer noch dort haben.»

«Jetzt? Es ist bald Mitternacht. Da erreiche ich doch niemanden.»

«Google kennt keinen Feierabend.»

«Ach so.» Tamine suchte im Internet nach der Stainlemer-

Fasnachtsclique, fand die Website schnell und auch den Hinweis auf den Keller im Heuwaage-Viadukt. «Scheint so.»
«Okay. Gibt es in diesem Viadukt noch mehr Räume?»
«Oli, woher soll ich das ...»
«Liegenschaftsverwaltung? Tiefbauamt? Industrielle Werke?»
«Um Mitternacht?»
«Goppeloni!»

IN EINEM UNTERGESCHOSS

Dieses Geräusch kannte Alex bestens aus seiner Zeit im Militär im Luftschutzkeller: Es war der dumpfe, schleifende Lärm der Belüftungsmaschine. «Es geht los», sagte Alex zu Joël. Er konnte kaum sprechen. Sein Mund und sein Kiefer schmerzten immer noch. Zum Glück war nichts gebrochen, auch kein Zahn war ausgefallen.
«Es ist vier Minuten vor Mitternacht. Die Aktion sollte doch um drei Uhr stattfinden.»
«Aber die Ventilatoren laufen bereits.»
«Was haben die vor?»
«Wenn wir Pech haben, werden sie Giftgas einsetzen.»
«Nein!»
«Denen ist alles zuzutrauen ...»
Die Türe flog auf und Konstantin Schwarz erschien mit seinen beiden Gehilfen. Er trug einen dunklen Anzug, weisses Hemd, rote Krawatte. Er sah gut aus. Er lächelte. «Ich möchte mich Ihnen noch etwas zeigen», sagte er freundlich.
«Setzen Sie Giftgas frei?», fragte Alex. «Deshalb sitzen wir in einem Luftschutzkeller, oder? Für was steht das S in der Aktion S?»
«Kommen Sie!» Konstantin Schwarz führte die beiden Reporter durch Gänge und Schleusen eine Treppe hinunter zu einem weiteren Stollen. Am Ende eines schwach beleuchteten Betongangs erreichte die kleine Gruppe eine Art Luftschutz-Fenster. Schwarz öffnete die Betontüre. Nun war ein leises Rauschen und

Plätschern zu hören. «Treten Sie näher. Machen Sie ruhig einige Foto- und Filmaufnahmen, Herr Thommen.» Joël trat an die geöffnete Luke und starrte in ein schwarzes Loch. Erst als sich seine Augen an die Dunkelheit gewöhnt hatten, erkannte er am anderen Ende einer rund zwanzig Meter langen Aluminiumröhre einen grösseren Tunnel, der schwach beleuchtet war. Alex hörte Wasserrauschen. «Wo sind wir? Was ist das für ein Fluss?»

Schwarz antwortete nicht.

Alex stellte sich neben seinen Kollegen und versuchte ebenfalls, in dieser Dunkelheit etwas zu erkennen. «Ich sehe nicht viel. Aber ich höre Wasser plätschern. Ist das Abwasser?», fragte er und blickte zurück zu Konstantin Schwarz. «Nein. Wunderbar frisches Wasser. Denke ich jedenfalls. In der Schweiz ist doch alles immer frisch, nicht wahr?»

«Was haben Sie vor? Wasser zu vergiften?»

«Nicht ganz.»

«Sondern?»

«Wir werden durch diesen Schacht in einen Kanal gelangen und bei zwei Dolendeckeln eine Bombe mit Sarin zünden.»

«S wie Sarin. Aktion S. Das S steht für Sarin ...», sinnierte Alex ungläubig.

«Das Gift wird sich relativ schnell über Teile der Stadt ausbreiten.»

«Sarin? Das ist tödlich.»

«Genau. Es ist ein traditioneller Kampfstoff. Leicht herzustellen und vor allem leicht erhältlich. Durch die Detonation einer Bombe wird das Sarin versprüht. Im Körper wird ein Enzym blockiert, das eine wichtige Rolle bei der Signalübertragung in den Nervenzellen spielt. Die Nerven beginnen verrückt zu spielen. Es kommt zu Tränen- und Speichelfluss, dann treten Sehstörungen und Muskelzuckungen auf, gefolgt von Atemnot, Krämpfen und Erbrechen. Der Tod tritt durch Atemlähmung ein. Die Leidenszeit ist kurz.»

«Welche Stadt werden Sie auslöschen? Wo sind wir überhaupt? Sagen Sie uns das endlich.» Joël liess mehrmals den Blitz zucken, fotografierte die Röhre. Dann wurde er von Wladimir am Ärmel zurückgerissen. Arthur schloss die Betontüre. Commander Schwarz ging zurück. Blieb aber plötzlich stehen und drehte sich um: «Wir sind in Zürich.» Ohne ein weiteres Wort zu verlieren ging Schwarz durch die vielen Gänge Richtung Kommandoraum, die beiden Reporter wurden in ihr Appartement zurückgebracht und eingeschlossen.

«Zürich», murmelte Joël. «Wir wurden in Zürich gekidnappt und hocken irgendwo im Untergrund. Und da werden wir verrecken. Die Leidenszeit wird ja …»

«Joël, hey, schau, wir haben Internetverbindung», sagte Alex aufgeregt und starrte auf sein Handy.

Der Fotograf sprang aufs Sofa neben Alex und starrte ebenfalls auf Alex' Telefon. «Tatsächlich», meinte er. «Wir haben zum ersten Mal Zugang aufs Netz ohne Bewachung.» Alex loggte sich ins Mailprogramm ein, tippte zwei Sätze und sendete die Nachricht: «Geschafft!» Wenige Sekunden später war das Internet weg, alle Verbindungen zur Aussenwelt abgebrochen. «Weshalb hatten wir plötzlich eine Verbindung zum Internet?», fragte Joël. Alex biss die Zähne zusammen, fühlte den Schmerz in seinem Mund, zuckte und sagte schliesslich: «Scheisse, Mann, ich bin vielleicht ein Idiot!»

«Warum?» Alex antwortete nicht. Aber Joël ahnte, was gerade passiert war.

19. Mai

REDAKTION AKTUELL, WANKDORF, BERN

«03.00 Uhr Giftgas in Zürich. Via Kanalsystem. Alex.» Jetzt war es 00.23 Uhr. Peter Renner las die beiden Sätze mehrmals, die Alex von seiner privaten Mailadresse gesendet hatte, weil in seinem Hirn und in seinem Körper diese Giftgas-Meldung irgendwelche Muskeln zucken liess, von deren Existenz er nichts gewusst hatte. Es fühlte sich seltsam an. Erlitt er gerade einen Schlaganfall? Einen Herzinfarkt? Einen Schock? Doch sein Körper beruhigte sich schnell wieder. Renner konnte wieder klar denken. Er rief sofort Emma Lemmovski an. Die Verlegerin war, wie fast die gesamte «Aktuell»-Crew, immer noch oder schon wieder in der Redaktion. Eine Minute nach Renners Anruf stand sie bei ihm im Newsroom. Peter hatte sie nicht kommen hören, denn Emma hatte ihre Pumps ausgezogen und ging barfuss.
«Sind Sie sicher, dass das Mail von Alex ist?», fragte sie Renner.
«Ja, also nein, vielleicht wurde er gehackt. Aber es stammt von seiner privaten Mailadresse.»
«Dann wird es stimmen. Wir müssen Alarm schlagen!»
«Machen Sie das? Ich ruf Haberer an.»
«Okay. Aber schicken Sie niemanden nach Zürich. Ist zu gefährlich. Die Terroristen meinen das ernst!»

WAAGHOF, KRIMINALKOMMISSARIAT, BASEL

00.36 Uhr. Kaltbrunner war in Baupläne des Heuwaage-Viadukts vertieft. Tatsächlich hatte sich über die Pikettnummer des Basler Tiefbauamtes jemand auftreiben lassen, der über die technischen Anlagen im Viadukt Bescheid wusste. Er hatte Olivier Kaltbrunner die Pläne gemailt und war nun unterwegs ins Kommissariat. Kaltbrunner wurde zwar nicht wirklich schlau aus den Plänen, erkannte aber den Stainlemer-Keller, in dem er schon einige feucht-fröhliche Stunden verbracht hatte. Es gab noch weitere Räume, deren Funktion er auf Grund der Pläne nicht erkennen konnte.

00.38 Uhr. Giorgio Tamine meldete seinem Chef, dass sämtliche Spitäler, Feuerwehren, auch die betriebseigenen der Chemie- und Pharmaunternehmen, in höchster Alarmbereitschaft seien. Militärische Einsatzkräfte und Experten des Chemielabors der Armee seien ebenfalls aufgeboten. Ob Basel evakuiert werde, werde in diesen Minuten von der Armeeführung und dem Bundesrat und dem Regierungsrat entschieden. Auch die deutschen und französischen Behörden seien über die drohende Katastrophe informiert worden.

00.44 Uhr. Der Mann vom Tiefbauamt, Hanspeter Krayer, erschien in Kaltbrunners Büro und erklärte ihm die Baupläne. Neben dem Keller der Alten Stainlemer, wie die Fasnachtsclique offiziell hiess, gebe es mehrere Luftschutzkeller, die an Gewerbetreibende vermietet seien und hauptsächlich als Lagerräume genutzt würden.

«Hast du Schlüssel zu diesen Räumen?», fragte Kaltbrunner.

«Nein. Die sind alle vermietet. Die meisten sind mit Kettenschlösser gesichert.»

«Wir müssen da rein.»

«Seid ihr sicher, dass sich euer Mann da drin verschanzt hat?»

«Nein», gab Kaltbrunner zu.

«Was heisst das?»

«Es ist nur eine Ahnung.»

00.50 Uhr. «Alles abblasen!», schrie Staatsanwalt Fässler durch das Gebäude. «Kaltbrunner! Sind Sie da?»

«Abblasen?» Der Kommissär war hinaus in den Flur geeilt.

«Ja. Meldung aus dem Pentagon. Giftgas in Zürich.»

«Eine Bombe?»

«Nein. Noch nicht. Aber dort soll es stattfinden. Gott sei Dank. Also, nein, nein, Scheisse, das habe ich nicht so gemeint», korrigierte Fässler sofort.

«Schon gut», sagte Kaltbrunner. «Schon gut. Wenn es um die eigene Haut geht …»

STEINEGRILL, BASEL

Jonas Haberer und Henry Tussot hatten sich nach dem Rauswurf aus dem Waaghof und dem Telefon von Renner beim Steinegrill an der Heuwaage einen Dürüm geholt. Während Henry immer noch am Essen war, hatte Haberer bereits alles verschlungen. Er warf die Serviette auf die Strasse. Haberer wischte sich den Mund mit dem Ärmel seines Jacketts ab. Er drehte sich zu Henry um, der essend versuchte, seinem Chef zu folgen. Haberer fluchte. Über den «Lahmarsch Heiri» und wegen dem «vermaledeiten Gegenwind», der ihm die Haare ins Gesicht drückte. Er drehte sich wieder um, klemmte die Haare hinter die Ohren und ging schnellen Schrittes Richtung Waaghof. Klack – klack – klack. «Was hast du vor?», schrie Henry Haberer nach. Dieser reagierte nicht. Also schrie Henry noch lauter: «Was wird das?»

«Da vorne steht mein Auto», antwortete Haberer. «Aber erst klopfen wir dem Kommissar Zufall nochmals auf die Finger. Irgendetwas stimmt da nicht. Überleg mal, Heiri!»

«Was soll da nicht stimmen?» Er hatte Haberer eingeholt.

«Diese Terrorfuzzis werden doch unseren Lexu nicht plötzlich mailen lassen. Das ist doch eine Finte!»

«Die machen auch Fehler. Dass man ihre Drohnen abschiessen kann, war wohl auch nicht geplant.»

«Heiri, glaub's mir einfach. Schau, da kommt ja unser Kommissar Zufall.» Haberer ging noch schneller, blieb aber plötzlich stehen. «Was ist?», fragte Henry. «Psst», zischte Haberer.

Die beiden beobachteten, wie Kaltbrunner, sein Mitarbeiter und ein dritter Mann quer über die Strasse gingen, über die Tramgleise, nochmals über eine Strasse und schliesslich hinter dem Nachtigallenwäldeli verschwanden.

Haberer ging weiter. Henry folgte ihm. Und merkte erst nach einigen Schritten, dass sein Chef fast lautlos gehen konnte. Haberer setzte mit den Fussspitzen auf dem Boden auf. Sie überquerten die Strasse und die Gleise und die zweite Strasse ebenfalls, erreichten die Bäume und sahen, dass dahinter ein etwa drei Meter breiter Bach in einem Graben Richtung Stadt floss und in einem Tunnel verschwand. Der Tunnel unter dem Parkplatz, auf dem Haberer seinen Panzer geparkt hatte, war weder mit einem Gitter noch einem Rechen für Schwemmholz ausgerüstet, sondern frei zugänglich. Plötzlich sahen sie ein Licht im Tunnel. Jemand suchte mit einer Taschenlampe die Wände ab. Henry wollte näher hin, doch Haberer hielt ihn zurück und horchte angestrengt. Aber wegen des Windes, des Rauschens der Blätter und des Bachs hörte er nicht, was im Tunnel gesprochen wurde. Er ging näher zum Tunneleingang, blieb nochmals stehen, stieg dann zum Fluss hinunter und linste in den Tunnel. «Was zum Teufel soll das?», murmelte er und rief Peter Renner mit dem Handy an: «Pescheli, dein Kommissar Zufall ist soeben in einem Stollen, der unter die Stadt Basel führt, verschwunden. Kannst du mir sagen, was das Läckerli vorhat?»

«Keine Ahnung, was das soll? Der Gasangriff findet doch …»
«Pesche! Bist du so dämlich? Die Sache läuft in Basel!»
«Aber Alex hat …»
«Lexu ist in Gewalt der Terroristen, hast du das vergessen?»
«Meinst du, er konnte nicht frei mailen?»
«Natürlich nicht, das haben die so eingefädelt! Pescheli, was ist los mit dir?»
«Ich bin kaputt. Schlafe seit Tagen nicht mehr!»
«Du wirst alt. Ende.»

REDAKTION AKTUELL, WANKDORF, BERN

Emma Lemmovski hatte den Newsroom betreten und die letzten Sätze von Peters Gespräch mit Haberer mitbekommen. «Habe ich richtig verstanden? Jonas glaubt, dass der Angriff nicht in Zürich stattfindet?»

«Ja, aber ich kapiere nicht, warum Alex uns etwas Falsches schreiben sollte.»

«Weil er dazu gezwungen wurde. Renner, kommen Sie!» Sie

packte den Nachrichtenchef am Arm. «Auf geht's», sagte sie. Renner tippelte vorsichtig seiner Chefin, die immer noch barfuss war, hinterher. Er fühlte sich etwas hilflos. Er spürte die Blicke des Teams auf sich, was ihm peinlich war. Emma führte ihn in ihr Büro, zeigte auf das grosse weisse Sofa und befahl: «Legen Sie sich hin!»

«Aber ich sollte ...»

«Nichts sollten Sie! Schlafen sollten Sie. Georg Becher, Flo Arber und ich werden den Laden am Laufen halten. Und in einigen Stunden sind Sie wieder fit.» Emma holte zwei Decken aus dem Schrank und gab sie Renner. «Also, gute Nacht. Ich wecke Sie, wenn etwas Wichtiges passiert!» Emma löschte das Licht und verliess den Raum. Danach versuchte sie die Armee- oder die Departementsführung zu erreichen und diese über den möglichen Irrtum, was den Ort des Gasangriffs anging, zu informieren. Aber es war niemand zu erreichen. Auf Twitter, Instagram und Facebook wurde berichtet, dass in Zürich Rettungskräfte herumfuhren. Auch Militär sei überall postiert. Bilder zeigten mehrere Armeefahrzeuge, Rettungswagen und Feuerwehrautos. Auf Youtube fanden sich mehrere Clips dazu. Um 01.12 Uhr berichtete der Zürcher Korrespondent von «Aktuell», dass die Stadtregierung mit hohen Militärs im Stadthaus zusammengekommen sei. Es gehe um die Frage, ob man die Stadt evakuieren solle.

01:26 Uhr: Die Armee liess über sämtliche Medien eine Warnung verbreiten: In Zürich müsse man mit einem Giftgasangriff rechnen. Die Bevölkerung wurde gebeten, nach Hause zu gehen und die Fenster zu schliessen. Es wurde dringend davon abgeraten, die Stadt zu verlassen. Dies war allerdings ein sinnloser Aufruf. Nachtredaktor Georg Becher und Emma Lemmovski klickten im Internet auf Webcams, die auf die grossen Zürcher Strassen gerichtet waren. Alle zeigten Stau und Verkehrschaos. Viele Menschen liessen die Wagen stehen und rannten davon. «Das gibt eine Katastrophe», flüsterte Emma.

IM BIRSIGTUNNEL

Ihre Schritte hallten durch den Tunnel. Das Wasser plätscherte. Es roch feucht und muffig. Die drei Männer gingen langsam und wortlos durch Basels Untergrund, leuchteten die Wände und die Seitengänge ab. Auch die Decken. Dort hingen Rohre, es gab aber auch Schächte, die nach oben in die Strassen führten. Links und rechts am Wasserkanal lagen Äste. Immer wieder warnte Hanspeter Krayer Kaltbrunner und Tamine vor glitschigen Stellen. Er ging voran. «Gibt es hier Ratten?», fragt Tamine irgendwann.

«Ja», sagte Krayer, ein 53-jähriger Mann mit weissem Dreitagebart. «Jede Menge. Aber die machen dir nichts.»

«Puuh», machte Tamine erleichtert. «Ich hasse die Viecher.»

«Sie sind unser kleinstes Problem», meinte Kaltbrunner. Der Kommissär wusste nicht viel über diesen Tunnel. Denn er galt bei der Polizei nicht als problematische Zone. Gut, manchmal wurden illegale Partys im Tunnel gefeiert, aber ein Untergrundleben wie in anderen Städten gab es nicht. Kaltbrunner erwartete deshalb auch nicht, auf Menschen zu stossen. Trotzdem: Sie waren auf der Suche nach perfiden, skrupellosen und cleveren Terroristen. Was, wenn sie plötzlich ihr Versteck entdecken würden? Kaltbrunner erschauderte bei diesem Gedanken. Vielleicht war es doch keine gute Idee gewesen, zu dritt mitten in der Nacht durch Basels Untergrund zu stapfen. Möglicherweise wurden sie bereits erwartet ... Der Kommissär schaute zurück. Er sah nichts. Krayer blieb stehen. «Was ist?», fragte Tamine.

«Ich glaube, etwas zu hören.»

«Und?»

«Ist nichts. Da oben übrigens», Krayer leuchtete mit der Lampe in einen Schacht hinauf, in dem eine Leiter befestigt war. «Da oben ist der Barfüsserplatz. Oder vielleicht auch der Marktplatz. Ich bin mir auch nicht ganz sicher. Dieser Tunnel gehört nicht zu meinem Gebiet.»

«Der Tunnel führt mitten unter der Stadt durch?», fragte Tamine.

«Ja, im alten Basel, als der Birsig noch offen zum Rhein floss, war er die Lebensader der Stadt», erklärte Krayer.

«Nicht der Rhein?»

«Nein, der Birsig. Rechts und links wohnten die Leute. Hier badeten die Leute, wuschen die Wäsche und ... er war auch der Abwasserkanal.»

«Muss ja gestunken haben.»

«Es hat in allen Städten gestunken wie die Pest. Heute können wir das Wasser aus dem Birsig trinken.»

«Danke. Keine Lust.»

«Seht ihr diese Ablagerungen?» Krayer leuchtete mit der Taschenlampe auf eine dunkle Linie an der Tunnelwand. «Wenn der Birsig Hochwasser hat, kommt das Wasser bis hier hinauf. Dann rumpelt's hier drinnen mächtig, trotz den neusten Vorsichts- und Baumassnahmen am Tunneleingang. Der Birsig galt lange als grösste Gefahr für Überschwemmungen in Basel. Deshalb hat man gehandelt. Aber eben: Bei starkem Regen empfiehlt sich nicht, hier drinnen zu sein. All die Äste und den sonstigen Gcrümpel, den der Birsig mitreisst, würde es dir um die Ohren schlagen.»

«Na ja, liegt ja einiges herum.» Kaltbrunner zeigte auf Holzstücke, Bierdosen, Wein-, Schnaps- und Plastikflaschen, Papierstücke.

«Unsere Leute gehen einmal pro Woche durch den Tunnel und holen das Treibgut heraus. Und den Partymüll.»

«Aber das ist kein Abwasserkanal, nicht wahr?», fragte Tamine. «Also ich meine, wir stehen nicht in der ... Dings?»

«Scheisse, meinst du? Nein, das ist kein Abwasserkanal, das ist und bleibt der Birsig. Es riecht ja auch nicht nach Fäkalien, oder? Aber in Abwasserkanäle müssen wir vom Tiefbauamt auch rein. Liegend auf Rollbrettern, weil die Kanäle so eng sind. Da kann man schon mal geduscht werden, falls jemand gerade die Toilettenspülung betätigt.»

«Echt?»

«Ja, früher, als es noch keine TV-Roboter gab, passierte dies häufiger als heute. Da mussten wir selbst in die Kanäle steigen um sie zu kontrollieren und zu reparieren. Jeden Tag. Heute müssen wir nur noch in die Scheisse steigen, wenn wir mit den Robotern nicht mehr durchkommen.»

Die drei gingen weiter. Als sie am Ende des Tunnels an der Schifflände ankamen, wo der Birsig in den Rhein fliesst, kehrten sie um und gingen langsam zurück. «Sorry», sagte Olivier Kaltbrunner, «war eine blöde Idee. Aber ihr müsst zugeben: Für einen Gasangriff wäre dieser Tunnel ideal.» Weder Hanspeter Krayer noch Giorgio Tamine sagten etwas dazu. Plötzlich piepste Kaltbrunners Handy. Er hatte ein SMS bekommen, die trotz schlechtem Empfang den Weg in den Tunnel gefunden hat. Irène aus seinem Team schrieb: «Wo bist du? Kann dich nicht erreichen. Kleinhüningen: Haus gehört Stadt Basel. Einzige Verbindung zu Konstantin Schwarz: Das Frachtunternehmen Sojexus, für das Schwarz mal arbeitete. Mietete sich dort fünf Jahre ein. Kannst etwas anfangen damit? LG Irène.»

«Ja», schrieb Kaltbrunner zurück. Und sagte zu Tamine: «Heisse Spur nach Kleinhüningen. Wir sind falsch hier. Goppeloni!»

«Warum?», fragte Tamine konsterniert. Doch Kaltbrunner antwortete nicht. Denn er glaubte, Schritte zu hören. Klack – klack – klack. «Hey!», flüsterte er so laut wie möglich. Die drei blieben stehen. Klack – klack – klack. Trotz des Rauschens des Birsigs waren die Schritte jetzt gut zu hören.

«Da kommt jemand!», sagte Kaltbrunner. «Los, da vorne können wir uns halbwegs verstecken», flüsterte Krayer und ging einige Meter weiter. Er presste sich in einer kleinen Nische an die Wand.

«Lichter aus!», befahl der Kommissär. Die drei horchten angestrengt. Doch es war nichts mehr zu hören. Plötzlich waren die Schritte erneut zu vernehmen: Klack – klack – klack.

REHA-KLINIK, SPEICHER, KANTON APPENZELL AUSSERRHODEN

Sandra war bereits hellwach, als ihr Handy blinkte. Warum sie wach war, wusste sie nicht. Es war untypisch. Normalerweise hatte sie einen tiefen Schlaf. «Ja?»
«Renner.»
«Zecke?»
«Sorry, ich muss dich etwas fragen.»
«Wo bist du?»
«In der Redaktion. Ich liege auf Emmas Sofa. Sie hat mich schlafen geschickt. Aber es geht nicht. Mir kreist da immer wieder die Sache mit Basel und dieser Kirche im Kopf herum.»
«Ja. Und?»
«Hat Susa irgendetwas erzählt, das du noch nicht erwähnt hast?»
«Nein. Ich weiss nicht. Keine ...»
«Glaubst du ihr?»
«Natürlich.»
«Sie war sich sicher wegen Basel? Die Kirche stand oder steht in Basel?»
«Ich glaube nicht, dass es eine Kirche ist. Eher ein Raum. Aber ich habe das alles schon gegoogelt. Da ist überhaupt nichts dran. Vermutlich hat sie etwas durcheinandergebracht.»
«Aber warum?»
«Sie war nur zwei- oder dreimal dort. Danach ging Konstantin immer alleine. Er hatte geschäftlich in Basel zu tun.»
«Geschäftlich?»
«Ja, irgendwie hatte es mit dieser Uhren- und Schmuckmesse zu tun, die ... ähm ...»
«Baselworld. Hast du das Kommissär Kaltbrunner erzählt?»
«Nein. Niemandem. Susa hat es mir erst heute Abend, also gestern Abend, erzählt. Welche Uhrzeit haben wir eigentlich?»
«Zehn nach zwei Uhr morgens. Kaltbrunner verdächtigt Schwarz des Mordes an diesem Basler Juwelier. Wegen illegalen Diamantenhandels. Oder so. Aber was hat das mit der Baselworld

zu tun? Zentrum des Diamantenhandels ist doch Holland, habe ich gelesen!» Renner sprach mehr zu sich als zu Sandra. «Aber wer weiss schon, was alles hinter den Kulissen einer solchen Messe läuft. Da sind ja auch schon Edelsteine mit Werten in Millionenhöhe verschwunden. Das passt schon. Aber wo hält sich Schwarz in Basel auf? Basel ist gross ...»
«Du, Peter ...»
«Vielleicht in der Nähe des Messeplatzes ...»
«Renner!»
«Oder doch ganz woanders. Vielleicht ausserhalb. Vielleicht sogar ...»
«Zecke!», schrie jetzt Sandra.
«Ja?»
«Susa hat mir erzählt, dass Konstantin Obdachlosen helfe. Deshalb könne sie nicht glauben, dass ihr Mann ein Terrorist sein soll. Er sei so selbstlos und ...»
«Welchen Obdachlosen? Wo? In Basel? Hast du Namen?»
«Nein.»
«Scheisse.»
«Er habe erzählt, dass man in einer Brücke tolle Räume für Obdachlose einrichten könne. Diese würden als Cliquenkeller für Fasnächtler genutzt. Das sei doch Verschwendung von Raum.»
«Welche Brücke?»
«Keine Ahnung.»
«Danke, Sandra. Ich muss Kaltbrunner anrufen. Und Haberer.»
«Haberer?»
«Ja, der ist in Basel.»
«Bitte was?»
«Ist eine andere Story. Schlaf gut.»
Renner versuchte sofort, die beiden zu erreichen. Aber keiner nahm seine Anrufe entgegen. Er schrieb beiden eine WhatsApp-Nachricht.

IM BIRSIGTUNNEL

Klack – klack – klack. Die Schritte wurden lauter. Dann wieder leiser. Dann waren sie nicht mehr zu hören. Weder Olivier Kaltbrunner, Giorgio Tamine noch Hanspeter Krayer sagten etwas. Sie wagten kaum zu atmen. Der Birsig rauschte.

BIRSIGPARKPLATZ

Erst als sie die Böschung hinauf die Strasse erreicht hatten, sagte Haberer: «Jesusmariasanktjosef, wir sind richtige Kanalratten geworden, was, Heiri?!»

«Leider haben wir null und nichts gesehen.»

«Wo ist Kommissar Zufall bloss verschwunden? Scheisse, Scheisse, Scheisse! Ich bin ausser Übung. In jungen Jahren wäre mir das nicht passiert. Da wäre ich drangeblieben.» Er tigerte eine Weile herum, richtete seine vom Wind zerzausten Haare und schrie plötzlich: «Und dieser verdammte Wind geht mir auch auf den Sack!» Haberer setzte sich auf eine Parkbank. Schnaufte. Murrte unverständliches Zeugs. Henry sass daneben, starrte auf den Birsig hinunter. Auf den Tunnel, den sie gerade verlassen hatten. Plötzlich stupste er den Chefredaktor an. Er nahm seine Kamera hoch und linste hindurch. Dann deutete er mit dem Finger auf den Tunnel. Haberer linste ebenfalls angestrengt zum Eingang. «Da kommt jemand ...», flüsterte Henry. «Eine Person. Nur eine. Wo sind die anderen?» Haberer stand auf, torkelte herum und schrie: «Hol noch ein paar Bier! Los, ich habe ... Durscht ...» Jonas lallte. Henry zischte, er solle ruhig sein. Doch Haberer machte weiter. Er stolperte auf die Person zu, die eben die Böschung hochkam: «Hey, Alter, hast du ... Bier ... oder Schna ... Schnaps?» Der Mann schaute ihm kurz in die Augen. Haberer registrierte das Gesicht: Dunkle Augen, dunkle Haare, dunkle, dichte Augenbrauen, aber ein freundliches Gesicht, sogar ein Lächeln hatte Haberer gesehen. Henry machte lautlos einige Fotos. «Geh nach Hause!», sagte der Mann. Haberer bemerkte den Ostschweizer Dialekt mit leicht osteuropäischem Akzent. «Bier!», brüllte Haberer.

Der Mann ging mit schnellen Schritten Richtung Heuwaage. Haberer deutete Henry, er solle ihm folgen. Er selbst ging einige Sekunden später hinterher, auf seinen Fussballen, um das laute Klacken seiner Absätze zu vermeiden. Der Unbekannte öffnete die Türe eines Autos, stieg ein und fuhr los. Haberer registrierte: Schwarzer BMW 7er mit Basler Kennzeichen. 347 waren die ersten Zahlen, den Rest konnte er nicht lesen. «Heiri!», schrie Haberer. «Los, zum Auto, hopp, hopp!» Dass sein Handy die WhatsApp-Melodie spielte und damit den Eingang einer Nachricht signalisierte, bemerkte er nicht.

IM BIRSIGTUNNEL

«Was war das?», fragte Hanspeter Krayer.

«Besoffene draussen auf dem Birsigparkplatz.»

«Und die Schritte?»

«Die Alkis kamen wohl in den Tunnel. Dann war es ihnen wahrscheinlich doch zu unheim…»

«Das war Haberer.»

«Wer?»

«Dieser schreckliche Chefredaktor. Haberer mit seinen lauten Schuhen, diesen kindischen Cowboyboots. Und dann hat er rumgebrüllt.»

«Meinst du?», fragte Tamine. «Meinst du, der ist echt besoffen?»

«Warum nicht? Ich kenn den Kerl nicht, aber was man so über ihn hört…» Die drei gingen weiter Richtung Ausgang. «Wollte der pennen hier drin?», fragte Tamine.

«Nein, der ist uns gefolgt und … ach, keine Ahnung. Goppeloni, der spinnt doch. Wenn wir draussen sind, rufe ich Renner an.»

«Warum?»

«Ihn fragen, was der Auftritt von Haberer ganz genau bed…»

«Moment mal!», sagte Hanspeter Krayer plötzlich resolut und umkreiste mit der Taschenlampe eine Stelle in der Tunnelwand, aus der eine Röhre mit rund fünfzig Zentimeter Durchmesser herausragte. «Was ist?», fragte Kaltbrunner.

«Das ist neu. Seht ihr die Röhre? Den Schacht?» Olivier Kaltbrunner und Giorgio Tamine leuchteten ebenfalls auf die Stelle auf der anderen Seite des Flusses. Plötzlich setzte Krayer einen Fuss in den Birsig, tastete sich vor und durchwatete den Fluss. Das Wasser reichte ihm bis zu den Waden. Er untersuchte die Stelle, an der die Röhre aus der Wand lugte, genau. Kaltbrunner überlegte einen Moment, ebenfalls durch den Fluss zu gehen, liess es aber bleiben.

«Kommt her!», sagte Krayer. «Warum?», wollte Tamine wissen.

«Los, kommt, es ist nicht tief, gibt nur ein bisschen nasse Füsse.» «Scheisse», murrte Tamine und liess Kaltbrunner vorangehen. Dieser sagte: «Goppeloni!»

«Schaut. Das ist nicht sehr professionell gemacht. Die Wand wurde von innen durchbrochen, hier am Boden liegen noch einige Betonstücke.» Krayer leuchtete auf den Boden. Tatsächlich waren Steine und viel Staub zu sehen. «Wir hatten lange keinen richtigen Regen mehr. Deshalb liegt das Zeugs noch hier. Die Röhre wurde da hineingeschoben.»

«Wo führt sie hin?», fragte Tamine.

«Keine Ahnung.»

«Bist du sicher, Hanspeter?», fragte Kaltbrunner. «Bist du sicher, dass das niemand von euch oder von sonst jemandem, der hier offiziell zu tun hat, stammt?»

«Ja. Vielleicht hängt dieser Schacht mit den neusten Massnahmen gegen Hochwasser zusammen. Aber wozu sollte diese Röhre gut sein?» Er hielt einen Moment inne, betrachtete die Aluminiumröhre genau, leuchtete hinein: «Nach rund zwanzig Meter endet die Röhre an einer Betontüre. Merkwürdig. Ich müsste nachprüfen, was das ist. Aber eigentlich bin ich mir sicher, dass …» Er verstummte und prüfte die Bruchstellen mit den Händen.

«So, so, hmm, hmm», murmelte Kaltbrunner. «Kleinhüningen war vielleicht mal das Waffenlager von Schwarz. Aber der Kerl hockt jetzt hier. Hier in diesem Loch, verdammt!»

Plötzlich war ein metallisches Geräusch zu vernehmen, das aus der Röhre kam. Dann wurde sie vom anderen Ende her hell erleuchtet. Kaltbrunner reagierte als Erster. Er gab den beiden anderen zu verstehen, zu schweigen und lautlos zu verschwinden. Der Kommissär, sein Mitarbeiter und der Mann vom Tiefbauamt rannten, so schnell sie konnten, gegen den Wind, der durch den Tunnel blies, Richtung Ausgang. Kaltbrunner spürte sein Handy vibrieren, kramte es im Laufen hervor, warf einen Blick drauf und las die WhatsApp-Nachricht von Peter Renner: «Achtung: Konstantin Schwarz ist in einem Cliquenkeller in einer Brücke. Name unbekannt. LG Renner.»

«Er ist hier!», schrie Kaltbrunner aus Leibeskräften. «Schwarz ist hier. Bekam gerade die Bestätigung!»

«Von wem?», wollte Tamine wissen.

«Spielt keine Rolle. Fuck! Er ist tatsächlich hier!»

Dass sein Chef «Fuck» statt «Goppeloni» rief, erschütterte Giorgio Tamine. Kaltbrunner sagte dieses Wort nur, wenn er nervös war, wenn die Lage wirklich bedrohlich war. «Fuck! Fuck! Fuck!», schrie Kaltbrunner immer wieder.

AUTOBAHN A2

Der Panzer mit Jonas Haberer am Steuer und Henry Tussot auf dem Beifahrersitz hatte den schwarzen BMW eingeholt. «Los, Heiri, ruf Pescheli an, sag ihm, wir seien auf der Verfolgung von diesem Tinu Dings.»

«Dings?»

«Dieser Oberterrorfuzzi!»

«Konstantin Schwarz?»

«Ja, Heiri! Geil, was man mit dem alten Haberer und seinem geilen, durchsiebten Panzer alles erlebt, was? Wir sind im Krieg! Gott, ist das herrlich!»

BIRSIGTUNNEL

Kaum erreichte Olivier Kaltbrunner den Tunnelausgang, zückte er sein Handy, rief Kollegin Irène an und wies sie an, Alarm zu schlagen. Alle verfügbaren Kräfte sollten sämtliche Zugänge zum Tunnel besetzen, also auch jene durch die Strassenschächte. Es sei mit einem Giftgasangriff zu rechnen, deshalb müsse Grossalarm mit allen erdenklichen Evakuierungs- und Schutzmassnahmen ausgelöst werden. Danach rief Kaltbrunner Staatsanwalt Hansruedi Fässler an. Dieser war jedoch nicht erreichbar.

«Und jetzt?», wollte Giorgio Tamine wissen.

«Jetzt, tja, jetzt ...»

«Wenn wir die Kerle aufhalten, können wir vielleicht die Katastrophe verhindern.»

«So, so, hmm, hmm.»

«Oli!», schrie Tamine.

«Wir sollten auf Verstärkung warten.»

«Dann ist es vielleicht zu spät.»

«Ja. Ich weiss. Wir warten trotzdem.»

«Olivier!»

«Wir sind hier nicht im Film, Giorgio, also lassen wir den Scheiss. Die Verstärkung wird bald da sein.»

«Hey», mischte sich plötzlich Hanspeter Krayer flüsternd ein. «Da kommt jemand.» Die drei Männer starrten in das finstere Loch des Tunnels. Es waren Schritte zu hören. Kaltbrunner nahm seine Pistole aus dem Halfter, Tamine tat es ihm gleich. Kaltbrunner deutete Krayer, er solle die Böschung hinaufklettern und verschwinden. Tamine zeigte er, dass er auf die andere Seite des Tunnelportals gehen solle. Giorgio Tamine watete durch den Bach und brachte sich in Position. «Halt! Polizei!», schrie Olivier Kaltbrunner. «Gottseidank!», schrie eine Person aus dem Tunnel zurück. «Zwei Leute sind mit Sarin-Bomben unterwegs zu irgendwelchen Schächten. Sie wollen ...» Alex wurde von zwei Detonationen unterbrochen. Die zweite war etwas lauter als die erste. Aber nicht ohrenbetäubend. «Sie wollen

Gift ...» Die dritte Explosion war fürchterlich. Olivier Kaltbrunner spürte einen Schlag im Gesicht. Und wie er den Boden unter den Füssen verlor. Dann wurde ihm schwarz vor Augen.

REDAKTION AKTUELL, WANKDORF, BERN

Die Zecke und seine Chefin hatten plötzlich das Gefühl, völlig überflüssig zu sein. Zwar passierten Dinge, die in der kleinen Schweiz noch nie passiert waren, doch irgendwie standen sie beide ohne konkreten Auftrag da. Renner erreichte den Kommissär nicht und wusste nicht, mit wem er sonst telefonieren sollte. Emma Lemmovski sass bei ihm im Newsroom und hatte keinen Plan, was sie als nächstes tun sollte. Die Armee hatte mittlerweile das «Aktuell»-Gebäude mehr oder weniger in Beschlag genommen. Doch irgendwie gab es nichts und niemanden mehr zu informieren. Renner überlegte einen Moment lang, ob es für dieses Gefühl – Langeweile mitten im Stress – möglicherweise einen medizinisch-psychologischen Fachausdruck gab und ob er danach googeln sollte. Doch Emma unterbrach seine Gedanken. «Alles klar, Peter?», fragte sie.

«Jepp. Bei Ihnen?»

«Mein Mann David ist mit den Kindern unterwegs nach Deutschland zu meinen Eltern. Ist besser so.»

«Okay.» Beide starrten wieder auf die Bildschirme. Was sollten sie anderes tun?

BASEL, HEUWAAGE

Um 03.03 Uhr waren Rettungskräfte an der Heuwaage und versuchten sich einen Überblick über die Detonation im Viadukt zu verschaffen. Das war nicht einfach, denn eine riesige Staubwolke, die durch den Nordostwind langsam Richtung Innenstadt getragen wurde, behinderte die Sicht. Zudem lagen überall Betonteile verstreut. Der Viadukt war nicht mehr passierbar. Die Feuerwehr rückte mit schwerem Gerät an. Die Armee versprach Unterstützung.

Um 03.05 Uhr trafen je ein Feuerwehr- und ein Polizeifahrzeug auf dem Barfüsser- und auf dem Marktplatz ein, denn auch dort solle es Explosionen gegeben haben, allerdings viel kleinere als an der Heuwaage. Die Männer und eine Frau trugen ihre normale Feuerwehr- beziehungsweise Polizeiausrüstung. Sowohl auf dem Barfüsser- wie auch auf dem Markplatz war ein Abwasserschacht stark beschädigt. Die Männer und die Frau sahen, dass mehrere Personen auf dem Boden lagen. Sie sahen keinen Rauch, keine Wolke und sie rochen nichts Auffälliges. Doch dann fingen ihre Körper an zu zittern. Rund zwanzig Sekunden später waren sie alle tot.

03.10 Uhr: Feuerwehrmann Basil Rodrigez, 25 Jahre alt, Vater einer kleinen Tochter, fand in den Trümmern des Heuwaage-Viadukts eine Leiche. Als er das Jammern einer verletzten Person vernahm, preschte er ohne Rücksprache mit seinen Kollegen voran und wurde dabei von einem hinunter krachenden Trümmerteil erschlagen. Kollegen mussten mit ansehen, wie sein Körper zerdrückt wurde.

03.17 Uhr: Soldaten fanden vor dem Birsigtunnel fünf schwer verletzte Personen. Sie leisteten Erste Hilfe. Mindestens zwei Personen kämpften ums Überleben.

03.24 Uhr: Nachdem zu den Feuerwehr- und Polizeikräften am Barfüsser- und Marktplatz keine Verbindung mehr hergestellt werden konnte und diverse Luftmessgeräte höchst bedrohliche Werte anzeigten, laut piepsten und schnell blinkten, wurde in Basel und der gesamten Region allgemeiner Sirenenalarm ausgelöst.

REDAKTION AKTUELL, WANKDORF, BERN

03.27 Uhr. Auf dem Newsmail der «Aktuell»-Redaktion ging eine Nachricht von Kirsten Warren ein: «Hey Pete, stell jetzt bitte keine Fragen. Ich muss dir etwas Wichtiges mitteilen: Die im Anhang abgebildete Person ist eine russische Agentin. Nach unseren Informationen – Quelle US-Geheimdienst – arbeitet sie als Spitzel im inneren Kreis der Gruppe ‹Free World› oder hat Kontakt zu einem Mittelsmann. Achtung: Sie ist äusserst gefährlich. Obwohl ihr Äusseres nicht danach aussieht.»

Renner klickte auf den Anhang: Es öffnete sich eine etwas unscharfe Fotografie einer attraktiven Frau, die einen Kampfanzug trug und in die Kamera lachte. Sie sah friedlich aus und hatte zwei auffällige Grübchen in den Wangen. Renners Hirn rotierte. Wo war Kirsten? Und: Wer war sie? US-Geheimdienst? Was soll das? War das ein weiterer Trick von ihr? Auf welcher Seite stand sie? Auf der guten oder der bösen? Wo war überhaupt die gute Seite? Gab es eine?

Er hatte eine Idee und schickte das Foto an Sandra weiter. Eine Minute später rief er sie an, um ihr zu sagen, sie soll das Foto Susa zeigen, vielleicht sei das jemand aus Konstantins Umfeld. «Ne ... nein», stotterte Sandra.

«Was nein?»

«Das kann nicht sein.»

BASEL, MARKTPLATZ

Die Einsatzkräfte, geschützt mit Ganzkörperschutzanzügen und Atemschutzmasken, fanden um 03.28 Uhr die ersten Leichen. Es handelte sich vorwiegend um junge Menschen, die auf dem Heimweg von Partys waren. Plus mehrere Feuerwehrleute und Polizisten.

REHA-KLINIK, SPEICHER, KANTON APPENZELL AUSSERRHODEN

«Susa, wer bist du?», fragte Sandra. Susa gab keine Antwort.

«Was warst du früher? Warum hast du mir nie erzählt, was du früher gemacht hast?» Susa schwieg.

«Wie kommst du auf eine Liste des amerikanischen GeheimdienSts?» Susa gab immer noch keine Antwort.

«Susa! Du bist eine gesuchte Terroristin!»

BUNDESHAUS, BERN

03.45 Uhr: Der Schweizer Bundesrat rief den Notstand aus und bereitete seine eigene Evakuierung ins Ausland vor. Allerdings bekam dies fast niemand mit. Denn sämtliche Verbindungen zur Aussenwelt waren tot. Sowohl die offiziellen wie auch diejenigen, die für Krisensituationen vorgesehen waren. Die sieben Bundesräte und ihre Chefbeamten versuchten, das Bundeshaus zu verlassen. Das war jedoch unmöglich, da sämtliche Türen und Fenster elektronisch verriegelt waren.

BASEL UND UMGEBUNG

Die Menschen verhielten sich so, wie sie nicht sollten: Hunderttausende sassen, wie zuvor in Zürich, in ihren Autos und versuchten, die Region Basel zu verlassen. Es kam innert Minuten zu Unfällen und endlosen Staus. In der Zentrale des Bevölkerungsschutzes wurde diskutiert, die Bevölkerung mit ComboPen-Spritzen zu versorgen. ComboPen könnte als Gegenmittel gegen den Kampfstoff Sarin eingesetzt werden. Dass es sich beim Gift um Sarin handelte, darüber waren sich die Experten einig. Schliesslich sprachen sie sich gegen die Verteilung von Combo-Pen-Spritzen aus. Das würde viel zu lange dauern, selbst wenn sie per Helikopter abgeworfen würden. Die Gegenmittel Oxim und Atropin in den ComboPen-Ampullen müssten innert Sekunden nach der Vergiftung durch Sarin gespritzt werden.

REHA-KLINIK, SPEICHER, KANTON APPENZELL AUSSERRHODEN

Sandra hatte ihn noch nie gesehen, aber sie kannte sein Gesicht und seinen Körper von den Fotos, die sie auf Susas Handy gesehen hatte: Konstantin Schwarz. Nun stand er vor ihr, der sympathische und gutaussehende Ehemann ihrer besten Freundin Susa, die sie vor wenigen Minuten als gesuchte Terroristin entlarvt hatte. Konstantin wirkte etwas verwirrt, aber nicht unfreundlich.

Er lächelte sie an. Sandra schaute zu Susa. Diese hantierte an ihrem Handy herum. Danach legte sie es auf Sandras Bett und steckte ihre Hände in die Taschen ihres weissen Kittels. Sie schien angespannt. Ihre Augen funkelten. Sie ging leicht in die Knie. Begann zu wippen. «Nulleinsnullneun», sagte Susa zu ihrem Mann.

«Mein Handy-Code. Du konntest nicht widerstehen, mir nachzuspionieren.»

«Nein.»

«Du hast mich verraten.»

«Nulleinsnullneun, was bedeutet diese Zahl?»

«Hundertneun Leichen. Jetzt sind ein paar dazugekommen. Ich sollte den Code ändern.» Konstantin lächelte. Es wirkte aufgesetzt.

Plötzlich stürzte er sich auf Susa. Sie sprang auf, und zückte aus ihrer Kitteltasche eine Pistole. Konstantin warf seine Frau zu Boden. Es gab ein kurzes Gerangel. Dann fielen mehrere Schüsse. Konstantin brach zusammen, stöhnte und schrie. Susa krabbelte unter ihm hervor, ging auf die Knie und steckte ihre Pistole in seinen halboffenen Mund. Sie drückte ab. Konstantins Kopf explodierte, Teile davon trafen auch Sandra. Die Reporterin konnte nur noch schreien. Schreien, schreien, schreien. Bis sie von einer Pranke aus dem Rollstuhl gezogen und in den Gang hinausgeschleift wurde. Dort wurde sie einfach fallen gelassen. Klack – klack – klack. Dann hörte sie eine ihr wohlbekannte Stimme in ihrem Zimmer schreien: «Du blödsinnige, vermaledeite Kuh, du verdammtes Miststück, ja, knall den alten Haberer über den Haufen, aber das wirst du bereuen, du elende Terroristen-Hure!» Ein Schuss knallte.

«… du feige … Sau.»

Noch ein Schuss. Haberer schrie, sackte zusammen. Es wurde still. Nur das Klicken eines Fotoapparats war zu hören.

BASEL, MARKTPLATZ

Feuerwehrfahrzeuge rasten mit Mannschaften in Chemieschutzanzügen von der Heuwaage, wo offenbar mit der Bombe kein Kampfstoff versprüht worden war, zum Barfüsser- und Marktplatz und begannen mit Natronlauge versetztes Wasser in die Luft zu spritzen. Sie bewegten sich vom Barfüsserplatz gegen Norden, da der Wind aus dem Birsigtal wehte und die Gaswolke Richtung Kleinbasel verfrachtete. Über Funk wurden Helikopter der Armee angefordert. Sie holten mit Löschwasserbehältern Wasser aus dem Rhein, mischten dieses ebenfalls mit Natronlauge und leerten es über dem Barfüsser- und Marktplatz aus. Die durch Bomben beschädigten Schächte und der Birsigtunnel wurden regelrecht geschwemmt, um die letzten Reste des Kampfstoffs zu verdünnen und unschädlich zu machen. Allen war klar, dass der Rhein, in den das Abwasser fliessen würde, in Mitleidenschaft gezogen wurde. Aber dies konnte nicht verhindert werden.

BUNDESHAUS, BERN

Die im Bundeshaus eingeschlossenen Menschen glaubten lange, dass die Abriegelung der Gebäude ein weiterer Angriff aus dem Deep Web sei. Um 04.01 Uhr klingelten aber plötzlich mehrere Telefone. Sekunden später stürmten Armeeangehörige den Schweizer Regierungssitz. Nach einigen Minuten sickerte die Information durch, dass die Einschliessung der Regierung im Bundeshaus fälschlicherweise als Schutzmassnahme von der Armeeführung ausgelöst worden war. Auf direkten Befehl von Armeechef Erler.

Erleichterung machte sich breit. Endlich konnte der Bundesrat offiziell den Notstand ausrufen. Zudem ersuchte die Schweiz bei allen internationalen politischen Organisationen um Hilfe und erklärte sich bereit, sich der Europäischen Union anzuschliessen und damit ihre Neutralität aufzugeben. Es gehe bei diesem Krieg um einen weit grösseres Gut: um die Rettung der westlichen Gesellschaft und den Weltfrieden.

REDAKTION AKTUELL, WANKDORF, BERN

04.27 Uhr. Renner traute seinen Augen nicht: Auf dem Display seines Telefons erschien der Name von Alex Gaster. «Alex! Wo bist du? Wie geht es dir?»

«Einigermassen. Renner, wir sind nicht in Zürich, wir sassen die ganze Zeit in …»

«… Basel! Das wissen wir längst. Was ist passiert?»

«Die Terroristen haben vom Birsigtunnel aus Gaspetarden auf dem Marktplatz und dem Barfüsserplatz gezündet. Danach sprengten sie ihren Kommandoraum in die Luft.»

«Kommando…»

«Ja, von dort aus steuerten sie die Drohnen. Der Anführer dieser Terrorgruppe heisst Konstantin Schwarz. Es liegen mehrere Tote unter den Trümmern. Joël und ich konnten abhauen, erwischten aber möglicherweise Gift und liegen nun im Spital. Das ganze Material ist auf Joëls Kamera, aber wir …»

«Kannst du diktieren und alles beschreiben? Kannst du rausgehen?

«Ja. Nein. Diktieren kann ich versuchen. Rausgehen, nein. Ich werde dekontaminiert.»

«Hast du Kontakt zu Kommissär Kaltbrunner?»

«Nein. Derzeit nicht. Der flog mit mir und Joël vor dem Birsigtunnel durch die Luft. Ich weiss nicht, ob er überlebt hat.»

«Okay, ich verbinde dich mit Flo. Erzähle ihm alles, er hängt's gleich ins Netz. Ich glaube, die ganze Welt verfolgt unsere Newsseite. Reporter aus der ganzen Welt rufen bei uns an.»

Erst als er das Gespräch beendet hatte, wurde ihm bewusst, was er da soeben gesagt hatte: Dass die Klickraten wichtiger seien als das Überleben der Menschen!

Es schauderte ihn. Wie krank war das denn?

REHA-KLINIK, SPEICHER, KANTON APPENZELL AUSSERRHODEN

«Los jetzt, wir müssen endlich weiterarbeiten!», bellte Jonas Haberer und versuchte, die Heerscharen an Polizei- und Rettungskräften beiseitezuschieben. «Ich muss mit dieser Terroristin sprechen! Wir müssen wissen, wer die Hintermänner sind! Wer unser Land angegriffen hat! Wir werden alle fertig machen, alle! Aus dem Weg, Ihr Idioten, Ihr Nullen, Ihr Waschlappen.» Vier Polizisten stürzten sich auf Haberer und warfen ihn zu Boden. Sie legten ihm Handschellen an, Ärzte flössten ihm Medikamente ein. Dann legten sie den blutüberströmten Jonas Haberer auf eine Bahre und trugen ihn weg. Ein Arzt sagte etwas von Schockreaktion, was Henry allerdings nicht einleuchtete. Darum sagte er: «Der Kerl ist immer so, also, was soll das?»

Im Krankenzimmer war überall Blut. Konstantin lag auf dem Bauch, Susa neben ihm auf dem Rücken mit einer riesigen Wunde im Bauch. Sandra und Henry hatten versucht zu helfen, doch beide waren tot.

Sandra sass neben dem Leichnam ihrer Freundin. Sie versuchte, zu verstehen und vor allem zu begreifen, dass Susa eine Terroristin, eine sogenannte Schläferin gewesen war, die auf ihren Kampfeinsatz gewartet hatte. Oder eine Spionin. Plötzlich vibrierte ihr Handy. Als Sandra einen Blick darauf warf, zuckte sie zusammen. Absender des langen SMS war Susa Schwarz.

UNIVERSITÄTSSPITAL, BASEL

Die ersten Worte, die Kommissär Kaltbrunner sagte, als er aufwachte, lauteten: «Go-, Go-, Goppeloni!»

Eine Pflegerin, die sehr jung war und lange, blonde Haare hatte, meinte, er solle sich ausruhen. Kaltbrunner lächelte sie an: «Wovon bin ich müde? Habe ich zu viel gesoffen? Ist schon wieder Fasnacht? Goppeloni ...»

REDAKTION AKTUELL, WANKDORF, BERN

Verlegerin Emma Lemmovski koordinierte zusammen mit drei Produzenten den Livestream auf «Aktuell»-Online. Mittlerweile waren Fotos und Clips von Henry Tussot aus Speicher und von Joël Thommen aus Basel eingetroffen. Henrys Bilder aus der Rehaklinik mussten zuerst von einem Fotoredaktor bearbeitet werden, da die verstümmelten Leichen von Susa und Konstantin Schwarz den Usern nicht zugemutet werden konnten. Auf Joëls Bilder waren zwar ebenfalls Tote zu sehen, diese sahen allerdings nicht so schrecklich aus. Zudem waren die Fotos und Filme aus dem Kommandoraum im Heuwaageviadukt und aus dem Birsigtunnel interessanter, da sie zeigten, wie die Terroristen mit den Sarinbomben durch den Tunnel rannten und wie kurz darauf der Luftschutzkeller explodierte. Joël hatte diese Aufnahmen gemacht, als er mit Alex aus dem Kommandoraum flüchtete. Seine Clips erweckten den Eindruck, als stammten sie aus einem Krieg in einem Krisengebiet. Dass sie in einem demokratischen Staat mitten in Europa aufgenommen worden waren, war vermutlich das Schockierendste daran. Emma Lemmovski stellte sie zusammen mit den Berichten von Alex Gaster ins Netz, verlinkte alles auf Facebook, Twitter und Co. Die Meldung über den Beschluss des Bundesrats, die Neutralität der Schweiz sofort aufzugeben und sich der Europäischen Union anzuschliessen, liess zeitweise den Server zusammenbrechen, so zahlreich waren die Reaktionen der Leser. Emma fragte Renner, was er vom Bundesrat halte. Die Zecke meinte, sie seien elende Verräter. Emma kreierte daraus die Schlagzeile: *Die Verräterbande verkauft das Land!*

Dann steckte sie sich eine Zigarette an.

Alle starrten Emma Lemmovski an. Es war eine völlig absurde Situation. Die Verlegerin höchstpersönlich, eine gesundheitsbewusste Frau, rauchte mitten im Grossraumbüro. «Früher haben alle Journalisten geraucht», sagte sie trocken.

REHA-KLINIK, SPEICHER, KANTON APPENZELL AUSSERRHODEN

Henry las das SMS von Susa Schwarz, die Sandra erhalten hatte langsam, Wort für Wort. Susa erklärte, dass sie den Sendetermin programmiert habe, da sie wusste, dass sie ihrem Leben ein Ende setzen würde. Sie habe versucht zu retten, was möglich gewesen sei. Sie habe es darauf angelegt, dass Sandra ihr Handy untersuche, die Sex- und Leichenbilder kopiere und veröffentliche und ihr Ehemann so gestoppt werden könne. «Sie hat dir die Fotos regelrecht ...»

«Vor meine Boulevard-Nase gehalten. Genau. Und ich dachte, ich sei eine ganz tolle Reporterin!» Henry schüttelte den Kopf. Dann las er weiter: Sie sei längst aus dem Kriegsgeschäft ausgestiegen, habe aber ihren Mann schnell durchschaut. Kontakt mit Behörden, Ermittlern, Geheimdiensten oder den Terroristen im Darknet habe sie vermieden, da sie um ihr Leben gefürchtet hatte.

Henry machte eine kurze Pause. Dann las er laut vor: «Der Anschlag auf unsere Wohnsiedlung gab mir Recht. Allerdings war es dann bereits zu spät. Ich habe gewusst, dass mein Mann mich vernichten wollte. Er hat das gelernt. So wie ich auch einmal. Ja, ich war vor meiner Ausbildung zur Physiotherapeutin Soldatin und später Söldnerin. Konstantin zu heiraten, um ihn überwachen zu können, war quasi mein Preis für die Freiheit. Ich habe auf ein Leben in Frieden gehofft. Mein Auftrag lautete, Konstantin zu überwachen und notfalls zu liquidieren. Ich habe mich in ihn verliebt. Ich habe meinen Auftrag vernachlässigt. Ihm vertraut. Ihn einfach nur geliebt. Bis ich sein Handy durchsuchte. Ich wollte es nicht wahrhaben. Sandra, bitte, geniess deine Liebe zu Henry!»

Henry schaute Sandra an. Diese meinte nur: «Komm, lies weiter.» Der Fotograf schaute wieder aufs Display. Wer ihre Auftraggeber seien, werde sie nicht verraten, schrieb Susa. Und Konstantins Leichenbilder würden aus seinen Einsätzen in Syrien, Afghanistan, Irak und so weiter stammen. Menschen zu töten, sie zu verbrennen, Spuren zu beseitigen, sei sein Geschäft gewesen.

Sie habe das lange nicht geglaubt, gehofft, dass sie auf den falschen Mann angesetzt worden sei. Selbst den Mord an diesem Basler Bijoutier und den Verdächtigungen Kommissär Kaltbrunners habe sie nicht glauben wollen. «Was meint sie damit?», wollte Henry wissen. «Schwarz war in illegalen Diamantenhandel verwickelt», erklärte Sandra. «Der Mord an diesem Bijoutier war ein Kollateralschaden. Lies weiter.»

Henry las wieder laut: «Als ich die Leichenbilder auf Konstantins Handy entdeckt habe und mich Kommissär Kaltbrunner immer wieder zu meinem Mann befragte, ist mir klar geworden, dass ich tatsächlich mit einem Söldner zusammenlebe. Der Kommissär verfolgte ein ähnliches Ziel wie ich, deshalb bist du bei mir gelandet. Aber er weiss bis heute nicht wirklich, wer ich bin. Eine Spionin, eine Ex-Terroristin, eine Ex-Söldnerin. Eine Versagerin.»

Zum Schluss schrieb Susa: «Konstantin wird mich töten. Deine neue und leider ehemalige beste Freundin S.»

«Susa war ein Profi», sagte Sandra. «Sie wusste, was passieren wird, wie ein Krieg funktioniert. Nachdem sie auf Haberer geschossen hatte, brach sie selbst zusammen. Konstantin hatte ihr ein Kampfmesser in den Unterleib gerammt.» Sie schwiegen eine Weile. Dann las Henry das PS an Susas SMS: «Gib dir und Henry eine Chance!» Henry schaute Sandra an. Dann küssten sie sich.

REDAKTION AKTUELL, WANKDORF, BERN

Peter Renner, die Zecke, feuerte alle Mitarbeitenden an, weiterzuarbeiten und nicht schlapp zu machen. «Los, Jungs und Mädels, los, los, los! Du auch, Emma, du bist auch gemeint. Weiterarbeiten. Wir haben immer noch den Lead. Weltweit.» Um 07.32 Uhr erhielt er eine Nachricht von Kirsten Warren: «Pete, ich melde mich ab. Meine ‹Betreuer› ziehen mich aus dem Verkehr. Ich werde mit meinem Sohn eine neue Existenz erhalten. Suche nicht. Bist ein toller Mann. K.» «Scheissdreck», murmelte Renner.

7. März

CLARAPLATZ, BASEL

Es herrschte eine seltsame Stimmung. Oder vielleicht war das nur sein Eindruck. Thomas Neuenschwander stand wie ein Jahr zuvor mit seiner Familie auf dem Basler Claraplatz und schaute sich den Cortège der Fasnacht an. Trommelwirbel, Piccoloklänge, Paukenschläge und Trompetenfanfaren. Eine Clique nach der anderen zog vorbei. Vom Claraplatz Richtung Rheingasse. Hier hat die Katastrophe begonnen, sinnierte Neuenschwander: Die behinderte Frau mit den Plüschtieren, die er von seinem Busfahrer-Job her kannte, die Bombe, die von Staatsanwalt Fässler zuerst als «Knall-Kugel» bezeichnet wurde und sich später als High-Tech-Waffe entpuppte, die Angriffe aus dem geheimen Internet, die Einsätze der Kampfdrohne, schliesslich der Giftgasangriff auf Basel. Neuenschwander griff in den Konfettisack seiner Kinder, holte eine Hand voll Räppli heraus und warf ihnen die farbigen Papierschnipsel an. Es folgte eine wilde Konfettischlacht. Die Kinder lachten. Neuenschwander vergass die Erinnerungen an die schrecklichen Ereignisse. Vergass, was in den letzten Wochen und Monaten geschehen war, was die Behörden und die Medien alles aufgedeckt hatten.

Allein das Sarin hatte 63 Menschen das Leben gekostet. Wären die Bomben am Tag gezündet worden, wäre die Katastrophe noch grösser gewesen. Dass die Reporter Alex Gaster und Henry Tussot, die Kommissäre Olivier Kaltbrunner und Giorgio Tamine, Hanspeter Krayer vom Tiefbauamt und Dutzende von Rettungskräften, die ohne Chemieschutzanzüge zur Heuwaage gerast waren, noch lebten, hatten sie dem Nordostwind zu verdanken, der das Gas von ihnen weggeblasen hatte. Und den Terroristen, die darauf verzichtet hatten, auch die Bombe im Heuwaage-Viadukt mit Sarin zu versehen. Diese war, wie Experten feststellten, ganz anderer Bauart und für eine ganz andere Verwendung vorgesehen: Sie hatte eine unglaubliche Sprengkraft mit dem Ziel, den Kommandoraum und damit Hinweise und Spuren auf die Terroristen zu vernichten. Dies war auch gelungen. Einige Überreste des technischen Equipments deuteten allerdings darauf hin, dass amerikanische, russische, chinesische und indische Bauteile und Produkte verwendet worden waren.

103 Menschen waren in diesem Krieg ums Leben gekommen, 245 verletzt worden, 37 von ihnen mussten mit geistigen oder körperlichen Behinderungen weiterleben. Gegen 200 Leute liefen strafrechtliche Verfahren. Die direktbeteiligten Terroristen waren alle tot. Sprengstoffexperten und Pathologen hatten festgestellt, dass Konstantin Schwarz alle Menschen im Kommandoraum erschossen und die verheerende Bombe mit einem Zünder versehen hatte, den er mit seinem Handy auslöste. Damit konnte er sich erstens selber retten und zweitens wollte er, dass die Reporter Alex Gaster und Joël Thommen darüber berichteten. Schwarz, so wurde er in Persönlichkeitsanalysen diverser Experten posthum dargestellt, sei ein moderner Terrorist gewesen, der seine Taten in den Medien zur Schau stellen wollte. Eine Methode, die auch von den Terroristen des Islamischen Staats IS angewendet werde. Wladimir und Arthur, Konstantins engste Zudiener, waren beim Zünden der beiden Sarin-Bomben getötet worden – die Bomben waren von Schwarz so manipuliert gewesen, dass sie ohne Zeitverzögerung explodierten.

Gegen mehrere Personen liefen gerichtliche Verfahren: Gegen den Bauern, der seinen Schuppen als Hangar für die Kampfdrohne zur Verfügung gestellt hatte. Gegen die Mitglieder des «Schwarzen Blocks» aus Zürich, die an der Fasnacht mit Petarden eine Massenpanik verursacht hatten. Gegen Jonas Haberer, der auf Susa Schwarz geschossen hatte. Der «Aktuell»-Chef wurde von den Forensikern entlastet: Sein Schuss war nicht tödlich. Susa und Konstantin Schwarz hatten sich gegenseitig getötet. Es wurde gegen 47 weitere Personen ermittelt. Darunter waren auch Politiker und Wirtschaftsvertreter. Die Abklärungen würden aber Jahre dauern und möglicherweise nicht einmal

Prozessreife erreichen. Die Fasnacht fand statt, auch wenn im Vorfeld kontrovers diskutiert worden war. Aber es waren deutlich weniger Fasnächtler unterwegs und sehr viel weniger Leute, die den Umzug besuchten. Doch Thomas Neuenschwander und seine Kinder hatten den Plausch. Nur seine Frau hatte ein mulmiges Gefühl. Nach der Räpplischlacht mit seinen Kleinen hielt Thomas ihre Hand und zeigte auf die vielen Polizisten, die überall postiert waren. Da würde sicher nichts passieren, beruhigte er sie.

Die Polizei war mit einem Grossaufgebot anwesend. Wie schon kurz nach dem Attentat vor einem Jahr war das gesamte Nordwestschweizer Polizeikorps im Einsatz. Auch die Armee hatte Stellungen eingerichtet.

Das Motto der Fasnacht lautete: «Mir sinn frei! – Wir sind frei!» Das Motto sollte zeigen, dass die Schweiz ihre Freiheit verteidigt hatte. Tatsächlich hatten viele Fasnachtscliquen den Angriff auf die Souveränität der Schweiz zu ihren Sujets auserkoren. Auf den grossen Laternen, die seit dem frühen Morgen durch die Strassen getragen und gezogen wurden, dominierten finstere Gestalten, die aus dunklen Netzen sprangen und die kleine Schweiz angriffen. Die Kostüme der Fasnächtler stellten Terroristen oder Spione dar. Andere waren als Bundesräte verkleidet, die die Schweiz verrieten und verscherbelten. Einige Cliquen zogen als lebende Kampfdrohnen durch die Gassen: Auf ihren Masken waren Propeller montiert, aus kleinen Rohren wurden Konfetti abgefeuert. Thomas Neuenschwander staunte einmal mehr über den Ideenreichtum und die aufwändigen Arbeiten. Auf den Zeedeln, den Fasnachtsgedichten, die an die Passanten verteilt wurden, standen bitterböse Kommentare zu den Vorfällen im vergangenen Jahr. Am meisten Fett weg bekamen Bundespräsident Bruppacher, Armeechef Erler und Korpskommandant Schneider. Alle drei waren kurz nach der Krise zurückgetreten. Doch es wurde auch Hoffnung geäussert: Die Schweiz habe ihre Eigenständigkeit und ihre Neutralität behalten können, habe nicht nur die Terroristen abgewehrt, sondern sich auch gegen die

Machtansprüche der Amerikaner, den Deutschen und der Europäischen Union erwehren können, obwohl der Bundesrat das Land aufgegeben habe.

Viele Gerüchte hatten in den vergangenen Monaten für Schlagzeilen gesorgt. Die Weltverschwörungstheoretiker hatten Hochkonjunktur. Denn der Cyber-War aus dem Darknet blieb, was er immer war: finster, geheimnisvoll, anonym.

Doch es gab auch Fakten.

Kirsten Warrens plötzliche Rückführung in die USA war ein Werk des Geheimdienstes unter Mithilfe der Schweiz. Sie war damit als Agentin des amerikanischen Nachrichtendienstes entlarvt.

Susa und Konstantin Schwarz hiessen eigentlich Mariana Lisowska und Theobald Julianski, waren von russischen Spezialeinheiten für Terroraktionen ausgebildet und in diversen Kriegen und Konflikten eingesetzt worden. Ihre Spuren verloren sich im Nahen Osten, bis sie als nettes Ehepaar Susa und Konstantin Schwarz in der Ostschweiz auftauchten.

Dass Alt Bundesrat Kilian Derungs die Gruppe «Free World» gegründet hatte mit dem Ziel, der Schweiz international mehr Bedeutung und Einfluss zu verschaffen, konkret zu einem Vollmitglied der G20 zu werden, enthüllte alles «Aktuell». Aus den Aussagen von Konstantin Schwarz und dem Video seiner Ermordung war klar, dass Derungs die demokratischen Strukturen der Schweiz aushebeln wollte. Deshalb liess er sich mit den dunklen Mächten ein, die sich im Netz hinter dem World Wide Web tummelten. Er hoffte, durch Angriffe aus der Cyber-Welt die Schweiz zum Anschluss an Weltgemeinschaften zwingen zu können. Die Idee dazu kam ihm, als bekannt wurde, dass die Schweizer Armee in Sachen Cyber-War bereits eng mit dem westlichen Militärbündnis NATO zusammenarbeitete.

«Aktuell» und andere Medien deckten aber noch mehr auf: Derungs heuerte eine Firma namens «Intercontinental State Management Services ISMS» mit Sitz in Skibbereen, Irland, an, die sich auf Cyber-Angriffe spezialisiert hatte. Diese wiederum hatte sich mit der Söldneragentur «Soldierbook» zusammengetan, um einige reale Attacken gegen die Schweiz zu starten. Anführer dieser Truppe war Konstantin Schwarz alias Theobald Julianski. Susa Schwarz, beziehungsweise Mariana Lisowska, stellte das Gegenstück zu Kirsten Warren dar: Während Kirsten die Aktivitäten der Terroristen für die Amerikaner verfolgte und in die US-Richtung zu lenken versuchte, machte Susa das gleiche für die russische Regierung. Dies bestätigten mehrere Ex-Geheimdienstmitarbeitende beider Seiten, die als Whistleblower auftraten und schliesslich in der Schweiz um Asyl ersuchten.

Die Krise hatte einige schwerwiegende Folgen: Das Bankhaus Anderegg & Cie. ging Konkurs. «Aktuell»-Wirtschaftsredaktor Flo Arber hatte die Geschichte, dass Heinrich Anderegg in den Firmen, die Konstantin Schwarz beschäftigten, als Verwaltungsrat amtete, veröffentlicht. Darin hatte er erwähnt, dass der junge Jêrome Jollier regelrecht von Anderegg in den Tod gehetzt worden sei. Die Schweizer Bankenaufsicht fand heraus, dass Anderegg von den US-Behörden wegen Steuerdelikten dazu genötigt wurde, zu kooperieren und die Gruppe um Konstantin Schwarz zu finanzieren. Als er sich nach den ersten Cyber-Attacken auf die Schweiz wehrte, wurde plötzlich ein Konto eines reichen Amerikaners aus dem Darknet geplündert. Darauf war Anderegg wieder kooperativ. Als schliesslich der Bericht der Bankaufsicht veröffentlich wurde, zogen die Kunden ihr Geld ab, die einst noble Bank Anderegg war im Nu pleite.

Auch weitere Geldinstitute verloren im Nachgang des Cyber-Angriffs so viele Kunden, dass sie Konkurs anmelden mussten. Danach verliessen rund zwei Dutzend namhafte Unternehmungen die Schweiz. Andere Branchen wie Pharma, Technologie und Rohstoffhandel klagten über den Abfluss an Fachkräften. Begründung: Die Schweiz war nicht mehr das Land, das es einmal war: sicher, weltoffen, stabil.

Im Verlauf der Monate November und Dezember konnten die Verluste allerdings kompensiert werden. Sämtliche Wirtschaftszweige setzten zu neuen Höhenflügen an.

Einige Grüppchen von Basler Fasnächtlern versuchten auch dies darzustellen: Skrupellose Wirtschaftsbosse als Kriegsgewinnler, die ihre Hände in Unschuld waschen.

Thomas Neuenschwander sammelte die Zeedel der Cliquen und genoss trotz den düsteren Sujets die Märsche und Stücke der Fasnächtler. Bis er einen Mann entdeckte, den er zwar kannte, aber dessen Namen ihm nicht einfiel. Der Mann war nicht allzu gross, hatte einen etwas rundlichen Kopf und trug eine feine, goldene Brille. Er war kostümiert: Auf seiner Larve, die er unter dem Arm trug, war eine lange, graue Mütze montiert mit einem Pompon, der eine Bombe darstellte. «Ja, schau an, dr Drämmler!», sagte Olivier Kaltbrunner und reichte Thomas Neuenschwander die Hand. «Ach, Sie sind der Kommissär! Ich bin nicht Wagenführer, sondern Buschauffeur!»

«Hejo, Goppeloni. Aber das spielt keine Rolle. Und an der Fasnacht sagen wir uns du, gell, Thomi.» Darauf begrüsste Kaltbrunner Neuenschwanders Frau und seine Kinder. «Ich habe übrigens zwei Kumpel dabei, zwei Berner, Goppeloni.» Er rief: «Hey, ihr Berner Schlafmützen, kommt mal her!» Tatsächlich trotteten zwei kurlige Gestalten auf Neuenschwander zu. Der eine war dick, eigentlich kugelrund und hatte einen viel zu kleinen Kopf. Der andere war gross, hatte fettige halblange Haare, trug Anzug, Mantel und rot-schwarze Cowboyboots.

REDAKTION AKTUELL, WANKDORF, BERN

Während Haberer und Renner an der Basler Fasnacht waren, leiteten Emma Lemmovski und die Reporter Alex Gaster und Flo Arber die Redaktion. Und Sandra Bosone. Anfang des Jahres war sie zurückgekehrt und arbeitete fünfzig Prozent als Politikredaktorin. Sie hatte noch ein bisschen Mühe mit Gehen und wurde schnell müde – doch mittlerweile war klar, dass sie wieder ganz gesund würde. Die Ärzte hätten sie gerne länger in der Reha-Klinik behalten, doch Sandra Bosone hatte nach Susas Tod den Spitalkoller und zog eine Zeitlang zu Henry Tussot. Jetzt lebte sie aber wieder in ihrer eigenen Wohnung. Das machte sie manchmal traurig. Warum es mit ihr und dem Fotografen, der sich so um sie bemüht hatte, nicht geklappt hatte, wusste sie nicht. Vermutlich liebte sie ihn nicht. Oder zu wenig. Und wenn sie halt ganz ehrlich zu sich war: Er gefiel ihr nicht so, dass es für eine Liebesbeziehung reichte. Sie hatte sich mehrfach ertappt, dass sie sich vorstellte, Alex würde sie jetzt in den Arm nehmen statt Henry.

Henry, so wurde auf der Redaktion gemunkelt, habe bei seinen Promianlässen, an denen er fotografierte, Ablenkung gefunden. Das ärgerte Sandra.

Um 17.30 Uhr versammelten sich Sandra, Henry, Alex, Flo und Emma im Newsroom und besprachen die neusten News. Irgendwann sagte Emma: «Leute, ich finde euch alle ganz toll, aber wenn ich ehrlich bin, ich vermisse Renner.» Die Reporter nickten. «Er hat den Laden einfach am besten im Griff», meinte Alex, der Renners offizieller Stellvertreter war. «Er hat so eine unendliche Ruhe.»

«Die braucht es, um Haberer auszuhalten», sagte Emma.

«Vermisst den eigentlich jemand?», fragte Sandra. «Also ich habe ihn im Spital und in der Reha echt vermisst. Er ist ein so elender Kotzbrocken, dass man ihn irgendwie lieb haben muss.»

«Lieben ist ein starkes Wort, Sandra», meinte Flo. «Kann man Haberer lieben?», fragte Emma in die Runde.

«Mais non», antwortete Henry. «Der Kerl hat einen mächtigen Knall. Wenn der hier mal rausfliegt, landet er direkt in der Psychiatrie!» Alle lachten. Emma nahm Sandra und Henry in die Arme, warf ihre blonde Mähne in den Nacken und sagte: «Das Gleiche passiert, wenn ihm einmal jemand seine blöden, dreckigen Boots klaut.» Nun brüllten sie vor Lachen.

RESTAURANT ZUM SCHIEFE ECK, CLARAPLATZ, BASEL

Haberer erzählte einen Witz nach dem anderen. Bei jeder Pointe stampfte er mit seinen Boots auf den Boden und knallte Peter Renner oder Olivier Kaltbrunner seine Pranken auf die Schultern. Busfahrer Neuenschwander hatte sich längst verabschiedet. Er hatte Frühschicht am nächsten Morgen.

Haberer unterhielt die ganze Beiz. Ein Kerl von einem hinteren Tisch mit einem Blätzlibajasskostüm und schneeweissen Haaren bot ihm Paroli. Sämtliche Rivalitäten zwischen den Städten Basel und Bern wurden in extremis ausgespielt. Angefangen von den Basler Läckerli über die Berner Langsamkeit, die stinkende Kloake am Rheinknie, das Kuhmistkaff an der Aare bis zu den Fussballclubs FC Basel und Berner Young Boys. Als dann ein Mann hereinkam, der im schrecklichsten Zürcher Dialekt lautstark ein Bier bestellte, tobte der ganze Laden: «Scheisszürcher! Scheisszürcher!» Basler und Berner schienen gleicher Meinung zu sein.

Es war um 23.41 Uhr als Olivier Kaltbrunner zum tausendsten Mal «Go... Go... Goppeloni» sagte und mit seinen beiden Freunden aus Bern ein weiteres Bier trank. Er stieg auf den Tisch und hielt eine Ansprache. Er versuchte es zumindest. «Ich erkläre ... Jonasch ... und Pesche ... zu Ehrenmit ... dings ... der ... Basler Bolizey.» Dann fiel er in Peter Renners Schoss. Plötzlich betrat Pierre Boller das «Schiefe Eck», steuerte direkt auf Olivier Kaltbrunner zu und sagte: «Hey, Chef, hast du mir Geld?»

«Goppeloni!», raunte Kaltbrunner.

«Zwanzig Stutz für die Notschlafstelle!»

«Hau ab. Es ist Fasnacht.»

«Chef, nur zehn Fränkli!»

«Hau ab! Wir haben dich nicht freigelassen, damit du mich anpumpst. Gegen dich läuft immer noch ein Verfahren.»

«Gib mir doch fünfzig Franken.»

«Nein!» Olivier Kaltbrunner versuchte Pierre nicht anzusehen. Denn er wusste, was jetzt kommen würde. Pierres Gesicht würde einen schmerzverzerrten Ausdruck annehmen. Und dann würde Pierre anfangen zu heulen. «Bitteeeeeee!»

Kaltbrunner sah ihn doch an. Und tatsächlich: Pierre weinte. «Jonas, kannst du dem mal helfen?», machte Kaltbrunner zu Haberer. «Der plaudert nämlich wie du, der ist auch ein Berner!»

Haberer stand auf, hielt sich an einer Stuhllehne fest, denn er war nicht mehr sicher auf den Beinen. «Du Gränni, was ist?», brüllte er Pierre an.

«Hast du mir hundert Stu ...»

«Gränni!», tobte Haberer. «Falls du meinen Basler Freund nicht in Ruhe lässt, nehme ich dich mit nach Bern und werfe dich unseren Berner Bären zum Frass vor!» Haberer schlug ihm die Hand auf die Schulter. Pierre Boller knickte ein und schlich davon.

Um 23.55 Uhr spürte Renner, dass sein Handy ununterbrochen vibrierte. Er kramte es hervor und sah, dass er mehrere Anrufe und ein SMS von einer unbekannten Nummer erhalten hatte. «Kommt raus auf den Claraplatz. Du und Haberer.» Renner überredete Haberer zu einer kurzen Rauchpause draussen. Beide torkelten ins Freie und wurden von Fasnächtlern, Cliquen und Guggen zugedröhnt. Wieder vibrierte Renners Handy. Er las laut vor: «Hey Pete, hey Jonas, winkt mir mal zu!»

«Was soll der Scheiss?», fragte Haberer. «Hast ein Mädchen angemacht?»

«Quatsch. Pete nennt mich eigentlich nur eine ...»

«Die verdammte Kirschtorte, was?!» In diesem Moment tauchte von oben eine Drohne auf. «Kirschtorte!», grölte Haberer. «Spielen wir mal wieder Golf zusammen?» Die Drohne kreiste kurz über Haberers Kopf, schnellte dann in die Höhe und weg war sie.

Von Philipp Probst sind im Appenzeller Verlag erschienen:

Die Zeitung «Aktuell» schickt den jungen Reporter Alex Gaster ins Berner Oberland. Denn am Faulhorn ist ein bekannter Politiker abgestürzt, und Alex soll die Hintergründe des tödlichen Unfalls recherchieren. Zusammen mit seinem Vorgesetzten wittert das engagierte Jungtalent die grosse Story. Doch vorerst besetzt der Politik-Chef des «Aktuell» mit seinen Artikeln über die Schweizer Armee die Seite 1. Alex hingegen wühlt buchstäblich im Dreck. Dann findet er Hinweise, die ihm endlich einen Exklusiv-Bericht ermöglichen könnten: einen toten Hund, den abgetrennten Arm einer Leiche und einen USB-Stick mit Daten über ein geheimes europäisches Militärprojekt. Um die Story «hart» zu bekommen, braucht es einige journalistische Tricks. Da stellt Alex fest, dass nicht nur er, sondern auch die Regierung, ein mysteriöser Financier und internationale Terroristen hinter den Informationen her sind. Und der Storykiller. Plötzlich stellt sich gar die Verlegerin quer. Doch Alex gibt für die Story alles und setzt dabei sogar seine Liebe aufs Spiel.

Philipp Probst: **Der Storykiller,** 448 Seiten, ISBN 978-85882-565-0

Ein Paparazzo-Bild sorgt für einen Skandal: Der verheiratete Bundesrat und Familienvater Battista flirtet mit der Tochter eines deutschen Konzernchefs. Dass in dieser Firmengruppe lebensgefährliche Viren entwickelt und an Ratten getestet werden, macht die Sache zusätzlich brisant. Fotograf Joël wird Opfer eines Mordanschlags, Bundesrat Battista verschwindet, und kurz darauf entdeckt ein Fischer in der Algarve Battistas Auto und eine Leiche. Auf das involvierte People-Magazin prasselt ein Shitstorm sondergleichen nieder. Aber Chefredaktorin Myrta Tennemann lässt nicht locker. Zusammen mit Kollegen vom Boulevardblatt «Aktuell» stöbert sie in Portugal Battistas Geliebte auf. Fotograf Joël forscht in dessen privatem Umfeld in Basel nach Fakten. Zusammen decken sie nach und nach auf, was das Ganze mit dem Virus zu tun hat, das die gesamte Menschheit bedroht.

Philipp Probst: **Die Boulevard-Ratten,** 436 Seiten, ISBN 978-85882-659-6